KB174878

時文讀本

최남선 한국학 총서 11

시문독본

최남선 지음
임상석 옮김

景仁文化社

• 목차 •

권 1

권 2

권 3

권 4

부록

일러두기

본 총서는 각 단행본의 특징에 맞추어 구성되었으나, 총서 전체의 일관성을 위해 다음 사항은 통일하였다.

1. 한문 원문은 모두 번역하여 실었다. 이 경우 번역문만 싣고 그 출전을 제시하였다. 단, 의미 전달상 필요한 경우는 원문을 남겨 두었다.
2. 맞춤법과 띄어쓰기는 『표준국어대사전』의 「한글맞춤법」에 따랐다. 다만 시문(詩文)의 경우는 운율과 시각적 효과를 고려하여 예외를 두었다.
3. 외래어 표기는 『표준국어대사전』의 「외래어표기법」에 따랐다. 「외래어표기법」의 기본 원칙은 현지음을 따른다는 것으로, 이에 의거하였다.
   1) 지명: 역사 지명은 우리 한자음으로, 현재 지명은 현지음에 따르는 것을 원칙으로 하였다.
   2) 인명: 중국은 신해혁명을 기준으로 이전의 인명은 우리 한자음으로, 이후의 것은 현지음으로 표기하였고, 일본은 시대에 관계없이 모두 현지음으로 바꾸는 것을 원칙으로 하였다.
4. 원래의 글은 간지 · 왕력 · 연호가 병기되고 여기에 일본 · 중국의 왕력 · 연호가 부기되었으나, 현재 우리에게 익숙한 시간 정보 규준에 따라 서력을 병기하되 우리나라 왕력과 연호 중심으로 표기하였다. 다만, 문맥상 필요한 경우에는 해당 국가의 왕력과 연호를 그대로 두었다.
5. 이 책의 특성상 별도로 적용된 범례는 다음과 같다.
   1) 『시문독본』 정정합편(신문관, 1918)을 현대 한국어로 윤문하고 주석을 달았다.
   2) 번역의 대본이 있는 경우, 대조하는 것을 원칙으로 하였다. 「만물초」와 「이상」은 찾지 못했음을 밝힌다.
   3) 『표준국어대사전』에 등재된 단어를 기준으로 하는 것이 원칙이나, 원문의 흐름을 살리기 위해 한문 표현이나 표준어가 아닌 어휘를 남긴 대목도 있다.
   4) 한자에 대한 괄호는 ( ), 원문 괄호는 { }, 한글 어휘에 대한 보충 설명이나 번역은 [ ]으로 구분했다. ( ) 안에 해설을 삽입한 경우도 있다.
   5) 시의 경우, 편저자 최남선이 글자 수를 중시한 것으로 보아, 글자 수는 변경하지 않았으나 대체로 『표준국어대사전』에 등재된 어휘로 바꾸었다.

서문

아름다운 내 소리, 넉넉한 내 말, 한껏 잘된 내 글씨, 이 올과 날로 내가 된 내 글월, 이리도 굳센 나로다.

버린 것을 주우라, 잃은 것을 찾으라, 가렸거든 헤치라, 막혔거든 트라, 심어라 북돋우라 거름하라, 말로 글로도나.

나를 세우라 온갖 일의 샘이니, 생각의 나부터 안치라, 온갖 생각의 흐름이니, 글월에 나를 일으키라, 두 즈음의 침침함을 헤칠 때이라, 새어 나올 골의 잠잠(潛潛)을 깨칠 때이라.

낮음부터 쉬움부터 작음부터, 꾸준히만 곧장만 끝까지 더 나갈지어다, 더 오를지어다, 아름다움, 넉넉, 잘함의 나로 온 남을 다 쌀지어다.

한샘

예언(例言)

一, 이 책은 시문(時文)을 배우는 이에게 계제(階梯; 기틀)가 되게 하려 하여 옛것, 새것을 모으기도 하고 짓기도 하여 적당한 줄 생각하는 방식으로 편집함

一, 옛글과 남의 글은 이 책 목적에 맞도록 줄이고 고쳐 반드시 원문에 거리끼지 아니함

一, 문체는 아무쪼록 변화 있기를 힘썼으나 아직 널리 제가(諸家)를 탐방할 거리가 적기에 단조로움에 빠진 혐의가 없지 아니함

一, 이 책의 문체는 과도 시기의 한 방편으로 생각하는 바이기에 물론 완정하게 하자는 뜻이 아니라 어느 정도 우리글에 대하여 어느 정도의 암시를 주면 이 책의 기망(期望)을 이루리라

一, 이 책의 용어는 통속을 위주로 하였으니, 학과(學課)에 쓰게 되는 경우에는 교사 되는 이가 마땅히 자례(字例)와 구법(句法)에 합당한 정정을 더할 필요가 있을 것

시 문 독 본

권 1

1. 입지

사람이 세상에 나오면 반드시 일대 사업을 건설하여 인문(人文)의 진보에 공헌함이 있을지니라. 있어야 있는 표가 없고 살아야 사는 보람이 없으면 사람이 되어 나온 의의와 가치가 어디 있으리오. 무한히 발전할 수 있는 소질을 가진 채 취생(醉生; 취해 삶)하다가 몽사(夢死; 꿈꾸듯 죽음)함은 곧 고귀한 인격을 포기하고 비열한 물성(物性)[1]으로 귀속됨이니 인생의 치욕이 이보다 클 수 없다.

세계가 다 나를 위하여 베푼 무대요, 만물이 다 나를 위하여 있는 설비이니, 진실로 의지가 있고, 실행이 있기만 하면 내 재능을 발휘하고 공업을 건성(建成)하기에 아무 부족과 불편이 없을지라. 이 당용물(當用物)[2]을 취해 이용하고 이 세상사를 행하면 인생의 가치도 온전하고 남아의 면목도 나타낼지니라.

세월의 지남은 빠른데 사업의 이룸은 더디니 크나큰 사업을 경륜한다면, 그럴수록 일찍부터 계획하여 앞서는 터를 닦고 뒤에는 공을 쌓지 아니하면 불가하니라. 물론 사업의 실시는 학문과 경험과 다른 모든 편의를 얻은 후일에 있으려니와 일대 사업을 성취하겠다는 결심은 청년 시기에 가능하기도 하고 또한 반드시 해야만 할 일이니 사람다운 사람이 되려 하면 일찍이 이 확고한 결심이 있어야 할지니라.

마땅히 스스로 분발하기를 사람의 천성은 다 같은 것이요, 옛 위인 · 석사(碩士)도 별종의 사람이 아니니 진실로 뜻을 세우고 함이 두터우면 그만큼 될 수 있을 뿐 아니라 그들보다 낫기가 무엇이 어려울까. 아름다운 내 소질은 해서 못할 것이 없느니 기어코 세도(世

---

1 사전적으로는 물건의 성질을 이른다. 여기서는 인격과 대비되어 인간보다 못한 사물의 성질이라는 의미이다.

2 축자적으로 마땅히 쓸 물건이란 뜻으로, 문맥상 세계와 만물을 비유한 것이다.

道), 인심(人心)에 보조될 일대 사업을 건설하여 당당한 대장부가 되리란 큰 결심을 하고 범백사(凡百事)를 다 이 방침으로 하여 작위(作爲; 적극적인 행위)할지니 이는 사람 노릇 하려 하는 이가 제일 용력(用力)할 곳이니라.

부자라고 금전을 믿지 못할 것이오, 귀인라고 세력을 믿지 못할 것이오, 청년이라고 춘추(春秋)가 남는다고 믿지 못할 것이오, 재사(才士)라고 총명이 넉넉함을 믿지 못할 것이라. 진실로 뜻이 서지 아니하면 그에게는 세계가 온통 공각(空殼; 빈 껍데기)이오, 만물이 모두 환영일지니 이미 작위(作爲)가 없을지라, 무슨 성취가 있으리오. 만고천하의 대사업이 그 종자는 다 청년의 큰 의지요, 만고천하 대인물이 그 시작은 문득 입지(立志)한 청년이니, 우리의 뜻은 온갖 사업을 다 작성하도록 능력이 무한한 것이오, 갖은 문화를 다 산출하도록 조화가 무궁한 것이라. 크도다, 청년의 뜻이여!

뜻이 이미 섰으면, 마땅히 전력을 거기에 집중하야 염두에 두고 불퇴(不退)할지니, 이 둘을 겸하면 아무러한 대사업이라도 어려움이 없을지라. 분투와 노력은 아무에게든 대공(大功)과 성명(盛名)을 줄지니라.

2. 공부의 바다

공부의 바다는 앞이 멀고나
나가고 나가도 끝 못 보겠네
갈수록 아득함 겁내지 마라
우리의 기꺼움 거기 있도다

성공의 마루는 길이 험코나

오르고 올라도 턱 못다닸네
옐수록 까맣다 멈추지 마라
우리의 즐거움 거기 있도다

머담이[3] 아니면 우리 철완의
시원한 발휘를 어찌해보며
험함이 아니면 우리 철각의
흐뭇한 시험을 어찌해 볼까

갈수록 가깝고 옐수록 낮아
피안과 상봉(上峰)이 항복코마니
웃음이 북받쳐 아니 나올까
우리의 자랑이 무한대로다

3. 천리 춘색 (1)

산에는 푸른빛 나고 들에는 종달새 뜨니 천지가 온통 봄이로다. 서편 길 천리에 춘광(春光)을 구경하자 하여 남대문역에서 기차를 타다. 남산의 취색(翠色)을 등에 지고 한강의 남영(藍影; 푸른 자태)을 옆에 끼니 눈에 들어오는 것이 도무지 시흥(詩興)과 회취(畵趣; 그림의 지취)라. 팔을 베고 차창에 비기니 창자 속까지 춘흥(春興)이 들어찬 듯.

한 거울, 온난한 물결에 흰 돛배가 가벼이 뜬 것은 양화도(楊花渡)의 청광(晴光; 맑은 빛)이오, 한 무더기, 밀림에 푸른 연기가 소르르 오르는 것은 공덕리(孔德里)의 제색(霽色; 갠 자취)인데 수전(水田; 논)

3 거칢, 궂음을 의미한다. "궂은 일이 아니면" 정도로 해석할 수 있다.

건너 푸른 막 같은 축동버들[4] 사이로 붉은 꽃 핀 나무 두 세 그루가 은은히 들여다보임도 한 풍경이도다.

임진강을 건너니 수양(垂楊)은 나룻머리에 드리웠고 언덕 위 설백(雪白)한 이화(梨花) 몇 나무는 물속에 비춘 제 그림자를 들여다보는데 오리 떼 헤엄에 물결이 어지러워지며 흰빛만 물결 사이로 조각조각 번득인다.

장단(長湍) 평원에 보리는 파랗고 배추꽃 누른데 여기저기 밭에 일하는 사람은 콩 씨를 뿌림인가. 덕적산(德積山) 인근 바라고 최영 장군 사당 가리키는 동안에 밭고랑에 옛 탑이 우뚝 서고 길 곁에 석비(石碑)가 때로 맞이하는 곳은 개성이니, 말쑥하게 춘복(春服) 입은 승객 몇 떼가 이 차, 저 차에서 나옴은 오백 년 고도의 춘색(春色)에 붙들림이라. 나도 그 틈에 끼이다.

역에 나서자 철도 공원이 나를 끌어 들이니 나지막한 언덕이 몇 구비 구불구불한데 복숭아, 살구 천 그루가 가지마다 꽃이라. 넉넉한 고운 붉음은 사람의 눈을 매혹하고 아름다운 자태는 사람의 마음을 취하게 한다.

자하동(紫霞洞) 그윽한 숲은 청제(靑帝)[5]의 대궐인 듯 선인교(仙人橋) 흐르는 물은 선녀의 풍악인가. 만월대(滿月臺) 남은 주석(柱石) 곁에 두루마리 펼친 자리를 보고 관덕정(觀德亭) 노송 밑에 술상 벌인 축을 만나니, 알조라. 몇 구의 시와 여러 잔술은 도무지 천년 고적에 감상(感傷)함이 아니면, 구십춘광(九十春光; 석 달의 봄)을 구가하는 것이로다.

토성(土城)을 거치고 금교(金郊)를 지나니 멀리 보이는 천마(天

4 둑을 쌓아 물을 막는 것이 축동이다. 둑에 심어 놓은 버들을 이르는 것으로 보인다.

5 오행의 원리에 따라 동쪽은 목(木)에 속하고 봄과 인(仁)을 상징한다. 봄을 주재하는 신을 동군(東君)이나 청제(靑帝)라 이른다.

磨)·성거(聖居)의 높은 이어진 봉우리는 산록의 기운이 특별히 밝게 비치며 남천(南川)을 건너고 총수(葱秀)를 넘으니 서흥(瑞興) 이북 한참 동안에 산은 에두르고 물은 굽이진데, 열 나무 스무 나무 삼림을 이룬 곳에는 반듯이 소쇄(瀟灑)한 촌락이 있으며 방초(芳草) 언덕에는 새끼 딸린 소가 눕고 푸른 버들 방죽에는 낚싯대 드리운 도롱이, 삿갓 쓴 노인이 앉아 있어 마치 아치(雅致) 무한한 한 폭 수채화를 펼쳐 놓은 듯.

사리원 가까워서 평야가 만만(漫漫)하야 일망무제(一望無際)한 것은 유명한 재령벌이라, 밭 사이 풋나물 캐는 붉은 저고리, 논 속에 가래질하는 흰 바지가 단순한 광경을 정취 있게 함이 심히 크더라.

솔이 푸른데 꽃이 붉으니 정방산성(正方山城)[6]을 치어다보고 아름답다 아니하는 이 없으며, 살진 물결에 홍백이 한데 비추고 맑은 모래에 갈매기, 백로가 섞여 좋으니 적벽강(赤壁江) 물결을 내다보고 쾌감을 일으키지 않는 이 없다. 황주성(黃州城) 너머로 바람을 따라오는 풍악 소리는 월파루(月波樓) 위에 풍류의 승사(勝事)가 있음을 알리는 듯.

4. 천리 춘색 (2)

중화(中和) 동북으로 가는 손님만 많고 오는 이 별로 없음은 청량산(淸凉山) 꽃구경 가는 길들이로다. 멀리 보아도 시 읊는 정이 자못 움직인다. 만리강(萬里江) 철교를 건너서니 등대(等待; 준비하고 기다림)하고 있었던지 흰 저고리에 밝은 돌띠 한 어린아이가 다복이 핀

---

6 황해북도 사리원시에 있으며 고려 시대의 성곽으로 1633년에 김자점(金自點)의 지휘로 개축되었다. 북한의 국보 문화유물 제89호이다.

복사꽃 한 가지를 차창으로 홱 들이치면서 "꽃구경 하시오." 하는 것이 기특하기 그지없다.

푸른 풀 덮힌 긴 둑을 무심히 한참 굽어볼 적에 문득 눈알에 물이 오고 물속에 연기가 비치거늘 선뜻 고개를 들어보니 어느덧 대동강이라. 우로 보니 거적 돛배, 베 돛배가 파랑 위에 둥실둥실하고 좌로 보니 높은 산과 낮은 산이 구름 사이에 점점한데 먼 것은 열기가 그린 눈썹과 같고 가까운 것은 짙기가 취대(翠黛)[7]와 같다.

화방(畵舫)[8]에 몸을 던져 거슬러 올라가니 모란봉은 구름을 이고 능라도(綾羅島)는 비단이 널렸는데, 청류(淸流) 절벽 위 나무들은 팔을 벌리고 껴안을 듯, 연광정(練光亭)과 부벽루(浮碧樓)는 손을 내밀어 부르는 듯, 백은탄(白銀灘)의 물결 소리는 맞이하는 노래로 들리고, 허공 중에 높이 솟은 을밀대(乙密臺)는 고대하노라고 발돋움한 것 같다. 기쁘기 고향에 돌아온 듯하고 반갑기 부모를 뵈옵는 듯한 감상은 평양 올 때, 족족 틀림이 없도다.

일원 장성(長城)의 옛일을 들려주던 것이 이제 있지 아니하고, 눈을 살지게 하던 십리장림(十里長林)[9]이 또한 터마저 없지마는 의구한 산하(山河)가 시인에게 명상을 주고 화공(畵工)에게 신이한 운치를 주고 행객에게 유락을 주되, 조금도 덜함이 없으니 산재한 가운데 기교와 정밀이 있고 웅대한 가운데 섬세함이 있는 평양은 과연 조화의 온전한 공적이로다.

만수산(萬壽山) 송림(松林)에 몸을 누이고 조천석(朝天石)[10] 물결 사

7 눈썹 그리는 푸른 먹을 이른다.

8 그림을 그려 잘 치장한 배로, 뱃놀이에 주로 쓴다.

9 평양의 대동강변을 따라 숲이 길게 뻗어 있었다 한다. 현재 이 지역은 평안남도 대동군 대동강면이다.

10 평양 부벽루 아래 있는데, 고구려 동명왕이 상제에게 알현하려고 이 돌을 타고서 하늘로 갔다고 한다.

이에 발을 나르기 무릇 몇 번인가. 기린굴(麒麟窟)[11]에 들락날락하고 모란대에 오르락내리락하기 또한 셀 수 없었도다. 절승(絶勝)한 경개가 유구한 역사를 겸하고 담박, 화창한 춘광(春光)이 창원(蒼遠)한 고색을 어우르니 여기서 보는 것은 기왕부터 지금의 무궁한 봄이오, 다만 1년에 한 번인 봄뿐이 아니로다.

보통강(普通江)을 지나니 머리 얹고 수건 쓴 아낙네가 물가에 나란히 앉아 빨래질이 한창 바쁜데 버들가지가 하나둘씩 그 위에 나부낀다.

어파(漁波) 수도(隧道; 굴 · 터널)를 빠져나가니 한쪽 석축(石築) 위에 진달래 몇 나무가 바드럽게 박히고 발그레한 꽃이 한창 떨어져 가는데, 바야흐로 떨어지는 것은 바람에 불려 차안에 들어오는 것도 있다. 철로 둑에 핀 민들레, 할미꽃이 그 접때 복숭아 밭과 살구 숲에 우거진 꽃보다 더 먼 길 가는 손의 눈을 기껍게 한다. 파르스름한 나비가 혹은 혼자 혹은 쌍으로 꽃에 와, 건드리고 멀리 떠났다가 다시 달겨든다.

청천강을 건너니 긴 유수는 산을 두르고 푸른 파도는 하늘을 띄웠는데 물을 따라 흘러내리는 홍백의 여러 가지 꽃은 아마도 백만 수나라 군대를 한입에 삼키던 살수를 거쳐 오는 것일 듯, 묘향산이 까맣게 동북으로 보인다.

영미(嶺美)벌로 시계(視界)가 상쾌한데 은행나무 마주선 동리 뒤 잔디밭에 열두서넛 아이가 기를 세우며 줄을 매고 닫는 자 닫고, 뛰는 자 뜀은 운동회 놀음인 듯, 붉고 푸르고 검고 흰 여러 가지 복색이 뒤섞여 뛰놀아 그도 또한 꽃으로 볼만하고 웃으며 환희하고 오락하는 꼴이 분명히 보여, 봄의 즐거움이 온통 거기만 있는 듯하다.

---

11 평양 부벽루 아래 있는데, 동명왕이 기린을 타고 이 굴에 들어가 하늘로 올라갔다 한다.

5. 천리 춘색 (3)

제석산(帝釋山)이 보인다. 한나절 겨운 해의 늘인 광선이 담뿍 쏘였다. 정주를 지나니 성벽 무너진 틈에 자줏빛 화초 두세 송이 쌀쌀하게 피었다. 거기가 혹시 홍군(洪軍)[12]의 혈전장인가 하매 일단의 정취가 생긴다. 조금 감에 이내 자욱한 저편에 신미(身彌)섬이 가만히 누었다.

사면에 산이 둘린 선천도 특별히 멋있는 곳이 적다. 다만 서편 산록에 화초로 무늬진 것 몇 군데가 있음은 양인(洋人)의 집 동산인 듯 검봉(劒峰) 위의 우거진 신나무는 춘색(春色)을 혼자 차지한 듯하고 멀리 보이는 동림진(東林鎭)[13]에는 연기에 잠긴 푸른 버들이 덩어리져 보인다.

차련관(車輦舘)을 보내고 비현역(枇峴驛)을 지나니 발 아래 삼교천(三橋川)[14]은 짙게 푸른 강류(江流)에 물놀이 어리고 짧고 짧은 도화(桃花)가 강기슭에 임하였는데 하늘을 뚫으려 하는 백마산성이 외연(巍然)히 앞에 당하니 아름다움은 화의(畵意)가 있고 엄위함은 검의 기운이 있다.

석하(石下)를 지남에 쪽으로 그려낸 듯한 강 건너 모든 산이 점차로 눈에 들어오고 신의주가 가까워지는 대로 바둑돌같이 깔린 돛이 끝으로부터 점점 밑둥까지 보인다. 차에서 내려 압록강 위에 편주를 띄우니 따듯한 날 가벼운 바람에 초록이 비추고 빨강이 떠올라 하늘에 이어진 장강은 물결마다 모두 봄이라. 이해(利害)에 눈이 빨개 다니는 선박들도 봄을 기리는 노래가 여기저기서 난다. 바위 끝을 차고 은옥(銀玉) 같이 부서지는 물결이며, 물안개 아득한 저편

12 홍경래 반란군을 의미한다. 그들이 마지막으로 항거한 곳이 정주성이었다.
13 평안북도 선천군에 있는 진지로 군사적 요충지였다.
14 평안북도 의주군 홍화진의 하천인데, 강감찬의 귀주 대첩이 벌어진 곳이다.

에 덩어리 덩어리 떠오르는 구름이 어느 것이 조화의 묘필(妙筆)이 아닐까. 가까운 배는 가도 먼 돛은 꼼짝 아니하는데 구름 밖에 아른아른 하는 것은 황해가 하늘과 접한 곳인가 보다.

대철교(大鐵橋)[15]로 빠져서 위화도(威化島)를 끼고 도니 이 태조의 회군하던 곳이 어디쯤인지 백사장에는 한가한 갈매기가 꿈이 한참 무르녹고 새싹 나 포근포근한 잔디밭에는 염소 새끼가 애햄거릴 뿐이다. 중강대(中江臺)[16]를 지나 의주성 밑에 이르니 좌안(左岸)의 마이산(馬耳山)은 옛 주인을 그리워하는 듯 우안(右岸)의 구룡대(九龍臺)는 강을 건너 달으려는 듯한데 그 사이에 충충한 푸른 못이 깊은 비밀을 가진 듯.

바람이 찬 까닭인지 꽃은 봉오리뿐이오. 아직 입을 벌리지 아니하였으나 버들잎은 벌써 실이 축축 늘어져서 맨 먼저 봄의 지우(知遇) 받음을 자랑한다.

통군정(統軍亭)에 오르니 높다라니 솟아 있어 만주 일경을 눈 아래 흘겨보는지라. 앞에 널린 옹긋쫑긋한 뫼와 질펀한 벌이 모두 그 아래 엎드려 호령나기만 기다리는 듯, 산은 석양을 받아 더욱 뾰족하고 들은 구름과 닿아 더욱 아득한데, 외로운 성의 지는 해는 붉은 것이 차차 걷히고 먼 마을의 피어난 연기는 푸른 것이 점점 무거워지니 호장한 것은 변경의 봄이로다.

이윽고 뉘엿뉘엿하던 볕이 깜박 넘어가고 회색이 차차 짙어져 천지를 휩싸감에 등불 그림자가 물에 비추어 별도 같고 꽃도 같다. 까만 통궁이[통나무배]가 흰 사람을 싣고 바삐 가는데 물새가 그대로 놀라 나르니 마치 흰 꽃이 바람에 나부끼는 듯하다.

검은 빛이 용골산(龍骨山)을 흐리고 구련성(九連城)을 흐리고 어느

15 압록강에 세운 철교이다. 6.25전쟁 때 맥아더의 폭파로 끊어졌다.

16 중강대는 압록강 하류에 있는 섬으로 난자도(蘭子島)라고도 한다. 조선 시대 중국과의 교역을 위한 중강 개시(中江開市)가 열렸던 곳이다.

덧 강상(江上)을 절반이나 흐려 버리더니 봄빛도 마침내 그 속으로 들어가 버렸다. 먼 데 피리 소리가 가끔 침침한 속을 뚫고 와, 괴괴하던 천지에 새 파동을 일으킬 따름이더라.

6. 상용하는 격언

- 저의 하고자 하는 바를 남에게 베풀라. - 그리스도[17]
- 하늘이 스스로 돕는 이를 도우시니라. - 속담[18]
- 희망 없는 이에게는 멸망이 있느니라. - 속담
- 스스로 어리석은 줄을 아는 어리석은 이는 슬기로운 이로 더불어 차이가 머지 아니하니라. - 셀컥[19]
- 오늘 할 수 있는 일을 내일로 미루지 말라. - 프랭클린[20]
- 광음(光陰)이 금전이라. - 속담
- 사실이 소설보다 재미있는 일 있느니라. - 에머슨[21]
- 습관은 제2의 천성이라. - 속담[22]
- 백성의 소리가 하늘의 소리니라. - 속담
- 광명 많은 곳에 음영(陰影)이 많으니라. - 괴테

---

17 『성경』 마태복음 7장 12절에 "그러므로 무엇이든지 남에게 대접을 받고자 하는 대로 너희도 남을 대접하라, 이것이 율법이요 선지자니라."는 구절이 있다.

18 영어 속담으로 원어는 "Heaven helps those who help themselves."

19 미상. 불경에 비슷한 구절이 있다.

20 벤저민 프랭클린의 말로 "Never leave that until tomorrow which you can do today."

21 랠프 월도 에머슨이 "Fiction reveals truth that reality obscures.[소설은 사실이 은폐한 진실을 드러낸다]"는 말을 남겼다. 이 말이 와전된 것이 아닌가 추정한다.

22 영어 속담으로, 원어는 "Custom is another nature."

- 필요가 발명의 어미라. - 속담[23]
- 네 생애의 하루가 네 역사의 한 장, 한 장이니라. - 아라비아 속담
- 명예는 책임을 가져오느니라. - 로마 속담
- 약조는 느리게 하고 이행은 재빨리 하라.- 속담
- 용사는 일생에 꼭 한 번 죽음을 아느니라. - 격언
- 변사(辯士)는 만들어지지만 시인은 천성이니라. - 로마 속담
- 좋은 말함도 좋지만 좋은 일함이 더 좋으니라. - 격언
- 로마가 하루에 된 것 아니니라. - 속담
- 웃음은 사랑 나라의 말이라. - 헤야

7. 제비

여러분 아시는 바와 같이 제비가 체구는 썩 작게 생겼지마는 작다고 깔볼 수는 없는 것이라. 공중에 나는 것을 보면 살보다도 빨라 다른 새가 좀처럼 따르지 못하는 것이오. 먼 길 다니기에 참을성의 강하기가 작은 새 중에는 하루 벗도 할 놈이 없으니, 이렇게 빨리 나는 것은 체구보다 날개가 갑절이나 크고 꼬리가 비교적 길게 생긴 까닭이오. 또 그 눈 밝은 것이란 1마일 밖에서 날아다니는 작은 곤충이라도 망원경을 대고 보는 늣하니 그 시력의 민활하기 실로 경탄할 밖에 없느니라.

주둥이는 지극히 짧으나 가로 퍼지고 입아귀가 깊이 찢어져 눈초리 밑까지 들어온 고로 입을 딱 벌리면 한정 없이 넓고 크니 입이 이렇게 된 것은 날아다니면서 공중에 있는 곤충을 채 먹기 좋게

23 영어 속담으로, 원어는 "Need is the mother of invention."

마련한 것이라. 곤충이 그 속으로 채어 들어가는 것을 보면 두꺼비 입에 파리같이 거침없이 들어가며 또 제비는 치아가 없는 고로, 들어오는 것은 아무것이라도 씹지 아니하고 늙은이 고기 먹듯 통으로 꿀꺽 삼켜도 체증도 없이 곱게 잘 삭이느니라.

날개는 크고도 튼튼하게 생겼지마는 그 다리를 볼 짝이면 짧고 작고 가녀리게 생겨 변변히 걷지도 못하고 어떻게 겨우 몸뚱이를 바쳐 쓰러지지나 아니하게 되었으니, 제비 다리가 왜 이렇게 약하게 생겼느냐 하면, 땅에 내려와 식물을 채집할 필요가 없는 고로 다리가 강장하지 아니하여도 별로 옹색할 일이 없는 까닭이라. 그러나 발가락은 가늘고 길어 그 끝에 첨예한 발톱이 있고, 그리하여 발가락이 세 개는 옆으로 향하고 한 개는 뒤로 향하여 무엇을 움키기에 편리하게 생기니라.

봄새 일기가 온화하여지면 어디서 날아와, 작년 와 지었던 옛집을 찾아 다시 보수도 하고 심히 파손되어 들 수 없게 되었으면 고쳐 짓기도 하니, 집 짓는 데 쓰는 재료는 진흙이 중심이오. 짚 검불이며 풀잎 같은 것도 섞는 고로 설령 진흙이 마르더라도 틈이 벌어져 무너지거나 하는 일이 없고, 그리하여 우선 외곽이 다 끝나면 그 내부의 우묵한 자리에다가 마른풀, 짚 검불, 새 깃, 짐승의 털 같은 것을 푹신푹신하게 깔아 훈훈하게 만들어 놓고 준비가 다 되면 그 속에서 네 개의 알을[24] 낳느니라.

그 알이 항용 2주간이면 깨어나되 새끼는 발육이 잘되지 못하여 몸은 발가숭이요, 눈이 보이지 아니하는 고로 한참 동안을 어미가 먹여 기르나니 일 년에 두 배를 쳐 새끼 열 마리는 얻느니라.

그리하여 매년 시월경 찬바람이 날 때가 되면 이 땅을 떠나 남방 따뜻한 데로 옮아가니 이것은 기후가 한랭하여 그 생활에도 불

24 제비는 3개에서 5개까지 알을 낳는다고 한다.

편한 까닭이지마는, 중요한 원인은 가을이 되면 초목이 차차 황락하여 푸른 잎이나 꽃의 꿀을 먹고사는 곤충이 불시에 감소하여 음식을 구하기에 곤란한 고로, 따뜻한 데를 찾아 가는 것이라. 아무리 추워지더라도 음식만 넉넉하면 별로 옮아갈 필요가 없느니라.

우리가 이왕 박타령에서 제비의 노정기를 들으면, 조선을 하직하고 황해를 가로질러 중국 내지를 거쳐 히말라야 산을 넘어 인도 지방으로 가서 거기서 겨울을 나고 이듬해 봄이 되면 다시 이 땅을 향하고 온다, 하나 반드시 그럴 리 없음이 물론이니라.

제비가 큰길가에나 논밭 근처를 살대같이 날아다니면서 넙죽 한 입으로 곤충을 집어삼키는 그 바람개비 같은 재주는 다른 새가 좀처럼 따르지 못하는 것이라. 형용이 있는지 없는지 사람의 눈에는 얼른 보이지도 아니하는 곤충을 하루에 2, 3천 마리씩이나 잡아먹으나, 이 곤충은 우리 사람들이 땀을 흘려 가면서 지어 놓은 곡식을 해하는 대적인 고로, 제비는 농가를 위하여 참 고마운 것이라. 그러므로 학, 산새와 같이 보호조가 되어 포획을 금지하는 부류에 편입되니라.

제비는 땅에서 겨우 2, 3촌쯤 떠 나는 일이 있으나 이것은 아무 때라도 그렇게 나는 것이 아니요. 일기가 좋은 때에만 그러한 것이니 공기가 건조하고 가벼워 습기가 없는 까닭이나 비가 온 뒤라든지 비가 오려고 일기가 흐린 때에는 공중에 습기가 차서 공기가 무거워지는 고로, 나직이 날려도 날 수 없는 것이니 이처럼 제비의 나는 것을 보아 비가 올는지 오지 아니할는지를 아는 것이라. 그러므로 제비는 청우계의 대리를 본다 하느니라.

-『청춘』[25]-

25 이 글은 『청춘』 3호(1914.12)에 「동물기담」이라는 제목으로 수록되어 있다.

8. 시조 2수

이이(李珥)

태산이 높다하되 하늘아래 뫼이로다
오르고 또 오르면 못 오를 리없건마는
사람이 제 아니 오르고 뫼만 높다 하더라

이황(李滉)

고인도 날 못보고 나도 고인 못 뵈오니
고인은 못 뵈어도 예던 길 앞에 있네
예던 길 앞에 있거늘 아니 예고 어이리

-『가곡선(歌曲選)』[26]-

9. 염결(廉潔)

염결(廉潔; 청렴결백)은 우리 민덕(民德) 중 가장 크고 들어난 것이니 불의의 부(富)와 불로(不勞)의 이득은 최대한 치욕으로 알아 오는 것이라. 율곡 이이 선생이 "마땅히 한 불고(不辜; 무고함)를 죽이고 천하를 얻을지라도 하지 않을 마음을 늘 흉중에 두라."[27]하신 가르침은 우리의 이 고결한 덕을 더욱 닦아 신칙시키심이로다. 이제 사서(史書)를 상고하건대 적절한 예증을 매거할 겨를이 없도다.

유응규(庾應圭)[28]는 고려 의종 때 사람이니 조행(操行)이 곧고 정숙

26 최남선이 고금의 시조를 수집, 편찬하여 신문관에서 1913년에 출간한 시조집이다.

27 이이의 「자경문(自警文)」에 나오는 구절이다.

28 유응규(1131~1175)는 자는 빈옥(賓玉)이고 고려의 문신이다. 과거에 실패

하여 미담을 많이 끼치신 이라. 일찍 남경(南京) 원으로 계실 때 초개(草芥) 하나 취하지 아니하더니 그 안에 병을 얻어 다만 나물국만 자시거늘 아전 하나가 모르게 꿩 한 쌍을 갖다 드리니, 아내 가로대 "양인(良人)[29]께서 일찍이 남의 선물을 받으신 일이 없거늘 어찌 나의 구복(口腹)으로 하여 양인의 맑은 덕을 더럽히리오." 하고 굳이 물리치니라.[30]

이공수(李公遂)[31]는 고려 공민왕 때 사람이니 연경(燕京)으로부터 돌아오실 때 중도에서 말이 굶주려 고단하더니 여산참(閭山站)에 이르니 들에 조는 쌓였고 사람은 없는데 종자가 취하여 먹이는지라. 공이 조 한 뭇이 베 몇 자어치나 되느냐고 물어 베 두 끝에 연유를 적어 조 가리 속에 두시니, 종자가 가로되 "다른 이가 반드시 가져갈지라, 무슨 쓸데 있사오리까?" 공이 가로대 "나도 모름은 아닐새만 이리하여야 내 마음이 비로소 편안함이로세." 하시니라.[32]

퇴계 이황 선생은 한성에 거하실 때 이웃집 밤나무 가지 몇이 담 넘어와 늘어져 아람이 익으면 뜰에 떨어지는지라. 아이들이 집어 먹을까 저어하여 그때 족족 주워서 담 밖으로 던지시니라.

모든 것이 순후하던 옛날에는 이러한 일조차 있었더라.

산원 동정(散員同正)[33] 노극청(盧克淸)은 고려 명종 때 사람이니 집이 가난하여 집을 팔려 하다가 일이 있어 먼 지방에 갔더니 그 동

하고 내시로 관리가 되었다. 공부 시랑(工部侍郞) 등을 역임하고 금나라에 사신으로 가서 공을 세웠다.

29 부부가 서로를 가리켜 부르는 말이다.

30 이 유응규의 기사는 『신증동국여지승람』 권3 한성부에 기록되어 있다.

31 이공수(1308~1366)는 시호는 문충(文忠)이고 고려의 문신이다. 태상예의원사(太常禮儀院使)로 원나라에 가서 공민왕의 복위를 위해 노력했다.

32 이 기사는 이공수의 묘지명에 나오며, 『동문선』 등에 실려 있다.

33 일정한 관직 없이 직급만 유지시켜 주던 제도를 산관(散官)이라 하는데 노극청은 산관인 직장 동정(直長同正)을 역임했다. 직장(直長)은 6~9품계까지의 낮은 관직을 두루 칭하는 말이다.

안에 그 아내가 낭중(郎中)[34] 현덕수(玄德秀)[35]에게 백금 12근을 받고 팔았더라. 노극청이 돌아와 덕수에게 가서 가로대, "내가 전에 이 집을 살 때에 9근밖에 아니 주었고 수년을 살되 아무 가식(加飾)한 것이 없거늘 이제 3근을 더 받음이 어찌 안심할 바이리오. 돌려보내기를 청하노라."

현덕수 가로되, "그대 능히 의를 지키는데 내 홀로 못하랴."

노극청이 가로되, "내 평생에 비의(非義)를 아니하노니 어찌 재물로써 심덕(心德)을 더럽히리오. 그대 만일 받지 아니하면 받은 값을 다 돌려보내고 집을 물리겠노라." 하며 서로 사양하기를 말지 아니하다가 필경에 공공 사업에 기부하였으니[36] 그 청렴한 덕이 족히 천고(千古)의 탐욕스런 자들을 부끄러워 죽게 하리로다.

10. 구름이 가나 달이 가나

서기 16세기 말에 프랑스 국에 한 신동이 났었으니 4세 되어서 이미 저의 의자 위에 올라서서 그 형제자매에게 설교를 하니라. 7세 적에 천체 시찰에 매우 유심하여 밤중에 침소에서 빠져나와서 별자리의 운행을 살피기도 많이 했더라. 일석에 저와 나이 서로 비슷한 남녀 아동 몇을 동행하여 산보를 나갔더니 이때 마침 삼오야

34 고려 시대 육조에 딸린 정5품 벼슬로 정랑(正郎) 또는 직랑(直郎)으로 개명되기도 하였다.

35 현덕수(?~1215)는 고려의 무신으로, 조위총의 난 등에서 거듭 군공을 세웠다. 안남도호부 부사(安南都護府副使), 병부 낭중(兵部郎中) 등을 역임하고 벼슬이 전중감(殿中監)에 이르렀다.

36 이 일화는 『고려사절요』, 『동국이상국집』, 『동문선』 등에 두루 전한다. 이 일화 밖에 노극청의 다른 인적 사항은 미상이다. 흥미롭게도, 위의 원래 기록에서는 남은 은 3근을 현덕수가 절에 바쳤다고 되어 있는데, 최남선이 자의로 "공공 사업"으로 수정하였다.

(三五夜; 음력 보름) 둥근달이 명경같이 환한데 몇몇 늘어진 엷은 구름이 바람에 불려 질주하여 가는지라.

구름이 가나, 달이 가나? 일군 소년이 문득 이로써 토론 문제를 삼았더라. 대개는 "달이 가는 것이지 구름은 가만히 있지 아니하냐."고 월동설(月動說)을 주창하는데 신동이 홀로 운동설(雲動說)을 주장하여 "구름이 움직이니까 달이 옮기는 것 같으니라."고 논하며 갑론을박하여 결정할 바를 모르는지라.

신동이 꼼짝 못할 증거를 보여 그 아이들의 입을 틀어막으리라 하여 일동을 큰 나무 기슭으로 끌고 가서 "저것을 보아라, 나무 틈으로 비치는 달을 보건대 달은 같은 입새에 걸리고 같은 가지에 끼는데 구름은 문득 나타났다가 문득 사라져 요동하고 정함이 없지 아니하냐."고 약게 설명함에 일동이 다시는 아무 말도 못하였더라.

이 신동은 곧 18세에 수사학 교사가 되고 20세에 신학과 철학의 교수가 되어 방명(芳名)이 학계에 남은 베드로 · 가센지 씨러라.[37]

11. 생활

"이마에 땀을 내어 먹으라." 함은 우리들이 잠깐이라도 잊지 못할 교훈이니 의식(衣食)할 만한 노력을 하지 아니하고 의식(衣食)을 취하기만 함은 도심(盜心)이라 할지라. 스스로 근로하여 스스로 의식(衣食)하는 자는 제물에 사회상 양민(良民) 노릇을 함이거니와, 그렇지 아니하고 귀인이라든지 부가(富家)의 자제로 아무 노력하는 것 없이 배불리 먹고 따듯하게 입고서 유희로 날을 보내는 자 같은

37 이 인명은 미상이다. 중세 유럽의 교육은 보통 오늘날의 중등 교육에 해당하는 문법 학교(grammar school)를 졸업한 뒤에 신학교에서 신학과 철학을 배웠다.

이는 실로 도적의 일종을 스스로 범함이라 할지니라.

빈천한 자로 턱없이 부귀한 자를 선망함도 물론 도심(盜心)이오, 자기의 부유하지 못함으로써 부질없이 세상에 대하여 불평을 품음은 곧 도적이 용이치 아니하다고 불평하여 하는 것이니, 생각하면 부끄러운 일이 아니요, 부귀한 집 자제가 노력치 아니하고 향락함도 실은 선조가 근로한 결과니 이미 선조가 근로하지도 아니하고 또 저도 근로하지 아니하고서 다만 그 결과만을 가지지 못함으로써 불평을 삼을 이유가 있을 수 없도다.

또 부귀가 자제에게 대하여 말씀하노니 선조 전래의 유산은 곧 요행이라. 부모에게 양육의 은택을 입고 또 상당한 교육을 받고 성인까지 되었으면 마땅히 그 보호를 사양하고 독립 자활할 시기니 놀고 입고 먹을 이유가 있지 아니하거늘, 흔히 심신의 노고를 피하여 시일을 낭비하니 이를 비유하건대, 다 자란 돼지 새끼가 부지런히 돌아다니면서 마땅히 얻어먹을 것만 얻어먹었으면 아무 부족할 것이 없겠거늘, 얼씬거리며 어이 꽁무니에 딸려 젖을 탐하려 하는 꼴과 다름이 없는 것이라. 사람으로 돼지 새끼와 같음은 가장 부끄러워 할 바이니라.

그런즉 이 세상 사람의 자제들아! 사람이 당초에 오체(五體)만 가지고 나온 것으로 알고 자신 독립의 뜻을 세움이 옳으니라. 농부로 근로하라, 직공으로 근로하라, 혹은 상인으로 혹은 관리로 근로하라, 혹은 의원, 변호사로 근로하라, 혹은 학자로 근로하라. 오직 자기 재능의 맞는 바를 헤아릴 것이오, 직업의 귀천상하를 물을 것 없느니라.

12. 사회의 조직

목수, 미장이, 농군, 상인 등 각색 직업 하는 사람이 예전 학교 선생의 집에 모여서 선생의 말씀을 듣고 있더라. 선생이 말씀을 계속하여,

"이제도 말한 바거니와 여러 사람이 피차 협조하여 자기의 편리도 얻고 남의 편리도 꾀하기로 인류의 사회란 것이 성립하는 것이니라. 그러므로 개명하면 개명하는 대로 수다한 사람이 엉기어 살게 되느니라. 미개한 곳에는 십리 사방에 한 사람쯤 되는 분수로 살지만 개명한 곳이면 십리 사방에 평균 45인이나 사느니라. 이렇게 수다한 사람이 모여 살므로 모든 일이 편리하여져서 이 세상이 살기 좋은 것이니라."

하더라. 이때 초부 한 사람이

"그러나 우리 모양으로 산중에 있어 날마다 나무나 베고 지내는 사람은 그다지 세간하고 관계가 없을 듯이 생각합니다."

하니 선생이

"너는 나무를 베면 팔지 아니하느냐? 만일 세간이란 것이 없고 사는 작자가 없으면 네가 어떻게 생활을 하겠느냐? 너 스스로 피륙도 만들어야 할 것이오, 오곡식도 지어야 할 것이오. 건건이 거리도 장만하여야 할 것이니라. 첫째 네가 나무 베는 도끼는 어디서 난 것이냐? 광산으로서 철을 채굴하여 그것을 단련하여서 도끼를 만들 동안까지 사람의 힘이 어떻게 들었는지 아느냐. 대체 세상 사람이 각기 직업이 있어 일심전력으로 자기의 직업에 종사하는 것이 곧 세간을 위하여 근로함이니라. 세간 사람들이 다 우리들을 위하여 복무하고 있는 줄 생각함도 무방하니라. 집은 목수가 지어 주고 곡식은 농군이 만들어 주고 길쌈하는 아낙은 피륙을 짜 주고 갖바치는 신을 지어 주며, 순사는 순사의 직무가 있고 교원은 교원의

직무가 있나니 수다한 갖은 사람이 단체가 되어 협동 근로하기 때문에 이 세상에 불편이 없는 것이니라."

이때 점방 시중드는 아이가

"선생님, 그러기는 하여도 부자라는 이는 자기는 아무것도 아니하고 수다한 사환을 부리고 지내지 않습니까?"

하니 선생이 고개를 내젓고

"그렇지 아니하니라. 자기가 몸으로 수고하지 아니하는 대신에 돈을 내느니 결코 그저 사람을 부리지 아니하는 것이니라. 가만히 생각하여 보건대 너희들도 바야흐로 수다한 사람을 사용하느니 너의 사용하는 사람이 2만 인가량은 되리니라."

전방 시중드는 이, "선생님 실없는 말씀 맙시오. 나는 아무것이고 다 손수 합니다."

선생, "아니 그렇지 아니하니라. 네가 이제 무명 두루마기를 입었으니 말이다마는 그 옷을 누가 바느질하였느냐? 그것이 네 옷이 되기까지 얼마만큼이나 사람의 손을 거쳤느냐? 그 무명을 짜는 실은 아마 인도로서 온 것일지니, 인도의 밭에서 목화를 심어 따 들이기까지 이미 수다한 사람의 손을 빌었으며, 그것을 기선에 싣고 우리 땅으로 가져다가, 방적기로 길쌈을 하고 직조기로 낳이를 하고, 물들이는 것이면 염색을 한 뒤에 포목전으로 나가지 않느냐? 보아라, 기선의 수부며 방적, 직조, 염색의 직공 등을 다 합하면 썩 수다한 사람의 신세를 지지 아니하였느냐? 그 외에 네 수건, 신 같은 것이 다 역시 수다한 사람의 손을 거쳐 온 것이로다. 또 네가 오늘 아침에 먹은 곡식, 채소, 장, 기름 같은 것도 얼마큼 수다한 사람의 노력이 들었을 것이랴? 너는 곧 수다한 사람을 사역하고 지낸다 하여도 옳으니라. 편지 쓰는 종이든지, 때 닦는 비누든지 하나도 그렇지 아니할 것 없으니 생각하여 보면 네가 부리는 사람 수가 2만 인이 더 되면 더 되었지 덜 되지는 아니할지니라."

일동이 이 말씀을 듣고 지당하다고 감복하여,

"우리들 같은 가난한 사람이 이토록 수다한 사람의 힘을 빌려 지내는 줄은 오늘 말씀으로 비로소 깨단하였습니다."

하고 선생께 치사하고 헤어지더라.

13. 서고청

서고청(徐孤靑)[38]의 이름은 기(起)니 중종 때 상인(常人)의 아들이라. 어릴 때에 동리 안의 반가 자식들과 유희할 때, 동무 사이에 경멸을 당함이 심하여 욕을 당해도 갚아 주지 못하고 두들겨 맞아도 항거하지 못하는 지라. 한번은 부모께 여쭈오되,

"사람됨은 하나이거늘 하고(何故)로 권의(權義)가 이렇듯 평등하지 아니합니까?"

한대, 부모가 눈물을 흘리시며 가로되,

"세상에 반상(班常)이 있어 반(班)은 귀함으로 방자하나 막을 이 없고 상(常)은 천함으로 억울하나 펴지 못하느니라."

하거늘, 서고청이 처음에 반상이 어찌하여 나뉨을 물으나 부모가 능히 답하지 못하는지라. 동리 서당에 나아가 선생께 여쭈어 보니,

"반상이 본디 씨가 있는 것 아니오, 다만 지덕(智德)이 족하여 공업을 세워 이룬 자는 반이 되고 그렇지 못한 자는 상이 된 것이니라."

(고청) "지덕의 충족, 부족과 공업의 유능, 불능은 천명이옵니까? 인력이옵니까?"

선생이 더욱 그 물음을 기특히 알아 인성(人性)이 본디 선하고 만

38 서고청(1523~1591)은 자는 대가(待可)로 노비의 아들이었다고 한다. 지평(持平; 종5품)에 추증되었고 문집으로 『고청유고(孤靑遺稿)』가 있다.

능이 스스로 갖추었느니 현자와 우자, 위대와 범속이 도무지 하고 안 함과 힘씀과 안 씀의 여하로 나누임을 말하여 들려주더라.

이때로부터 서고청의 어린 속에 아무도 알지 못하는 큰 뜻이 품겼더라. 그 모씨(母氏)가 상인(常人)은 학문을 하나 소용없음으로써 그만두라 권하고 동리 양반이 다 주제넘다고 조소하나 조금도 굽히지 아니하고 글을 배우겠다 하여 일석으로 서당에 들어 있어 어깨너머로 차차 쉬운 글자를 깨치고 또 반가 아이들의 읽다 남긴 책을 얻어 선생께 가르침을 청하니 선생도 어린 것의 향학 정성을 감탄하여 성심으로 교수하더라.

한번 공부의 길을 얻음으로부터는 거기 일심하고 전력하여 침식을 잊다시피 하니 진취가 심히 빠른지라. 조소하던 자가 차차 경이하고 이어 탄복하더라. 그 뒤 얼마 되지 아니하여 서당이 닫게 되었는지라. 공이 시를 지어 선생께 올려 가로되,

"서당이 늘 닫혀만 있으리, 나에게 성현(聖賢)을 읽게 할지니"

하소서 하니, 선생이며 다른 이가 다 그 미래가 비범할 줄 알더라. 이는 7세 때 일이라.

좀 자라니 어려운 가세에 공부만 전력할 수 없어 혹 나무도 하고 혹 밭도 부쳐 어버이를 돕는데, 틈만 있으면 책을 펴고 길로 다니는 동안에도 입으론 글을 외우며 갈수록 더욱 학문에 치력하여, 제자백가와 여러 기술의 설까지 섭렵하지 않은 것이 없었더라.

스물이 지난 뒤에 토정 이지함을 만나 의론하여 보고 학문은 세도(世道)에 즉효 있음이 귀하고 인물은 세무(世務)에 실용됨이 귀한 줄 알고, 먼저 민속과 그 땅의 사정을 연구하려 하여 사방에 주유하는데, 험원한 곳이라고 빼지 아니하며 한라산까지 올라가 보고 돌아와 『대학』 『중용』을 여러 해 동안 궁구하였더라.

도를 행함에 마땅히 가까이로부터 시작하리라 하여, 향촌 풍속의 비루함을 교정할 차제로 절의와 근검을 위주하여 향약을 마련

하고 강신당(講信堂)[39]을 이중(里中)에 세웠더니 근처 못된 젊은이들이 몰래 그 집에 방화하는지라. 이는 덕이 아직 사람을 감복치 못함이라 하여 드디어 처자를 이끌고 지리산 홍운동(紅雲洞)에 들어가 집을 얽고 밭을 이룩하여 지냈다. 그러나 조석을 오히려 잇지 못하여 여름 가을의 사이에는 산돌배를 삶아 주림을 채우면서 강학함을 쉬지 아니하였다.

먼 고을 사람이 고명을 듣고 책을 지고 와서 각각 서당을 그 곁에 짓고 가르침을 청하게 되니, 폐가 이웃 절에 미치는 지라. 거한지 4년 만에 파하고 나와 공주 계룡산 고청봉(孤靑峯) 아래 공암동(孔巖洞)에 살 곳을 정하니 고청이란 호가 여기서 인함이라. 원근이 다 경외하며 스승으로 모시는 자가 날로 많아져 예전의 천한 아이가 드디어 일대의 사표(師表)가 되니라.

공이 후진을 교도함에 반드시 성심공부(誠心工夫)로써 먼저 하여 가로되,

"심(心)이 성(誠)하면 모든 것이 다 스스로 오려니와 그렇지 못할진대, 그가 무엇을 하며 그에게 무엇이 이루어지리오."

하며 또 실용의 학을 권하여 가로되,

"공리(空理)가 어찌 세도(世道)를 받치랴? 실익이 오직 인생을 복되게 한다."

하더라. 전후 18년 동안 정성스레 후생을 가르쳐 인재를 많이 만들고 이루었으며 궁리(窮理)에 침잠하여 흔연히 식사를 잊고 말년에는 얻은 바가 더욱 고명하여 일세가 따라 감복하는 바가 되더라.

-『국조명신록(國朝名臣言行錄)』[40]에 의거함-

39 서기가 국토를 주유하고 고향인 홍주(洪州)에 돌아와 여씨 향약을 행하려고 강신당(講信堂)을 지었다는 기록이 있다.

40 조선 시대 유명한 정치가, 학자들의 인적 사항과 언행을 기록한 필사본으로 54권 27책이다. 송징은(宋徵殷; 1652~1720) 삼부자가 편찬했다. 이 책이 조

14. 귀성

뎅뎅 치는 하학(下學) 종소리를 듣고 “에그 좋아라!” 하다가 선생님께 꾸중을 들은 것은 제가 생각하여도 부끄럽지마는 이것이 이 학기의 마지막인가 하니, 기쁨을 스스로 이기지 못한 것이다. 서책, 필기첩 할 것 없이 다 치워 내던져도 꾸지람 듣지 아니할 때가 와서인가? 아니지, 등산이며 해수욕이며 마음대로 놀 수 있어서인가? 아니지, 그도 기쁘지 아니함은 아니지만 이 종소리가 날 때에 선뜻 내 눈앞에 선하게 보인 것이 고향의 광경이다. 고향에는 부모님이 계시니, 내가 이제 돌아가서 슬하에 뫼시게 될 수 있는 몸이 된 것을 기뻐함이다.

먼저 저자에 나가서 양당(兩堂)[41]께서 좋아하시는 종류와 형제자매가 기뻐할 듯한 것 몇 가지를 정표될 만치 사고 또 하직의 차제로 친근히 지내던 집과 신세진 집들을 찾다. 삼청동 아주머님 댁에서 하룻밤이라도 자고 가라 하시기로 간곡히 권하심을 한가지로 사양할 수 없어 그날 밤은 서울서 자기로 하다.

자리 속에 들어가서도 잠이 얼른 들지 않고 시계 소리가 점점 크게 들리며 강잉히 눈을 감으면 내일 광경이 뇌 속으로 줄달음하여 주마등 같다. 자는 듯 만 듯 밤을 지내고 동녘 해 번하자, 곧 일어나 아주머님을 놀래 주고 밥도 먹는 둥 마는 둥, 인사도 분명히 하였는지 말았는지, 머리 앞에 놓았던 행장을 들고 정거장으로 다다랐다. 아침놀이 동천에 널렸고 참새 소리조차 활발하다.

선광문회에서 간행되지는 않았지만, 위에 언급된 서기의 사적은 광문회에서 간행한 『연려실기술』에 실려 있다.

41 국립국어원의 표준 사전에는 “남의 부모를 높여 이르는 말”이라 되어 있다. 한국 고전 종합 DB의 문집에 나타난 용례를 보면 이 사전의 기술은 부분적 의미만을 반영한 것으로 보인다.

차표를 어떻게 샀는지 부리나케 차에 뛰어올라 한 구석에 자리를 잡고 겨우 마음을 놓으니 새벽 하늘에 기차 소리가 높이 울리자 차륜이 슬그머니 움직인다. 봄에 선발 시험을 받을 양으로 올라올 때와는 창밖의 풍물이 매우 틀리고[42] 눈에 뜨이는 산이며 물까지 내기꺼움을 나누어 벙긋거리는 듯도 하며 앞의 것은 어서 오라는 듯 뒤의 것은 잘 가라는 듯하다. 마음도 가볍고 몸도 홀가분하다. 지나는 정거장의 이름들은 잘 생각나지 아니하여도 하나, 둘, 셋씩 세어 열셋 째가 곧 우리 고향의 정거장이구나.

그러자마자 언니하고 부름은 어느덧 나를 알아보고 쌍수를 쳐든 동생의 소리다. 내다보니 아버님도 오셨네, 어머님도 계시군. 누이동생이야 퍽도 컸구나. 어머님께서는 눈물이 그렁그렁 하시어 말씀도 별로 없으시며 누이동생은 어안이 좀 벙벙한 모양이다. 아버님께서 "잘 있었느냐." 하시고 가까이 나오시는데 부질없이 가슴이 메어 대답이 얼른 사뢰어지지 않는다. 노상에서 이것 한마디 저것 한마디 하는 동안에 어느덧 며칠 밤 두고 꿈으로 다니던 우리 집에 다다랐다. 집안 꼴은 봄과 다름이 없다.

15. 방패의 반면

옛날에 한 무사가 있어 길을 가더니 노변 나뭇가지에 방패 하나가 걸렸더라. 그것을 보고 있노라니 건너편에서 무사 한사람이 또 오더라. 이편 무사는 "이 방패가 금으로 만든 것이라." 하고 저편 무사는 "아니 은으로 만든 방패라." 하여 금이라거니 은이라거니 피차 제 말에 올라타고 다투더라. 입이 찢어지도록 언쟁하다가 필

42 문맥상 '다르고'의 의미인데, 현재의 어문 규정과는 다르다.

경에는 칼을 빼어 싸우도록 되어서 양편이 다 중상하여 그 땅에 거꾸러졌더라.

이리한 뒤에 한 선비가 지나다가 양인을 구호하고 가만히 결투한 이유를 물으니, 양인이 대답하되,

"한 사람은 금 방패라 하고 한 사람은 은 방패라고 하기 때문에 일어난 싸움이러니라."

하는 말을 듣고 웃어 가로되,

"어리석도다, 무사야! 이 방패가 반면은 금이오, 반면은 은이로다. 피차 반면씩만 보고 다른 반면을 모름으로 싸움이 난 것이니라. 그대들이 이번 일을 거울 하여 인사(人事)가 흔히 이와 같은 것임을 생각하라."

고 설유(說諭)하였다더라.[43]

16. 만물초

풍암(豐巖)에서 서로 30리에 온정(溫井)이 있고 우물의 서쪽 6, 7리에 발봉(鉢峯)[44]이 있고 봉 꼭대기에 옥녀세두분(玉女洗頭盆)[45] 수십이 있고, 발봉의 서로 20리에 석문을 뚫고 나오는 시내가 있으니 시내를 찾아 문으로 들어가 5, 60리쯤 가면 그 안이 공동(空洞)하고 탁 트였는데 옥 같은 봉우리가 두르고 구슬 같은 절벽이 쌓여 일대 동천(洞天; 신선의 경개)을 이루니라.

43 이 글은 조선총독부의 교과서인 『신편고등조선어급한문독본』(1924) 1권 16과에 "방패(防牌)의 양면(兩面)"이라는 제목으로 수정되어 수록되었다.

44 외금강 수정봉 동쪽에 있는 봉우리로 바리때를 엎어 놓은 모양이라 붙은 이름이다.

45 옥녀는 선녀인데, 선녀가 머리 감는 대야라는 뜻이다. 금강산 구룡폭포 일대의 크고 작은 소를 이르는 말이다.

흙이라고는 한 움큼도 없으며 이따금 풀 난 것이 있으나 범상한 것은 하나도 없으며, 계곡 안에 서리서리 눈같이 깔리고 반들반들 얼음같이 엉긴 것이 몇 리에 숲처럼 늘어섰는데 사람 모양이나 물건 모양으로 생기지 아니한 것은 하나도 없고 그 수는 수만 억인지 알지 못하겠니라. 이리 생기고 저리 생긴 것이 모두 산 듯하여 얼른 보면 놀라 자빠질 밖에 없고 자세히 살핀 뒤에 돌임을 알지니라.

사람으로 생긴 것은 선 이도 있고 앉은 이도 있고 누운 이도 있고 일어난 이도 있고 마주서서 읍(揖)하는 이도 있고 어깨 겯고 동무한 이도 있고 팔짱 끼고 천천히 가는 이도 있고 활개 치며 바삐 지나는 이도 있고, 소 탄 이 말 탄 이도 있고 양치는 이, 돝 치는 이도 있고 중으로 예불하는 이도 있고, 선비로 경서 강(講)하는 이도 있고 예복 입고 어른 앞에 나온 이도 있고 발끝 맞춰 행렬 지은 이도 있고 씨름 하는 이 태껸 하는 이도 있고 굳센 체 힘자랑 하는 이도 있다. 존비, 귀천, 상하대소와 무릇 사람의 심정색상(心情色相)치고는 없는 것이 없느니라.

사물로 생긴 것은 용도 있고 범도 있고 기린도 있고 봉황도 있고 매, 수리, 사슴, 토끼 따위의 그 종류가 무수하여 나는 놈에 닫는 놈, 뛰는 놈에 기는 놈, 날개 펴고 춤추는 놈, 죽지 오므리고 먹이 찾는 놈, 고개 쳐들고 우는 놈, 모가지 비틀고 조는 놈이며, 가랑이가 찢어지게 서로 쫓는 놈, 고개를 한데 모으고 떼 지어 있는 놈, 드러누워 소용치는 놈, 달겨들어 받으려는 놈 가지각색이 갖추갖추 있느니라.

꼭 지정하여 어떤 물건이라 하기는 어려우나 이보다도 오히려 더한 것이 있으니 거듭된 산과 겹친 봉우리가 구름을 뚫고 서 있는 것은 완연히 구중궁궐이 허공 가운데 높고 우뚝한 것이오. 뾰족한 돌과 날카로운 바위가 하늘을 찔러 솟은 것은 흡사 천 자루의 검과 극(戟)이 하늘에 촘촘히 늘어선 것이라. 이윽고 우러러보니 저절로

경의(敬意)가 나서 그 앞에 절하고 무릎 꿇을 밖에 없나니, 아마도 조화옹(造化翁)이 사람과 물상을 그릇처럼 빚으실 때에 초안을 여기 잡으셨다가 끼쳐 두심인가. 금강산을 보지 못하면 천하의 기묘를 이야기하지 못할 것이오. 만물초(萬物草)를 보지 못하면 금강의 기묘를 이야기하지 못할지니라.

-양봉래(楊蓬萊)[46] 「만물초기(萬物草記)」[47]-

17. 수욕(水浴)

"튼튼한 정신이 튼튼한 신체에 든다." 하던 로마 국민은 이제로부터 2천 수백 년 이전에 왕성히 수욕(水浴)을 행하였더라. 역사에 적힌 것을 디디건대 티베르 강[48] 물속에 들어가서 먼지와 티끌도 씻어 버리고 수영의 재주도 연습하였음이 분명하도다. 이제 우리들이 회화며 조각 같은 것으로 보는 바이거니와 그네 신체의 위대함과 근육의 철석 같음이 결코 우연한 것이 아닐지로다.

목욕은 다만 신체를 깨끗하게 할 뿐만 아니라 아울러 피부병의 예방까지 됨은 의사가 모두 말하는 바이니 건강에 보조됨이 자못 크니라.

목욕에 종류가 많으니라. 온도로써 말하면 냉수욕, 온수욕, 탕욕으로 나눌 것이오. 성분으로써 말하면 담수, 광천수, 해수로 나눌지니라. 탕욕의 온도는 과도하게 말지니 사람의 체온이 37도 내외인

46 양사언(楊士彦; 1517~1584)의 호가 봉래이다. 함흥 부사, 회양 군수 등을 지냈으며 조선 전기 4대 서예가로 불린다. 저서로 『봉래시집(蓬萊詩集)』이 있다.

47 이 글은 현재 남은 양사언의 문집인 『봉래시집』 등에서 찾을 수 없다.

48 이탈리아 중부 아펜니노 산맥에서 발원하여 로마 시내를 지나는 강으로 길이 390km이다.

즉 대개 그보다 더하게도 말고 덜하게도 말지니라.

냉수욕은 신경을 자극하여 저항력을 늘려 주느니라. 그러나 자극이 너무 강한 것임으로 허약한 사람에게는 강권하기 어려우니, 그런 이는 하절기로부터 매 아침에 수건을 냉수에 담가 짜서 이것으로 마찰함이 좋으니라. 처음 할 때에는 귀찮지마는 상습이 되면 도리어 세수를 폐하기 어려움과 같아질지니라.

고래로 온천이 향유되었음은 우리에게서도 온양 온천[49]의 이용이 삼국 초부터 있었음으로 짐작할 것이오. 해수욕은 그렇지 아니하여 요사이에 와서야 차차 행하게 되니라.

유영을 하는 자는 격랑을 타고 신체를 운동시킴으로 심상한 목욕 이외에 특종의 효과가 있으며 유영을 알지 못하는 자라도 해변의 얕은 물가에 들어서서 세파(細波)의 보드라운 무마(撫摩)를 받으면 해기(海氣)의 자극과 함께 피부를 강하게 하는 효과가 있느니라.

해수욕장으로 가장 적의한 곳은 남에 바다를 면하고 북에 산을 진 곳이니 대개 사계절에 기후의 극한 변화가 없음으로써 그러하니라. 사나운 바다는 물결이 대단하여 위험하고 잔돌 많이 깔린 곳은 들어서기가 어려우니라.

수욕 시간은 사람의 체질과 기상을 따라 일정하기 어려우나 불쾌를 느끼도록 함은 불가하며 횟수도 조석 양차쯤이 좋으니라. 일중에 해중으로 뛰어듦이라든지, 열사(熱沙)를 밟음이라든지는 처음으로 바다를 보는 이에게는 강권하기 어려우며 다만 해변의 생활만으로도 효험이 있는 것이니, 그런 일은 억지로 행하잘 것 없으리라.

해수욕이 효험 있음은 목욕 그것의 효험 있을 뿐 아니라, 주위의 지세가 무한히 보양(保養)시켜 줌에 말미암느니라. 볼지어다. 홍진

---

49 한국에서 가장 오래된 온천의 하나로 조선의 태조, 세종, 세조 등 여러 왕이 순행하였다.

만장 중에 집 용마루만 보고 지내던 눈이 문득 구름 같은 안개 어렴풋한 수평선상의 돛대를 세게 되고 오존[50]이 많은 해기(海氣)의 호흡에 흉곽이 매우 확대되어지는 듯하여 저절로 상쾌함을 깨닫지 않느뇨?

18. 속담

- 단단한 땅에 물이 괸다.
- 부뚜막의 소금도 집어넣어야 짜다.
- 범에게 물려가도 정신을 차려라.
- 드문드문 걸어도 황소걸음.
- 석새베[51] 것에 열새바느질.
- 열 길 물속은 알아도 한 길 사람 속은 모른다.
- 접시의 밥도 담을 탓.
- 대 끝에서도 삼년.
- 급히 먹는 밥이 목이 멘다.
- 한술 밥이 배부르랴.
- 구운 게도 다리 떼고 먹는다.
- 남 잡이가 저 잡이.

-『조선이언(朝鮮俚諺)』[52]-

50 바다의 염분이 염소를 방출하고, 염소가 햇살과 섞이면 소량의 오존이 나온다.
51 석새삼베라고도 하며 240올의 날실로 짜서 성글고 굵은 베를 이르는 말이다.
52 이 책은 1913년 신문관에서 출간되었고 편자는 최원식(崔瑗植)이다. 최초의 국문 속담 사전이다. 최원식은 최영년(崔永年)의 아들로 『조선일보』 등에서 기자로 활동했다.

19. 용기

사람이 세상에 있어 함이 있고자 하면 먼저 날램이 있어야 합니다. 아무리 앎이 많고 아무리 재주가 크더라도 만일 날램이 없으면 그는 아무 일도 알 수 없습니다.

날램이 없으면 새로운 일을 비롯하지 못하며, 비롯된 일을 잘 만들지 못하며 잘 만든 일을 좋이 지키지 못합니다. 일과 날램의 관계는 견주어 보건대 화통과 기차 같은 것이니 화통 없는 기차가 어떻게 움직이리까, 나아가리까? 그 가고자 하는 곳에 다다르리까?

날램이란 것은 널리 말하면 무엇이든지 얼른 달겨들고 굳이 지키어 가는 힘이라 할 터이나, 참 날램은 오직 좋은 일과 옳은 일에만 나타나는 힘을 가리킴이외다.

세상일의 많음이 소의 털 같사외다. 그러함으로 날램을 무덕지게 가져야 하며 무슨 일 함에 어려움이 맨손 끝으로 시우쇠를 뚫음 같사외다. 그러함으로 날랜 기운을 달리고 달려 그 끝을 열쌔게 하여야 뚫고 나가는 것이며, 또 사람은 어느 때 어느 곳에서 무슨 일이 얼마큼 생길 것을 모르고 지냅니다. 그러함으로 늘 날램을 몸에 가득하게 하여야 때와 일을 따라 부릴 수 있습니다.

조선에 예로부터 큰 날램을 드러낸 이가 많으니 그 어른들의 날래심이 각각 그 세상 사기(史記)를 꽃밭같이 아름답게 하셨습니다. 그 어른들의 이름은 혹 이름난 장수와 혹 큰일 한 영웅으로 아무 때까지든지 한결같이 우리들 입에 기림을 받으십니다.

그러나 날램은 싸움하는 마당이나 큰일에만 드러나는 것이 아니라, 아무 때 아무 일에라도 드러나는 것이니 우리들이 참 날램을 가졌기만 하면 날마다 지내는 적은 일에도 큰 날램을 부리어 볼 기회가 많이 있는 것이외다.

옳음을 함이 큰 날램이외다. 그름을 아니함이 또한 큰 날램이외다. 옳은 일에 몸과 목숨을 버리되 싫다 아니함은 가장 기릴 만한 날램이외다. 그 대신 그른 일에는 눈과 마음을 두기만 하여도 이것이 가장 날램 없는 일외다.

옛날 날램 있는 이는 다 옳은 일 하려 하는 마음은 채찍질을 하고 그른 일에 가는 손은 칼질을 하던 사람들이외다.

그른 일을 아니하려면 큰 날램이 있어야 합니다. 그러나 그른 일이라도 버릇된 것을 떼는 데는 더욱 큰 날램이 있어야 합니다. 속으로 그른 마음 뿌리를 빼어 버리는 날램은 밖으로 큰 대적을 물리치는 날램보다 덜하지 아니하외다.

사람은 약한 것이외다. 날램을 가진 뒤에 굳세어지었습니다. 일은 어려운 것이외다. 날램 앞에서만 쉬워집니다. 모든 사람과 일이 다 간전즈런(매우 가지런) 한 것이외다. 오직 날램을 드러내는 사람과 날램을 드러낸 일이 우뚝하게 그 위에 솟아납니다.

무엇이든지 하려 하면 날램이 있어야 합니다. 아무든지 이기려 하면 날램이 있어야 합니다. 천만 사람이 앞에 있을지라도 내가 가려 하면 날램이 있어야 합니다. 모든 사람이 다 버리는 일을 혼자 하려 하면 날램이 있어야 합니다. 모든 사람이 다 그렇지 아니하다 하는 마당에서도 나 혼자 그렇다 하려 하면 날램이 있어야 합니다.

해어진 옷과 떨어진 신으로 훌륭한 옷 입은 이 틈에 섞이어 부끄러워하지 아니하려 하면 날램이 있어야 합니다. 내 속에 믿는 말을 아무의 앞에서라도 당당히 베풀려 하면 날램이 있어야 합니다. 아는 것을 안다 하고 모르는 것을 모른다 하려 하면 날램이 있어야 합니다. 할일을 하고 아니할 일을 아니하려 하면 날램이 있어야 합니다.

구차함과 노둔함 속에서 내 지키는 바를 지키고 비웃음과 못 견디게 구는 밑에서 내 하는 바를 하려 하면 날램이 있어야 합니다. 분함을 견디고 욕함을 참아서 다른 날 크게 됨을 기다리려 하면 날랩이 있어야 합니다. 넘어지면 일어나고 부서지면 주어 모아서 마지막 되기까지 가려 하면 날랩이 있어야 합니다. 크고 좋은 일을 하여 크고 좋은 사람이 되려 하면 반드시 날랩이 있어야 합니다.

이 세상 모든 것이 다 날랩 있는 이의 차지외다. 우리들은 날랩을 기르고 쌓고 그리하여 부릅시다. 날랜 이! 이 이름으로 우리를 부르게 합시다.

-『붉은저고리』[53]-

20. 콜럼버스

콜럼버스[54]는 서기 15세기 사람이니 서방으로 항행하야 가면 필경 인도에 도달할 줄로 확신한지라. 그 뜻을 이루려 하여 처음 이탈리아의 제노아국[55]에 청원하였으나 승인되지 못하고 다음 포르투갈 왕께 청원하였더니 이도 또한 여의치 못하고, 이제는 스페인 왕께나 청원하여 볼까 하여도, 이적에는 여비도 이미 핍절(乏絶)하고 상처(喪妻)까지 하여 비통과 고난이 층층이 나오더라.

그렇지만 능히 감내하여 걸식, 노숙하면서 간신히 스페인에 도달하였더라. 왕께 알현하고 청원하는 사연을 설유하였더니 왕께서 "좌우간 학자들에게 문의한 뒤에 하자."하시고 즉시 국내의 대학

---

53 1913년 1월 1일에 창간하여 월 2회 국배판 8쪽으로 발행한 아동 대상의 신문으로 신문관에서 발간되었다. 같은 해 6월 15일까지 12호가 발간되었다.

54 원문은 '콜롬보'로 되어 있으나 현재 외래어 표기 규정으로는 콜럼버스(Christopher Columbus; 1451~1506)이다. 이탈리아어로는 "Cristoforo Colombo"이다.

55 콜럼버스는 이탈리아 북부의 제노바 출생이라고 알려져 있다. 1470년경 콜럼버스는 제노바의 배를 타고 앙주 공작(Duke of Anjou; 1409~1480, 시실리 · 나폴리를 통치한 영주)에게 고용되었다고 한다.

자를 소집하고 콜럼버스를 그 자리에 호출하여 갖은 질문을 시키게 하시더라. 이에 콜럼버스가 낱낱이 열심으로 명백히 답변하여 탈 없이 난관을 통과하여 간신히 학자들을 수긍하게 하여 우선 다행하다 하였더니, 공교히 그때 국내에 전쟁이 일어나 모처럼 청종(聽從)되게 된 일이 중지되었더라.

이 뒤 3년쯤 지난 뒤에 불시에 정부에서 "귀하의 계획은 공론(空論)이어서 실행할 가망이 만무하기로 채용할 수 없노라."는 조처가 내려오니 콜럼버스로도 오히려 크게 낙심하여 처량히 스페인 수도를 떠나 한참 동안 어느 사원에 몸을 의탁하여 수심 가운데 지냈더라.

그러나 콜럼버스는 원래 강건한 사람이라. 다시 용기를 분발하여 왕과 왕비께 고쳐 청원하고 만일 금번에도 여의치 못하면 영국·프랑스까지도 건너가서 죽은 뒤에 그치리라고 마음을 정하고 있는 중에 왕의 허가가 겨우 내렸더라.

이리하여 서기 1492년 8월에 대선(大船)의 준비까지 다 된지라. 콜럼버스가 그제야 아득한 수로에 정처 없는 길을 떠나니 이름은 대선이어도 이적 범선만도 못한 변변치 못한 배라. 발선(發船)한 지 3일도 못 되어서 한 척이 키를 잃은 고로 보수하려고 근 한 달 동안이나 어느 섬에 정박하여 있더니 어느 날 밤에 화산이 크게 분화하여 석편(石片)을 몹시 뿌리는 것을 보고 수부 등이 신의 노기가 발함이라고 공겁하야 행선(行船)하기를 불긍하는 것을 간신히 설복하고 다시 항행하더니 이듬달에 가서는 자석[56]에 큰 병이 났더라.

수부 등이 공포에 떨어 더는 서행(西行)치 못하겠노라고 야단하는 참에, 해조 몇 마리가 보이거늘 아마 육지가 가까이 있음이리라 하여 생기들이 좀 나더니, 얼마 안 가 그도 또한 오산인 줄을 알고

56 여기서 자석(磁石)은 항해에 쓰이는 나침반을 이른다.

낙심하고 분노하여, 콜럼버스를 광인이라고 모욕하면서 광경이 불온한 것을 갖은 말로 설유하여 다시 진행하여 가더라.

이러구러 60여 일이 되었으나 보이는 것이 오직 망망한 대양이오. 아무 가망이 없음에 수부 등이 콜럼버스에게 속았다 하여 크게 성내고, 더 전진하자 하면 콜럼버스를 해중에 투입하고 회귀하리라고 협박하더라. 인제는 콜럼버스도 하는 수 없어 3일 만 더 기다려서 육지가 보이지 아니하면 회항함도 가하니 3일 동안만 기다려 달라고 간청하였더라.

슬프다, 오래 두고 경륜한 일이 온통 수포가 되고 말려는가? 중도에 회항하다니 분하고 원통한 말을 어찌 이로 하리오. 비록 굶어 죽을지라도 행선(行船)이나 하여 보려 하지만 첫째 수부들이 이르는 말을 듣지 아니함에 어찌 하리오. 내가 이제 부질없이 피살당하면 누가 내 소망을 계승하리오. 아아! 기막히는 일이로다. 3일 안에 육지가 보이지 아니하면 어찌하여야 옳단 말인고? 콜럼버스가 이렇게 노심초사하여 좌불안석하는 중에 하루 지나 이틀 지나 어느덧 3일이 되었더라.

콜럼버스가 갑판에 줄곧 나서서 건너편만 똑바로 내다보더니, 정히 10월 12일 한밤중이 지나서 돛대 위에서 망보던 수부가 "육지! 육지!" 하고 크게 외치니 한 섬이 보이러니라.

콜럼버스의 기꺼움이 얼마만하리오.

이때에 발견한 섬은 '산살바도르'[57]라 이름하니 아메리카 신대륙 발견의 시초니라.

콜럼버스가 이로부터 10년 동안 꾸준히 동일한 사업에 진력하고 또 네 번이나 서방으로 항해하니, 이러하는 동안에 혹 큰 풍랑

57 플로리다 연안의 바하마 제도를 발견했다고 추정되며, 여기에 산살바도르 섬이 있다.

을 만나 고생한 일도 있고 혹 참언을 만나 왕의 의심을 받아 옥중에 갇히기도 하였으나, 결코 초지를 고치지 아니하고 용기를 꺾이지 아니하여 죽도록 줄곧 활동하였더라.

사람이 만일 콜럼버스의 마음을 본받아 10년, 20년 좌절치 않고 각기 경륜하는 일에 힘을 쓰면 세상일에 성취하지 못할 것이 없을지니라. 강의한 정신이 귀함을 잊지 말지어다.

21. 구습을 혁거하라

사람이 비록 학문에 유지(有志)하나 능히 용왕직전(勇往直前; 용기 있게 바로 나아감)하여 이로써 성취함이 있게 하지 못함은 구습(舊習)이 있어 방해시킴이니라. 구습의 조목을 아래 나열하노니, 만일 뜻을 면려하여 통렬히 끊치 아니하면 마침내 학문할 땅이 없으리라.

그 하나는 심지(心志)를 게을리 하고 의형(儀形; 거동과 태도)을 다듬지 아니하여 안일만 생각하고 구속을 싫어함이오. 그 둘은 부질없이 동작하기만 생각하고 능히 정(靜)을 지키지 못하여 분분히 출입하면서 한담으로 날을 보냄이오. 그 셋은 같음에 기뻐하고 다름을 미워하여 유행과 습속에 빠져서 좀 수칙(修飭)하려 하여도 무리와 어긋날까 두려워함이오. 그 넷은 부문식사(浮文飾辭; 헛되이 문장을 꾸밈)로 명예를 시속에서 취하기나 하고 정구심사(精究審査; 정밀히 찾아 고찰함)하여 실력을 배양하려 하지 아니함이오. 그 다섯은 서찰에나 공을 들이고 거문고나 술로 업을 삼아 놀면서 세월을 보내면서 스스로는 맑은 운치라 함이오. 그 여섯은 한가한 인사들을 모아서 바둑 · 장기의 유희나 즐겨서 종일 포식하면서 쓸데없는 경쟁이나 함이오. 그 일곱은 부귀를 좇으며 부러워하고 빈천은 싫어해 내치면서 악의악식을 깊은 수치로 삼음이오. 그 여덟은 기욕(嗜欲; 기호와

욕망)에 절제가 없고 능히 절제하지 못하여 재물과 놀음, 여색의 맛에 사탕처럼 빠지니라. 인습에 심(心)을 해치는 것이 대개 이러하고 그 나머지는 매거하기 어려우니라.

이 인습이 사람으로 하여금 뜻이 견고하지 못하고 행실이 독실하지 못하게 하여 금일의 소위를 명일에 고치기 어렵고 아침에 그 행동을 후회하다 저녁에는 벌써 반복하게 하느니, 반드시 크게 용맹스러운 뜻을 분발하여 일도(一刀)를 가지고 근저를 절단하듯 하여 심지를 세정하여 호발의 여지가 없게 하고, 때때로 맹성(猛省)의 공을 더하여 이 심(心)에 일점 옛 허물이 없게 한 뒤에 가히 진학의 공부를 논할지니라.[58]

22. 참마항(斬馬巷)

김유신은 신라의 명장이니 삼국을 통일한 원훈이니라. 그가 젊어 어릴 적에 악소(惡少; 못된 젊은이)의 유혹에 들어 가끔 창가에 놀러간 일이 있었더라. 모씨(母氏)가 알고 경계하여 가로되,

"네가 엄부 없이 자람에 더욱 조행을 검칙하여 욕이 망부와 과부에게 미치지 않도록 함이 옳을 뿐더러 내 이제 늙음에 일야로 네가 공명을 세워서 임금과 부모의 영광이 되기를 바랐더니, 이제 도리어 불결한 교유를 하니 슯도다."

하고 체읍하기를 마지아니하는지라. 김유신이 깊이 감동하여 모친 앞에서 스스로 맹세하였더라. 하루는 취하여 돌아올 때, 말이 익은 길을 따라서 잘못 창가(娼家)로 들어간지라.

58 『시문독본』에 명기하지 않았으나, 이 글은 이이의 『격몽요결』 가운데 2장 「혁구습(革舊習)」의 번역이다.

창기가 기쁘면서도 원망하여 울면서 나와 마중하니, 뜻이 적이 박약한 자 같으면 지난날의 결심이 풀리는 줄 모르게 풀려 다시 악행의 노예가 되었을지 모르나 유신은 남아라, 한번 정한 마음을 휘둘려 바꾸는 무골충이 아닌지라. 양심이 전류처럼 번뜩하며 강의한 기백이 천둥치듯 하여 달겨드는 아름다운 가인(佳人)을 훌뿌리고 탔던 말을 버리고 돌아오니, 훗날 시인이 "삼한을 통일하여 원훈이 되니, 거리에서 말을 버림이 실로 바탕이라."[59]라 하여 미사를 전하니라.

사람의 일생 영욕은 유소(幼少)한 때에 정하는 것이니, 일찍부터 악습을 멀리하고 선습(善習)을 기르며 사로(邪路)를 피하고 정로를 따르는 자의 전도에만 희망이 풍부한 법이라. 악한 줄 알며 고치지 못하고 의(義)인 줄 알되 하지 못하는 자가 설혹 천품이 양호한들 그에게 무슨 보잘 것이 있으리오. 악습은 가라지와 같은 것이니 처음 날 적에 김매지 아니하면 마침내 벼 전체를 버리게 될지라. 자기를 사랑으로 길러서 세상의 좋은 곡식이 되려 하는 자는 유소한 때에 힘써 악습에 물들지 말고 혹 물든 것이 있으면 뽑아 버리기를 용감하게 할지니라.

그리스도의 말씀에 "오른 눈이 죄를 짓게 하거든 그 눈을 뽑아 버리고 오른손이 죄를 짓게 하거든 오른손을 베어 버리라. 한 눈이나 한 손을 잃음이 전신을 죄악의 고통에 빠지게 함보다 나으니라."[60]한 것이 있느니, 김유신 같은 이는 이 교훈의 정신을 잘 실행하였다 할 것이라. 한 마리 말의 사랑을 끊어 일생의 바탕을 열었으니 어질도다.

59 원문은 "統三韓爲元臣, 斬馬巷實爲基"이다. 이광사(李匡師; 1705~1777)의 『동국악부(東國樂府)』에 나오는 시 「참마항(斬馬巷)」의 일부이다.
60 『성경』 마태복음 5장에 나오는 말이다.

23. 구인(蚯蚓)

구인(蚯蚓; 지렁이)은 가장 하등이고 변변치 못한 동물로 사람에게 천시되지만은 찰스 다윈(Charles Darwin) 씨의 연구로 의외의 공로가 세상에 발표되니라. 대개 구인은 항상 땅속에 있어 흙을 먹고 그 것을 지상으로 내보내는 것이니, 그 흙이 위장을 지나는 동안에 그 속에 섞여 있는 약간 자양분만을 흡수하여 생활하는 것이라. 이러한 생활을 함으로써 구인이 하층의 흙을 상층으로 내보내는 공이 있는 것이니, 말하자면 늘 토지를 경작하는 것이라 할지니라.

이 사실은 정심하고 박학한 박물학자 다윈 씨가 나서 비로소 알게 된 것이라. 씨의 계산을 따르건대 정원에 1000평 땅속에 평균 4만 5천 마리 구인이 있고 논밭에는 그 반수가 있는데, 이 수다한 작은 동물이 지상으로 내보내는 흙은 평균하면 10년에 1촌(寸; 약 3.03cm) 6분(分; 약 1.8cm)이고, 60년이면 1척(尺; 약 30.3cm)이 된다 하니, 곧 지구면 각처에서 그 토지를 60년간에 1척씩 갈아 놓는 것이라. 그 공이 어찌 크지 아니하느뇨?

24. 박연

국내에 유명한 산수가 많지마는 폭포의 웅장한 것을 말하자면 반드시 박연(朴淵)을 칭도(稱道)하는지라. 늘 한번 보고자 하였더니 마침 볼일이 있어 서행(西行)하니 길이 송경(松京)을 지나기로 드디어 심천(深川)과 동구(洞口)로 하여 성거산(聖居山)으로 향하다. 태안사(泰安寺) 지나서부터는 산이 갈수록 높고 길이 더욱 험하여 지팡이 생각이 난다. 부슬비가 갓 개고 산 빛이 그림 같은데 시내 따라 난 길에 백석(白石)이 뾰롱뾰롱하며 고운 나무는 그늘이 깊고 좋은 새는 여기저기 어울려 운다.

정오 즈음에 지족암(知足庵)[61]에 이르니 천마산(天磨山) 청량봉(淸凉峯) 절정이라. 암자 뒤에 석벽이 천척이오, 앞에 백길 층대가 있으며, 층대 곁에 석탑이 있고 그 아래 무더기 진 대와 노송이 많이 났으며 높기가 구름을 뚫고 50아름이나 되는 오랜 은행나무는 신라 시조 적에 난 것이라 하더라. 서남으로 굽어보니 은 같은 바다가 하늘을 두드리고 해상의 무리진 산과 해중의 제도(諸島)가 구름 사이에 출몰하며 낙조가 쏘여 눈이 부시다. 바라보니 신이한 의사가 비양(飛揚)하여 우주 바깥에 난 듯하다.

대흥사(大興寺)를 지나 관음굴[62]에 이르니 굴 앞에 집 같은 큰 바위가[63] 있고 두 석인(石人)[64]이 섰으니 관음(觀音)이라 하는 것이오. 그 위의 반석은 100인이 앉을 만하니 태종대(太宗臺)라 하는 것이오. 대 아래에 계곡물이 괴어 산천어 수백 마리가 논다.

시내가 보현동(普賢洞)에 가서는 여러 골짜기 물이 한데로 합수되어 솟치어 나가는 것이 마치 만마(萬馬)가 적에게 닥치는 듯하며, 흐르는 물이 돌에 맞아 떨리면 격하고 격하면 물 기세가 더욱 장하여 유수 중의 섬도 되고 급한 여울도 되어, 평평한 것은 심흑(深黑)하고 가파른 것은 하얗게 비등하니, 청심담(淸心潭) · 기생담(妓生潭) · 마담(馬潭) · 구담(龜潭)이란 것들이 다 그것이오. 다양한 형상과

61 개성의 천마산에 있으며, 황진이가 지족 선사(知足禪師)를 파계시켰다는 전설로 유명하다.

62 천연으로 만들어진 굴 안에 관음보살상이 있다. 이 관음사 대리석 관음보살 좌상은 삼국 시대 말기에 만들어진 것으로 북한의 국보이다.

63 한국 고전 종합 DB(이하 DB)의 『월사집(月沙集)』의 원문은 "窟前有巖如屋[굴 앞에 집 같은 바위가 있어]"이다. 바위가 큰 것을 나타내기보다 집처럼 무언가 들어설 수 있는 공간을 묘사한 것으로 보인다. DB의 『월사집』을 기준으로 하면 이 "큰"은 오역이다. 최남선이 다른 대본을 저본으로 삼았을 가능성도 있다.

64 관음보살상 두 구가 있었는데, 하나는 현재 평양에서 보관하고 있다 한다.

기이한 자태가 각각 기절(奇絶)하니 이는 대흥동 천석(泉石)의 개관이라.

박연에 이르러 보니 천마(天磨) · 성거(聖居)의 양산이 중단하고 만길의 바위 단애가 동구에 횡단하여 잘랐는데 대흥(大興) 토현(土峴)[65] 모든 골의 계류(溪流)가 일파(一派) 장천(長川)이 되어 돌에도 격하고 단애에도 지르면서 굴곡, 분방하여 단애 위 바위 골짝으로 흘러 들어가 고이고 거슬러 못이 되니 깊기는 한없으나 맑기는 바닥이 보일 듯하다.

구불구불 돌고 차고 넘쳐서 단애 어귀로 솟치매 흰 무지개 같은 장대한 폭포가 되니 팽배, 노호하여 소리가 산악을 떨치며 비설(飛雪)[66]이 징검돌에 가득하고 갠 날의 우레가 은은한데 폭포 밑의 고모담(姑姆潭)[67]은 시커먼 것이 우중충하여 가까이 가기 어려우니, 기묘, 장쾌함을 필설로 섬세히 다하지 못하겠다.

서쪽 단애에 거암이 궁륭(穹窿)[68]하고 색조가 반드럽게 희니 고금의 유람 온 인사가 다 그 위에 제명(題名)한지라. 이 때문에 바위의 기이함이 크게 덜어졌으니 또한 한 한사(恨事)라 하겠고, 새겨 있는 인명이 반드시 존경을 일으킬 사람들만 아니니, 모처럼 기묘한 구경에 즐거움이 가득해진 눈도 한번 바위 위를 쳐다보면 찡그리지 아니치 못할 것이 있으니 각명(刻名)의 죄가 크다 하겠다.[69]

---

65 『동문선』에 실린 서거정의 한시를 보면 대흥동 근처의 고개를 이르는 지명으로 보인다.

66 폭포의 튀는 물을 날리는 눈에 비유하였다.

67 박씨 성의 진사가 폭포 위에서 피리를 불어 용녀를 꾀어내자 그 어미가 상심하여 몸을 이 고모담(姑姆潭)에 던졌다는 유래담이 『월사집』에 수록되어 있다. 대본이 된 판본이 다른 것으로 추정된다.

68 한가운데는 높고 둘레는 차차 낮은 형상이나 무지개처럼 높고 길게 굽은 형상을 이른다.

69 "서쪽 단애에 … 죄가 크다 하겠다.": 이 문단은 『월사집』에 생략되어 있다. 역시 대본이 다른 것으로 보인다.

못가에 백사가 깔렸으니 둘레가 여러 이랑이나 됨직한데, 가지 얽힌 늙은 소나무는 그림자가 파사(婆娑)[70]하며 석벽 천층에 철쭉이 만발하여 붉은 기운이 사람의 낯을 침노하며 잡화(雜花)가 길에 덮이고 향기가 옷을 적시는데 사람이 그림 속으로 다닌다. 저녁 빛을 띠고 내려오면서 잠시 고개를 돌이켜보니 천마 · 성거의 바위 산기슭, 바위 봉우리가 기묘를 드리고 괴상을 드러내 연담(淵潭)의 기이한 명승을 돕는 듯하다. 저물어 운거사(雲居寺)에 들다.

-월사(月沙) 이정구(李廷龜)[71] 「유박연기(遊朴淵記)」[72]-

25. 콜럼버스의 알

서양에 "콜럼버스의 알"이란 속담이 있으니 이 속담은 "발 내기는 어렵고 본뜨기는 쉽다."란 의미니라. 그 유래를 찾아보니 콜럼버스가 천신만고를 겪고 아메리카를 발견하고 에스파니아로 돌아옴에 왕이 그 전고 미증유한 대발견의 성취함을 포상하시어 콜럼버스를 상빈 삼아 대연(大宴)을 배설하고 국중의 대관(大官) · 귀인을 청하여 배석하게 하였더라.

이때 좌객 중에 콜럼버스의 영예를 샘하는 이가 있어서 서로 소곤거려 가로되,

"콜럼버스의 발견이 그리 장할 것 없도다. 그 나라가 멀다 하여도 원래 천지간에 있는 땅이라, 있는 땅을 찾기가 무엇이 어려우리

70 소매가 춤추듯 나부끼는 모양을 이르는 말로 가냘픈 모양이나 편안한 모양 등을 나타낸다.

71 이정구(1564~1635)는 시호는 문충(文忠), 호는 월사(月沙)이다.

72 『월사집』를 참조하면 이정구의 이 「유박연기」는 1604년 3월에 있었던 유람을 기록한 것이다.

오. 견주어 말하면 낭중(囊中) 물건을 취함 같으니 영예가 될 것도 없고 공업이 될 것도 없도다."

하더라. 콜럼버스가 이 말을 곁들었으나 모르는 체하고 아메리카의 풍토 같은 것을 곁의 사람에게 이야기하더라. 좀 있다가 탁상에 알 하나를 집어 객중(客衆)에게 보여 가로되,

"당신네들이 이 알을 탁상에 곤두세우겠느냐?"

고 물으니 객중이 면면이 서로 보면서 한마디 대답하는 이 없더라. 한참 있다가 콜럼버스가 그 알을 탁상에 부딪쳐 한쪽을 평평하게 하여 탁상에 곤두세우고 객중에게 향하여,

"여러분 이렇게 곤두세웠노라. 여러분이 이를 보고 반드시 '용이한 일이라, 아무라도 능히 하리라.' 하겠으나 용이할 것 같으면 어찌하여 나보다 먼저 능히 하지 못하였느뇨? 대개 남이 하여 놓은 뒤를 보면 세상에 못할 일이 아주 없느니 이번 내가 발견한 일도 또한 그러하니라. 여러분이 내가 하여 놓은 뒤를 보고 용이한 일이라고 하겠으되 아직 발견되지 못하였을 적에는 어떠하였느뇨?"

하매, 좌객이 다 무안하여 아무 말도 못하였더라. 이때로부터 "콜럼버스의 알"이란 속담이 세상에 행하였더라.

26. 시간의 엄수

약속을 엄수함이 사회생활에 중대한 덕의임은 췌언을 필요치 아니하거니와, 시간의 귀중함이 날로 더하여가는 현대에는 더욱 시간 약속을 엄수하기에 각별 신칙함이 옳으니라. 구미 사회에서 시간에 대하여 얼마나 방수(防守)가 엄한지, 실례 몇 가지를 아래 적노라.

북미의 건국 위인 워싱턴의 비서관이 어느 날 아침에 시간에 맞

추지 못하고서 허물을 시계에 돌려보내고 자기는 면책하려 하는지라. 워싱턴이 정색하여 가로대 "그대가 만일 다른 시계를 구하지 아니하면 내가 다른 비서관을 구하겠노라." 하였더라.

어느 때 어느 회석(會席)에 1인이 시간 맞추지 못함으로 말미암아 12인이 그 오기를 기다리게 되었더니 미구에 오는지라. 기다리던 사람 하나가 "한 시간이나 해를 보인단 말인가?" 하고 책망한대 "5분 동안이 아닌가?" 하거늘, "옳지, 5분은 5분이지만은 12인이 5분씩 기다렸으니 1시간이 아닌가?" 하더라.

런던에서 유명한 시계상 조지 그레이엄[73]은 손님이 "시계가 틀림이 없느냐?"고 물음에 대하여 "이것이 내가 손수 만든 것이니 만일 7년 뒤에 5분 이상이 틀리거든 원가로 도로 사리라."고 약속하였더라.

그 뒤 7년을 지나 그 신사가 인도에서 귀국하여 시계 환불을 청구하는지라. 그레이엄이 "그 약속을 기억하노라." 하고, "얼마나 틀렸느뇨?" 한대, "5분이 좀 더하더라." 하거늘, 그레이엄이 그러면 "원래 값으로 도로 사겠노라." 하니, 그가 "아니 이 시계는 내놓을 수 없노라, 그 뒤에 원가보다 10배 되는 돈을 이 시계에 들였노라." 하는지라. "그러나 약속은 약속이니 10배라도 내겠노라." 하고 기어이 구매하였더라.

북미 합중국 대통령 존 퀸스 애덤스[74]는 시간을 엄수하기로 유명

73 조지 그레이엄(George Graham; 1673~1751)은 시계 공인 발명가이자 지구물리학자이다. 진자 시계에 쓰이는 직진 방탈 장치를 발명했으며, 지구 물리학상의 공로로 영국 학술원(Royal Society)의 회원으로 선출되었다.

74 존 퀸스 애덤스(John Quincy Adams; 1767~1848)는 미국 제6대 대통령으로 1825~1829년 동안 재임했다. 제2대 대통령 존 애덤스의 아들이다. 외교관으로 활약하고, '먼로 선언'을 기초했다. 노예제와 멕시코 전쟁에 반대했으며, 스미소니언 협회 설립에 공헌했다.

하더라. 만년에 대의원의 의원 노릇[75]을 할 때, 의장이 항상 애덤스가 등원하는 것을 보고 개회를 명하더라. 한번은 의원의 1인이 개회할 시각이 온 줄을 고한데, 다른 의원이 "아니리라. 애덤스씨가 아직 착석하지 아니하였도다."하더니 과연 그 시계가 3분간 더 빨랐고 시각이 되니 애덤스가 등원하더라.

보스턴의 신사 상인 피터 브룩스[76] 씨는 신용 있는 부상(富商)이라 상업뿐 아니라 학문에도 유지(有志)하여 문학에 정밀함이 전문학자라도 삼사(三舍; 90리)를 피할 지경인데, 약속과 시간 지키기를 극히 엄중히 하더라. 한번은 어느 공회에 개회 시각이 임박하니, 아무개가 "브룩스가 지각을 하나?"하고 염려하는 것을 다른 아무개가 "아니 브룩스가 죽지만 아니하였으면 반드시 시각에 대어 오리라." 하더니 과연 시계가 울자 브룩스가 들어오더라.

27. 정몽란

정몽란(鄭夢蘭; 蘭은 周라 하기도 함)은 기원[77] 3670년에 경상도 영천에 나니 최영(崔瑩)으로 더불어 여말의 문무 두 주석(柱石)이라. 문벌이 높고 가세가 가멸은 복은 타지 못하였으나 세상에 드문 잘난 부모를 모시어 가르치시고 배우는 즈음에 여러 가지 남이 가지지 못한 복을 향유하였더라.

75 존 퀸스 애덤스는 대통령 재선에 실패하였지만, 그 후 사망하기 전까지 매사추세츠 주 하원 의원을 17년간 지냈다.

76 피터 브룩스(Peter Chardon Brooks; 1767~1849)는 매사추세츠 주에서 목사의 아들로 태어나 보스턴에서 해양 무역에 종사해 거부가 되었다. 뒤에 해상 보험업에 크게 성공했으며 미국의 100대 부자로 꼽혔다.

77 여기서는 단기(檀紀)이다. B.C 2333년이 기원이며, 정몽주는 1337년 태생이다.

그 시절은 내정이 닦이지 못하고 외교가 떨치지 못하여 국세(國勢)가 날로 쇠퇴하고 민생이 날로 곤핍하니 조야의 현량(賢良)을 기다리는 정이 갈수록 심히 성하더라.

그 부친 정운관(鄭云瓘)은 특히 시대를 우려하는 선비라. 그러나 어려서 배움이 적고 집안이 또한 구차하니, 뜻은 비록 간절하나 사력이 미치지 못하는 지라. 요행히 귀한 자식을 얻어 정성으로 교양하여 나라의 큰일을 시키려 하였더라.

오래 하늘께 빌어 늦게 한 아들을 얻으니 곧 몽란이라. 몽란은 천품이 이미 높은데 게다가 양친이 지성으로 선도(善導)하니, 어린 시절로부터 외형과 내심이 저절로 크게 언저리를 잡아가더라. 총명하고 민첩하기도 하나 양친은 순실하도록 이끌고 재주를 발휘함보다 덕성을 함양하기에 더욱 치력하니, 어린 시절에 그리 비범한 일은 없었으나 순종하고 순수하며 곧아 그 장래성 대단함이 눈에 뜨이더라.

조금 자라니, 날마다 아침에 일어나면 부친이 데리고 하늘께 절한 다음에는 반드시 시세의 말 되지 않음과 큰 역량 있는 이가 나서 크게 주선함이 있어야 할 일을 어른에게 대하듯 눈물 섞어 말씀하니, 이때마다 몽란이 떨어지는 눈물방울을 따라 고개를 숙여 그 바라는 바를 저버리지 아니하겠다는 뜻을 보이더라.

부친의 생각에 사람이 세상에서 무슨 일을 하자면 먼저 속에 굳이 믿는 것을 품어야 하며 또 무형한 가운데 든든하게 의뢰하는 것이 있어야 한다 하여, 늘 하늘을 믿고 기대는 것이 사람의 마땅한 일임을 가르치시며 학문과 사업을 다 이 자리 위에서 하여야 함을 힘써 알리시니, 몽란의 후일 사행(事行)이 다 크고 옳고 굳건함은 이 가르침의 힘이라 하겠더라.

그 모친도 희세(稀世)의 현명한 부인이라. 당신 아들이 현인, 위인 되도록 주선하기에 크고 작게 힘씀이 많아 의복, 음식까지에도 용의가 매우 주도하였더라. 유소(幼少)할 때에는 웃옷은 푸른 거죽에 붉은 안을 넣어 입히되 끝내 한결과 같이 하니, 대개 사람이 속에는 붉은 정성이 있고 겉에는 푸른 억셈이 있어야 하며, 속은 붉은 불같이 뜨겁고 괄괄하고 겉은 푸른 물같이 차고 잠잠하여야 한다는 뜻을 보인 것이라 하더라.

몽란이 이러한 현부모(賢父母) 하에서 오직 부지런히 오직 정성으로 심신을 단련하고 학덕(學德)을 수양하다가 24세에 등과(登科)[78] 하여 이로부터 공인이 되어 임금과 국가의 일에 진췌(盡瘁; 심신을 전부 다함)하기 비롯하였더라.

여러 번 궁마(弓馬)로써 북야(北野)에 구치(驅馳)하고[79] 사신의 깃발을 들고 해외에 출사하며[80] 안으로 기강을 부식(扶植)하고[81] 밖으로 지체(地體)를 옹호하야[82] 그 양친의 기대함처럼 천하사를 양견에 부담하고 지내다가 이 속에서 몸과 목숨을 마쳐 고려조의 마지막 빛이 되었더라.

-『붉은저고리』-

78 정몽주는 1357년 21세에 국자감시에 합격하고 1360년에 문과에 장원하였다

79 1360년대에 정몽주가 병마사 이성계, 동북면 도지휘사 한방신(韓邦信) 등의 종사관으로 종군하여 고려의 동북 · 서북 지방에서 여진 토벌에 공을 세웠던 일을 말한다.

80 정몽주는 명나라에 여러 차례 사신으로 다녀왔으며, 1370년대 말에는 일본 규슈 지방에 사신으로 가서 왜구와 교린을 맺고 잡혀갔던 고려 백성 수백 명을 귀국시켰는데, 그러한 공을 언급하는 듯하다.

81 정몽주는 부모의 상에 여묘(廬墓)살이를 하여 예를 바로 잡고, 성균관 박사로 성리학을 강의하는 등 고려 말 성리학의 수용과 보급에 노력한 공을 말하는 듯하다.

82 여기서 "지체(地體)"는 국토의 의미로 보인다.

28. 이야기 세 마디

잃은 돈 찾는 법

어떤 소경이 남모르게 돈 천 냥을 뒤뜰에 파묻었더니 이웃집 악소(惡少)가 알고 어두운 밤에 파 갔더라. 그 뒤에 소경이 돈 쓸 일이 있어 본즉 돈이 없거늘 벌써 옆집 악소의 소행인 줄을 아나, 어찌하면 도로 찾아올까 하여 여러 가지로 궁리한 뒤에 한 의사를 내었다.

어느 날은 소경이 그놈에게로 가서 이말 저말 끝에 자기가 돈 2천 냥을 가졌는데, 그중에 천 냥은 땅속에 튼튼히 파고 묻은 말을 가만히 이야기하고 또 그 나머지 돈 천 냥도 장차 그곳에 함께 묻어 두겠다는 뜻을 보였더니, 그 작자는 멋도 모르고 "그것 참 좋소. 큰돈을 간수하기는 파묻어 두는 것이 제일입니다." 하더라.

소경이 돌아간 뒤에 그 작자가 소경의 집으로 가서 집어 왔던 돈을 도로 파묻고 오니, 대개 돈 천 냥을 또 묻거든 마저 집어 오자는 요량이었다. 그러나 백주에 헛노릇이 되었더라. 소경이 곧 전일 파묻었던 곳을 파고 옆집 놈이 도로 갔다 묻은 돈 천 냥을 꺼내면서 하는 말이 "눈먼 놈도 가다가 눈뜬 이보다 일을 잘 보지."

농부와 변호사

한 농부가 변호사를 가 보고 하는 말이 "오늘 아침에 내 소가 댁 소를 받아 죽였으니 그러한 가없을 데가 있소, 어찌 하면 좋겠소?"

변호사, "그야 다시 두말할 것 있소. 댁 소가 내 소를 죽였으니 죽은 소 대신 그와 같은 소를 당장 물어 놓으시오."

농부, "그이를 말씀이오? 아차, 그러나 내가 잠깐 잊었소. 내 소가 댁 소를 받은 것이 아니라 댁 소가 내 소를 받아 죽였으니 어찌 하나요?"

변호사가 기침을 하면서 "그야 조사하여 보아야 알 일이지요."

농부, "여보, 댁 소가 죽었다 할 때에는 조사도 없이 물어 놓으라 합디다그려. 두말 말고 물어 놓으시오." 하니 변호사가 아무 말도 못하더라.

범이 무서워

한 촌사람이 송아지 한 마리를 잃고 사면을 찾는데 없거늘 산신께 빌어, "송아지 훔쳐간 도적놈만 찾게 하면 도야지 한 마리로 고사 지내마" 하였다. 몇 걸음 가지 아니하여 본즉, 큰 범이 그 송아지를 방장[83] 먹고 앉았거늘 촌사람이 혼이 나가 다시 빌되 "산신님, 아까 송아지 도적놈을 찾게 하시면 도야지 한 마리를 드리마 하였으나 지금은 그 도적놈이 눈에 뜨이지만 않게 하시면 황소 한 마리를 드리오리다." 하더라.

-「이악이주머니」[84]-

29. 검도령

검도령은 우리 고대의 용사니 한(韓)나라의 장량(張良)을 위하여 진(秦)의 시황(始皇)을 저격한 창해역사(滄海力士)[85]가 곧 이이니라.

전하여 오는 말에 예국(濊國)의 한 촌 할미가 시냇가에서 빨래를 하더니 크기 표수박만한 한 알이 상류로서 떠내려 오는지라. 할미가 이상하게 알아 건져다 두었더니 얼마 만에 한 남자가 껍질을 깨

83 원문에 한자가 없지만 '방장(方壯; 바야흐로 한창)'으로 보인다.

84 서지 사항이 미상이다.

85 대본인 『순오지(旬五志)』의 저자 홍만종(洪萬宗; 1643~1725)은 먼저 예국(穢國)이라 했으며, 글의 말미에 예국이 현재의 강릉 인근인 오대산 창해군(滄海郡)이라고 해설하였다. 창해역사 설화는 강원도 지역에서 전승되고 있다.

치고 나오는데 형모(形貌)가 비상한지라. 할미가 그대로 기르니 나이가 여섯 일곱 살에 신장이 8척이오, 안면이 칠흑 같은지라. 남들이 검도령[86]이라고 부르니 마침내 이름이 되었다 하더라.

그의 탄생하던 전설은 황당하여 믿지 못할 말이거니와, 생각하건대 무슨 까닭이 있어 그 본래 부모가 계수(溪水)에 띄어 버린 것을 촌 할미가 거두어 기른 것인데, 자라서 신용(神勇)이 있고 행위가 비범하여 그 선조가 분명치 못한 것을 가리고 꾸미려 하여 누가 이런 설화를 조작해 냄인가 하노라.[87]

장량(張良)의 부탁을 받아 박랑사(博浪沙) 가운데 쓰던 철퇴는 중량이 120근이오, 섬광같이 일격을 더한 뒤에 유성같이 은신하여 진시황의 기구로 일대 수색한 지 10일에 형영(形影)을 얻어 보지 못하였다 하니, 그 효용(驍勇), 맹렬이 얼마만큼인지를 짐작하려니와 일언지우(一言知遇)[88]에 공감하여 척신단추(隻身單椎; 홀로 철퇴 한 자루)로 만승(萬乘)[89]을 감히 침범함은 임협의용(任俠義勇; 협기로 의롭고 용감함)이 천고에 홀로 아름다우리로다.[90]

소년적 일이라. 국중에 한 악호(惡虎)가 있어 백주에 횡행하여 사람을 상함이 썩 많으니 일국이 걱정하나, 제압하는 자가 없는지라.

---

86 『순오지』의 원문에는 "顔面黎黑仍以黎爲姓[얼굴이 칠흑이라 이에 여(黎; 검음)로 성을 삼다]"라고 되어 있다. 검도령이란 이름 자체는 최남선의 작명으로 보인다.

87 『순오지』의 원문과 순서가 다르다. 뒤에 서술한 호랑이 잡는 일화와 큰 종을 든 일화를 먼저 소개하고 『사기(史記)』 「장량(張良) 열전」의 창해역사가 바로 이 사람이라고 추정하는 순서이다. 이 문단은 원문에 없는 최남선의 삽입이다.

88 "자신을 알아주는 한마디 말"이라는 의미로, 장량이 자신을 알아주었기에 비록 짧은 인연이지만 생명을 걸었다는 것이다.

89 중국 봉건 시대에 제후는 천승(天乘; 1000대)의 전차를 가지고, 천자는 만승(萬乘; 10,000대)의 전차를 가졌다는 것에서 비롯되어, 천자를 이르는 말이다.

90 이 문단은 최남선의 서술이 많이 부연되어 있다. 『순오지』 원문에서는 이 여(黎) 씨 장사가 『사기』 「장량 열전」의 창해역사와 동일인일 것이라는 추정만 나와 있고, 이 문단에서처럼 구체적 서술은 없다.

용사가 분연히 가로대, "이 팔이 족히 악수(惡獸)를 죽이고 생민(生民)의 해를 없애리니 나를 믿으라." 하고 팔을 부르걷고 산을 향하여 올라가더니, 문득 큰 천둥 같은 소리가 들리고 음풍(陰風)이 수르르 오더니 한 큰 얼룩 범이 산으로서 내려와 포효하고 달겨들었다. 용사가 분발하여 몸을 솟구쳐 범의 위에서 주먹을 막 쥐고 한 번 내려치니, 그 흉악하던 놈도 금시에 물고 나더라. 그 의를 위하여 바드러움을 무릅씀이 대개 이러하더라.

뒤에 왕이 1만 균(鈞; 서른 근) 되는 종을 주조하여 앞에 두었다가 딴 곳으로 옮기려 할 때, 장사 수백 인이 들어 끌어도 움직이지 아니하더니 용사가 단번에 우쩍 들어 옮기니 보는 이가 놀라 혀를 빼물지 아니하는 이 없더라. 왕이 장하게도 알고 기특하게도 여겨 늘 좌우에 머물러 두고 상객을 삼았더니 뒤에 장량의 간청을 듣고 박랑으로 보내어 의로운 명성이 천하를 떨치게 되었더라.

-홍만종(洪萬宗)[91] 『순오지(旬五志)』[92]에 의거함[93]-

30. 일본에서 제(弟)에게

오래 오제(吾弟; 우리 아우)의 얼굴을 보지 못하고 오래 오제의 말

---

91 홍만종(1643~1725)은 자는 우해(宇海)이고 문신, 학자이다. 벼슬이 통정대부(通政大夫) 첨지중추부사(僉知中樞府事)에 이르렀다. 관직보다 학문과 문장에 뜻을 두어 『시화총림(詩話叢林)』, 『동국역대총목(東國歷代總目)』 등의 저서를 남겼다.

92 1678년에 저술된 필사본 1책. 정철 · 송순 등의 시가에 대한 평과 130여 종의 속담을 실었으며, 한국의 역사에 대한 일화와 훈민정음에 대한 견해 등 주요한 기록들이 담겨 있다.

93 원문은 "據"로 원문 그대로 실은 것이 아니라 편자의 견해를 삽입한 경우를 구분하여 표기한 것이다. 그런데, 뒤의 「일본에서 제(弟)에게」를 제외하면 거의 모든 번역문들은 직역이 아닌 의역이나 발췌역, 혹은 번안의 성격이다.

을 듣지 못하니 마음이 허출하여 주린 듯하도다. 요사이 오제는 어떤 이를 대하며 어떤 책을 읽으며 어떤 일을 행하는가? 신의(新衣)를 맞으면 오제의 온포(縕袍)를 생각하고 고량진미를 먹으면 오제의 탄지(呑紙)[94]를 생각하며 감귤 · 홍시 · 석류 · 개암 · 밤 등을 볼 적마다 어찌하면 오제를 내 옆에 둘까 하노니, 오제가 그런 줄 아는가.

가을의 청량이 점차 생겨나 낮이 짧아지고 밤이 길어지니 오제의 독서 수업하기에 정녕 호시절이라. 오제는 방탕히 흐르는 광음을 허비하지 말라. 저 즈음께 편지를 얻음에 크게 가관(可觀)이 있기로 흔연함과 안도가 교차함을 불각하였노라.

아마 나의 출항이 25, 6일쯤 될 듯하며 부산 동남에 풍랑이 하늘에 차고 추배경엽(鰌背鯨鬣)[95]에 괴이한 기운이 분분하나 내가 평탄한 길과 편안한 물결처럼 보노니 이는 평일에 독서한 힘이니라. 오제야! 자애하며 형을 생각할 때에 이 글월을 펼쳐 일독하여 이로써 내 얼굴을 대신하라.

계미(癸未; 1763) 9월 15일 식사하며 서(書)함

-이우상(李虞裳)[96] 『송목관집(松穆館集)』-[97]

---

94 탄지포견(呑紙抱犬)의 준말로, 종이를 먹어 주림을 면하고 개가죽을 입어 추위를 면한다는 말로, 궁핍한 가운데서도 학문을 하는 상황을 이른다.

95 미꾸라지 등과 고래 수염으로 세상이 어지러울 징조를 의미한다.

96 이언진(李彦瑱; 1740~1766)을 이르며, 우상(虞裳)은 그의 자이다. 역관 가문에 태어나 이용휴(李用休)에게 수학하였다. 1759년 역과에 합격하였고 1763년 역관으로 통신사를 수행하여 일본에 다녀왔다. 시인으로 이름이 높았다.

97 현재 전하는 이언진의 문집은 『송목관신여고(松穆館燼餘稿)』이다. 이언진이 요절하면서 자신의 원고를 불태워서 타고 남은 것을 모았다는 의미로 지은 서명이다. 최남선이 주도한 조선광문회에서는 이언진의 문집을 간행하려 하였으나, 실제 간행되지 못한 것으로 보인다.

시 문 독 본

권 2

1. 첫봄

봄빛이 오도다 그늘진 골에
쌓인 눈 녹이고 언 땅 풀어서
추위 밑에 엎들인 약한 무리를
살려 일으키려고 그 오시도다

푸른 수레 타시고 푸른 채 들고
모진 바람 쫓으며 그 오실 때에
소리 있어 온 세계 흔들리노나
다 일어나거라 살라 하시네

뫼야 내어 깨어라 움직이어라
새 옷 장만하여서 봄 비음하고
온 새를 데려다가 고운 목으로
기쁨을 노래하여 듣게 하여라

숨은 놈은 구무로 들앉은 놈은
깃으로서 나와서 다 같이 가세
한걸음 한걸음씩 가까이오는
봄빛을 맞이하러 저 들 밖으로

-『붉은저고리』-

2. 백두산 등척(登陟)

14일에 연지봉(臙脂峰)으로서 백두산 위까지 이르다.

이날에 일찍 일어나니 하늘에 점점한 구름이 없고 일출이 동동(曈曈)한지라. 일행 제인(諸人)이 혹 수레로 혹 말로 혹 걸어 서행하며 산에 오르니, 산이 모두 희고 수목이 없으며 왕왕히 무성한 풀이 덮였다. 무명한 화초가 혹 붉고, 혹 누르며, 계곡 간에는 층층 얼음이 녹지 아니하여 멀리서 보니, 한 쪽이 백설 같더라.

구불구불하여 오를수록 점점 높아 험준하게 깎아지른 암벽이 두절(斗截; 끊어짐), 참암(巉巖; 깎아지른 바위)한 곳을 볼 수 없으며 오른지 20리에 백산(白山) 3봉[1]이 면전에 마주 서서 활처럼 휘어 솟거나, 둥글게도 솟았는데 그 색이 희고도 희며 벌떡 누운 사기 항아리 같더라.[2]

동남쪽 등성이 아래에 목책을 배열해 두어서 십 수 보에 이었는데 전도되고 상하고 이지러져 그대로 있는 것이 몇 되지 못하며, 다듬지도 아니하고 깎지도 아니한 몇 개의 작은 비가 섰거늘 가까이 보니 숙종 임진(壬辰; 1712)에 정계사(定界使) 박권(朴權)[3]이 청나라 사신 목극등(穆克登)으로 더불어 양국 경계를 감정하여 세운 경계비(境界碑)라. 곧 분수령인 줄 알지라.[4] 일행 제인이 비석을 좇아 산

---

1 간백산, 소백산 등 백두산의 작은 봉우리들을 의미한다.

2 "활처럼…같더라.": 이 부분은 고전 종합 DB 『보만재집(保晩齋集)』에는 없는 부분이다.

3 박권(1658~1715)은 자는 형성(衡聖)이고 문신으로, 병조 참판, 이조 판서, 병조 판서 등을 역임하였다. 사은부사로 청나라에 다녀온 뒤, 한성 우윤으로 청나라 사신 목극등의 접반사로 백두산에 올라 조선, 청의 국경을 확정하고 정계비를 세웠다.

4 『보만재집』에는 비의 전문이 수록되었다. 실재 박권은 백두산에 오르지 않았고 군관 이의복(李義復) 등이 목극등과 이 비를 세웠다고 한다. 그러므로 박권의 이름은 정계비에 나오지 않는다. 최남선이 의도적으로 수정한 것인

등성이 옆으로 돌면서 올라가서, 약 10리에 그 정상에 다다르다.

사방의 모든 산이 다 좌석의 아래에 있어 두 눈을 다해 천상의 끝을 일망에 거두니 시력이 미치지 못함을 한할지라. 요량컨대 그 북은 영고탑(寧古塔) 길림의 땅이오. 그 서는 요동벌 심양(瀋陽)의 땅이오. 그 서남은 혜산(惠山)·인차(仁遮)·가파(茄坡)와 폐사군(廢四郡)[5]의 땅이오. 그 동은 무산(茂山)·회령(會寧)·종성(鍾城)·온성(穩城)[6]의 땅이며 동남 한 줄기는 소백산(小白山)·침봉(枕峰)·허정령(虛項嶺)으로 경유하여 보다산(寶多山)이 되고 마등령(馬登嶺)이 되고 덕은봉(德隱峰)·완정령(緩項嶺) 이하 여러 산이 되어 남으로 한성까지 이르는 산맥의 정통이 된 것이라.

뫼와 봉우리를 굽어보니, 혹 높고 혹 낮으며 혹 둥글고 혹 뾰족한 것이 마치 파도가 밀려오고 운무가 불어오듯 창연(蒼然) 만리에 서로 이끌고 와서 받드는 듯하더라. 몸을 돌려 양봉(兩峰)[7]의 꺼진 곳에 서니 봉우리 아래 5, 6백 장[8] 됨직한 곳이 광활하고 평탄하며 장대한 못이 그 가운데 놓이니 이른바 천지요. 혹 용왕담(龍王潭), 혹 달문담(闥門潭)[9]이란 것이라.

주위가 40리라 하나 우리 보기에는 그 반쯤이나[10] 됨직하며, 물이 심청(深靑)하여 천광(天光)으로 더불어 상하 일색이오. 못의 동남

지 다른 판본을 보았는지 미상이다.

5 지금의 자강도 혜산군과 갑산군 근처에 조선 태종이 여연(閭延), 우예(虞芮), 자성(慈城), 무창(武昌) 등 4군을 두었으나 여진족 등의 침범으로 방비가 어려워 세조 때 군을 폐지하였다. 그래서 이 지역을 폐사군이라 불렀다. 앞에 나온 '인차'와 '가파'는 미상이다.

6 무산·회령·종성·온성은 현재 함경북도 북동부 지역이다. 세종 때 개척된 6진 지역이다.

7 천지를 둘러싼 봉우리는 최고봉인 장군봉과 백운봉, 청석봉 등이다.

8 백두산의 해발은 2,750m이고 천지는 2,190m이다.

9 달문(闥門)은 사전적으로 빗장 걸린 문이다. 천지 북쪽에 물이 흘러나가는 화구뢰(火口瀨)를 지칭하는 이름이기도 하다.

10 40리는 16km 정도인데, 천지의 둘레는 14.4km라고 한다.

안에 정황석산(正黃石山) 3봉이 있으되 사람의 혀가 입안에 있는 것 같으며, 그 밖으로 도합 12봉이 포위하여 못의 성이 되었다.

선인(仙人)이 쟁반을 얹은 듯한 것도 있고 대붕이 부리를 든 듯한 것도 있으며, 기둥처럼 받든 것도 있고 솟아서 빼어난 것도 있으며 안쪽은 다 깎아 내린 듯하되, 단황분벽(丹黃粉碧)[11]의 난만히 서로 비춤이 마치 담황색 비단의 병풍을 두른 듯하다. 바깥쪽은 성대하고 창백하여 혼연한 일대 수포석(水泡石)[12]의 응결한 것이[13] 못의 안에 앙옹(仰甕; 들린 항아리)과 같이 있다.[14]

이 봉 저 봉으로 다니며 보니, 혹 둥글고 혹 네모나 가는 족족 그 모양이 달리 보이더라. 자리를 서쪽의 조금 평평한 봉우리에 잡으니 봉우리에 오석(烏石)[15]이 그득한데 작은 것은 주먹만하고 큰 것은 되만하며 속이 옻같이 까마니 산 밑 사람들이 얻어다가 연마하여 갓끈을 만든다 한다. 큰 못을 굽어보니 경황없고 두려움이 생겨 경외의 마음이 절로 나는데, 3면은 산에 막히고 정북방의 양봉(兩峯)이 못가에 이르러 터져 열리고 못의 물이 흘러내리는 것이 이른바 천상연(天上淵)이니 흑룡강(黑龍江)이 근거하고 압록강, 두만강도 여기서 발원한다 함은 잘못이다.

사슴과 고라니가 떼를 지어 마시는 놈도 있고 오가는 놈도 있고 누운 놈도 있고 선 놈도 있으며 흑곰 두셋이 벽에 붙어서 오르내리

11 『보만재집』에는 "壁揷丹黃, 粉碧爛然"으로 되어 "벽에는 누르고 붉은 색이 끼고, 푸른색이 난만하다."라고 되어 있다. 대본이 다른 것인지, 최남선의 착오인지 미상이다.

12 용암이 식어서 생성된 돌을 수포석(水疱石)이라 한다. 구멍이 많다.

13 "외면은…것이": 『보만재집』에는 "渾然一大塊水泡石之凝結也"로 되어 "수포석이 응결한 것이다."로 문장이 끊어진다. 문맥상 『보만재집』이 더 적절하다.

14 "못의…있다.": 이 부분은 『보만재집』에는 없다. 홍세태(洪世泰)의 「백두산기」에 천지를 "中窪如仰甕口向上耳[못 가운데가 독 아귀를 들어 올린 것 같다]"는 표현이 나오는데, 착오로 이 구절을 옮겨온 것으로 보인다.

15 무른 검은 광택의 바위로 비석, 도장, 장식품 따위를 만든다.

고 괴조 한 쌍이 물을 찍고서 나부껴 나니, 그림 속을 보는 것 같은지라. 일행 근 백 명이 봉우리에 둘러섰으니 비록 산수의 아취를 알지 못하는 이라도 또한 발이 앞서고 몸이 가상으로 기움을 깨닫지 못할레라. 산하(山下) 주민으로 여러 번 이 길 다닌 이가 다 가로되,

"예로부터 이 산에 들어오는 자가 재계와 목욕을 여러 날 하여도 운무가 갑자기 일고 바람, 우레가 교차하여 능히 시원히 보지 못하더니 금번 행차와 같이 자의(恣意)로 관람하게 됨은 참 희한한 일이라."

하더라. 마음껏 관람한 지 반나절에 돌아올 줄을 모르더니, 못 가운데로서 검은 안개가 일어나 부쩍부쩍 상승함을 보고 바삐 내려와 연지봉 아래 잠깐 쉬다. 이윽고 40리를 가서 천수(泉水)에 이르러 숙박하니 산은 공허하고 밤은 서늘한데 월색(月色)이 물 같은지라. 피리 불고 해금 타는 자로 하여금 3, 4곡을 놀게 하고 가수가 또한 화창하니 초연히 홍진을 벗어난 뜻이 있더라.

-서명응(徐命膺)[16] 「백두산기(白頭山記)」[17]-

3. 힘을 오로지 함

일 함이 길가는 것 같사외다. 오직 가려 하는 곳을 바라고 바른 길을 줄곧 가면 얼른 다다르려니와 만일 이 길로도 갔다, 저 길로도

16 서명응(1716~1787)은 조선의 문신으로 시호는 문정(文靖)이다. 형조, 이조, 병조, 호조의 판서를 두루 역임하고 홍문관 대제학도 지냈다, 정조에게 신임을 받아 규장각 운영에 큰 영향을 미쳤다. 북학파의 비조로 일컬어진다.

17 『보만재집』에는 「유백두산기(遊白頭山記)」로 되어 있다. 서명응은 1766년에 함경도 갑산부로 유배를 가게 되었는데, 이를 기회로 6월 10일부터 16일까지 백두산 유람을 하였고, 이를 기록한 것이다. 『시문독본』에는 정상에 오른 14일의 기록만을 수록하였다.

갔다 하든지 이쪽 저쪽 한눈을 팔든지 하면 길이 얼마나 더디리까?

한 사람의 일은 그 살아 있을 동안에 하는 것이니, 견주어 보면 얼마만한 길을 하루 다하기까지 가는 셈이외다. 그러하므로 사람이 만일 저의 하는 바 일에 온 몸, 온 마음, 온 힘을 오로지 이로써 그 일됨을 기약하지 아니하고, 이것저것 등한한 여러 가지 일에 힘을 나누다가는 열이면 열이 다 갈 데는 아직도 먼데 해는 다 지는 슬픔을 맛보오리다.

한평생 일만 그러한 것 아니라, 작으나 크나 일은 다 마치 한가지로 힘을 오로지 한 뒤에만 공을 이룰 수 있는 것이외다.

장유(張維)[18]란 어른은 인조 때 큰 선비요, 이름난 벼슬아치외다. 그 어른이 젊으셨을 때에 열 해 동안 오로지 글공부하기 위하여 속리산 어느 절에 들어가 방 하나를 치워 달라 하시니, 중이 한 군데를 가리키는데 "이 방에는 전부터 다른 어른이 와서 글을 읽습니다." 장유 어른이 이에 그 방에 들어가 자리를 잡고 글 읽기를 시작하는데, 두 어른이 다 공부 밖에는 다른 일이 없으신 고로 먼저 계시던 어른도 새로 온 이를 거리끼지 아니하고 새로 가신 이 어른도 들어앉은 길로 책에만 오로지 힘을 들여 오래가도 서로 말할 틈이 없었습니다.

이러한지 일곱 해 만에 먼저 와 있던 어른이 공부를 마치고 돌아가시거늘 그제야 서로 성명을 통하고 오래 한방에 있다가 나뉨이 섭섭하단 인사를 하였다 합니다. 장유 어른은 이로부터 더욱 마음을 오로지하여 글을 읽어 마침내 뛰어난 공부를 이루었습니다. 일곱 해 동안이나 한방에 있으면서 인사할 틈 없이 각기 당신 글만 읽으시던 두 어른이야말로 그 마음을 오로지함이 어떠하옵니까?

18 장유(1587~1638)는 이괄의 난과 병자호란에 공을 세우고 대제학, 대사헌, 이조 판서, 우의정을 역임했다. 이정구, 신흠, 이식과 더불어 조선 문장 4대가로 꼽힌다. 시호는 문충(文忠)이다.

사람의 힘이 그리 큰 것이 아니외다. 아무렇게 하여서라도 아무 일이나 할 수 있는 것 아니외다. 오직 한 가지 뜻하는 일에 온 힘을 오로지하여야 그 일을 이룰 수 있으며, 마찬가지로 한 가지 일을 이루는 가운데서 더 힘을 오로지한 이가 가장 크게 이룰 수 있는 것이니, 함이 있고자 하면 그 함이 남보다 뛰어나고자 하면 힘을 오로지하며 남보다 더 힘을 오로지하며, 할 수 있는 데로 힘을 오로지할 것이외다.

재주 있고 힘을 해치는 이는 이룸이 없으되, 재주 없어도 힘을 오로지하는 이는 이룸이 있습니다. 공부하는 일로 말할지라도 어려서 재주 있는 이가 흔히 자란 뒤에 변변치 못하고 어려서 둔하던 이가 자라서 웬만큼 되는 일이 많음은 다른 까닭 아니외다. 곧 재주를 믿는 이는 흔히 힘을 해치고 둔함을 근심하는 이는 매양 힘을 오로지함이외다.

여러분이여! 사람의 한평생은 넘어가는 해로 아시며, 할 일은 무거운 짐으로 아시오. 그러한데 힘을 오로지함은 튼튼하고 빠른 수레에 탐으로 아시오. 공부거니, 일이거니 무엇으로 크기를 바랄진대 다 이 수레를 타고 얼른 바라는 곳에 다다릅시다.

-『붉은저고리』-

4. 이의립

수철(水鐵)은 농기와 가마, 솥의 원료요. 유황은 화약의 주요한 원료나 효종 때까지는 국내 어디서 나오는 줄을 알지 못하여 해마다 막대한 미곡(米穀)으로써 북남양시(北南兩市)[19]에 무역하니, 평시에도

19 조선 시대에 중국 · 일본과 무역하기 위하여 연 시장으로 북쪽에 북관 개시

불편과 불리가 클 뿐더러 더욱 유사(有事)한 때에는 수요를 변통하지 못한 일이 많았더라.

이의립(李義立)[20]은 효종 때 경주 사람이니 일찍이 긴요한 물품을 스스로 가지지 못하여 남에게 침략과 손해를 면치 못함에 개연히 발분하여 약관에 뜻을 세우고 스스로 맹서하여 가로되,

"땅은 다 같으니 지중(地中)의 보물이 이미 동서 양지(兩地)[21]에 있거늘 어찌 그 사이에 있는 여기만 없을 리가 있으리오. 천인(千仞; 1,000길)을 파서 얻지 못하면 만 장(萬丈)까지라도 찾은 뒤에 말리라."

하고, 몇 해 동안 필요한 준비를 하고 26세에 결연히 몸을 일으켜 역내 탐험의 길을 나섰더라. 먼저 치술령(鵄述嶺)[22]에 올라가 백일기도를 드리고 신 앞에 서서 맹서하여 가로되

"10일을 재계하고 100밤을 기도하오니 신이 만일 감동치 아니하시면 맹세코 생환하지 아니하겠나이다."

한 뒤에, 이듬해부터 가야산을 중심으로 하여 호서(湖西)의 여러 고을과, 금강산을 중심으로 하여 관동 일경과, 삼각산을 중심으로 하여 경기 일원과, 묘향산을 중심으로 하여 관서 일대와, 구월산을 중심으로 하여 해서(海西) 일원과, 백두산을 비롯해 관북 여러 곳과

(北關開市; 회령 등지), 남쪽에 왜관 개시(倭館開市; 부산 등지)를 열었다.

20 이의립(1621~1694)은 호는 구충당(求忠堂)으로 유황과 무쇠의 광산을 찾아 제조법을 고안하였다. 숙종이 그 공을 인정해 가선대부를 증직하고 울산의 달천 광산을 하사하였다. 『구충당선생문집』이 있으며, 후손이 대를 이어 광산을 경영하였다.

21 "동서 양지(兩地)"라는 구절은 1910년 간행된 『구충당선생문집』에 보이지 않는다. 중국과 일본을 이르는 것으로 추정되는데, 최남선의 삽입이 아닌가 한다. 이 문집의 「삼보창조일기」에서 이의립은 호란과 왜란의 곤경을 상기하면서 화약을 찾아 임금에게 충성을 다하려 했다는 대목이 있다.

22 경주와 울산의 경계에 있는 높이 765m의 산이다. 망부석, 신모사(神母祠) 등이 있다.

지리산을 끼고서 남해 각지를 탐색하고 다시 동해안으로 올라가 태백, 소백 여러 산을 더듬어, 무릇 10여 년에 팔도를 답파하고 있음직한 곳에는 재삼 탐방한 일도 있었더라.

풍찬노숙하며 위험을 무릅쓰고 탐사하는 그동안, 행로의 간난과 행역(行役)의 고난은 이루 적을 수가 없으니 그의 수기(手記)처럼 "10리, 5리에 풍파도 많이 겪고 1년, 2년마다 호랑이굴도 흔히 지났건만 산을 만나면 산에 기도하고 물을 당하면 물에 기도하여" 전패(顚沛) 곤핍한 중에도 처음 일념이 조금도 위축하지 아니하였더라.

식량이 절핍하고 신체가 극도로 피로해 생환을 기약하지 못한 적도 많았으며 태백산에 들어가서는 10일 동안 수색을 다하다가 초근이 윤활하여 십 수 길 구덩이에 떨어져 거의 사경에 이른 일도 있고 또 소백산에서는 3일을 더듬어 다니다가 문득 사나운 멧돼지에게 쫓긴 바 되어 노방(路傍)의 고목에 기어 올라가 간신히 생도(生道)를 얻은 일도 있었으니 이따위 곤경은 무릇 얼마를 지낸지 알지 못할러라.

한 어려움을 겪음에 다시 한 용기를 돋움은 그의 이러한 때의 심법(心法)이라. 스스로 떨쳐 가로되 "10년을 경영하나 아직 성취가 없음은 하늘이 내 정성을 크게 시험하심이니 기어이 남아의 진면목을 발휘하리라." 하고 다시 산마다 골짝마다 세세히 탐사하겠다는 홍서(弘誓)를 세웠더라.

지성이 이르는 바에 신령이 소격(昭格; 밝게 이름)하셨던지 그 이듬해에 먼저 수철(水鐵) 광상을 울산 달천산(達川山)에서 얻고 다음 비상광(砒霜鑛)[23]을 경주 반척(盤尺) 골에서 얻으니 내심의 환희를 어디다 견주리오. 이것으로써 먼저 보국의 정성을 표하리라 하고 1년여

23 비상(砒霜)은 비소와 유황, 철로 된 광물이다. 비상이 나는 광산이다.

를 연구하여 정제의 법과 이용의 길을 환히 얻어서 철환(鐵丸) 73만 개와 가마솥 440좌를 쇠로 만들어 훈국(訓局)[24]에 받치니 나라에서 그 특별한 심지를 깊이 기려서 영광스런 벼슬을 내렸더라.[25]

그 뒤 수년을 다시 탐험에 종사하다가 현종 10년에 가서 비로소 동해안 마노봉(瑪瑙峯)에서 유황광(硫黃鑛)을 얻으니 20년의 적공이 일조에 이루어진지라. 연구한 지 수년에 채취의 방법과 정련의 기술을 투득(透得)하야 비로소 숯불에 넣어 실험함에 효과가 외래품보다도 나은지라. 어찌 기쁜지 수일 동안 잠을 자지 못하였다 하더라.

이 연유를 조정에 품달하니, 공이 크다 하여 관직을 주었으나 이미 발견하였으니 제법을 더욱 완전히 하고 용도를 더욱 보편하게 함이 자기의 천직이라 하여 받지 아니하고 돌아와, 주철과 유황 제조에 주력하여 나라로 하여금 농기구, 취기(炊器; 취사 도구), 무기를 완전히 스스로 생산할 수 있도록 하기에 평생을 바치니 유사시와 무사시를 막론하고, 이 세 가지에 걱정이 없기는 실로 이공(李公) 이후부터라. 그 공이 위대하도다.

-이구충당(李求忠堂) 「삼보창조일기(三寶創造日記)」[26]에 의거함-

5. 개미 나라

개미에 상전 개미(主蟻; 여왕개미)와 종 개미(奴蟻; 일개미)가 있으니 양자 사이에 사람과 같은 일이 많으니라. 무엇이냐 하면 상전 개미

24 조선 시대에 서울의 경비와 군사 훈련을 맡은 군영의 하나로, 훈련도감을 가리킨다.

25 1659년에 동지중추부사(同知中樞府事; 종2품)에 임명되었다.

26 이 글은 1910년에 목판으로 간행된 『구충당집(求忠堂集)』 2권 1책의 1권에 실려 있다. 『시문독본』의 "이의립"은 이 글의 내용을 축약한 성격이다.

는 한 집안에 주인 같고 종 개미는 하인 같으니라. 다만 사람은 주인이 있어 노복을 먹이지마는 개미는 주인이 노복을 의지하여 생활하느니라. 그러므로 만일 하루라도 종 개미가 일을 아니하게 되면 상전 개미는 아주 말 못되느니라.

한 사람이 유리로 갑을 만들어 그 안에 상전 개미 몇 마리를 넣고 또 개미집의 일부와 식량을 넣어 두었더니 그 무능하기 이를 길 없고 다만 공연히 이리저리 왔다 갔다 돌아다닐 뿐이오. 먹이를 집을 줄도 모르는 듯하더니 그 안에 다시 종 개미 한 마리를 넣었더니 그 몸의 작음이 상전 개미에게 견주면 어른과 아이 같건만, 마치 보모가 어린아이를 거두듯이 용하게 그를 보양하고 또 부서진 집까지 금세 고쳐 주더라.

또 군사 개미란 것이 있으니 싸우게 되면 사납고 굳세어 좀처럼 물러나지 아니하며 그러함으로 싸움을 치른 뒤에 병신 아니되는 것이 거의 없다시피 되느니라. 이 군사 개미가 만일 둘이 만나게 되면 흔히 결투를 행하는데 가끔 목숨 잃는 일까지 있으며 이러한 경우에는 또 수다한 작은 개미들이 와서 그 시체를 찾아 저의 소굴로 메어 감이 상사니라.

또 어떠한 개미는 성벽과 둥근 집을 썩 정교하고 치밀하게 지어 마치 전문 교육을 받은 건축가와 다르지 아니하니라. 각각 저의 두상에 작은 나뭇잎을 얹고 많이 열을 지어 서로 왕래하여 썩 기괴한 조직으로써 그 잎새를 사용하더라. 집의 과반은 땅 아래에 있지만 일부는 아주 땅 위에 드러나며 지붕은 온통 나뭇잎으로 구성하고 간격에는 약간 흙을 쓰더라.

그런데 이 개미는 집 짓는 이와 나뭇잎 나르는 이와 당초부터 소임을 나눈 것 같으니 집 짓는 이는 운반에 관계하지 아니하고 운반하는 이는 그저 수없이 나뭇잎을 날라다가 일정한 처소에 척척 쌓을 뿐이라. 모두 사람이 건축장에 있어 각각 한 소임씩을 맡아봄과 같으니라.

또 어떤 개미는 젖벌레[乳蟲][27]를 치고 간수하기를 마치 제유부(製乳夫)가 암소 치는 것 같이 하는데 젖벌레는 어느 식물의 잎의 표면에 몇 천씩 군집하여 있는 것이오. 무슨 액즙을 분비하여 개미에게 받치는 것이니라.

또 어떤 개미는 잡초의 열매가 익을 때가 되면 수확하여 창고에 저장하느니라. 그 창고는 깊다란 것이 복도같이 생긴 기다란 움 속으로 들어가면서 각처에 산재하였으니 그 꼴이 둥글고 지름이 1치 내외니라. 이 개미가 좋아하는 풀의 열매는 원래 정해져 있고 함부로 모으는 것이 아니더라.

또 근래까지 오도록 꿀 빚음은 홀로 꿀벌뿐인 줄 알았더니 개미 중에도 꿀을 용하게 빚을 뿐 아니라, 썩 기이한 방법으로 저축하는 것이 있더라. 어떻게 하느냐 하면 꿀을 감추기 위하여 일꾼개미 중에서 몇 마리를 따로 취택하여 다른 개미가 빚어내는 대로 그에게 연방 먹인다 한다. 그러함으로 이 개미는 썩 몸이 뚱뚱해져서 항아리같이 되니 곧 산 꿀단지라 할 것이며, 그리하였다가 다른 개미가 꿀이 필요하게 되면 언제든지 그에게 달란다 하더라.

6. 선한 습관

사람은 유소시(幼少時)로부터 선한 습관에 자라나야 하느니, 대개 소년 적에 습관이 된 것은 종신토록 존속하여 변하지 아니함이리니라. 견주어 보건대 나무껍질에 글씨를 새김 같으니 그 나무가 자

27 개미는 진딧물을 다른 천적으로부터 보호해주며 진딧물이 내는 단물을 받아먹는다.

라는 대로 글씨도 커질 것이니라. 아동 적에 그 장래에 행할 길 속에 넣어서 교육함이 요긴하니 그리하면 나이가 장대하여지더라도 그 길을 떠나 배반하는 일이 없을지니라. 기초의 가운데 이미 결과를 머금은 것이라. 일생의 도로는 발인할 때에 방향이 이미 정하여 장래의 운명이 여기서 갈라지니라.

로드 콜링우드[28]가 그 사랑하는 소년을 훈유하여 가로되 "그대가 아직 25세 되기 전에 종신의 품행을 건립하여야 하리라."[29] 하니라. 습관은 나이를 먹어 갈수록 세력이 늘어서 그리로 좇아 품행이 나오는 것이므로 이미 습관하여 품행이 된 것을 장성한 뒤에 다른 길로 옮기기는 심히 어려우니라. 무릇 사람이 이미 안 것을 잊어 버리려 하기는 아직 알지 못한 것을 배우기보다 참 어려우니라.

그리스에 피리를 잘 부는 이가 있었는데 그 제자 중 원래 변변하지 못한 스승에게서 배우던 이에게는 항상 수업료를 갑절씩 받았더라. 진실로 구습(舊習)을 없이하기는 생니 빼기보다 더 어려운 것이니라.

볼지어다. 게으른 버릇 앉은 이, 돈 헤피 쓰는 버릇 있는 이, 술 많이 마시는 인 박인 이를 교훈하여 그 행실을 고치려 하여도 능히 고치고 낫는 자가 열에 한둘이 못 될지라. 대개 이러한 습관이 오래어 깊은 흠이 되어 온몸에 숨었음으로 이를 없이하여 버리지 못함이니라. 그러하므로 옛사람의 말에 "선한 습관을 만들 양으로 힘과 마음을 쓰는 습관이 진실로 가장 현명한 습관일지니라." 하니라.

28 로드 콜링우드(Cuthbert Collingwood, 1st Baron Collingwood; 1748~1810)는 영국 해군 제독으로 넬슨과 함께 트라팔가 해전을 승리로 이끌었다. 넬슨의 후계자로 칭해진다.

29 "Before you are five and twenty, you must establish a character that will serve you all your life"가 콜링우드 남작의 격언으로 전해진다.

7. 잔디밭

붉고 희고 누르고 난만히 피어
온갖 맵시 부리고 아양 피던 꽃
밤 동안 비바람에 다 떨어지니
푸른 비치이 세상 차지하도다

가지마다 촘촘히 붙은 나뭇잎
바람에 덩실덩실 엉덩춤 추고
볕 발에 소근소근 속살거림이
날날이 푸른 새 빛 자랑이로다

질펀함 벌판 가득 가지런하여
보기에 고옵기도 잔디밭 푸름
눕고 안고 뛰기가 다 합당하여
쓰기에 긴하기도 잔디밭 푸름

약대의 털 모아서 짜내었는지
앉으면 포근함이 마음에 맞고
명주실을 늘여서 수놓았는지
보들보들 보임이 눈에 들세라

맑은 내 드륜 버들 그늘 겯 하여
검은 암소 황여소(황소) 맨 속에
메잉메잉 송아지 우는 잔디밭
무색으로 그려서 보임즉 하고

넘는 해 지는 별을 담뿍 안고서
가벼이 맨드리 한 어린 학생이
내기로 풀벌레를 줍는 잔디밭
사진으로 박아서 둘 만하도다

한나절 일하고나 느른한 몸을
고마울사 가만히 뉘어주는 때
온 하룻길을 와서 아픈 다리를
다정할사 편안히 쉬어주는 곳

어지러운 꼴 하고 쓰름하던 눈
기뻐함에 푸른 빛 영(靈)한 약이오
모처럼들 밖에 온 손님에게는
놀이터 되는 잔디 공이 크도다

줄기줄기 틈틈이 달빛이 들고
잎새 잎새 끝마다 바람이 시쳐
참으로 그윽함이 서린 경치야
무슨 말이 그 참을 다 그리리오

기립시다 동무야 소리 크게 해
기쁨의 빛 푸름을 기리옵시다
즐김의 터 잔디밭 기리옵시다
여름 임금 대궐의 푸른 잔디밭

-『붉은저고리』-

8. 남의 장단

세종 때 명상 황희가 한미한 시절에 길을 가다가 한 노옹을 만나니, 누르고 검은 두 소를 데리고 밭을 갈다가 바야흐로 쟁기를 벗기고 나무 그늘 아래서 쉬는지라.

공이 또한 그 곁에 앉아 다리를 쉬면서 옹으로 더불어 말하다가, 물어 가로되 "두 소가 다 비대 크고 실하니 경작하는 힘도 또한 우열이 없느뇨?" 옹이 앞으로 가까이 와서 귀에 대고 낮은 음성으로 대답하여 가로되 "어느 색이 낫고 어느 색이 못하노라." 공이 가로대 "옹이 이다지 소를 두려워 숨겨 말하니 어찌함인고?" 옹이 가로되,

"심하다, 그대의 연소하고 들은 바 없음이어! 축생이 비록 사람의 말을 통하지 못하나, 사람 말의 선악은 다 아느니 만일 제가 못하여 남에게 불급하다 함을 들으면 심중의 불평함이 사람과 무엇이 다르리오."

하더라. 공이 이 말을 듣고 깊이 느끼어 깨달음이 있어 이로부터는 다시 장단(長短)을 말하지 아니하였다더라.

명종 때 상신(相臣) 상진(尙震)[30]은 위인이 관후하고 도량이 홍대(弘大)하여 평생에 남의 과실을 말하는 일이 없더라. 한번은 절뚝발이가 사랑 앞으로 지나는지라. 객이 보고 저 사람은 한 다리가 짧다 하였더니 공이 가로되 "그대는 왜 남의 단처(短處)를 말하느뇨? 마땅히 한 다리가 길다 할지니라." 하니 당세에 명언이라 하니라.

-『국조명신언행록(國朝名臣言行錄)』-

30 상진(1493~1564)은 『중종실록』 편찬에 참여한 문신으로, 15년 동안 재상을 역임하면서 명망이 높았다. 시호는 성안(成安)이다.

9. 만폭동

24일은 정양사(正陽寺)[31] 어느 선방에서 자고 이튿날 아침 일찍 일어나 밖에 나와 보니 엷은 구름이 잠깐 가리고 초일(初日)이 빛을 토하더니 얼마 아니하여 비로봉과 중향(衆香)[32] 꼭대기에 고운(孤雲)이 희미하게 얽히니 성근 비가 주룩주룩하고 옅은 안개가 뭉게뭉게하며 금시에 또 비가 개고 볕이 나 경상(景象)이 천만이로라.[33]

조식 후에 정양(正陽)으로부터 몇 군데 작은 암자를 거쳐 표훈사(表訓寺)[34]로 말미암아 만폭동(萬瀑洞)으로 전입(轉入)하니 층층의 산과 절벽이 동을 끼고서 있고 어지러운 돌과 겹친 바위에 장천(長川)이 흩어져 흐르더라. 1리쯤 가니 반석이 있고 석상(石上)에 "봉래풍악원화동천(蓬萊楓嶽元化洞天)"[35] 여덟 대자(大字)를 새겼으니 이는 곧 양봉래(楊蓬萊; 양사언)의 초서(草書)며 반석 아래 양천(兩川)이 합류하니 하나는 북으로 원통동(圓通洞)으로서 흘러나와 반석 위에 와서 한 와폭(臥瀑) 모양이 되었으며 또 하나는 동북 사이 마하연(摩訶衍)[36] 동구(洞口)로서 흘러나오는 것이니라.[37]

---

31 강원도 금강군 내강리에 있다. 북한 국보 문화유물 제99호로 지정되었다.

32 금강산 내금강의 영랑봉 동남쪽을 병풍처럼 둘러싼 바위 성이다.

33 이 「풍악록(楓嶽錄)」은 이경석의 『백헌선생집(白軒先生集)』 10에 수록되어 있고, 금강산 유람이 시를 중심으로 정리되었다. 시의 해설 부분에 여정을 담고 있는데, 이 부분의 기사는 25일자 시 "乍晴乍雨景象變態無窮次義雄韻[잠깐 개고 잠깐 비가 오는 경상이 변화무궁한데 의웅의 운을 받다]"의 해설 부분에 나온다. 24일에 정양사를 방문하였으나, 그 다음의 기록은 25일의 기록인 것이다.

34 금강군 내금강면 장연리에 있다. 북한 국보 문화유물 97호로 지정되어 있다.

35 봉래와 풍악은 금강산의 이칭이며 원화는 조화와 천지를 나타낸다. 동천은 하늘에 이어져 신선이 사는 곳을 의미한다. 이 글씨는 양사언이 1574~1577년간에 회양 부사로 재직할 때 새긴 글씨라 한다.

36 유점사의 말사로 만폭동의 깊숙한 곳에 위치한다.

37 이 부분은 "由表訓寺轉入萬瀑洞[표훈사를 거쳐 만폭동으로 전입하다]" 시의 앞 부분 해설이다.

반석 위에서 쉬다가 동(洞)의 서로부터 바위를 밟고 수십 보를 올라가니 청룡담(靑龍潭)이 있고 한 필 길이 되는 와폭(臥瀑)이 널렸으며, 층암(層巖)을 거쳐 다시 100보를 올라가니 수건애(手巾崖)가 있는데 석심(石心)에 움푹한 것을 승려가 보덕관음(普德觀音)[38]이 수건 빨던 곳이라 하며 벼랑의 돌이 부드럽고 미끄러운데 또한 와폭(臥瀑)이 널렸으며, 외나무다리로 하여 동쪽으로 1리 남짓을 가니 흑룡담(黑龍潭)이 있으니 연못 빛의 짙고 푸르기 쪽과 같고 또한 1필 남짓 되는 와폭이 있으며 또 10보를 거슬러 오르매 반석이 있고 징담(澄潭)이 있고 그 위에 와룡담(臥龍潭)이 있으니 곧 보덕굴(普德窟)[39]의 아래로라.

수건애(手巾崖)로서 올 때에 바라보니 한 작은 사찰이 공중에 달려 있어 소나무, 전나무 사이에 은은히 비치더니 가까이 와 보니 두 칸 암자가 절벽 위에 기대있느니라. 바위 밖으로 나온 난간 기둥은 붙일 곳이 없음으로 굵고 긴 구리 기둥으로 버텼으며 계단 기둥과 처마를 다 쇠사슬로써 얽어매어 넘어가지 못하게 하였으니, 올라가 봄에 하계가 초체(迢遞; 아스라이 멈)하여 눈이 아득하고 의식이 혼미하지 아닐 수 없더라.

와룡담 서쪽으로부터 암석 위로 좇아 수십 보를 가니 진주담(眞珠潭)이 있고 그 위에 현폭(懸瀑)이 있으되 1장여나 되며 그 위에 또 현폭이 있으되 높기가 진주(眞珠) 폭포만은 못하며 폭포 아래 못이 되고 못 속에 한 대석(大石)이 있어 거북이 머리 든 것 같음으로 귀담(龜潭)이라 하며 여기서 부터 화룡담(火龍潭)까지 가는 동안에 와폭의 흐름이 암석 위에 회전하여 혹 깊고 혹 얕게 소담(小潭)을 이룬 곳이 많더라.

---

38 보덕암 근처에 관음보살의 현신인 보덕각시가 살았다는 전설이 있다.

39 만폭동 골짜기에 있으며, 이 보덕굴을 이용하여 표훈사의 말사인 보덕암을 지었다. 본문의 다음에 묘사한 작은 사찰은 이 보덕암이다.

바위를 타고 다리를 건너 올라가니 벽하담(碧霞潭)이 있고 벽하(碧霞) 위에 선담(船潭)이 있으니 위에 작은 현폭(懸瀑)이 있고 폭포 아래 암상(巖上)에 못이 선형(船形)과 같음으로 이름함이라. 다시 비탈을 부여잡고 올라가 수십 보를 나가니 화룡담(火龍潭)이 있으니 담상(潭上)에 십 수 인 앉을 만한 돌이 있으며 못의 동북에 일봉(一峯)이 있으되 형상을 보아 사자봉(獅子峯)이라 이름하였으며 봉의 동남에 석벽이 있으되 층층이 우뚝 솟아 성곽같이 생겼으며 여기서 5, 6리를 가면 마하연이 되더라.[40]

대개 만폭동은 금강 한 산의 뭇 물이 모두 모이는 곳이니 동의 부분이 심히 웅위하며 돌이 다 매끄러워 고르고 가지런하여 연석을 편 것 같으며 동구(洞口)로부터 들어가면 갈수록 물이 더욱 맑고 돌이 더욱 깨끗하니라. 상하 수십 리인 순전한 큰 반석 바닥에 뭇 물의 분류하는 것이 다 돌을 따라 모양이 생겼으되, 비탈을 만나면 쏠이 되고 턱이 졌으면 여울이 되고 편편하면 내가 되고 움푹하면 소가 되어 내려 지르기도 하고 층층이 고이기도 하고 쫙 흐트러지기도 하고 이상하게 꼬불탕하기도 하여 천형(千形) 만태(萬態)를 이루 그릴 수 없노라. 그중에도 물과 돌이 마주쳐 층절(層折)을 많이 이룬 고로 폭포가 가장 많으며 동명(洞名)도 또한 이 때문이로라.

-이경석(李景奭)[41] 「풍악록(楓嶽錄)」[42]-

40 이 문단을 포함해 위의 두 문단은 "萬瀑洞有懷[만폭동의 감회]" 시의 해설 부분이다. 고전 종합 DB본과는 다소의 차이가 있다.

41 이경석(1595~1671)은 조선 후기의 문신으로 이괄의 난과 병자호란에 공을 세우고 삼정승을 역임하였다. 시호는 문충(文忠)이다.

42 『백헌선생집(白軒先生集)』 10에 수록되어 있다.

10. 덕량(德量)

방촌(厖村) 황희는 세세한 일에 거리끼지 아니하며 나이 높아지고 자리 무거울수록 더욱 스스로 겸양하더라. 나이 90여에 대개 실내에 앉아 종일토록 한담이 없고 두 눈을 돌려 뜨면서 서책을 보는데 실외에 상도(霜桃; 늦복숭아)가 난숙하여 이웃 아이들이 다투어 따는지라. 공이 완만한 소리로 일러 가로되 "다는 따지 말라, 나도 좀 맛보려 하노라." 할 뿐이라. 한참 있다가 나가보니 한 그루가 모두 비었더라 하더라.

평시에 담담하여 비록 자손 · 복동(僕僮; 하인 아이)이 좌우에 나열하여 울부짖고 웃으며 소리질러도 별로 꾸짖지 아니하며 혹 나룻을 잡아다니고 뺨을 치는 자가 있어도 또한 개의치 아니하며, 매양 신석(晨夕) 끼니에 뭇 아이가 모이는데 공이 밥도 떠 주고 반찬도 집어 주면 크게 떠들며 다투어 먹되 공은 웃을 따름이더라.

한번은 혼자 정원 중으로 거닐더니 동리 사나운 아이 몇이 돌을 치뜨려 배를 딴 것이 떨어져 땅에 가득한지라. 공이 대성(大聲)으로 시동을 부르니까 사나운 아이들 자념(自念; 스스로 헤아림)하되, 시동을 불러 반드시 오배(吾輩)를 사로잡으리라 하고 경구(敬懼)하여 다 암중에 숨어서 가만히 엿듣더니라. 시동이 이름에 유기를 가져 오라 하여 배를 주어 담아서 이웃에게 주라 하고 마침내 일언이 없더라.

항상 민국(民國)의 대사에 괘념하고 가정 소사에는 아랑곳하지 아니하였더라. 하루는 집의 여종이 서로 싸우고 한참만에 한 여종이 하소하여 가로되, "아무가 저로 더불어 서로 겯어 거스른 바가 이러이러하오니 극히 간악하노이다." 공이 가로되, "네 말이 옳다." 좀 있다가 한 여종이 또 이처럼 하소하니까 공이 가로되, "네 말이 옳다." 조카 아무개가 곁에 있다가 좀 온의(慍意; 화)가 일어나 가로되, "숙부의 몽롱함도 심하시외다. 아무는 이러하고 아무는 저러하니 이는 옳고 저는 아니외다." 공이 가로되 "네 말도 또한 옳다." 하고, 독서를 쉬지 아니하고 마침내 분변이 없더라.

공의 관후하고 규각(圭角) 없음이 대개 이러하더라.

-『국조명신언행록(國朝名臣言行錄)』-

11. 상진

범허정(泛虛亭) 상진(尙震)은 명종 때 현상(賢相)이니 어려서 호종불기(豪縱不羈; 호방하여 얽매이지 않음)하고 성동(成童; 15세)까지도 말 타고 활쏘기나 일삼더니, 동배에게 모욕을 당하고 드디어 발분하여 독서한 지 5개월에 문의(文義)를 통달하고 10개월에 문리(文理)에 거침이 없게 되니 그 입지의 굳음과 용력의 근면을 볼레라. 이로부터 더욱 수양과 격치(格致)에 치력하여 마침내 일대의 명인이 되니라.

공의 자품이 충후하고 도량이 장대하여 무리에 처하되 유다름을 즐기지 아니하고 물(物)이 범하나[43] 더불어 교계(較計)하지를 아니하며 행동거지가 완만하여 비록 창졸(倉卒)을 당하나 일찍이 질언거색(疾言遽色; 급한 말, 서두르는 안색)이 없고 형모(形貌)는 지둔한 듯하나 내실은 강용하며 덕량(德量)에 포괄됨이 많더라.

행기(行己)하기를 그리 규구준승(規矩準繩)에 조심조심하지 아니하나 항상 기질을 교정하고 덕성을 함양하기에 힘쓰더라. 사벽(四壁)에 자경(自警)을 써 붙여 가로되

"경(輕)은 마땅히 중(重)으로 교정하고 급(急)은 마땅히 완(緩)으

43 "물(物)이 범하나": 사물이나 사건에 저촉되는 상황이 된다는 의미로 보인다.

로 교정하고 편(褊; 좁음)은 마땅히 관(寬)으로 교정하고 조(躁; 번잡)는 마땅히 정(靜)으로 교정하고 포(暴)는 마땅히 화(和)로 교정하고 추(麤; 거칢)는 마땅히 세(細)로 교정하리라."

하며 매양 책을 읽으매 지행(知行)이 합일하기를 힘써 한갓 소문과 평판을 일삼는 자가 능히 미칠 바가 아니로라.

탄회(坦懷)로 남을 대우하야 진역(畛域; 경계)을 베풀지 아니하고 남의 과실을 들으면 반드시 먼저 가서지도(可恕之道; 용서할 길)를 생각하고 또 그 장점을 구하였다. 비록 노복들 중에라도 한 선언(善言)이 있으면 반드시 언사와 안색을 바꾸어 가로되, "네가 나를 가르쳤다." 하며, 절도한 자를 붙잡아 오면 도리어 불쌍히 여겨 장물을 환급하여 가로되, "왜 나에게 고하지 아니하였느냐." 하며, 만일 자신의 과오를 들으면 반드시 가로되, "내 과연 그 허물이 있었노라." 하였다.

무슨 일로 온의(慍意; 화)를 가지고 와 보는 자가 있으면 공이 웃고 서로 견주지 아니하여 가로되, "네가 과연 옳다." 하니, 화난 자가 제물에 웃고 가며 남이 자신을 기림을 들으면 반드시 가로되, "네가 내게 아첨하려 하느냐." 하더라.

무릇 충수(蟲獸)의 완물이 될 것이라도 반드시 놓아주며 가로되, "음용을 자유로 하고자 함은 물아(物我)가 동정(同情)이라." 하며, 구복(口腹)의 재미를 돌아보지 아니하고 힘써 살생을 피하더라. 집에 있으면 일찍 가재도구의 추루함을 말하지 아니하니 가인(家人)이 시험하고자 하여 누추한 자리를 객석에 두고 수일을 기다려도 마침내 말이 없는지라. 가인(家人)이 끝내 그럴 줄 알고 새것으로 바꾸어 놓아도 또한 말이 없더라. 그 검소하고 치장을 일삼지 아니함이 이러하더라.

-『대동명신전(大東名臣傳)』-

12. 내 소와 개 (1)

벌써 수십 년 전 일이라. 내 나이가 아직 어리고 부모께서 생존하여 계실 때에 내 집이 시골 조그만 가람 가에 있었다.

어떤 장마 날 나는 내 정들인 소 - 난 지 4, 5일 된 새끼 딸린 -를 가람 가에 내어다 매고 글방에 갔었다. 아침에는 좀 개는 것 같더니 믿지 못할 것은 장마 날이라. 어느덧 캄캄하게 흐려지며 처음에 굵은 빗방울이 뚝뚝 떨어지기 비롯하더니, 점점 천지가 어두워 가며 소나기가 두어 번 지나가고 연하여 박으로 퍼붓는 듯 빗발이 내려 쏟는다. 나는 처마 끝에서 좍좍좍 드리우는 낙수발과 안개 속에 잠긴 듯한 먼 산의 얼굴을 쳐다보며 마음이 유쾌하게 글을 외웠다. 다른 아이들도 다 좋아서 혹 고개를 내대고 비를 맞히는 이도 있고, 혹 손도 씻으며 벼룻물도 받고 즐겨하였다.

해가 나직이 울었다.

나는 한참이나 글을 외우다가 갑자기 무슨 소리가 들리는 듯하여 깜짝 글을 그치고 귀를 기울였다. 그러나 빗소리 사이로 선생님의 낮잠 자는 콧소리 밖에 아니 들린다. 나는 이상하게 눈이 둥글하여 가지고 몸에 오싹 소름이 끼친다.

"옳다, 이것 안 되었구나." 하고 나는 장달음으로 뒷고개를 넘었다. 베고의 적삼이 살에 착 들러붙고 머리에서는 물이 흘러 눈을 뜰 수가 없다. 나는 세 마상(馬場; 5리나 10리)노 훨씬 넘을 가람 가에 다다랐다. 아아! 내 소는 어찌 되었는가? 가람에 물이 불어 아침에 소를 매었던 언덕이 죽 벌겋고 결 센 물로 둘러싸여 소가 선 데만 조그만 방안만하게 남았을 뿐이라. 비는 아직 여전히 퍼붓는다.

나는 우리 소가 죽었으리라 하였다. 소는 어린 송아지를 곁에 세우고 어찌할 줄을 몰라 고개를 번쩍 들고 한참이나 영각을 하더니 내가 온 것을 보고 물끄러미 나만 쳐다본다. 아마 제 생각에 내가 오면 으레 저를 살려 주려니 하였나 보다. 더구나 방금 죽게 된 줄도 모르고 젖만 먹고 서 있는 송아지 꼴은 차마 애처로워서 못 보겠다.

나는 "누구 와서 소 좀 살려 주시오." 하고 울음 섞인 소리로 외쳤다. 그러나 주먹으로 눈물을 씻으면서 암만 돌아보아도 사람 하나 그림자도 아니 보인다. 나는 두어 번 더 외쳤건만 여전히 아무 반향도 없다. 소 선 땅은 절반이나 더 올라 잠겼다. 내가 살려 주려니 믿고 소리를 그쳤던 소는 아까보다 더 높고 슬픈 소리로 영각을 한다. 하도 이상하여 보니 철없는 송아지도 젖을 놓고 오뚝하니 서서 고개를 갸웃갸웃한다. 내가 3, 4년 동안이나 정들여 기른 소 - 그의 사랑하는 새끼 - 그뿐 아니라 살려 주려니 하고 믿던 짐승에게 실망을 주는 나의 변변치 못함!

내 뛰어들었다. 내 헤엄을 조금 알았다. 내 소를 향하고 약한 팔로 물을 헤쳤다. 뭍으로 말하면 스무 걸음이 될동말동한 넓이를 못 건널 줄이 있으랴 하였다.

그러나 물결이 세다. 내 두 팔의 아무작거리는 것은 물에 대하여 아무 저항을 주지 못하고 겨우 중턱쯤까지나 비비어 건너 거기서부터는 물이 하자는 대로 하게 되었다. 휙휙 물결에 밀려 내려가면서 소를 쳐다보았다. 아마도 내가 물에 밀려감을 보았음인지 몸을 솟아 뛰며 영각을 한다. 송아지는 보이지 아니한다. 나는 "조금만 힘이 있어 소고삐만 잘라 주었으면 살 것을……."

나는 그저 떠내려간다. 댓 걸음 밖에 잡힐 듯 잡힐 듯하는 버들가지를 암만 버둥거려도 잡지 못하고 이제는 기력이 진하여 몸을 뜨인 대로 있게 하기도 매우 벅차다. 나는 죽는구나 하였다. 어버이께서 얼마나 서러워 할꼬 하였다. 내가 업어 주던 누이 생각도 하였다. 또 여기서 7리쯤 내려가면 이 가람이 바다에 들어가는 개머리니 개머리를 지나면 나는 바다에 들어가 그 넓은 바다에 어디로

갈지 모르리라 하였다.

그러나 나는 거기서 얼마를 아니 가서 물굽이 있음을 생각하고 그물굽이에 다다르면 물이 휘는 서슬에 육지가 잡히려니 하였다. 그것은 잘못 생각이라. 여러 물이 나를 가운데다 세우고 전후좌우에서 밀고 끌고 하는 듯이, 나는 그 물굽이를 지났다. 그러고는 또 한 번 "나는 죽는구나." 하고 아주 정신을 잃었다.

13. 내 소와 개 (2)

그 후, 얼마나 되었는지 알 수 없으나 무엇이 옆구리를 쿡쿡 찌르는 듯하기에 겨우 정신을 차려 번히 눈을 떠 본즉, 내가 건지려던 소는 물 하류에 있어 그 머리로 나의 몸을 밀고 우리 개는 나의 오른 손목을 물어 언덕으로 끌어내려고 애를 쓰는 모양이라.

어떤지는 모르나 물 넓이가 꽤 넓은데 얼마나 이 두 짐승이 애를 썼든지 그 세찬 물결에도 나를 붙잡아 언덕에서 서너 자 되는 데까지 밀어다 놓고는 그 이상 더할 힘이 없어 코로 들어가는 물을 푸…푸, 내어 뿜으면서 속절없이 발만 허우적거린다. 나는 겨우 차린 희미한 정신을 가지고도 이 두 짐승의 헌신적 사랑에 감격하여 눈물이 흘렀다.

나는 이에 새 기운을 얻어 어찌어찌 언덕까지 헤어 올랐다. 소와 개는 이만 기쁜 일이 없는 듯이 뒤를 따라 헤어 오른다. 나는 힘껏 소와 개를 안아 주고 싶었다. 그러나 물을 많이 먹고 기절하였던 몸이라, 정신이 들지 아니하고 사지에 맥이 풀려 땅바닥에 누운 대로 손을 내밀어 내 곁에 피곤하여 누운 소의 이마와 개의 목덜미를 만졌다.

소와 개는 눈을 반쯤 감고 내가 만지는 대로 가만히 있다. 한참이나 이 모양으로 있다가 나는 비가 이미 멎고 구름장 사이로 별이 번쩍번쩍함과 내가 누운 데는 개머리서 3리쯤 되는 신촌(辛村) 앞임과 또 하나, 물에 빠졌던 사람을 소 길마에 거꾸로 눕히어 입과 코로 물을 토하게 하던 생각이 나서 나도 뱃속의 물을 토하여야 하리라 하였다.

배를 만져본즉 과연 딴딴하게 불렀다. 그러나 길마도 없고 나를 도와줄 이도 없으니 어찌할꼬? 소나 개를 길마에 대용하리라는 생각도 났으나 차마 재생(再生)의 은인을 나를 위해 피곤한 몸에 제가 살겠다고 기구로 부릴 수는 없다 하였다. 올라가 축동에 거꾸로 누우리라 하고 겨우 몸을 일으켜 벌레벌레 기어서 축동까지 나아가 거꾸로 누웠다. 그러나 원래 축동이 가파른데다가 풀잎이 비에 젖어 누우면 미끄러지고 누우면 미끄러져 어찌할 수가 없다. 나는 더욱 기운이 지쳐 한참이나 땅바닥에 쓰러졌다.

소와 개는 고개를 번쩍 들고 나의 하는 양을 보더니 내가 쓰러지는 것을 보고 함께 일어나 내 곁에 와서 나의 벌거벗은 몸을 이윽히 보다가 그대로 저기 눕는다. 나는 아무리 하여서라도 뱃속에 든 물을 뽑아야 되리라 하였다, - 아니 뽑으면 죽으려니 하였다. 마침 그 곁에 버드나무 한 그루가 섰다. 나는 "옳지." 하고, 그 나무 밑에 기어가 땅 밑에 난 버들가지를 끊어 천신만고로 두어 자 높이 될 큰 가지에다 내 발 하나를 동여매고 거꾸로 매달렸다.

물이 나온다, 나온다. - 입에서 코에서 - 아마도 한 동이는 넘으리라 하였다. 얼마 있노라니 차차 몸이 가벼워지고 정신도 좀 쇄락(灑落)하여진다. 아까 잡아맬 때만한 수고로 발을 풀고 땅에 내려섰다. 그러나 아직 걸음은 걸을 수 없다. 곁에서 물끄러미 보고 앉았던 소와 개는 안심한 듯이 꼬리를 두른다. 나는 다시 그네의 목덜미를 손으로 쓰다듬었다. 개는 이윽히 나를 쳐다보다가 슬근슬근 축동 곁으로 걸어 서쪽으로 올라간다. 나는 "워리, 워리"하고 불렀다. 그래도 돌아보지도 아니하고 차차 걸음을 빠르게 한다. 그러나 따라갈 기력이 없어 주먹으로 눈물을 씻었다.

그 개는 소보다 1년 후에 외가에서 강아지로 얻어온 것이라. 평생 나와 동무로 지내어 친한 분수로는 이 소보다도 간절하였다. 그러하더니 엊그제 중복 날 그 개를 잡을 양으로 올가미를 감추어 들고 구유에 물을 주었다. 개가 대문으로 들어와 구유 곁으로 가려하더니 웬일인지 고개를 숙이고 한마디 "컹!" 짓고 달아나간 뒤로는 이내 집에 들어오지 아니하였다.

아마 축동 사이에 이틀 동안이나 숨었다가 "소 살려주오!" 하는 나의 외침을 듣고 뛰어나서 제 딴에 반가운 나를 바라보고 섰었다가 내가 위태하여짐을 보고 따라온 모양이라. 간 뒤에 생각한즉, 이때껏 내내 굶은 양으로 배가 홀쭉하고 눈이 움쑥 들어간 듯하였다.

몇 날 뒤에 동리에서 미친 개를 때렸다 하기로 가 본즉, 이 웬일인가! 바로 그 개로다. 입과 코로 선지피를 토하고 골이 터져 죽어 넘어졌다. 그 다정스럽던 눈은 검은자위가 거의 반이나 윗눈시울 속에 들어갔다. 나는 두 주먹으로 얼굴을 가리고 "으악" 울면서 물매걸음[44]으로 달아났다. - 그 개는 갈색털이 그리 숱 많지 아니한 개였다.

그 소는 그 후 내가 어버이를 여의고 동서로 돌아다니는 동안에 팔았는지 잡아먹었는지 알 수 없다.

-이광수[45]-

44 "물매"는 나무에 달린 과일 따위를 떨어뜨리기 위해 던지는 짤막한 몽둥이이다. 물매가 나는 것처럼 빨리 달아나는 걸음이 물매걸음이다.

45 이 글은 신문관에서 출간된 『새별』(1915.1)에 게재되었다고 한다.

14. 활발

게으름은 시간의 좀이오, 활력의 곰팡이로다. 게으름을 가까이 하는 생애는 부지불식간 썩은 나무 무너지듯 멸망할지니라.

게으름을 떠나 첫걸음으로 밟을 것은 부지런이오, 부지런의 첫머리는 활발이니라.

활발은 시간의 눈이오, 활력의 날개로다. 활발이 있는 곳에 시간의 산실(散失)이 없고 활발이 있는 곳에 힘의 허비가 없느니라.

활발히 하는 일에는 맛이 있고 흥이 있고 견딤이 있고 이김을 볼 수 있느니라.

활발한 사람에게는 항상 시간이 밀리고 게으른 사람에게는 항상 일이 밀리느니라.

활발한 이에게는 늘 남은 힘이 있고 게으른 이에게는 늘 아직 못한 일이 있느니라.

활발한 이에게 무엇이던지 할 일은 먼저 하여 놓고 쉬기를 뒤에 하겠다는 주의로되, 게으른 이는 언제든지 좀 더 놀다가 일은 나중 하겠다는 버릇이니라.

활발한 이는 일이 없으면 일을 찾고 일을 만나면 곧 착수하고 무엇이든지 남 하기를 기다리지 않고 자기가 하여 가느니 항상 자기가 할 것은 먼저 다하여 놓고 오히려 남의 일까지 돕느니라. 먼저 자기를 부리어 남을 섬김으로 남이 나를 존경하게 하는 인물은 다 이러한 활발을 가졌느니라.

활발한 이의 얼굴에는 - 웃음집에는 즐김이 있고, 게으른 이의 얼굴에는 찡그림 - 집에는 걱정이 있느니라.

생수(生水)를 길어 쓰지 아니하면 썩고, 길어 쓰면 쓸수록 새 생수가 솟아나는 것과 같이 활력도 안 쓰면 줄고 쓸수록 새 활력이 발생하느니, 이른바 있는 자에게는 다 주고 없는 자에게는 있는 줄로 아는 것까지 빼앗는다는 이치가 이에 있느니라. - 이로 말미암아볼진대 활발한 자에게 건강과 장수가 있으며 게으른 자에게 질병과 단명(短命)이 있을 것이니라.

우리의 이른바 활발은 특별히 호기로운 것이나 효용한 것을 가리킴이 아니라, 오직 항심(恒心)적으로 일상사를 활발한 정신과 동작으로 하기를 뜻함이니 실례를 들 것 같으면,

(1) 자고 깰 때에 자리에서 일어나기를

(2) 음식이 양에 적당할 때에 식탁에서 물러나기를

(3) 쉴 시각이 다할 때에 일터로 나가기를

(4) 앉았다가 서기와 섰다가 움직이기를

(5) 더운 것을 떠나 찬 데로 향하기와 편한 것을 놓고 어려운 것 잡기를

(6) 오락을 그치고 노동하기를

(7) 허물을 깨달을 때에 고치기를

(8) 사념과 망상이 날 때에 물리치기를

(9) 묻는 이 있을 때 대답하기와 물을 일 있을 때에 묻기를

(10) 모든 선을 행하기와 모든 악을 피하기를

—오직 활발히

-유영모(柳永模)[46]-

46 유영모(1890~1891)는 종교가 · 교육자로 호는 다석(多夕)이다. 오산학교 교장을 지냈고, YMCA에서 35년간 연경반(硏經班)을 지도했다. 함석헌 등을 제자로 두었다. 그의 강의를 모아 사후에 『다석강의』 등이 출간되었다. 이 글은 「활발」(『청춘』 6, 1915. 3)의 부분이다.

15. 서경덕

서경덕(徐敬德)[47]의 호는 화담(花潭)이니 송경인(松京人; 개성인)이라. 어려서부터 총명하고 정직하며 배우기를 좋아하여 사물을 범연하게 간과하는 것이 없으며 집이 가난하여 일찍 사부에게 출취(出就)[48]하지 못하고 집에 있어 가계를 돕는데 비록 글의 봄과 말의 들음이 없으나 실지에 임하여 궁리를 힘씀으로 수시수처(隨時隨處; 때와 곳에 따라)에 가르침을 받고 배움이 있더라.

춘하(春夏) 간에는 흔히 산야에 나가 초소(草蔬; 풀과 나물)의 신아(新芽; 새싹)를 캐어다가 식량의 보충을 하는데 어떠한 때에는 귀가함이 늘 늦고 또 채취한 초소가 바구니에 차지 못하거늘, 부모님께서 야릇하여 물으시자 대답하여 가로되

"나물을 캘 때에 무슨 새가 나는데 금일에는 지상에서 1촌을 떠나고 명일에는 2촌을 떠나고 또 명일에 3촌을 떠나서 점차로 위로 향하여 나니 이 새를 보고 그윽하게 그 이치를 생각하나 뚫지 못하겠음으로 날마다 지체도 되고 나물이 바구니에 차지도 못하나이다."

하시다. 대개 이 새는 봄 사이 날이 따뜻하여지면 차차 날기를 익혀 높이 공중에 떠 우는 것이라. 이 새 날기 익힘을 중인(衆人)이 다 심상하게 보는 바로되, 이 어른의 궁리하는 정성은 반드시 그 소이연(所以然)한 속을 알려 하여 날이 늦어감도 깨닫지 못함이니 공부하는 법이 어려서부터 이러하였더라.

14세 때에 독서하기를 비롯하여 그 근처 학구(學究)에게 가시어

47 서경덕(1489~1546)은 유학자로 시호는 문강(文康)이다. 저서로 『화담집(花潭集)』이 있다.

48 집 밖으로 나아감. "열 살이면 집 밖에서 스승에게 배운다[十年 出就外傅]"라는 구절이 『예기』「내칙(內則)」에 있다.

『서경(書經)』을 배울새, '기삼백(朞三百)'[49] 대문에 이르러 그가 그대로 넘기려 하며 가로되, "이것은 나도 배우지 아니하였을 뿐 아니라 세상에 통 아는 이가 적으니라." 하거늘, 어른께서 야릇하게 여기시어 물러나와 깊이 궁구한 지 15일 만에 통하시니 이에 글은 치워 놓고 생각하여 획득 못할 것이 없음을 아셨더라.

18세에 『대학(大學)』을 읽으시다가 "지식을 지극히 함은 사물의 이치를 궁구함에 있다."는 구절에 이르러 개연히 탄하여 가로되, "공부를 한다고 격물(格物)을 못하면 빈 글은 읽어 무엇하리요." 하시고, 이에 온갖 사물의 명목을 적어 벽상(壁上)에 붙이고 날마다 격물(格物)과 궁리로 일삼으시되 일사(一事)나 일물(一物)을 궁구하여 통찰한 뒤에 또 다른 사물에 손대시며 한창 궁구하여 나아가실 적에는 오직 심신을 거기에만 전일(專一)히 하여 심하면 먹고 자기까지 잊으며 혹 눈을 감았다가 몽중에 통리(通理)한 일도 있었더라.

이러하게 6년을 하시니 그동안 각고(刻苦)와 정려(精勵; 지극히 힘씀)는 심상히 형용할 수 없으나 노력의 응득(應得; 응당)할 소득도 또한 적지 아니하여, 심안(心眼)이 통개(洞開; 활짝 열림)하여 물리를 직관하는 지경에 다다르니, "학문의 의심 없음에 다다라 쾌활을 아노니, 백년의 헛된 인생을 면하게 되노라."[50]란 구는 그 뒤 상쾌한 심경을 베풂이로라.

그 배움 하는 법은 실험과 자득(自得)을 위주 하시어 활연통투(濶然通透; 넓게 통찰함)한 뒤에 그치시니 남의 일을 그대로 흉내 내고 남의 대궁을 그대로 집어먹음은 어른의 가장 미워하신 바라. 옛사람이 한 말이라도 반드시 얼른 믿지 아니하고 다른 이가 알았다

49 『서경』「요전(堯典)」에 "朞三百有六旬有六日[1년은 300하고 60에 6일이다]"라는 구절이 있다.

50 원문은 "學到不疑知快活, 免教虛作百年人"로, 이 시구는 서경덕의 것으로 당시 널리 알려졌다.

함이라도 그것만으로 넉넉하게 여기시지 아니하심으로 그 아심은 반드시 정심하며 정확하였으니, "고인은 말하기를 생각하고 생각하면 귀신이라도 통하여 준다 하였지만 귀신이 어찌 통하여 주리오. 심(心)이 스스로 통함이라."[51] 함으로써 그 공부의 정식(程式)을 볼지니라.

-『화담집(花潭集)』에 의거함-

16. 상해에서

우리 일행은 용암포(龍巖浦)[52]의 연산(連山) 위에 첫눈이 덮인 것을 보고 배에 오른 지 십 수 일에 영구(營口)·대련(大連)·연태(煙台)·청도(靑島)를 두루 거쳐 이제 밤을 오송(吳淞) 포대(砲臺) 밑에 지내고, 아침 해 뜨자 흐리건만 물결 없는 황해강(黃海江)을 거슬러 저어 연황색으로 서리에 물든 양안(兩岸)의 유색(柳色; 버들 빛)이 반영한 황색 많은 아침 햇빛을 등에 지고 동양 런던이라 칭하는 상해 부두를 향하나이다.

아직도 얼마 만에 하나씩 물에 심천(深淺)을 표하는 부표에 채 꺼지지 아니한 전등이 가물가물하오며 준설 공사에 종사하는 뭉투룩한 배에는 새로 발동기에 물 끓이는 석탄 내가 갈 길을 몰라 하는 듯 구불구불 서리고 우리 배는 휘움한 물굽이를 아주 살금살금 추진기 소리도 들릴락 말락 진행하오며, 선객들은 자리와 짐을 모두 묶어 놓고 어서 상해 시가를 보리라고 갑판 위에 나와 혹은 선측(船側)에 기대어 "저기는 어디요, 여기는 어디" 라고 신래(新來)한 여객

51 『화담집』「신도비명(神道碑銘)」에 서경덕의 말로 기록된 구절이다.
52 평안북도 용천군에 있는 항구로 개항장이 되어 물자의 집산지로 구실하였다.

에게 지정하는 이도 있고, 혹은 외로운 나그네 몸으로 말할 동무도 없어 번하니 정처 없이 바라보는 이도 있고, 혹은 희색이 만면하여 앞뒤로 왔다 갔다 하는 이도 있나이다.

선원들도 옷을 갈아입고 신을 닦고 선교(船橋)로 거닐며 수부들은 무자위와 비를 들고 갑판을 닦노라 야단이 나나이다. 나도 처음 오는 길이라 이상하게 신경이 흥분하여 몸이 들먹들먹하오며, 생소한 이번 길에 무슨 탈이나 없을까 하여 한옆으로는 염려도 없지 아니하외다.

저편 안개 속으로 어찌 커다란 뭉치가 팔릉경(八稜鏡; 팔각의 거울) 모양으로 번쩍번쩍 일광을 반사하면서 점점 가까이 오나이다. 들은즉 장강에 손님 나르는 배라는데 커다란 목판 위에 삼층루(三層樓)를 지어 놓은 듯하오며 난간에 오누이인 듯한 서양 아이 3, 4인이 설백색(雪白色) 곱고도 단출한 옷에 모자를 비스듬히 붙이고 우리 배를 향하여 무슨 조롱을 하는 모양인데 우리 배에 탄 꼬리 달린[53] 선객들도 무어라고 욕설로 대꾸를 하나이다. 돌아본즉 우리 배 뒤에도 서너 척 륜선(隻輪船)[54]이 우리 배 모양으로 슬근슬근 뒤따라오나이다. 좁은 강이라 밤에는 입항을 금함으로 오송구(吳淞口; 상해의 외항)에서 밤을 지나고 아침에야 상해 부두로 올라 다니는 모양이로소이다.

차차 애나무 숲 사이로 정자며 공장과 목장 같은 것이 드뭇드뭇 보이고 앞길에 컴컴한 안개는 더욱 농후하오며 얼마 만에 중류에 닻 주고 선 배도 한두 척 보이오며 저편 그리 크지 못한 선부(船埠)에 밑 빠진 낡은 화륜선이 공중에 얹히어 수선하기를 기다리는 모양이오.

---

53 변발한 중국인을 이렇게 표현한 것이 아닌가 한다.

54 물레바퀴 모양의 추진기를 단 화륜선으로 보인다. 이 추진기를 하나 단 배이다.

그 앞에 장두(檣頭)에 거미줄 늘이듯 한 것은 중화민국 군함의 무선 전신 일지며 좀 더 올라가 휘움한 물굽이를 지나니 문득 딴 세계로소이다. 안개 속으로 4, 5층 고루거각(高樓巨閣)이 빗살 박히듯 하고 그 좁은 강 좌우 언덕에는 화륜선과 삼판선이 겹쳐 서고 또 겹쳐 섰으며 장두(檣頭) 높이 가운데 흰 청기(靑旗)를 날리는 것은 방금 출범하려는 배들이로소이다.

이제는 산 도회의 분주 잡답한 빛과 소리가 어지러이 공명하는 악기 모양으로 대기에 착잡한 색채와 파동을 일으키나이다. 한복판에 거만하게 우뚝 선 미국, 영국, 프랑스의 철갑함을 스쳐 거기에서 나오는 유량(瀏喨: 맑게 울림)한 군악을 들으면서 우리 배는 강남 연안 부두에 조심히 그 우현을 대었나이다.

-이광수[55]-

17. 시조 2수

통군정(統軍亭)[56] 위에서

가림 없이 열린 저 들 우리 등걸 갈던 터아
방울방울 흘린 땀이 얼마 많이 섞였을까
바람이 얼굴에 지나가니 내 나는 듯

울에섬[威化島]

무심한 아이들아 살밑(화살촉) 얻어 좋아마라

55 이 글은 『청춘』 3(1914.12)에 발표된 「상해서」를 축약한 것이다.
56 평북 의주군의 압록강변 삼각산 위에 있는 누각으로 관서팔경의 하나이다.

장사(壯士)의 눈물 자취 살펴보면 있으리라
녹슬어 아니 보이니 더욱 설어

-『소년』-

18. 패러데이

서기 18세기 말쯤 하여 런던 시에 패러데이라는 야장(冶匠)이 있어 네 자식을 두었으되 가세(家勢)가 빈궁하여 고등되는 교육도 시키지 못하고 독서, 산술의 초보나 가르친 뒤에는 각각 벌어먹는 길로 놓았더라. 삼남 마이클[57]은 1791년에 나서 13세 때에 신문 낱장 팔이가 되었다가, 그 익년(翌年)에 어느 집에 시중을 들어 장책업(裝冊業; 책 만드는 일)을 견습하였더라.

그러나 천성이 깊이 학문을 즐겨 장난에나 골몰할 나이지만 여가만 있으면 장황(粧潢; 종이, 비단을 꾸며 책을 만듦)할 양으로 앞에 놓은 서책을 펴 보고 특히 화학, 전기에 관한 사항에 정신을 써서 어느새는 간단한 전기 기계까지 궁리하여 낸지라. 그 형도 거기 감탄하여 많지 못한 소득을 쪼개어 학술 강의의 청강료에 쓰게 하였더라.

고객도 또한 그 독지(篤志)에 감탄하여 당대의 석학 험프리 데이비 경[58]의 강의를 들으라고 권하였더라. 마이클이 그 필기를 꼼꼼

57 마이클 패러데이(Michael Faraday; 1791~1867)는 영국의 과학자이다. 초등학교만 졸업하고 전자기학에 큰 업적을 세워 영국 왕립학회 감독이 되었다. 아버지 James Faraday의 3남이다. 작위와 왕립학회 회장 자리를 모두 사양하고, 크림 전쟁을 위한 화학 무기 개발을 거부하였기에 인격적으로도 큰 존경을 받는다.

58 험프리 데비(Sir Humphry Davy; 1778~1829)는 영국의 과학자이다. 전기분해로 알칼리와 알칼리 토금속의 분리에 성공하고 안전 가스등을 발명하는 등, 전류와 화학적 작용에 대해 큰 업적과 발명을 이루고 왕립학회 회장이 되었다. 공로로 준남작이 수여되었다.

박아 쓰고 장황(粧潢)을 아름답게 하여 상서(上書) 1장을 동봉하여 데이비에게 보내고 뜻있는 바를 베풀었더니 데이비가 간곡히 답장하되 과학이 결코 치부할 방도가 아님을 계세(誡說: 경계하여 달램)하였더라.

그러나 물론 그를 물리친 것이 아니며 유망한 재주는 바로 인식한지라. 마이클에게서 온 서한을 보더니 곧 방인(傍人)에게 보이거늘, 그 이가 "그처럼 열심 있는 사람이거든 시험으로 병이라도 씻기는 것이 좋을 듯하다." 하니 데이비가 고개를 내젓고 "응, 천만에! 그런 일 시킬 사람이 아니라." 하였다더라.

그 즈음에는 합당한 지위가 없었던지 그대로 한참 지냈더니 하루 밤에는 마이클이 바야흐로 침석(寢席)에 들어가려 할 참에 문득 문을 두드리고 서한을 전하는 이가 있거늘, 떼어 보니 데이비에게서 명일 오라는 사연이라. 날 새기를 고대하여 달려가 보니 기껍게도 황립 학술 협회[59]에 조수로 고용하겠다 함이라. 이때로부터 마이클이 오로지 학문에 종사함을 얻어 여러 가지 실험을 쌓고 여러 번 연구의 결과를 발표하여 명예가 날로 나타났더라.

뒤에 왕립학회 회원에 천거되어 여러 가지 강의를 한 일이 있지만 특히 소아에게 대하여 통속, 평이하게 이야기하여 알리기를 즐겨하였느니, 학식 심원한 대가가 아동을 상대로 함[60]은 학계의 미사(美事)라 하겠도다.

요새 전기학이 비상히 진보함에 대하여 그 공적을 상고하건대,

59 현재 왕립학회로 통용되며, 1660년에 영국에서 왕실의 지원으로 자연과학을 진흥하기 위해 설립된 기관이다. 원어는 The Royal Society of London for Improving Natural Knowledge이다.

60 패러데이는 청소년 상대의 계몽 강연에 전력을 다하였다. 왕립학회에서는 매년 크리스마스에 계몽 강연을 실시하였는데, 그는 1827~1860년 동안 19번이나 이 강연을 실시했다. 그의 강의록은 『양초의 과학』(1861)으로 출간되어 널리 읽혔다.

마이클 패러데이를 수추(首推; 제일로 꼽음)할지니라. 마이클이 깊이 이 학문을 연구하여 경탄할 만한 대발명을 하였으며 또 그 발명이 갖은 사물에 응용되었느니, 이제 강도(强度)의 전기를 써서 크나큰 기계를 마음대로 운전시킬 수 있게 된 것이 실로 그 발명의 결과에서 생겼느니라.

이렇게 세상에 도움이 다대함으로 대영국 국민의 숭배가 그 일신에 하나로 모으고 성명(盛名)이 세계에 굉진(轟震; 크게 울림)하게까지 되니라. 그러나 소시의 빈궁하던 것을 잊지 아니하고 항상 선친을 추모하여 "나는 야금에 관한 일을 즐기노니 우리 선친이 야장(冶匠)이러니라." 하며, 노모는 오래도록 살아서 깊이 애아(愛兒)의 입신을 기뻐하고 패러데이도 또한 그 만년을 위안함으로 지락(至樂)을 삼더라.

49세 때쯤으로부터 과로한 뇌가 가끔 부족증(不足症; 폐결핵)이 나더라. 그러나 병이 조금만 덜하면 곧 연구를 계속하여 아침에 실험실에 들어가면 끼니도 잘 찾지 아니하고 밤 11시까지는 한눈도 팔지 아니하고 학사(學事)에 면려(勉勵)하더라. 1867년 8월 25일에 서재의 교자에 기댄 채 명목(瞑目)하니 영국 명사의 장지(葬地)인 웨스트민스터 사원에 안장하고[61] 유언을 지켜 질소(質素)한 묘석(墓石)에 그 성명과 생사 연월만을 적었더라.

61 패러데이는 왕립 사원이자 왕립 묘지인 웨스트민스터 사원에 안장되는 일도 거부했다. 대신 그를 기리는 명판이 웨스트민스터 사원에 설치되었다. 그의 장지는 영국의 국립 묘지인 하이게이트 묘지(Highgate Cemetery)이다.

19. 주지

주지(사자)는 아프리카와 남아메리카와 아시아 일부에서 나오는 맹수니 신장이 3, 4척이오, 길이가 9척이나 되는 것도 있으며 털은 부드럽고 황갈색이 나며 수놈은 위엄 있는 갈기가 있으니 늘 심산궁곡(深山窮谷) 속의 굴에 살며 거기서 새끼를 치느니라.

주지 새끼가 처음 난 때에는 마치 장성한 괴와 같으니, 어이 등에 업히기도 하며 꼬리에 매어 달리기도 하여 어리광하느니라. 암놈은 그 새끼 기르기에 정성을 다하여 처음에는 조금도 그 곁을 떠나지 아니하고 물 먹으러 가기 밖에는 결코 굴 밖에 나들지 아니한다 하느니, 이러한 까닭으로 대개 샘가에 굴 자리를 잡느니라.

수주지는 그 대신에 집안 먹이를 보살피고 밤이 되면 밖에 나아가 먹을 것을 구하느니 우선 삼림을 헤치고 샘가에 나아가, 나무 그늘에 몸을 숨기고 다른 동물이 물을 마시러 오거든 급히 엄습하려 함이니 귀를 기울이고 동물이 가까이 오는 발자취를 듣다가, 저 쪽에서 사슴 같은 것이 달려오는 것을 보면 몸을 오그리고 땅바닥에 꼭 엎드려 횃불 같은 눈을 번쩍거리어 벼르는 양은 과연 만물이 습복(慴伏)할 듯한지라.

거기 왔던 사슴의 떼는 열에 팔, 구나 그 독아(毒牙)를 벗어나지 못하느니라. 그러나 평생에 이러한 호기회만 만날 수는 없는지라. 어떤 때에는 가족에게 선물은커녕 제가 먹을 먹이도 얻지 못하는 수도 있느니 이러한 때에는 삼림을 나와서 인가 근처로 돌아다니다가 인가에 달려들어 불시에 가축을 엄습하기도 하느니라.

그러므로 이 지방 목장은 성채같이 견고하게 되어 주위에는 두 길이나 넘는 높은 울을 두르고 그 안에는 굳센 개를 두어 지키게 하였으나 아무런 방비라도 이 맹수에게는 거의 아무 효력이 없더라. 그 무서운 소리가 한번 울 밖에서 나면 양은 발발 떨며 달아나고 소와 말은 외양 속에서 미치어 날뛰며 어느덧 얼이 빠지고 발악하여 짖던 사냥개도 얼마 안 되어 파수막(把守幕)으로 들어박히느니 하물며 파수 보던 사람이야 어찌 정신을 차리리오.

기고만장한 주지는 이에 더욱 기운을 내어 무섭게 호통을 빼며 몸을 솟구쳐 단번에 슬쩍 그 높은 울을 뛰어넘어 나는 듯이 송아지나 말을 둘러메고 다시 높은 울을 뛰어넘어 유연(悠然)하게 집으로 가는 양은 무섭다 할까, 기운차다 할까. 이루 형언키 어려울레라. 이리하여 제 굴에 돌아오면 아주 다정하게 사냥한 고기를 암놈에게 주느니 암놈이 먹기를 다하기까지는 저는 결코 입을 대지 아니한다 하며, 새끼 주지가 장성하기까지는 자별하게 암놈에게 다정히 굴어 아무런 고생이나 위험이라도 조금도 사양하지 아니한다 하느니라.

새끼 주지는 처음에는 어이 젖으로 생육하다가 석 달이 지나면 차차 굴 밖에 나가 뛰놀고 가댁질도 하고 또 얼마를 지내어 행보를 자유로 하게 되면, 어이 주지가 사냥하여 온 짐승으로 미끼 다루기를 가르친다. 처음에는 반이나 죽은 것을 주어 물기를 가르치고 그다음에는 산 것을 주며 또 얼마를 지나면 수풀 속에 데리고 들어가 우선 토끼 같은 작은 동물을 잡게 하다가, 마침내 사슴을 잡으며 말과 소를 엄습하기까지 가르치느니라.

주지 새끼가 1년을 지나면 키가 개만하게 되고 3년을 지나면 수놈은 맹수로 자임할 만한 훌륭한 갈기가 나고, 이리하여 7, 8년을 지나면 비로소 수왕(獸王)으로 막힐 데 없을 만큼 완전한 발육에 사무치느니라.

20. 가을 메

때 만난 신나무는 우거져 붉고
서리 물든 고욤 잎 한창 누르다
새 옷 입어 기꺼운 가을 메 웃음
헝클어진 숲새에 새암이 졸졸

버들은 뼈만 남아 깊은 잠들고
골에는 풍악 치던 물이 없고나
옛 풀 죽어 서러운 가을 메 한숨
앙상한 가지 끝에 바람이 슬슬

21. 화계에서 해 떠오름을 봄

새벽에 화계(華溪; 북한산)의 골로서 내려오니 풀 끝의 이슬은 짚신 발 코를 적신다.

의정부 들과 금곡(金谷) 벌을 두 옆에 차고 용문(龍門) 연봉(連峰) 검푸른 뭉치가 치맛자락을 벌려 무슨 끔직한 것을 가린 듯하게 둘렀는데, 멧부리의 거죽 테는 날카로운 칼로 싹 벤 듯 구름이라도 지나면 베어질 듯도 하고 가는 붓으로 살짝 그은 화미인(畵美人)의 눈썹으로 견줄 만도 하다.

그 위를 덮었던 회색 장막이 조금조금 걷히더니 오래지 아니하여 터럭 하나 끼일 틈 없이 거기 착 들러붙어 한 폭 깁이 펼쳐 널리는데 밝게 붉어 불그레하여 갈수록 짙고 멀수록 엷되 얼없이 고른 것은 조화의 물 붓질 솜씨를 자랑하는 듯.

흰 구름은 회색 구름을 이웃하여 있고 푸른 하늘이 틈틈이 내어

다 보이는데 빈 한 기운은 회색 구름에서 새고 환한 빛은 흰 구름에서 나오며 떨기떨기 이리저리 떠노는 것은 어느 대단한 손님이나 맞으려고 서성서성하는 듯.

땅바닥은 하늘과 짜고 멧부리는 구름과 결어 한껏 잠잠하고 괴괴한 가운데에 무슨 거룩한 것을 받들어다가, 밤 동안 마왕이 차지하였던 쓸쓸하고 쌀쌀한 누리를 단번에 돌려 차려 하는 듯.

마을 집의 닭은 "오시오" 하고 홰에서 통기하며 개는 "어서, 어서" 하고 동천(東天)을 바라고 짖는 듯.

별발이 닿을락 끊일락 부챗살이 되어 조금 죽 펴지더니 사북[62]이 그중 큰 멧부리에 박히는 듯하자 뭉수리하니 스멀스멀하는 둥그레한 것이 슬며시 올라온다.

귀만 보이다가 호(弧; 곡선, 원주)가 점점 넓어져 반원이 되어 다시 오므라들어 뚜렷이 둥글도록 동안이야 얼마 되리요만, 생각에는 한참이라. 둥글둥글한 덩어리가 유리 항아리가 되고 금 쟁반이 되었다가 가깝게 가면 비쳐 보일 듯한 거울 함 둘레가 되는데, 둥근 가에는 오색 실이 뒤섞여 된 빳빳한 솔이 쭉 둘리었다. 멧부리까지 오르는 동안은 더디기도 하고 거추장도 하다. 가게를 좀 떨어지더니 받드는 이도 없고 미는 이도 없이 우적우적 중천(中天)을 바라고 떠오른다.

붉은 깁도 간 곳 없고 떨기 구름도 걷혀지고 검푸르기만 하던 먼 산도 줄기와 부리며 등성이와 골짜기가 숨지 못하고 드러나는데, 내가 서 있는 쪽 메와 들은 이미 환한 빛에 덮였으며 돌아다보니 내 등 뒤에는 구척장신 눈도 코도 아무것도 없는 장군 하나가 내 발에 발을 닿고 드러누웠더라.

마을 집 굴뚝에서는 연기가 실같이 나기 비롯하며, 물 길러 가는

62 부채를 펴고 접을 수 있게 부챗살의 아랫부분에 질러 박은 부분을 말한다.

아낙네가 이집 저집에서 나온다.

딸랑딸랑하는 방울 소리는 소귀[牛耳洞]로서 나오는 마바리로라.

22. 김단원(金檀園)

조선인은 본디부터 예술상에 탁월한 재주가 있어 그림 한가지로 말하여도 고유한 수법과 독창한 심장(心匠; 깊은 기술)이 남의 것을 꾸지 아니하고 넉넉하였으니, 신라의 솔거(率居)와 백제의 무왕(武王)[63]과 고구려의 담징(曇徵)은 다 고파(古派) 중의 탁발한 자라. 고려조까지도 독립한 화품(畵品)으로 천고에 선미를 전할 자가 자못 많았더라.

삼국 시대에는 서화(書畵)가 거의 다 불가(佛家)의 숭상하던 바요, 고려조에 와서는 승속 없이 명가(名家)가 대불핍인(代不乏人; 대를 이어 인재가 끊이지 않음)하더니, 이조에 들어와 불법을 금지, 배척하고 공예를 천대하는 통에 선진은 파묻히고 후진은 생기지 아니하여 화운(畵運; 그림의 운수)이 크게 비색(否塞)하였다. 갈수록 명작은 그림자도 없어지고 명수는 이름조차 전하지 아니하며, 궁중의 요역(要役)에 응하는 화공(畵工)이라 할 계급이 있어 수절(垂絶; 다 끊어짐)한 명맥이 근존(僅存; 겨우 남음)하니라.

그러나 화도(畵道)가 화원(畵員)의 독점한 기예가 되다시피 한 뒤로는 우리 고유하던 수법은 부지중 소실하고 독립한 심장(心匠)은 발달이 그만 끊이고 한토(漢土) 화풍을 모사하고 추수함으로 능사를 삼았다. 다행히 이허주(李虛舟) 징(澄),[64] 조창강(趙滄江) 속(涑),[65] 정

63 백제 무왕이 익산의 미륵사를 발원하여 건립한 것을 이르는 것으로 보인다.
64 이징(李澄; 1581~?)을 이른다. 허주(虛舟)는 호이다. 16세기의 문인 화가 이경윤(李慶胤)의 서자이다. 화원으로 주부(主簿)를 지냈다. 초상과 산수화에

겸재(鄭謙齋) 선(敾) 등 몇 사람이 있어 우리 특수한 필운(筆韻)를 전하여 올 뿐이더니, 정조 조에 김단원(金檀園)이 나옴에 미쳐 우리 무성시계(無聲詩界)[66]에 새 생명이 맹아하니라.

단원의 이름은 홍도(弘道)이니 풍격이 아름답고 위인이 뇌락불기(磊落不羈; 활달하여 거리끼지 않음)하니 남들이 신선중인(神仙中人; 신선 같은 사람)으로 꼽았더라. 어려서부터 화도(畵道)에 이재(異才)가 있어 화원이 되었다. 일찍부터 당시 화학(畵學)의 정식이 모든 것을 한토(漢土)나 모방하면 족한 줄 알고 풍취와 물색(物色)이 따로 자가(自家)의 독천(獨擅) 있음을 생각하지 아니함에 개연하여, 한번 혜경(蹊逕; 배움의 길)을 얻은 뒤부터는 고도(古道)를 조명하고 국풍(國風)을 진흥함으로 기임(己任; 자기 소임)을 삼으니라.

형상과 정신이며 사실과 양식을 다 우리 본토에서 취하고 화격(畵格; 그림의 품격)과 필법까지도 선인을 답습하지 아니하고 새 기축(機軸; 기틀)을 만들어 내었다. 의사(意思)와 묘사가 다 신묘를 다하니 단원이 나옴은 실로 조선 미술 부흥의 서광이오, 단원의 그림은 실로 우리 예술상 자각의 제일성이로라.

산수 · 인물 · 영모(翎毛; 새나 짐승을 그림) · 화훼(花卉) 제반 양식에 진묘(臻妙; 오묘를 다함)치 아니한 것이 없고 신선도에 더욱 교묘하며 본토 산수, 풍속의 실사(實寫)에는 실로 전인미답의 경계를 개척함이 많았다. 정조의 명을 받아 금강산이며 사군산수(四郡山水)를 그린 와유첩(臥遊帖)[67]은 우리 산수도 중의 절작(絶作; 절세의 걸작)이라

서 당대 제일로 인정받았다.

65 조속(趙涑; 1595~1668)을 이른다. 창강(滄江)은 호이다. 인조반정에 참여하였으며, 상의원 정(尙衣院正)을 지냈다. 서예와 그림에 업적이 커서 조선 중기의 대표적 화가로 꼽힌다.

66 시계(詩界)는 보통 시(詩)의 세계를 의미하지만, 여기서는 문맥상 전반적인 예술계를 이르는 것으로 보인다. '무미한 예술계' 정도의 의미이다.

67 김홍도는 1788년 정조의 어명을 받아 설악산, 금강산 일대를 유람하면서 산

하는 것이오. 또 그 만년에 지은 조선 풍속도 50폭[68]은 예원(藝苑)의 기상(奇賞; 진기한 감상)이 될 뿐 아니라, 우리 인물의 묘사로 전범을 후학에게 전한 것이니라.

23. 오대산 등척 (1)

내가 영서(嶺西)의 명산을 거의 다 유람하였으되, 오대산 하나에 오래 빚을 갚지 못하여 늘 심중에 왕래하더니, 금년 가을에 강릉에 와 있음에 산이 경내에 있어 교상(翹想; 생각남)이 더욱 절실한지라. 두셋의 우인(友人)으로 장혜(杖鞋; 지팡이, 짚신)를 같이하여 8월 6일[69] 아침에 등람(登覽)의 길을 떠나다.

서로 십 수 리를 가서 건금촌(乾金村)을 지나니 죽림(竹林)이 여기저기 있고 원정(園亭; 정원의 정자)이 사이사이 숨었다 나오다 하며 방도교(訪道橋)를 건너 연어대(鳶魚臺)[70]로 올라갈새, 급한 여울과 무성한 소나무에 유취(幽趣)가 없지 아니하니 이곳은 10여 년 전의 숙천(宿踐; 전에 가 보았음)이라. 다시 와 보아도 의연하더라. 근처 서원에서 점심을 베풀었는지라.

다 먹고 영로(嶺路)를 찾아가니 길 왼편의 천석(泉石)이 왕왕이 구경할 만하며 마염현(馬厭峴)에 이르니 양의 창자 같은 길이 심히 준

수를 그려 「금강사군첩(金剛四郡帖)」이라는 화첩을 만들었다. 와유첩(臥遊帖)의 "와유(臥遊)"는 누워서 유람한다는 의미로 직접 가지 않고 명승을 감상할 수 있는 두루마리라는 의미이다.

68 지금 남아서 보물로 지정된 "김홍도 필(金弘道筆) 풍속도 화첩"은 모두 25첩이다. 50폭이라 함은 조사가 필요하다.

69 고전 종합 DB 『삼연집(三淵集)』「오대산기」에는 "초5일"로 되어 있다.

70 채지홍(蔡之洪; 1683~1741)의 「동정기(東征記)」를 보면 방도교와 연어대는 강릉시 성산면의 오봉서원 근처에 있다고 한다.

험한지라. 인마(人馬)가 다 지쳐 마루턱에서 한참 쉬다 웅좌치(態坐峙)를 지나니 오를수록 앞이 더욱 답답하고 길이 다 돌각다리라.

곤핍하기 이를 길 없어 한치 한치 겨우 나갈새, 5, 6리 나가니 고개가 다하고 바다가 보이는데 광활하기 그지없으며 경포(鏡浦)를 내려다보니 겨우 잔 속의 물만하다. 소위 대관(大關; 대관령)이란 것이 여기 와 꼭대기가 되니, 길이 비로소 평탄하고 흙바닥이요, 돌이 없는지라. 올라올 적에는 못 다다를 것 같더니 지내 놓음에 용이한 것 같으니 서로 돌아보고 상쾌하다 할 만하다.

영(嶺)을 넘어 서로 가니 모두 후토풍림(厚土豐林; 두터운 토양, 풍부한 숲)이오, 적목(赤木; 이깔나무)이 촘촘히 들어서 울창한 고색(古色)이 있으니 딴 산에서 못 보던 바이오. 협로(夾路)의 풍림(楓林)이 반이나 붉은 물 들어 벌써 서리를 지낸 듯하니 지형이 높아 풍기(風氣)가 일음을 알레라. 횡계역(橫溪驛)에 이르니 해가 서산에 걸리는지라. 촌사(村舍)에 투숙하더니 울 밖에서 들리는 소리에 곤수(困睡)를 깨니 범이 개를 물어감이라 하더라.

익조(翌朝)에 떠나 대개 밀림 중으로 행하다가 성조평(省鳥坪)에 들어서니 들의 빛이 창연(蒼然)한데 승도(僧徒)가 길에 덮여 오거늘, 물어봄에 산승(山僧)으로 영동(嶺東)에 탁발하러 감이더라. 들이 다하고 계곡 어구로 들어가니 늙은 전나무 천백 그루가 길을 끼고 난만히 붉은 단풍잎이 교착하였으며 금강연(金剛淵)에 이르니 연못 넓이가 100칸(間; 180미터 가량)이나 됨직하고, 좌우의 열암(列巖; 줄지은 바위)[71]이 완만하여 앉을 만하며 한가운데가 어급(魚級)[72]을 이루

71 원문은 "열령(列嶺)"이나 DB『삼연집』에는 "열암(列巖)"으로 되어 있다. 문맥상 DB본이 더 적합하기에 수정하였다.

72 정확한 뜻은 미상이지만, 문맥상 물고기가 모이는 층진 못 바닥을 의미하는 듯하다.

어 봄새 여항어(餘項魚)[73]의 다투어 도약하는 것이 기관(奇觀)이라 하더라.

월정사(月精寺)[74]에 들어가 법당을 보니 굉려(宏麗)하기 짝이 없고 앞에 12층 석탑[75]이 있으되 규모가 심히 공교하여 경천(擎天), 원각(圓覺)[76] 두 곳과 서로 갑을(甲乙; 첫째를 다툼)한다[77] 하더라. 이날은 이곳 삼층방(三層房)[78]에서 잤다.

익조(翌朝)에 느지막이 떠나 직북(直北; 바로 북쪽)으로 간수(澗水)를 끼고 행하니 암천(巖泉)이 유결(幽潔; 깊고 맑음)하여 구경할 만하고 10리쯤 나가니, 한 목교(木橋)가 놓였는데 양편이 마주 깎아질러서 천연으로 다리의 터를 이루었고 맑은 여울이 가운데로 쏟아져 거문고 소리가 나더라.

서로 한 산기슭이 뻗은 곳에 작은 암자가 있는 것은 금강대(金剛臺)란 것이요. 또 수백 보를 나가면 사고(史庫)[79]가 있으니, 수만 봉

---

73 산골에서 나는 물고기로 특히 강릉 주변의 것이 맛도 좋고 크다고 한다.

74 대한불교 조계종 제4교구의 본사로 신라의 자장 대사가 창건했다 한다. 오대산은 문수보살이 머무는 성지로 인식되었다.

75 국보 제48호로 지정된 월정사 팔각구층석탑을 이른다. 2층으로 된 기단 위에 9층의 탑신이 있고, 그 위에 탑머리가 있어 총 12층 15.2m가 된다. 고려 초기의 불탑 양식을 보여준다.

76 경천사 십층석탑은 고려 말기에 개성 경천사 터에 세운 것을 경복궁에 옮겼고, 지금은 국립중앙박물관에 있다. 원각사 십층석탑은 조선 초기에 세웠고, 파고다 공원에 있다.

77 이 부분은 DB『삼연집』에 월정사 승려들의 말로 되어 있는데, 이 12층 석탑과 비교되는 것으로 경천사 십층석탑이 언급될 뿐이고, 원각사 십층석탑은 나오지 않는다.

78 DB『삼연집』에는 "삼보방(三寶房)"이라 되어 있다. 오자로 보인다. 삼보는 보통 불(佛)·법(法)·승(僧)을 지칭하는데, 승려들이 거처하는 곳을 의미하는 듯하다.

79 오대산 사고를 말한다. 조선왕조실록은 서울의 춘추관 외에도 충주, 청주, 전주에 보관되었지만, 임진왜란 때 전주 사고만 남고 불타 없어졌다. 임진왜란 후 전주 사고 실록을 판본으로 하여 다시 찍어 오대산, 봉화의 태백산, 무주의 적상산 등지에 사고를 만들어 보관하였다.

우리가 받치고 휘둘러서 신령이 옹호한 듯하며 상하 양각(兩閣)에 열조(列朝) 실록이며 보첩(譜牒; 족보)을 봉안하고 저소(低小; 낮고 작은)한 석원(石垣; 돌담)으로 둘렀더라.

24. 오대산 등척 (2)

북쪽 고개를 넘으니 십분 준험한지라. 간보(艱步; 어려운 걸음)로 간도(澗道; 산골길)를 따라서 신성굴(神聖窟)[80]을 지나 바로 중대(中臺)[81]로 향하니 10리나 부여잡고 오르는 동안에 길이 대개 험하고 험하며 금몽암(金夢菴)에 이르러 유명한 샘을 떠먹어 보니 그리 냉랭하지는 아니하나 감연(甘軟; 달고 부드러움)하여 접구(接口)하기 좋으며 맛이 과연 상품에 속할지라. 옥계수(玉溪水)라 이른다 하더라.

암자 뒤로 석제(石梯) 수십 보를 오르면 사리각(舍利閣)이 있고 그 뒤에 석축이 보루같이 생긴 두 곳이 있으되 거암(巨巖)이 밑을 바쳐 단체(壇砌; 기단으로 쌓은 섬돌)가 분명하니 천연이오, 인조(人造)가 아님이 한 기이함이라 하겠으며 전영(前楹; 앞마루)에 앉아 눈을 뜨니 운산(雲山)을 모조리 세겠고 100리 안 원근의 봉만(峰巒)이 사방으로 옹위하니 다른 명산에 찾아도 견줄 짝이 드물레라.

도로 내려와 상원사(上院寺)[82]에 이르러 두루 전각과 낭료(廊寮; 곁채와 작은 집)를 구경하니 간가(間架)도 많고 장식도 훌륭하며 계체석

80 통일 신라의 태자이던 보천(寶川)이 오대산의 신성굴에서 도를 닦았다는 기사가 『삼국유사』에 있다.

81 오대산은 다섯 봉우리로 이루어졌고, 보천(寶川)이 동서남북과 중앙에 다섯 대를 설치해 신앙의 성지를 만들었기에 그 이름이 비롯되었다 한다. 그중 중대에는 진신사리를 모신 적멸보궁과 사자암이 있다.

82 월정사의 말사로 역시 자장이 창건했다 한다. 국보 제36호로 지정된 동종을 앉힌 종각 이외에는 광복 후에 재건한 건물이다.

이 다 세석(細石)을 정밀하게 다듬은 것이니, 경주로서 운송한 것이라 하더라.

오반(午飯)을 마치고 북대(北臺)[83]로 향하니 길에 활석(滑石)이 많아 넘어지기 쉬우며 직상(直上)한지 10여 리에 극히 험하고 산세가 바뀌어 다시 옆으로 한등성이를 넘어서 비로소 북대(北臺)에 다다랐다. 고심광랑(高深曠朗; 높고 깊으며, 넓고 밝음)하여 모든 승경을 다 가졌으며 중대에 비하면 혼후(渾厚; 조화롭고 두터움)하기는 좀 못하나 소활(疎豁; 넓게 트임)하기는 지나며 첩령(疊嶺)과 복장(複嶂; 거듭된 봉우리)이 병풍처럼 환요(環繞)하고 벽운(碧雲)과 홍엽(紅葉)이 서로 영발(映發)하여 모처럼 구경 온 보람이 상쾌히 있더라.

한참 포단(蒲團)에 앉아 쉬노라니 흰 안개가 산을 휩싸 지척을 분간치 못할지라 바쁘게 암자에 다다르니, 오대산의 대략은 보았음을 서로 기뻐하였더라.[84] 주승(主僧)은 일찍 타처에서 면식이 있는 이라 서로 담론함에 피곤을 잊겠으며 밤이 들어 안개 기운이 쓱 거치고 현월(弦月)이 공중에 낭랑하니 만상(萬象)의 표면이 표홀(飄忽)히 날릴 듯하더라.

익조(翌朝)에 떠나 내려올새 하산은 쉬워 상산(上山)하기보다 곱이나 빠르나 새벽 서리에 돌이 미끄러워 조금 하면 넘어질 듯하더라. 상원사에서 조식하고 담쟁이, 칡 얽힌 소경 좁은 길로 하여 서대(西臺)[85]를 찾아갈새, 수풀 끝에 은현(隱現)하여 사리각(舍利閣)이 빤히 보이니 등척(登陟)하는 수고가 북대(北臺)에 견주어 반이나 감하더라.

얼마 아니하여 암자에 이르니 회록(回祿; 화재) 지내고 고쳐 지은

83 오대산 오대의 하나로 미륵암(彌勒菴)이 있다.

84 "한참…기뻐하였다": 『시문독본』 원문의 문맥이 잘 통하지 않아, DB 『삼연집』을 근거하여 수정하였다.

85 오대산 오대의 하나로, 염불암(念佛菴)이 있다.

지가 얼마 되지 아니함으로 판옥(板屋)이 매우 정치하고 위치가 또한 그윽하고 깊어 좀 앉았으니 딴 정신이 나며 우통수(于筒水; 염불암 인근의 샘)를 찾아가니 한강의 발원이라. 처소가 후미지고 색이 청결하여 여러 샘 중에 가장 나으며 맛은 일반으로 달고 향기롭더라.

다시 상원사로 돌아와 처음 길을 따라서 내려오다가 사고(史庫) 지나서 학담(鶴潭)에 이르니, 수석(水石)이 자못 청아하고 서로 절벽이 질렀으되 못에 임하야 제법 그윽한 자태가 넉넉한지라. 동행과 더불어 물가에 앉아 물말이를 먹으니 풍미가 유장하더라. 곧 월정사로 돌아와 각각의 행낭을 터니 생률도 나오고 전복도 나오고 떡, 과자 종류도 나오는지라. 나누어 먹으면서 보고 온 경승을 품평하니 운림천석(雲林泉石)이 방불하게 눈앞에 벌려지더라.

대개 이 산의 생김생김이 중후하야 유덕(有德) 군자 같고 조금도 경현첨초(輕儇尖峭; 경솔하고 성급함)한 태가 없음이 일승(一勝)이요, 궁림(穹林; 큰 숲)과 거목이 참천폐일(參天蔽日; 하늘을 찔러 해를 가림)하여 전산(全山)이 통해 한 심림을 이루고, 사이사이 천석(泉石)의 기묘와 화수(花樹)의 기이가 숨었음이 일승(一勝)이라. 이런 미점(美點)이 있으니 이름이 금강에 버금함이 마땅하며, 만일 그 장처(長處)를 집어내어 저 초봉장폭(峭峰壯瀑; 가파른 봉우리, 장대한 폭포)에 비교하면 누가 갑을(甲乙)이 될지 얼른 판단하기 어려우리라 하노라.

-김삼연(金三淵)[86] 「오대산기(五臺山記)」-

86 김창흡(金昌翕; 1653~1722)을 이른다. 삼연(三淵)은 호이다. 조선 후기의 학자로, 시호는 문강(文康)이다.

25. 때를 아낌

이 세상에 있어 많은 일을 하고자 하는 이는 먼저 때를 아껴야 합니다. 터전이 없으면 집을 지을 수 없고 길이 없으면 걸음을 걸을 수 없으니 대개 바닥이 없으면 아무것도 얹어지지 아니하는 까닭이외다. 일은 집인데 때는 터전이며 일은 걸음인데 때는 길이외다. 이것 아니면 지을 수 없고 이것 아니면 걸을 수 없는 것처럼 때 아니면 일이 또한 없는 것이외다.

때는 끝없는 옛적으로부터 끝없는 이 다음 동안에 서 있는 기둥이외다. 그러한데 이른바 일한다 함은 사람이 이 기둥의 어느 한 귀퉁이에 달려서 무슨 자국을 내는 것이외다. 자국이란 것은 아무것 없는 데는 내지 못하는 것이니, 때 없으면 일도 없다 함은 이 까닭에 하는 말씀이외다.

사람의 목숨은 지극히 귀여운 것이니 사람에게 있어서만 더할 수 없는 보배가 될 뿐 아니라 이 천지간의 조화(造化)로 볼지라도 매우 뜻이 많고 값이 비싼 것이외다. 그러한데 목숨이 이렇듯 귀중하기는 여러 가지 일을 하는 밑천이 되는 까닭이니 일 아니하는 목숨은 값없는 물건이외다. 그 쓸데없는 편으로 보아 똥보다 못한 것이외다.

여러분이 목숨이란 것이 무엇으로 아십니까? 생각할 것 없이 때란 것이외다. 곧 무궁무진한 때 속으로서 얼마만한 동안을 빌어다가 내 몸에 맨 것이외다. 바꾸어 말하면 이 몸이 때 기둥에 매어 달려 있는 동안을 이름이외다. 이로써 보시면 옛사람이 때는 곧 목숨이라 한 말이 거짓 아님을 아시오리다.

밑천을 잘 놀리는 장사는 이(利)를 많이 얻으며 터전을 잘 벼르는 지위[목수의 높임말]는 집을 종요롭게 지을 것이외다. 한 가지 때를 가지고 여러 사람이 사는데 어떠한 이는 함이 있고 어떠한 이는 없으며, 한 가지 일을 가지고 여러 사람이 하는데 어떠한 이는 종요롭게 이루고 어떠한 이는 이루지 못함은 다 때를 잘 놀리고 못 놀림과 잘 벼르고 못 벼름에 말미암음이외다.

어떠한 사람은 말하기를 때는 금(金)이라 하였습니다마는 우리는 이 말처럼 때의 본금을 깎은 것이 없다 하며 이 말한 사람처럼 때의 참 귀여움을 모르는 사람이 없다 하겠습니다. 아무리 많은 금을 가진들 아무리 적은 때라도 살 수 있습니까? 어느 때, 아무 데, 아무리 큰 가멸은 사람이 그 가진 재물을 가지고 얼마나 저의 목숨을 늘렸단 말씀을 들으셨습니까? 금이 사람의 욕심 앞에는 큰 힘이 있을지 모르되, 때 앞에는 아무 것도 아니거늘 어떻게 생각하면 때를 금에 견주었습니까? 더구나 이만하면 누구든지 때의 귀함을 깨달으리라고 믿었습니까? 우스운 일이외다.

때는 목숨이외다. 사람이란 것은 목숨 있는 고깃덩어리외다. 일이란 것은 이 고깃덩어리가 목숨의 힘을 가지고 꿈쩍거림이외다. 금 아니라 아무 것을 가지어도 아무렇게도 할 수 없는 값없는 무엇이외다.

때는 한번 가면 돌아오지 아니하니 작별하기를 아낄 것이외다. 가면서 의논(議論) 없고 갈 때에 통기(通奇) 없고 간 뒤에 자취 없으니 그 오고 가는 동안을 주의할 것이외다. 때에 긴한 사람이 아니라 사람에 긴한 때니 그는 암만 나를 푸대접할지라도 나는 어디까지든지 그를 붙들고 놓지 아니하여야 할 것이외다.

어떠한 것을 때를 아낀다 합니까? 아무리 작은 때라도 크도록 씀이외다. 아무런 부스러기 때라도 뭉치로 씀이외다. 하는 일 있게 때를 씀이외다. 쓸데 있는 일함으로 때를 씀이외다. 뜻 있는 일에 매임으로 때를 씀이외다. 까닭 없는 때는 조금도 쓰지 아니하며 필요 있는 데는 얼마든지 씀이외다.

사람의 목숨은 조각조각 때가 모여 된 것이니 한조각 한조각 때를 쓰게 쓰고 못 쓰게 씀은 곧 제 한 몸 한 목숨을 쓰게 하고 못 쓰게 함이외다. 그러함으로 조각 때를 버림은 한 목숨을 버림이오, 조각 때를 아낌은 한 목숨을 아낌이외다. 하는 일 없으나 쓸데없는 일 하면서나 범연하게 때를 보냄은 제 손으로 제 목숨을 한도막 한 도막씩 자르는 셈이외다. 그 한 목숨에는 응당 아무 것이 없을 것이오, 만일 무엇이 있다 하면 게으름으로서 있는 부끄럼이오리다.

함이 있고자 하는 우리 동무야! 때를 아낍시다, 터전 있이 집을 지읍시다. 길 있이 걸음 걸읍시다. 때가 목숨인 줄을 이로써 보입시다. 그리하여 내 손으로 내 목숨을 깎는 사람이 되지 맙시다.

-『붉은저고리』-

26. 딱정벌레의 힘을 입음

터키의 한 대신이 왕에게 총애를 잃어 높은 탑 안에 금고(禁錮)를 당하였는데 탑이 매우 높아 도망하려 하여도 할 길이 없었더라. 하루 밤에는 그 아내가 밑에 와서 몹시 울며 서러워하니 그 남편이 그 소리를 듣고 조용한 틈을 타 소리를 낮추어 가로되,

"그리 서러워하지 말라, 나 하라는 대로만 하면 도망하기 어렵지 아니하리라. 이 길로 집에 돌아가서 산 딱정벌레와 우락(牛酪; 버터) 조금과 가는 면사(綿絲)와 굵은 목사(木絲; 무명실)와 빨랫줄과 바(굵은 줄)를 가지고 오라."

하거늘, 그 아내가 곧 여러 가지를 준비하여 왔더니 남편이 또 아내를 시켜 딱정벌레의 머리에 우락을 바르고 면사의 끝을 그 몸에 잡아매어 탑의 벽에 붙이게 하니 딱정벌레는 우락 냄새가 머리 위에서 옴으로써 그쪽에 우락이 많이 있는 줄 알고 얼른 가서 취할 양으로 죽기로 기를 쓰고 위로 기어 올라가더라.

마침내 탑의 창 아래까지 다다랐을 때에 남편이 그 실을 취하고 다시 아내를 시켜 그 하단에 목사(木絲)를 잡아매게 하여 낚아 올리고 다음 빨랫줄, 또 다음 바를 차례로 잡아매게 하여 낚아 올리어 마침내 바의 상단을 탑의 창에 단단히 붙들어 매고 거기 매달려 탈 없이 내려와서 도망하였더라.

27. 마르코니

지난 갑오을미(1894~1895) 년간 동양에 한참 풍운이 번복할 때 수륙 만리를 격한 이탈리아에 마르코니[87]란 한 청년이 있으니 나이는 겨우 약관이라. 일찍 대학에서 공부하던 지식을 응용하여 한 가닥의 전선도 중간에 매지 아니하고 통신을 전달하게 될 방법을 시험하였더라.

마르코니는 볼로냐 시의 교외에 있는 그 부친의 정자(亭子)에서 실험을 행하는데 간두(竿頭; 장대 위)에 양철 함을 달아 용전기(容電器; 전기를 사용하는 도구)라고 이름하고 사용하는 기계도 어린아이 장난감 같으며 성적도 아직 보잘 것이 없더라.

그러나 장래의 발달에 대하여는 심중(心中)에 스스로 믿는 바가 있어 멀리 영국 통신원(通信院)[88]에서 중요한 지위를 차지한 전기(電

87 마르코니(Guglielmo Marconi; 1874~1937)는 이탈리아의 발명가이자 기업가이다. 볼로냐에서 태어나 리보르노(Livorno) 공과대학을 나왔다. 무선전신 및 자기검파기, 수평 지향선 안테나 등을 발명하였다. 1909년 브라운(Karl Ferdinand Braun)과 노벨 물리학상을 공동 수상하였다.

88 우편과 통신 업무를 담당하는 공사(公社)인 영국 우정국(Royal Mail Group Limited.)을 가리키는 것으로 보인다. British Post Office라고도 한다. 1516년에 창설되었다.

氣) 학자 윌리엄 프리스 경[89]에게 글월을 보내어 그 성적을 보고하니 그 개요에 가로되, "이 용기(容器)를 2미터 되는 간두(竿頭)에 달면 통신 거리가 30미터에 달하고 장대가 4미터가 되면 100미터에 달하고 8미터가 되면 1마일 반의 통신 거리를 얻는다." 하였더라.

마르코니가 드디어 을미년(1895) 7월에 런던으로 왔더라. 그 휴대한 기계는 괴상스러운 양철 함이니 당시에 무선 전신이라는 명칭이 아직 널리 세간에 알려지지 아니하였음으로 이 함에 대하여 설명하더라도 이해될 성부르지도 아니하고, 더군다나 휴대한 이가 소장(少壯)한 이탈리아인이니 세관 관리는 무정부 당원이 상륙하는 것으로만 의심하고 그 기계를 폭발탄이거나 그렇지 아니하면 다른 중대한 범죄 기구로만 짐작하여 파괴하여 버렸더라.

오래지 않아 마르코니가 소개를 얻어 윌리엄 경에게 면회하여 갖추 발명의 원리, 기계의 성질, 기왕의 성적을 진술하니, 윌리엄 경은 학명(學名)이 크게 드러난 이며 또 기왕 일종의 무선 전신기를 발명한 이요, 그 기계는 수년간 영국 통신원(通信院)의 소용에 제공하여 오던 터이나, 이제 그 진술함을 듣고 그 발명이 일층 양호하여 장래의 발달이 매우 유망할 줄을 짐작하고 겸허한 태도로 곧 극진히 힘써 주선하기를 약속하여 통신원의 기계를 자유로 사용하게 하고 자기의 실험실을 연구하기에 제공하니라.

또, 저명한 학자에게 소개하여 그 보조를 받게 하여 아주 시험한 결과를 본 뒤에 황립학술협회(皇立學術協會)에서 비로소 마르코니식 무선 전신을 세상에 공포함에, 청중이 장내에 충만하더라. 얼마 안

89 윌리엄 프리스(Sir William Henry Preece; 1834~1913)는 웨일즈 출신의 전기 공학자이자 발명가이다. 왕립협회에서 패러데이에게 지도받았으며, 영국 우정국의 수석 기술자였다. 통신과 철도 신호 기술 분야에 공헌하고 1899년에 작위를 받았다.

가 다시 영국학술협회[90]의 연회(年會)에서 마르코니의 연구한 성적을 보고하여 와서 참석한 학자에게 큰 감동을 주었더라.

마르코니의 지기(知己)는 월리엄 경이라. 일개 청년으로 외국에 있어서 학력, 인격, 지위, 명망이 모두 높은 대가의 보조를 힘입어 비로소 그 걸출한 재학(才學)을 세계에 공시함을 얻었더라.

대개 그의 연구하는 사항은 세인(世人)이 오래 두고 불언지간(不言之間; 말 못하는 중)에 갈망하면서도 그 계획이 너무 담대하기 때문에 아무도 목전에 보게 될 줄을 짐작하지 못하던 바요, 또 마르코니가 고국에서 얼마큼 성적을 보였을 적에나, 런던에 온 뒤에까지 당시의 유명한 학자 중에도 그 성공을 의심하는 이가 불소(不少)하였는데, 이리하는 동안에 마르코니의 사업이 착착 진취하여 공상이 드디어 사실이 되고 수년이 되지 못하여 세계가 온통 그 은택을 입게 되었더라.

28. 우어(寓語) 5칙(五則)

사슴의 새끼가 어이를 따라 나가 놀다가 말 타고 활 들고 살 짊어진 이를 만났더라. 어이가 이르되 "네 저 어깨 위에 있는 것을 아느냐? 날아와서 몸에 맞으면 죽음을 면치 못하리니 네 빨리 비켜날지어다." 하니, 새끼가 고개를 흔들며 가로되, "저는 그것이 날아오는 꼴이 어떠함을 보고자 하노이다." 하고, 어이는 비키는데 비키지 아니하고 마침내 살에 맞아서 죽었더라. 이 세상에 완우(頑愚)하여 가르치는 대로 들을 줄을 모르고 이런 화를 만나는 이가 드문드

90 The British Science Association의 번역어로 추정된다. 과학의 발전을 위해 귀족, 고위 성직자, 과학자들이 1831년에 설립했다.

문 있더라.

작은 잔나비 한 놈이 사람이 나룻 깎는 것을 보고 칼을 훔쳐서 흉내를 내다가 코를 다치느니라. 세상에 익히지 아니하고 무슨 일 하는 이가 흔히 이따위니라.

한 구차한 이가 버섯을 캐어 가지고 돌아와서 그 어머니에게 자랑하여 가로되 "어머니가 캐시는 것은 늘 보기 흉한 것이러니 저는 갓이 진주 같고 오색(五色) 드림이 있는 것을 얻었나이다." 하거늘, 어머니가 이것을 보고 탄식하여 가로되 "이것은 독이 있어서 먹지 못하는 것이니라. 이 애야, 이것을 보고 징계할지어다. 거죽이 아름다운 것은 그 속에 흔히 독을 머금었음이 다만 버섯뿐이 아니니라." 하더라.

다람쥐가 나무로 올라가 호두를 따서 그 껍질을 물어 깨고 눈을 찡그려 가로되 "몹시 쓰기도 하도다." 하더니 조금 있다가 속을 맛보고 이에 웃어 가로되 "먼저 그 씀을 씹지 아니하면 어찌 이 자미(滋味)를 얻을 수 있었으리요." 하더라.

한 열음꾼(농부를 열음지기로 쓰기도 함)이 아들을 데리고 밭에 나가서 보리가 익고 아님을 살피더니 아들이 물어 가로되 "이 보리를 보건대 어떠한 것은 쳐들렸고 어떠한 것은 숙였으니 어느 것이 나으니까?" 아비가 그 싹을 따다가 보이면서 일러 가로되 "속이 꽉 차면 반드시 숙이느니 저 번쩍 쳐들고 굽힐 줄 모르는 것들은 다 잘 익지 못한 까닭이니라." 하더라.

29. 물의 가는 바

산으로 올라가는 행인이 마루턱 가까운 언덕길에서 숨이 턱에 닿아 목을 축이려고 두 손으로 사뿟 움키기만 하여도 바닥이 스치어서 한참 동안이나 휘정거려지는 실물이 쓸쓸이 산 밑으로 흐른다. 바위를 짜내는 맑은 샘 줄기와 깊은 숲속에 떨어져 쌓인 나뭇잎 밑으로서 방울방울 솟아나오는 물이 여기저기서 와서 모여 점점 부피가 불어서 인제는 길 가는 사람이 벗어 버린 짚신짝에도 막히지 아니하고 뭉텅이로 모여드는 가랑잎까지도 싣고 달아날 만큼 되었다.

언제는 누운 버들 우거진 잎새 밑으로 자취를 감추어 소리만 쫄쫄 내기도 하고 언제는 산새의 거울이 되어 곱다란 깃을 그대로 비추기도 하며 꼬불꼬불하고 조촘조촘하여 골밑으로 떨어지면 울멍줄멍한 돌에 마주쳐 눈같이 부서지고 구슬같이 방울지면서 층층한 소가 된다.

깝죽깝죽 그림자와 희롱하는 할미새와 무심히 낚대 드리우고 있는 늙은이를 돌아다보는 듯 돌아다보는 듯하면서 가다가 이내 골짜기가 부채 펼치어진 듯 벌어져 풀이 푸르고 집이 드문드문 있는 넓은 들로 나간다. 언덕에는 풀이 곱게 나서 봄가을의 꽃이 붉으락누르락 그림자를 잠그고 반딧불 왔다 갔다 하는 여름 저녁과 기러기 울고 예는 겨울 아침에 철 찾아 경개 또한 궁함이 없다.

뜨는 햇빛이 빗겨 비추면 빤대치는(물수제비 뜨는) 은구어(銀口魚; 은어) 새끼가 물밑에 반짝이고, 점심때쯤 사방이 종용(從容)하면 버들가지 날아와 붓는 물레방아 소리도 한유(閒悠; 한가)하며 비 재촉하는 개구리 소리에 긴 날이 어눅어눅한 뒤면, 두서넛 대여섯씩 별의 그림자가 점점 물가에 늘어간다.

수없이 배추밭 가를 지나고 참나무 숲속으로 빠져 복사꽃 핀 마을 얼마 와 버들잎 드리운 다리 얼마를 지내어 온지라. 이쪽저쪽으로 달겨드는 내의 물을 모아 물 넓이가 더욱 넓어진다. 포구로 나가는 배 한둘을 늦어가는 봄 떨어지는 꽃과 함께 밀어 보내는 중에 어느덧 인가의 연기가 소물고(촘촘하고) 도시의 소리가 들리는 도회

처의 정중(正中)으로 유연히 활보하여 수없는 선박을 어려움 없이 가슴에 얹어다가 바다로 나른다.

시중(市中)으로 들어온 뒤에는 물빛도 골 속에 있을 때와 같지 아니하고 약간 휘정거림을 받은 듯하나 크기와 넓기는 진실로 함께 말할 바 아니라. 이처럼 하여 왕양(汪洋; 바다의 넓음)하기 그지없는 대양으로 들어가면 거함 대박(大舶)도 마치 떨어진 가랑잎 뜸과 같고 길 가는 이가 숨이 턱에 닿아 하는 고산 거악(巨岳)도 다 그 뱃속에 거두게 된다.

30. 강남덕의 모

강남덕(江南德)[91]의 모(母)는 경강(京江; 뚝섬에서 양화도까지) 고공(篙工; 뱃사공) 황봉(黃鳳)의 처라. 봉(鳳)이 마포에 살아 바다 교역으로 업을 삼더니 광해군 연간에 일찍 원항(遠航)에 나갔다가 구풍(颶風)을 만나서 돌아오지 아니하거늘, 처가 엄사(渰死)한 줄 알고 소복을 입고 상(喪)을 행하야 3년의 복을 다하고 과거(寡居)한 지 수년이로라.

하루는 명나라로서 돌아온 이가 있어 봉(鳳)의 편지를 전하니 말하였으되, 표풍(漂風)하여 명나라의 절강 어떤 땅[92]에 이르러 민가의 품팔이가 되어 연명한다 하였니라. 그 처가 편지를 얻고 호읍비호(嗚泣悲號; 크게 울며 슬피 부르짖음)하여 말하길,

"이적까지 양인(良人)이 물고기 뱃속에 장사 지낸 줄만 여겼더니 이제 들으니 오히려 구명(軀命)을 지켜 이역(異域)에 산다 하니 내가

91 장쑤 성, 안후이 성, 저장 성 등지를 강남이라 한다(원의대로 하면 양쯔 강 이남을 강남이라 함).

92 원문에는 중원(中原)의 어떤 곳이라고만 되어 있다. 절강(浙江)이라고 지정한 것은 어떤 근거가 있는지 미상이다.

표주박을 가지고 걸식하여 비록 도방(道傍)에 쓰러져 죽을지라도 기어이 왕방(往訪)하리라."

하니, 친족과 향당이 만류하여 말하길,

"아국(我國)과 명나라 사이에는 강역의 제한과 관문(關門)의 금지가 있어 이언이복(異言異服; 옷과 말이 다름)의 사람이 피차 범접치 못하거늘, 하물며 한 부인의 몸으로 산하 만리에 표류 주행하여 어찌 서신이 온 곳에 다다름을 기대하리오. 한갓 노변의 해골이 될 뿐이리니 가지 않음과 같지 못하리라."

하니, 그 처가 듣지 아니하고 단신으로 길에 나아가 압록강을 몰래 건너 요녕으로부터 연경(燕京)으로 들어가고 북으로부터 남으로 옮아가 촌촌(寸寸)히 전진할새,[93] 행각승[94]을 가장하고 촌시(村市)에 걸식하면서 1년 남짓에 강남(江南)에 도달하야 편지에 지시한 대로 하여 과연 봉(鳳)과 더불어 상봉하였더라. 주인집에서 이를 듣고 경탄하여 말하길, "이는 우리 명인(明人)의 능히 못할 바라."[95] 하고 드디어 노자와 행장을 준비하여 귀환케 하니라.

이에 부처(夫妻)가 고국으로 만나 귀환할새, 노중(路中)에 임신하여서 구거(舊居)에 돌아와 일녀를 낳으니 그 이름을 강남덕(江南德)이라 하니라. 이로부터 여장부 강남덕 모(母)의 이름이 세간에 널리 퍼져 그 의열(義烈)을 칭송하게 되니라.[96]

-유어우(柳於于)[97] 「어우야담(於于野談)」[98]-

93 구체적 여정은 원문에 없다. 최남선의 부연 설명으로 보인다.

94 행각승으로 가장했다는 것도 원문과는 다르다. 원문에는 해진 옷에 머리를 산발하고 맨발로 걸식했다고 되어 있다.

95 "주인집에서…우리 명인(明人)의 능히 못할 바라.": 원문에 없는 구절이다. 서사적 흥미를 위해 최남선이 임의로 삽입한 것으로 보인다. 주인집에서 황봉 부부의 사연을 들었다는 부분도 원문에는 없다.

96 전반적으로 최남선의 자의적 번안이 적지 않다. 본문에 없는 여정을 구체적으로 부연하고, 강남덕의 모친을 칭송하는 저자 유몽인의 평은 생략했다. 그리고 "상국(上國)→명국(明國)", "만력초(萬曆初)→광해중(光海中)" 등의 변경은 민족적 의식을 드러낸 부분으로 해석할 수 있다.

97 유몽인(1559~1623)은 호는 어우당(於于堂)으로, 임진왜란 때 선조를 호종하였고, 특히 외교에 공이 많았다. 도승지, 대사간을 지냈으며 『어우집(於于集)』, 『어우야담(於于野談)』 등을 남겼다.

98 필사본으로 전해 왔으며 원래 10여 권이었으나 유몽인이 모반 혐의로 사형당하자 산질되어 지금은 5권 1책으로 남았다. 이 글은 『청춘』 12호(1918.3)에 게재되었다.

시 문 독 본

권 3

1. 문명과 노력

정원에 한 눈아(嫩芽)가 나오니 창건(蒼健)한 기세가 잡초와 다르고 땅강아지와 개미가 옆 구멍으로 따라서 출입하거늘, 괴이하여 웅크려 주시하니 한 알 해송자(海松子)가 껍질 끝에서 터져 열리고 신아오혜(新芽五穗; 새 눈 다섯 이삭)가 떨기처럼 같이 돋았는데, 땅강아지와 개미의 예리한 눈이 어느 틈에 이를 발견하고 그 껍질 안의 움튼 과육을 깨물어 먹으려 하여 노래노왕(勞來勞往; 애써서 오고감)함이러라.

지난 상원(上元; 정월 보름날)에 북당(北堂)으로서 받은 종과(種果; 과일의 종자 즉 잣) 몇 알이 연갑(硯匣)에 남아 있음을 보았더니, 생각컨대 수십 일 전 연상(硯床) 소제 시에 방출되었다가 천후지윤(天煦地潤; 날씨 따듯해지고 땅이 기름져)에 정력을 발휘하여 참천(參天; 하늘로 솟음)의 초보를 일으켰는데, 겨울 식량 수확에 추호도 남기지 아니하는 일개미가 땅을 뚫고서 이 과육의 광산을 획득하고 즉시 갱도를 파고서 대래굴취(隊來掘取; 대열이 와서 파서 취함)함이 아닌가? 오호라! 길이 과연 여기 있도다. 한 순간 한 경청(傾聽)의 사이에도 족히 조화의 묘리를 시청할지로다.

생(生)하려는 의지! 생하려는 노력! 천하에 이보다 위대한 세력이 어디 있으며 이보다 기이한 현상이 어디 있겠느뇨. 일성(日星)이 하늘에 빼어남도 이것이요, 산악이 땅에 솟음도 이것이요, 인류 사회의 복잡한 사상(事象)과 생물 세계의 격렬한 생활이 다름 아니라 이것의 현시 표현이요, 이른바 생존 경쟁, 문명 발달이 다름 아니라, 이것의 충동 격성(激成)이오. 만유일체의 성주괴공(成住壞空)[1]이

1 불교에서 말하는 세계가 변화하는 4단계를 말한다. 생성의 시기가 성겁(成劫), 존재의 시기가 주겁(住劫), 파괴의 시기가 괴겁(壞劫), 아무것도 없는 시기가 공겁(空劫)이다. 이 4단계가 윤회한다고 한다.

다름 아니라 이것의 전변 합성이니, 요약하건대 우주 인생이 모두 이 의지의 표현이요, 노력의 결집이라. 생하려는 의지가 강하고 생하려는 노력이 큰 자는 존재하며 번영하며 창대하고, 약소한 자는 소멸하며 위축하며 고사하는도다.

지금 내 안전에 감촉하는 저 송실(松實)은 곧 "생하려는 의지"의 세력으로써 조화의 비기를 개시함이요, 땅강아지와 개미는 생하려는 노력의 효과로써 생활의 대법(大法)을 교시하는 것이니, 이 한 현상이 다름 아닌 심오한 철학의 근저인져. 저 소나무 맹아가 일촌에 미만하거니와 우로(雨露)가 그에게 듬성한 지엽(枝葉)을 주고 세월이 그에게 특별한 뿌리와 그루터기를 주면 빽빽한 그늘이 얼마하야 해를 가리며 곧은 줄기가 얼마하여 하늘을 찌르리오.

그러나 우로(雨露)가 아무리 부쩍 윤택하고 세월이 아무리 오래 쌓였을지라도 진개(塵芥)를 변하여 수목을 이루지 못하나니, 오직 저 송실(松實)과 같이 생명의 의지가 안에 충실하고 생존의 노력이 밖으로 확장하는 자만 시기를 얻어 발육을 이루는 것이로다.

저의 외형이 이제 한 마디 맹아로되 그 핵심에는 만장 나무가 바야흐로 우존(寓存; 깃들어 있음)하였으며 또 만장 나무 될 정신 기백으로 말하면 지기(地氣)를 만나기 전, 눈아(嫩芽)가 싹트기 전, 내 안두(案頭)에 오기 전, 그 모체에서 결자(結子; 씨로 맺어진) 되는 당시에 이미 충족히 몸 안에 존재하였었느니라.

이 정신 기백이 항시 윤곤(輪囷; 구불구불 맺힘)하다가 적토(適土; 마땅한 땅)에 일락(一落; 한번 떨어짐)함에, 스스로 땅을 뚫고 들어가 뿌리에 의탁하고 하늘을 직지(直指)하여 맹아를 발한 것이요, 그렇듯한 두터운 토양도 그의 생명 의지의 현현을 방해하지 못하고, 그렇듯한 견고한 껍질도 그의 생존 노력의 발전을 장애하지 못하여 지금 만장 나무 될 장본(張本)을 일촌 맹아로 개시한 것이라. 그 육성생영(生榮)의 힘이 어찌 외래의 물건이랴. 분명히 자기 체내(體內)에 고유 자재한 것이니라.

한 알 송실(松實)은 과연 아득히 작은 것이거늘, 그 발휘하는 생명 의지와 생존 노력이 이렇듯 현저하며 위대한 줄을 명상 묵회(默會) 할 때에 내가 스스로 손을 흉간(胸間)에 누르고 오신(吾身)의 중심에도 바야흐로 경천위지의 큰 역량이 혈구(血球)와 함께 약동함을 영감(靈感)치 아니치 못하였으며 하물하사(何物何事)라도 정복 제압할 만한 큰 영능(靈能)이 잠재함을 맹성(猛省)치 아니치 못하였느니라. 진실로 분연히 지어 생하려는 의지를 실지에 현현하기를 저 송실과 같이 하면 천하 하인(何人)이 약자가 되며 강자 되지 못하리오.

생존 노력의 산 모범은 다시 땅강아지와 개미에게 보리니 그에게는 유민(遊民)이 없으며 한가가 없어서 오직 노력하는도다. 신전(迅電; 번개처럼 빠름)에도 놀라지 아니하며 격풍(激風)에도 움직이지 아니하면서 협심 동력하여 노동 고작(苦作; 힘들여 함)함은 무엇을 뜻하느뇨? 음음혁혁(淫淫奕奕; 끊임없이 왕성함)히 동서로 수색하여서 노노양양(勞勞攘攘; 쉬지 않고 일함)히 전대후대(前戴後載; 앞뒤로 이고 감)함은 무엇을 말하느뇨? 자위(自衛)에 견강(堅强)하고 진취에 용감한 단체력과 제약을 엄수하고 책임과 사무에 극진한 사회성은 무엇을 표시하느뇨?

아아! 안온할 때에 공부를 계속한 결과는 기한(祁寒)의 생활로 하여금 안락하게 하며 분자 각개의 노력을 제공하는 총계는 그 사회 전체로 하여금 경복(慶福)을 향수하게 하느니라. 이리하여 그의 미려한 사회가 영원히 전승되며 문명한 생활이 항구히 보존되는 것이요, 그 존엄과 권의(權義)가 일찍이 일호도 침해를 받지 아니하는 것이로다.

사회이건 개인이건 일을 우선하여 준비하기를 그들이 비에 준비함과 같이 하며 일에 임하여 노력하기를 그들이 먹이를 사냥함과 같이 하며 진선(進善)하기를 그들이 고기에 운집하듯 하며 의를 사모하기를 그들이 더러움을 쫓아 버리듯 하며 전력의 활동이 그들만 하며 질서의 진보가 그들만 하면 천하 하인(何人)이 패자 되며 승자 되지 못하리오. 문명이란 것은 이러한 사회를 이름이요, 노력이란 것은 이러한 상태를 이름이로다.

역사란 것은 인간 활동의 부첩(簿牒)이요, 문명 발육의 기록이니 활동이 무엇이오? 노력의 별명이 아닌가. 발육이 무엇이오? 노력의 결과가 아닌가. 그런즉 역사는 낱낱이 인간 노력의 비명(碑銘)이요, 글자마다 인간 노력의 흔적이니 역사가 인세(人世) 성패의 보감(寶鑑) 되는 소이는 다름 아닌 노력의 가치의 정직한 증인되는 소이라.

노력의 확실한 효과의 광고문으로 역사를 읽을 때에 사회의 문화든지 개인의 공업이든지 유일한 치명적 병독은 노력의 미약이요, 그 반대로 유일한 참을 보전하는 선제(仙劑; 신령한 약제)는 노력의 왕성임을 명찰할 것이며 성쇠 존망이 즉 불과 생존 의지의 기복(起伏)이요, 우열 승패가 즉 불과 생존 노력의 강약임을 확인할지로다.

동서고금에 일어난 자가 모두 몇이며 넘어진 자가 모두 몇이리오만, 노력, 노력으로 넘어진 자가 있지 않으며 나태, 나태로 일어난 자가 있지 않느니라. 역사에 있어 영광의 보관(寶冠)의 소유주는 하시하처(何時何處)를 막론하고 기시기처(其時其處; 그때 그곳)의 최대 노력자요, 하사하물(何事何物)을 막론하고 기사기물(其事其物)의 최대 노력자라.

직장의 최후 승리자가 그러하며 학예의 기록, 창조자가 그러하며 국제의 패권 장악자가 그러하며 재화의 중심 세력가가 그러하여 발전과 생육의 기록인 역사에 있어서는 최대 도의(道義)가 노력임으로 승리가 항상 그에게 귀속하며 최대 죄악이 나태임으로 패퇴가 항상 그에게 침범하는도다.

노력의 『대전통편(大典通編)』[2]은 소나무 맹아에만 행령(行令) 하는 줄 생각하지 말지어다. 개미에만 행령(行令) 되는 줄 생각하지 말지어다. 여러 시대, 여러 국민의 역사가 도무지 노력률의 엄정한 심판 사례요, 천지간 일체 만물의 기복(起伏)과 소장(消長)이 도무지 노력률 집행의 정확한 기록이라. 노력인져, 노력인져! 위대한 것은 노력의 가치인져!

-『청춘』[3]-

2. 살아지다

살아지다 살아지다 억년이나 살아지다
백자(百子) 천손(千孫) 엉키엉키 십만리나 퍼져지다
잘살고 잘 퍼지도록 일생 힘을 쓰고져

쓰라 주신 손톱 발톱 그저 두기 황송해라
큰일 맡은 머리와 입 묵힐 줄이 있소리까
웃기나 울기나 간에 실컷 맘껏 하리라

빛일세면 다홍빛이 아니어든 초록빛이
소리거든 우레소리 아니어든 바다소리
그러나 겨울눈 여름비를 외다 아니하리라

-이광수-

2 『경국대전』과 『속대전』 등 법령집을 통합하여 조선 정조 대에 간행한 법전이다.

3 이 글은 『청춘』 9호(1917.7)에 게재된 「노력론」의 부분이다.

3. 심양까지 (1)

6월 24일 아침에 비 약간. 종일 잠깐 뿌리다가 잠깐 그침. 오후에 압록강을 건너 30리를 가서 구련성(九連城)[4]에 노숙하다. 밤에 큰비 왔으나 즉시 그침.

의주(義州)의 관사에서 머무른 지 열흘 만에 제반 준비가 다 정돈되고 행기(行期)[5]가 매우 촉박하였으나 우연한 비가 장마가 되어 압록강의 양쪽 강변이 두루 범람하고 그동안 쾌청한 지가 이미 나흘이 지났으나, 수세(水勢)가 더욱 크고 목석(木石)이 모두 굴러 내리며 탁랑(濁浪)이 하늘에 닿으니 발원지에 장림(長霖)이 짐을 미루어 알지라.[6]

전부터 배 대던 곳이 다 없어지고 중류의 암초와 모래톱도 살필 길이 없으니 배질하는 이가 조금만 실수하면 인력으로 건잡을 수 없는 일이라. 일행 중에는 퇴기(退期) 하자는 말이 많았으나 퇴기(退期)만 하다가는 한이 없음으로 험을 무릅쓰고 결행하다.[7]

25일은 야우(夜雨)에 젖은 옷과 장비도 말리기 위하여 눌러 노숙

---

4 랴오닝 성 단둥 시에 있으며, 금나라 때부터 대대로 군사 요충지였다. 명 · 청 시대에는 중국과 조선의 외교 사절이 꼭 지나야 하는 통상 요지였다.

5 이 글은 『열하일기』 「도강록(渡江錄)」과 「성경잡지(盛京雜識)」의 발췌역이다. 저자 박지원은 종형 박명원(朴明源)을 따라 청나라 고종(高宗; 건륭제)의 칠순 잔치에 참석하는 외교 사절단에 직함 없이 참여하였다. 여기서 "행기(行期)"는 이 사절단의 공식 일정을 진행하는 일을 이른다.

6 "발원지에…알지라.": 「도강록」(DB)의 원문에는 압록강과 장백산의 어원에 대한 고증 및 이 지역에 대한 사적 서술이 여러 문장으로 이어진 뒤에 장백산에 장마가 졌음을 미루어 알 수 있다는 부분이 나온다. 최남선은 사적과 어원에 대한 원문의 서술을 생략하고 압축하였다.

7 6월 24일에 압록강을 건넌 자세한 상황이 생생하게 묘사, 서술되어 있어 『열하일기』 중에서도 중요한 대목으로 꼽히나, 『시문독본』에서는 모두 생략되어 있다. 『시문독본』의 「도강록」 번역인 "심양까지"에서는 다음 부분도 원문의 주요한 견문과 일화를 생략한 채 여정만 표시한 경우가 많다.

하고 26일에 구련성에서 떠나 30리를 가서 금석산(金石山) 밑에서 중화(中火)하고 또 30리를 가서 총수(葱秀)에 노숙하다. 아침에 안개 꼈으나 저녁에 갬.

27일 아침에 안개 꼈으나 저녁에 갬. 평명(平明)에 발행하다. 봉황산(鳳凰山)을 바라보니 순전히 돌로 생긴 것이 땅에서 빼어나 우뚝 섰으니 수초(秀峭; 가파름)하기 명상(名狀; 이름 붙여 형용함)하기 어려우나 청윤(淸潤; 맑음)한 기가 없어 흠이라.

원야(原野)가 평활(平濶)한데 비록 개간하지는 아니하였으나 나무 벤 자리가 처처에 낭자하고 소 발굽과 바퀴 자국이 풀밭에 종횡하니 책(柵)[8]에 가까웠음을 알겠다. 7, 8리를 질주하여 책(柵) 밖에 다다르니 양과 돼지가 산에 그득하고 아침 연기가 푸르게 둘렀는데 장대를 둘러 세운 것이 책(柵)이란 것이더라.

토인이 떼를 지어서서 관광하는데 모두 입에 장죽을 물었으며 이마 앞은 빤빤하여[9] 가지고 부채질을 설설 한다. 검은 공단(貢緞) 옷도 입었고 좋은 화주(花紬; 꽃무늬 명주) 옷도 입었고 혹 생포(生布; 생베) 생저(生苧; 생모시) 혹 삼승포(三升布; 석새삼베) 혹 야견사(野繭紗; 거친 비단) 등, 복색이 각인각색이며 수낭(繡囊), 연대(烟袋; 담배 주머니), 소도(小刀) 같은 것을 주렁주렁 찼다.

책(柵) 안에 들어가니 봉황성의 장군이 출영(出迎)하여 위로가 자못 은근하다. 몇 마디를 접대한 후, 후의를 치사하고 이내 발행하다. 여기서 봉황산이 6, 7리쯤 되는데 그 전면(前面)을 보니, 더욱 기묘하게 가파른 줄을 알겠으며 산중에 안시성(安市城) 구지(舊址)가

8 책문(柵門)을 말한다. 책문은 구련성과 봉황성의 중간 되는 지점에 중국과 조선 사이의 사무역(私貿易)을 위해 설치되었다. 여기서 이루어진 국경 무역을 책문 후시(柵門後市)라고 이른다. 1755년부터 공인되었다.

9 「도강록」 원문은 "광두(光頭)"인데, 만주족의 변발한 모양을 이렇게 묘사한 것이다.

있고 남은 성가퀴가 아직까지 있다 하나 아니라 하겠다. 삼면이 다 험절하여 비조(飛鳥)라도 오르지 못하겠고 오직 정남 일면이 좀 평평하나 주위가 수백 보 밖에 아니 되니 이 탄환 같은 소성(小城)이 대군이 오래 머무를 곳이 아니며, 아마 고구려 때의 소소한 보루인가 하노라.

서남이 광활하여 들이 되고 원산(遠山)이 맑고 깨끗한데 수간(水干; 물가)[10]에는 푸른 버들이 음농(陰濃; 그늘 짙음)하고 모첨(茅簷)과 소리(疎籬; 성긴 울타리)가 군데군데 임간(林間)에 노출되며 평평한 둑, 푸른 황무지에 소와 양이 방목되고 먼 다리의 행인은 부대(負戴)한 이도 있고 휴대한 이도 있으니 한참 서서 보니 홀연히 요사이 행역의 피곤을 잊을러라. 이날 30리를 가니 압록강으로서 여기까지가 도합 120리.

28일 아침에 안개 꼈으나 저녁에 갬. 일찍 떠나 한달음에 봉황성에 이르다. 여기까지 30리 동안에 의복이 촉촉하게 젖고 행인의 콧수염과 턱수염에 이슬 맺힌 것이 마치 앙침(秧針)에 구슬 꿴 것 같으며 서쪽 하늘가에 짙은 안개가 문득 뚫리고 한 조각 푸름이 조금 드러나니 하늘에 박혀 영롱하기 창에 박힌 작은 유리와 같더니, 잠깐 만에 안개 기운이 다 상운(祥雲)이 되고 광경이 무한한지라.

동쪽을 돌아보니 일륜홍일(一輪紅日; 한 덩이 붉은 해)이 벌써 세 장이나 높았더라. 강영태(康永太)[11]의 집에서 중화(中火)하니 영태는 나이 23인데 백석미려(白皙美麗; 희고 깨끗해 수려함)하고 서양금(西洋琴)

10 "원산(遠山)이…수간(水干)": 「도강록」 원문에는 "西南廣濶 作平遠山淡沱水千柳陰濃[서남쪽이 광활해 평원한 산과 질펀한 물이 되었고 많은 버들이 음농하다]"로 되어 있다. "干"은 "千"의 오식으로 보이며, 이로 인해 오역이 되었다.

11 "심양까지" 원문에는 "康太永"으로 되어 있다. 「도강록」 원문을 따라 수정한다. 이 글에서 생략된 원문을 참조하면, 강영태는 한족(漢族)으로 집안을 매우 화려하게 꾸몄으며 사서(四書)는 외우고 있지만 뜻은 모른다고 되어 있다.

이 명수라. 시가(市街)로 산책하니 번화하고 부요함이 변경의 궁벽한 곳 같지 아니하다.

오후에 떠나갈 때, 5리마다 돈대가 하나씩 있으니 전석(甎石; 벽돌)으로 필통같이 5, 6장 축조한 것으로 다 봉화대라 하더라. 행려에 걷는 이가 드물고 걷는 이라도 반드시 "포개(鋪盖)"(침구)를 어깨에 졌으니 포개(鋪盖)가 없으면 간귀(姦宄; 도둑)로 의심하여 점방에서 숙박시키지를 아니함이라. 설리참(雪裏站)에 숙박하니 이날 여정이 70리.[12]

29일 맑음. 배로 삼가하(三家河)를 건너니 배는 말구유같이 만든 통나무배요. 노장(櫓槳; 상앗대)이 없고 양안(兩岸)에 아목(丫木; 아귀 진 나무)을 세우고 큰 밧줄을 건너 매었는데 이 줄을 붙들고 다니면 배가 스스로 왕래하게 마련하였더라.

다시 유가하(劉家河)를 건너 황하장(黃河庄)에서 중화(中火)하고 전진하니 5리, 10리 동안에 촌락이 마주보고 뽕나무, 삼나무가 우거졌으며 한창 조서(早黍)[13]가 황숙(黃熟)하고 촉서(蜀黍; 옥수수)가 발수(發穗)하였더라.

도처에 관제묘(關帝廟)가 있고 몇 집만 모인 곳이면 반드시 하나의 대요(大窯; 큰 가마)가 있어 전석(甎石)을 굽게 마련이라. 이날 50리를 가서 통원보(通遠堡; 요녕성 봉성시 소재의 역참)에 숙박하다.

12 「도강록」 28일조에는 청나라의 벽돌과 기와 등 건축의 규모, 원리를 서술하고 안시성과 평양 등의 위치를 고증하는 등 중요한 부분이 많으나 역시 생략되었다.

13 제철보다 일찍 여무는 기장, 올기장이다.

4. 심양까지 (2)

7월 1일 새벽에 큰 비. 머무름.[14]

2일 새벽에 큰 비, 저녁에 갬. 전계(前溪)가 크게 불어서 건너기 어려우므로 할 수 없이 머무르다. 주인이 추로(麤鹵)하고 목불식정(目不識丁)하되, 책상에 명인(名人)[15]의 문집 2, 3종이 있음은 손님을 위하여 비치함인 듯 심심파적을 겸하여 종일 뽑아 읽다.

3일, 4일, 5일 다 낮은 쾌청하나 야간에는 반드시 큰비가 있으므로 물에 막혀 날마다 머무르다. 신행(新行)하는 예식도 구경하고 강(炕; 중국식 구들)의 제도도 살피고 학구(學究)[16]를 찾아 필담(筆談)도 하여 조금도 심심한 줄 모르게 지내다. 조금만 친근하여지면 청심환과 고려 선자(扇子; 부채)를 달라는 것이 습속이다.[17]

6일 맑음. 불어난 내의 물이 좀 감소했으므로 드디어 발행하다. 물이 깊고 흐름이 빠른데 산간수(山間水)가 되어 심히 차기에 벗고 건너기에 고생이 적지 아니하며 교자를 타고 건너는데 강 중류에 물살이 급한 곳에 이르러서는 이리 기우뚱 저리 기우뚱 하여 바드럽기 또한 이를 길 없다. 초하구(草河口; 랴오닝 성 단둥 시 인근의 역참)에 중화(中火)하고 연산관(連山關)에 숙박하니 이날 온 길이 60리.

7일 맑음. 오후에 마운령(摩雲嶺)을 넘으니 고준험절(高峻險絶; 높고 가파름)하기 우리 관북의 마천령(摩天嶺)[18]만 못하지 않다는 이도 있

14 「도강록」 7월 1일조에는 통원보의 여관에서 경험한 만주족 여인과 풍속이 묘사되어 있으나 역시 생략되었다.

15 「도강록」 원문을 참조하면, 명나라의 문인 양신(楊愼), 서위(徐渭) 등의 문집이 있었다 한다.

16 「도강록」 7월 3일조에 통원보의 글방 선생을 찾아가 왕래한 기록이 있다.

17 "조금만…습속이다": 위 각주에 나오는 글방 선생이 청심환과 고려 부채를 요구한 일화가 나온다.

18 함경남도와 함경북도의 경계를 이루는 산맥으로 두류산, 소백산 등 2,000미터 이상의 높은 봉우리가 솟아 있다.

으며 오후에 청석령(靑石嶺)을 넘으니 영상(嶺上)에 한 곳 관제묘가 있고 한 도사(道士)가 진고(眞苽)[19]를 파는데 맛이 썩 달고 또 물이 많아 행려의 목 축여 주는 공덕이 적지 아니할러라. 이날 낭자산(娘子山)[20]에서 자니 두 큰 고개를 넘었건만 80리 길을 왔더라.

8일 맑음. 조반 후 삼류하(三流河)를 건너 한 줄기 산각(山脚)을 벗어나니 망망한 요동벌이 눈앞에 전개한다. 사면에 한 점 산이 없고 건단(乾端; 하늘 끝)과 곤예(坤倪; 땅 끝)가 교점선봉(膠黏線縫; 아교로 붙인 듯, 실로 꿰멘 듯)한 것 같으니 심의(心意)가 어찌 공활하여지는지 일성대곡(一聲大哭)할 생각이 난다.[21]

말을 달려 고려총(高麗叢), 아미장(阿彌庄) 등 마을을 지나 구요양(舊遼陽)[22]에 들어가니 여기서 20리에 신요양(新遼陽)을 만들고 폐한 고로 구요양이라 일컫는 것이라, 번화하고 부유하기 봉황성에 열배더라.

서문(西門)에 나가 백탑(白塔)[23]을 보니 8면 13층 고탑(高塔)이요, 그 제조의 교묘하고 웅장함이 가히 요동벌을 대적할지니 혹 당나라의 울지경덕(尉遲敬德)[24]이 고구려 침입할 때에 축조한 것이라 하나 실은 그 이전 고구려 선민(先民)의 수택(手澤; 손때)[25]이라. 탑정(塔

19 「도강록」 원문에는 "靑苽"로 되어 있다. 참외와 비슷한 과일이다.
20 「도강록」 원문에는 "狼子山"이라 되어 있다.
21 "사면에…난다": 이 부분은 「도강록」 7월 8일조에 필지 박지원이 동행인 정 진사와 대화 가운데 나오는 내용이다. 대부분 생략되었다.
22 요양은 랴오닝 성 중부의 큰 도시로 고구려 때는 요동성이었다. 청나라 태조 누르하치가 1621~1625년 사이에 수도로 삼은 일도 있다.
23 금나라 시대에 건축된 것으로 알려졌으며 랴오양 시 광우사(廣祐寺)에 있다. 8각으로 폭은 7미터, 전체 높이 71미터에 달한다. 중국 동북 지방에서 제일 높은 탑이다.
24 울지경덕(尉遲敬德; 585~658)은 성이 울지(尉遲)이고 이름은 공(恭)이다. 경덕(敬德)은 자이다. 당나라 건국에 공헌한 명장으로 공신이 되었다.
25 이 문장 앞의 부분은 『열하일기』 「백탑기」에 나온다. 그러나 백탑이 고구려 사람들이 만든 것이라는 서술은 없다. 최남선이 자의적으로 삽입한 것으로

頂)에 동고(銅鼓) 셋을 얹고 매층의 처마에 물통만한 큰 풍경을 달았는데 바람이 움직여 풍경이 울리면 소리가 요동벌을 흔들더라. 태자하(太子河)를 건너 신요양에 가서 자니 이날 길은 70리.[26]

9일 맑음. 새벽부터 극히 더움. 새벽의 시원함을 틈타 일찍 출발하다. 요동에 들어온 뒤로부터 촌락이 끊이지 아니하고 길 폭이 수백 보요. 연로(沿路) 양편에 다 수류(垂柳)를 심었는데 민가가 즐비한 곳에는 문이 마주 선 중간에 고인 물이 빠지지 아니하여 왕왕히 큰 못을 이루고 집에서 기르는 거위, 오리가 수없이 유영(遊泳)하니 양변(兩邊)의 촌가가 절로 물가 누대가 되어 홍란취함(紅欄翠檻; 붉은 난간, 푸른 난간)이 좌우에 영대(映帶; 둘러 비춤)하니 묘연히 강호를 방불한다. 이날은 십리하(十里河)에서 자니 여정이 50리.[27]

10일 비 오다 맑음. 일찍 떠나 40리를 가서 백탑보(白塔堡)에서 중화(中火)하고 다시 떠나 혼하(渾河)를 건너 심양(瀋陽)[28]에 들어가니 이날 여정이 총 60리. 날씨 극히 더움.

요양성(遼陽城)을 돌아보니 수풀이 창망하다. 수많은 새벽 기러기가 벌 가운데 비산(飛散)하고 일대 아침 안개가 천제(天際)에 횡행하는데, 아침 해가 처음으로 뜨고 상무(祥霧)가 바야흐로 걷히는구나.[29]

사면에 탕탕하여 조금도 장애가 없으니, 아아! 이는 영웅의 백전

보인다.

26 이 7월 8일조는 「도강록」 8일조와 「백탑기」, 「구요동기」를 합쳐 요약한 것이다.

27 여기까지가 「도강록」의 부분이고, 다음 7월 10일조는 「성경잡지」에서 발췌하였다.

28 랴오닝 성의 성도(省都)이다. 1625~1644년 사이에 청나라의 수도였다. 수도가 되면서 이름이 성경(盛京)으로 바뀌었다.

29 상무(祥霧)는 상서로운 안개로 심양의 대궐에 낀 안개를 이르는 것으로 보인다. "걷히는구나"의 원문은 "비애(霏靄)"인데, 걷히는 모양을 이르는 것이 아니라 피어오르는 모양을 이르는 것이다.

지지(百戰之地)로구나. 한토(漢土)의 안위(安危)가 늘 요동벌에 매어 있어 요동벌이 안전하면 역내(域內)에 풍진이 발동하지 아니하고 요동벌이 한번 들레면 국내에 금고(金鼓; 싸움 북소리)가 섞여 울음은 어찌함인가?

진실로 평원 광야 일망천리(一望千里)에 지키기는 힘들어도 버리기만 하면 이른바 호기(胡騎; 오랑캐 기병)가 장구(長驅; 멀리 달림)하여 아무 경계나 제한이 없으니, 천하의 힘을 다하여서라도 지켜야만 중국이 안전을 얻는 까닭이로다.

몽고 수레 수천 대가 전석(甎石; 벽돌)을 싣고 심양으로 들어가는데 매 수레에 소 세 마리를 끌리고 소는 대개 백색이요, 간혹 청색이 끼었다. 이 더위에 무거운 것을 끌어 쇠코에서 피가 흐른다. 말떼 얼마를 보고 양떼 얼마를 보고 잡다한 사람 무리를 보니 심양성 중에 들어옴이라. 성안을 일별하니 민물(民物)의 번화함과 시사(市肆)의 사치하고 성대함이 요양에 10배이다.

심양은 한편 봉천(奉天)이라 하니 고조선 땅이요, 뒤에 고구려에 붙였던 땅이라, 곳곳에 선민(先民)의 유적이 많더라. 우선 머물 곳을 잡아 여장을 정돈하고 천천히 안팎의 명승을 유람하기로 하다. 압록강에서 여기까지 통합 560리를 보름이 넘어서야 도달하니 여정의 완만함이 놀랄 만하도다.[30]

-박연암(朴燕巖; 박지원) 『열하일기(熱河日記)』[31]-

30 7월 10일조 「성경잡지」에서 중국 선비와 필담한 일, 심양 궁궐을 구경한 일 등 역시 많은 견문이 생략되었다.

31 최남선이 주도한 조선광문회에서 1911년 활판본으로 『열하일기』를 간행하였다.

5. 허생 (1)

허생(許生)의 거처는 묵적동(墨積洞)이니 바로 남산 밑에 이르면 우물가에 오랜 은행나무가 있고 시비(柴扉)가 나무를 향하여 열렸더라. 초옥(草屋) 몇 칸이 풍우를 가리지 못하건만 허생은 독서로 업을 삼고 처가 남의 바느질품을 하여서 호구(糊口)하더라.

하루는 처가 주림이 심한지라, 울면서, "당신이 평생에 과거를 보지 아니하니 독서는 무엇을 위함이요?"

허생이 웃으며, "나의 독서가 익숙하지 못하였노라."

처가, "공인도 있지 않아요?"

생이, "공인을 하려 한들 본디 배우지 아니하였으니 어찌하리오."

처가, "상인이 있지 않아요?"

생이, "상인을 하려 한들 본전이 없으니 어찌하리오."

그 처가 화가 나 다시 욕하니,

"주야로 책을 읽어서 배운 것이 '어찌하리오' 뿐이로다. 공인도 못하고 상인도 못할 터이면 어찌하여 도적 노릇은 못 하느뇨?"

하니, 허생이 엄권(掩卷; 책을 덮음)하고 일어나 말하길,

"애석하도다! 나의 독서가 본디 10년을 기약한 것이러니 지금 7년이로다."

하고 문밖으로 나서되 서로 아는 이가 없는지라. 바로 운종가(雲從街)[32]로 가서 시중(市中)의 사람에게 묻기를, "한양 안에 누가 가장 부유한 이요?" 변(卞)씨[33]를 말하는 이가 있거늘 드디어 변씨 집을 방문하니라.

허생이 장읍(長揖)하고 말하길, "나는 집이 가난하고 작은 시험을

---

32 지금의 종로 4거리로 조선 시대 육의전이 운영되었다.

33 이 변씨는 역관 변승업(1623~1709)을 모델로 했다고 한다. 그가 죽을 때, 장부에 기록된 자산이 은 50만 냥에 달했다고 한다.

하려 하는 바가 있으니 당신에게 만금을 빌리겠노라." 변씨가 말하길, "그러시오." 하고 만금을 곧 주었으며, 객은 치사도 아니하고 가버렸더라.

자제와 빈객이 허생을 보니 개자(丐者; 거지)라. 사조(絲條; 허리의 술띠)는 술이 해어졌고 혁구(革屨; 가죽신)는 뒷굽이 자빠졌고 갓은 꺾이고 도포는 그슬렸고 코에서는 청이(淸洟; 맑은 콧물)가 흐르는지라. 객이 간 뒤에 다 대경(大驚)하여 말하길,

"대인이 객을 아시나뇨?"

"알지 못하노라."

"지금 하루아침에 만금을 생면부지의 사람에게 낭척(浪擲; 흩뿌림)하면서 그 성명을 묻지 아니하심이 무엇이요?"

변씨, "이는 그대들의 알 바가 아니니라. 무릇 남에게 구함이 있는 자는 반드시 의지를 과장하여 먼저 신의(信義)를 뽐내건만 오히려 안색이 비굴하고 언사가 중복되는 것이거늘, 저 객은 의복이 비록 해어졌으나 말이 간명하고 시선이 오만하며 얼굴에 사색(怍色; 속임)이 없으니 물건을 기다리지 아니하고 자족하는 자라. 저의 시험하는 바의 수단이 작지 아니하기로 나 또한 객에게 시험하고자 하는 바가 있음이라. 주지 아니하면 그만이거니와 이미 만금을 주었을진대 성명을 물어서 무엇하리오." 하더라.

허생이 이미 만금을 얻으니 다시 귀가하지 아니하고 생각하되, 안성(安城)은 기호(畿湖)의 교차지이며 삼남의 관구(綰口; 입구)라 여겨, 드디어 머물러서 대추, 밤, 감, 배, 감자, 석류, 귤, 유자 등속을 다 배치(倍直; 곱절 값)로써 사재기 하니 허생이 과실을 전매한 뒤에 국중이 연사(讌祀; 잔치와 제사)할 수 없이 된지라.

미구에 허생에게 배치(倍直)를 받은 여러 장사치들이 도리어 10배를 내놓거늘, 허생이 위연(喟然; 서글피)이 탄식하여, "만금에 기울어지니 국중의 천심(淺深)을 알겠다." 하니라. 칼, 호미, 베, 명주, 솜

등으로써 제주로 들어가 말의 종렵(騣鬣; 말총)을 도고(都沽; 독점 전매)하며 말하길, "수년이면 국인(國人)이 머리를 싸지 못하리라." 하더니 과연 미구에 망건 값이 10배에 이르더라.

허생이 늙은 고사(篙師; 사공)더러 물어, "해외에 혹 공도(空島)의 주거할 만한 곳이 있느뇨?"

고사(篙師)가 말하길, "있더이다. 일찍 표류하여 바로 서쪽으로 3일을 가다가 밤에 한 공도에 숙박하니 대개 하문(厦門)[34]과 나가사키(長崎)의 사이라. 화목(花木)이 자개(自開)하고 과실이 자숙(自熟)하며 미록(麋鹿)이 떼를 이루고 유어(遊魚; 노니는 물고기)가 놀라지 아니하더이다."

허생이 대희(大喜)하여 말하길, "자네 능히 나를 인도해 주면 부귀를 공유하리라."

고사(篙師)가 따르는지라. 드디어 바람을 타고서 동남으로 그 섬에 들어가, 허생이 등고(登高)하여 돌아보고 창연(悵然)하여 말하길, "땅이 천리를 채우지 못하니 능히 무엇을 하리오? 땅이 기름지고 샘이 달콤하니 가히 부가옹은 되리로다."

고사(篙師)가 말하길, "섬이 비고 사람이 없으니 누구로 더불어 주거하리요?"

허생이 말하길, "덕(德)에는 사람이 귀속하느니 부덕임은 두려우려니와, 사람이 없음이야 하환(何患)이리요." 하더라.

이때에 변산(邊山)의 군도(羣盜)가 수천이라. 주군(州郡)이 병사를 내어 축포(逐捕; 쫓아서 잡음)하나 능히 잡지 못하며, 그러나 군도도 감히 나아가 노략할 수 없음으로 바야흐로 곤핍하더라. 허생이 도적 중에 들어가 그 괴수를 유세하여, "천 명이 천금을 얻으면 나눠

34 『열하일기』 「옥갑야화」의 원문에는 "사문(沙門)"이라 되어 있다. 최남선이 이 "사문(沙門)"을 음이 통하는 푸젠 성의 "厦門"으로 고친 것이 아닌가 한다. 하문의 현지음은 샤먼이다.

는 바가 얼마냐?"

말하길, "1인에 1냥이니라."

허생, "너희가 처가 있느뇨?"

말하길, "없노라."

말하길, "너희가 밭이 있느뇨?"

군도가 웃으며 말하길, "밭이 있고 처가 있으면 무엇이 부족하여 도적질을 하리오."

허생, "진실로 이와 같을진대, 어찌 처를 취하며 집을 올리고 소를 사서 밭을 갈면서 살아감에 도적의 이름이 없고 지내기에 가족의 안락이 있으며 나가면 체포의 두려움이 없고 들어서는 의식의 풍요를 누리도록 아니하느뇨?"

군도가 말하길, "어찌 이런 것을 원하지 아니하리요만, 다만 돈이 없나이다."

허생이 웃으며, "너희가 도적질을 하거니 어찌 무전(無錢)함을 걱정하느뇨. 내가 너를 위하여 변통하리라. 명일 해상에 출시(出視; 나와 봄)하면 홍기(紅旗)를 게양한 것은 다 전선(錢船; 돈 실은 배)이니 임의대로 취거(取去)하라." 하더라.

허생이 군도와 약속하고 감에 군도가 그 광태를 비웃더니, 명일에 해상에 가 보자 허생이 과연 돈 30만 냥을 싣고서 기다리는지라. 다 대경(大驚)하고 나배(羅拜)하여 말하길, "장군의 영대로 하리다."

허생이 말하길, "각기 역량대로 지고 가라." 이에 군도가 다투어 돈을 짊어질새, 일인이 100냥에 지나지 못하는지라.

허생이 말하길, "너희들이 100냥을 질 힘도 없으면서 어찌 능히 도적질을 하리요. 지금 너희들이 비록 평민이 되고자 하나 이름이 적부(賊簿; 도적의 명부)에 있으니 갈 곳이 없도다. 내가 이곳에서 너희를 기다리니 각각 100냥을 가지고 가 1인에 계집 하나, 소 하나씩 가지고 오라."

군도가 말하길, “예이” 하고 다 흩어지더라. 허생이 스스로 2천 인이 1년 먹을 음식을 갖추고 군도의 이름을 기다려 그 공도(空島)로 들어가니 허생이 도적을 모두 데려가 국중에 사변이 없느니라.

6. 허생 (2)

이에 나무를 벌목하여 집을 짓고 대를 엮어서 울타리를 삼으니 지기(地氣)가 온전하여 백종(百種)이 무성하여 개간하고 일구지 아니하되, 한 줄기에 아홉 이삭이더라. 3년의 저장을 남기고 나머지는 말큼[몽땅] 선적하여 나가사키(長崎)로 가서 파는데 나가사키란 곳은 일본의 속주(屬州)로 31만 호러니, 바야흐로 대기근이거늘 드디어 진급(賑給: 가멸게 구휼함)하여 은 100만 냥을 얻은지라. 허생이 탄식하여, “그만하면 내가 작은 시험을 하였도다.” 하더라.

이에 남녀 2천 인을 모두 소집하여 명령하여 말하길, “내가 처음 너희들로 더불어 이 섬에 들어올새, 먼저 부유하게 한 뒤에 따로 문자를 만들고 의관을 정하려 하였더니 땅이 작고 덕이 엷기로 내가 지금 가거니와 아이를 낳거든 오른손으로 수저 잡는 것이나 가르치고 하루를 먼저 나온 이라도 양보하여 먼저 먹게 하라.”

하며 모든 다른 배를 태우며 말하길, “왕래를 어디 쓰랴.” 하고 은 50만 냥을 해중(海中)에 던지며 말하길, “바다가 마르면 얻어가는 자가 있으리라. 100만 냥은 국중에도 용납할 바가 없거든 하물며 작은 섬에서랴.” 하며 글을 아는 자가 있으면 실어서 모두 내보내며 말하길, “이 섬에 화를 끊기 위함이라.” 하더라.

이에 국중으로 두루 다니며 가난해 무고(無告)한 자에게 진휼하고도 은이 오히려 10만 냥이 남은지라. 말하길, “이만하면 가히 변씨에게 갚으리라.” 하고 변씨를 왕견(往見)하여 말하길, “그대, 나를 기억하느뇨?"

변씨가 놀라 말하길, "당신의 안색이 조금도 나아지지 아니하였으니 만금을 잃은 것 아니요?"

허생이 웃으며 말하길, "재물로써 얼굴을 꾸밈은 그대들의 일이라. 만금이 무엇으로 도(道)를 살찌우리요." 하고서 은 10만 냥으로써 변씨에게 주고서 말하길, "내가 하루아침의 주림을 참지 못하여 독서를 마치지 못하였으니 그대의 만금이 부끄럽노라." 변씨가 대경하여 일어나 절하며 인사치레하면서 10분의 1 이자만 받기를 원하니, 허생이 대노하여 말하길, "그대 어찌하여 고수(賈竪; 장사치)로써 나를 보느뇨?" 하고 옷을 떨치고 가버리더라.

변씨가 가만히 종후(踵後; 뒤를 따라)하여 망견(望見)하니 객이 남산 밑으로 향하여 소옥(小屋)으로 들어가는지라. 우물가에서 빨래하는 할멈더러 물어 말하길, "저 소옥이 누구 집인고?" 할미가 말하길, "허생원의 집입니다. 하루아침에 출문하여 돌아오지 아니한 지 이미 5년이라, 그 처가 홀로 살며 그 떠난 날을 제사 지냅니다."

변씨가 비로소 객이 허씨 성 사람임을 알고 탄식하고 돌아오니라. 명일에 그 은을 몽땅 휴대하고 방문한대, 허생이 사양하며 말하길, "내가 부유하고자 할진대 100만을 버리고 10만을 취하겠는가? 내가 지금부터 당신을 얻어 생활하리로다. 그대가 자주 나를 봐주고 식구를 헤아려 식량을 주고 몸을 견주어 의복을 마련해 준다면 일생에 이와 같으면 족할지라. 뉘 재물로써 심신을 피로하겠느뇨?"

변씨가 백방으로 허생을 유세하되, 마침내 어찌하지 못하는지라. 변씨가 이로부터 허생의 궤핍(匱乏; 다 없어짐)을 헤아려 문득 몸소 방문하면 허생이 흔연히 받으며, 혹 더함이 있으면 불열(不悅)하여 말하길, "그대 어찌하여 나에게 재앙을 남기느뇨?" 하니라.

술로써 방문하면 더욱 대희(大喜)하며 서로 대작하고 취한 뒤에 그치더라. 수년이나 되어 정의가 날로 돈독함에 일찍 종용히 말하되, "5년 안에 어떻게 100만에 이루었습니까?"

허생이 말하길,

"이는 알기 쉬우니라. 조선은 배가 외국에 통하지 아니하고 수레가 역내에 다니지 아니하는 고로 백물(百物)이 그중에서 생겨서 그 중에서 사라지는도다. 무릇 천냥은 작은 재물이니 족히 이로써 물품을 전매할 만하지 못하나 쪼개어 열을 만들어 백냥이 열이면 또한 족히 이로써 열 가지 물품을 다룰지라. 물품이 가벼우면 굴리기 쉬운 고로 한 상품에 비록 손해 보았을지라도 아홉 상품으로 남기리니 이는 보통 이익을 보는 길이요, 소인의 장사니라. 무릇 만금은 족히 이로써 물품을 전매하는 고로 수레에 있어서는 수레를 독점하며 배에 있어서 배를 독점하며 고을에 있어서는 고을을 독점하여 그물에 코가 있듯이 물품을 쓸어서 헤아릴지니라. 뭍의 산물이 1만이라면 그 하나를 슬그머니 막을 것이요, 물의 어류가 1만이라면 그 하나를 슬그머니 막을 것이요, 의약의 재료가 1만이라면 그 하나를 슬그머니 막을지라. 한 상품이 슬그머니 막히면 1백 장사치가 다 말라 버리니 이는 백성을 해치는 길이라. 후세의 공무를 맡은 자가 혹 나의 방도를 쓰기만 하면 반드시 그 나라를 해치리라."

변씨가 말하길, "애초에 그대는 어떻게 내가 만금을 내어줄 줄을 알고 나에게 와서 구했느뇨?"

허생이 말하길,

"반드시 당신과 나뿐 아니라, 능히 만금을 가진 자는 주지 않을이 없으리라. 내가 스스로 헤아려도 나의 재주가 족히 그로써 100만을 이룰 만하되, 명(命)은 하늘에 있거니 내가 어찌 능히 알리요. 고로 능히 나를 기용하는 이는 유복한 이요, 유복한 이가 더욱 부유할 것은 하늘의 명이니 천명이 있는 바에 어찌 주지 아니할까 보냐? 고로 내가 가장 유복한 이로 그대를 방문하였고[35] 그대의 복력이 또한 능히 나를 기용하였을 따름이니라." 하더라.

허생은 실로 불세출의 기재(奇才)로 원대한 경륜을 품으니 각종의 전설이 있으나 요컨대 재능 발휘의 활로가 심히 협애한 당시라. 마침내 경국제세의 수완이 실행될 기회를 얻지 못하고 뒤에 소재를 알지 못하게 되니, 대개 효종 대의 일사(逸士; 숨은 선비)로라.[36]

-박연암 『열하일기(熱河日記)』[37]-

7. 견딜성 내기

사람에게 견딜성이 긴요하고 가장 긴요한 것이요. 나폴레옹의 말에도 "전투도 필경은 최후 5분간의 인내로 이긴다." 한 것이 있소. 전투뿐 아니라 백사(百事)가 다 그런 것이니 이편이 어려울 진대 저편도 어려울 것이라, 필경은 견딜성 내기, 참을성 씨름으로 승부가 결단납니다.

북미 합중국의 대위인 그랜트[38]라 하면 호랑이 장군 이름을 듣는 이니 남북 전쟁 4년간에 한번도 패한 일이 없다는 영물이라. 이 점으로 말하면 나폴레옹보다도 우월한 장수요. 그러나 그 자서전을 떠들어 본즉 그이도 또한 심상한 우리네 사람이지 신기 탁월한 별

---

35 "고로 내가…방문하였고": 「옥갑야화」에 이 부분은 "旣得萬金[이미 만금을 얻었으니]"로 되어 있다. 자의적으로 바꾼 것으로 보인다.

36 이 문단의 앞까지는 거의 완역에 가까우며 이 문단은 허생에 대한 최남선의 총평에 해당한다.

37 앞의 「도강록」에 비해 이 「옥갑야화」는 이 다음에 이어지는 이완(李浣) 대장과의 일화를 제외하면 완역에 가깝다. 그러나 역시 작품에서 가장 중요한 부분을 삭제한 셈이다.

38 그랜트(Ulysses Simpson Grant; 1822~1885)는 미국의 육군사관학교를 졸업하고 남북 전쟁에서 북군 사령관이 되었다. 남군 사령관 리(Robert E. Lee) 장군에게 항복을 받아 전쟁을 종결시켰다. 전쟁 영웅으로 인기를 얻어 18대 대통령에 당선되었다.

물(別物)이 아닙디다.

그랜트가 처음으로 전장에 나갔을 적에 일개 대대를 거느리고 있더니 어찌 무서운지 견딜 수가 없는데 장군뿐 아니라 다른 사람들도 다 처음 출진이므로 벌벌 떠는 이도 있고 안색이 해쓱한 이도 있으므로, "장수가 떨어서는 못쓰겠다." 하여 꾹 참고 정신을 가다듬어 나아간즉 저편으로서도 적병 한 부대가 이리로 오오.

건너다 보니 그 진용이 용장(勇壯)도 하다, 정기(旌旗; 군의 깃발)는 하늘을 가리고 총검은 별에 번득이며 정정당당히 쏠려 오는 서슬을 보니 문득 소름이 끼치고 겁이 펄쩍 났소. 그러나 "남아가 한번 죽기를 결단하고 나선 이상에야 한 발자국인들 물러나랴." 하고 심신을 정하고 이편에서도 당당히 전진하여 피차의 거리가 머지 아니하게 되었소. 그러나 양편에서 아직 발포는 아니하였소.

대저 겁쟁이는 목표도 마련하지 아니하고 함부로 원방(遠方)에서 발포를 한다 하지마는 병법으로 말하면 아무쪼록 접근한 뒤에 일제히 발사하는 것이 정법(正法)이랍디다. 그랜트는 사관학교를 졸업한 이라. "조그만치라도 더 접근한 뒤에 하리라." 하고 상대를 못 보았을 때처럼 여전히 보무(步武)를 옮겨 아주 털끝만치도 겁심(怯心) 없는 것처럼 기운을 내어 전진하였소. 그런즉 병졸들이 놀라서,

"참 우리 대장 그랜트는 일신도시담(一身都是膽)[39]이라 할 양반이로군. 우리들은 턱이 떨리고 손이 떨려 말 한마디 못하게 무서운데 그랜트는 평소처럼 태연히 나아가니 흔히 이른바 호랑이 장군이 우리 그랜트 장군 같은 이를 두고 이름인가 보다." 하고 감탄하면서 따라가오.

그랜트의 내심은 어떤가 하면 호랑이 장군 아님은 고사하고 실

---

39 몸 전체가 용기의 원천인 담(膽)으로 이루어졌다는 말로, 『삼국지』「촉지(蜀志)」에서 조운(趙雲)의 용맹을 칭송한 표현이다.

은 겁 장군이니 겁이 나고 또 나서 어찌할 줄을 모르오. 아직 접근하기도 전부터 몇 번 발포를 하려 들기도 하고 혹은 견디다 못하여 도망을 할까 하기도 하며 나중에는 눈이 컴컴하여 보이지 않고 귀가 먹먹하여 들리지 아니하도록 상기가 되어 아무 정신이 없어지기까지 하였소.

이 중에 특별히 재미있는 것은 적군의 이야기요. 남북 전쟁이 마친 뒤에 하루는 우연히 어느 곳에서 그랜트가 이번 처음 전장에 나갔을 적에 적군의 대장을 만났더니 그 장군의 말이,

"그랜트 장군, 과연 그대의 담대함을 깊이 감탄하였소. 지난 아무 해, 아무 달, 어느 싸움에 나는 첫 출전이기로 겁을 잔뜩 집어삼키고 그대에게로 향하는데 그대는 도무지 발포하는 일도 없고 또 퇴각하지도 아니합디다그려. 그래 겁이 더욱 나서 죽도록 참는다 하면서도 필경 정신을 수습하지 못하여 그대에게 대패를 당하였소. 미상불 그대의 담력을 경복(驚服; 놀라 감복함)하고 무용을 감탄하였소."

하며 농담 섞어 이야기하니, 그랜트가 큰 입을 벌리고, "참 재미있는 말씀이요. 나도 실상은 여차여차하게 이러저러 하였소." 라고 일장 실정을 이야기하고

"그대가 도망하기 시작하는 것을 보고 비로소 용기를 회복하였느니 내 겁심은 배에서 가슴까지 오르고 거의 목구멍까지 북받쳐서 호흡도 통하지 못할 지경이었었소."

하고 은닉하지 아니하고 자기 당년의 공겁(恐怯; 두렵고 겁냄)하던 것을 실토하여 웃으며 이야기하였답디다.

물론 전장을 무수히 섭렵하여 천군만마의 사이로 왕래한 뒤부터는 이러할 리가 만무하겠지만 첫 출전 적에는 미상불 그러할 것이리다. 그런즉 나폴레옹의 체험담처럼 필경 소소한 견딜성의 씨름으로 승부가 나뉜다 함은 분명한 진리외다. 이왕 죽거나 살거나 둘

중에 하나를 취하는 마당이니 딱 마음을 진정하고 무엇이든지 단단히 결심하고 덤빌 것이외다.

이것은 결코 간과(干戈)의 전쟁 뿐 아니라, 세상만사가 다 전쟁 속이외다. 겁을 집어삼키고 무서워만 하면 도리어 탄환에 맞아 거꾸러지는 법이요. 죽을 차림을 한 뒤에 살 땅을 얻는다 함은 예부터 있는 말이거니와, 그랜트 장군 같은 이도 "처음에는 저와 같았구나." 하고 인생 승리의 비결을 이 안에서 배우시오.

8. 독서

서적은 사상과 지식을 간직한 창고이니 글이 생긴 이래로 수백 대 성인 현철(賢哲)의 캐어 놓은 금옥 같은 진리와 교훈과 꽃 같은 정(情)의 미(美)를 그린 것이 다 그 속에 있는지라. 오인(吾人)이 원시적 빈궁하고 누추한 야만의 상태를 벗어 버리고 풍부, 고상, 화려한 문명의 생활을 출현시켜 조화옹의 경영에 놀라운 대교정(大校正)을 준 것은 실로 이 창고에 쌓아 놓은 보물의 힘이로다.

오인으로 하여금 고상한 윤리, 도덕 속에서 만물에 자랑할 만한 진선미의 생활을 하도록 사회를 조직하고 중수(重修)한 이가 누구누구이뇨? 이 창고 속에 보물을 잘 조사하여 그것을 이리저리 맞추어 준 여러 위인이 아니요. 오인에게 경신읍귀(驚神泣鬼; 신을 놀래고 귀신을 울게 함)할 각색 새 기계를 주어 안락, 화려한 생활을 시켜주는 이가 누구이뇨? 곧 이 보물 창고의 임자 되는 여러 학자들이로다.

오인은 오인보다 이상 되는 오인으로 진화되기 위하여, 즉 금일보다 더욱 고상, 안락한 명일을 가지기 위하여 노력하는 성품을 가져야 하나니 이 성품이야말로 문명인의 특징이요, 민족의 가장 영광스러운 천품이라. 앵글로 색슨족이 영토가 광대하고 황금이 누적함으로 세계에 양반이 아니라, 셰익스피어와 뉴턴, 에디슨 같은 이를 내었음으로 그러함이니 옛날에 벼슬 높은 이가 양반의 요소이던 모양으로 오늘은 향상하자는 성품 있음이 양반의 요소로다.

우리는 이제 문명인인지라. 이 창고의 보물을 말끔 조사하여 각각 적당한 용도에 쓰는 길을 연구하여야 하겠고, 또한 새로운 보물을 캐어 창고에 기부하여야 하리로다. 될 수만 있으면 우리 손으로 이 우주의 미발견된 보물을 말끔 들추어내어 창고의 빈자리를 마저 채워야 하리로다. 설혹, 이는 불가능하더라도 적어도 자고 이래 어느 시대보다도 더 많은 보물을 우리 시대의 유물로 끼쳐야 할지니 우리 청년은 어서 이 창고에 들어가 한 손에 촛불을 들고 한 손에 연필을 들고 밤낮없이 보물 조사에 착수하여야 하리로다.

우리가 소학교, 중학교, 대학교에서 배운다는 것은 이 보물 중 중요한 것의 이름과 이 보물 찾고 보는 법을 배움이니, 즉 소학교에서는 극히 간략한 목록을 보여주고 중학교에서는 조금 더 복잡한 목록과 극히 중대하고 간단한 것의 쉬운 설명 몇 개와 대학교에서는 좀 더 자세한 목록과 그밖에 이를 조사하고 응용하는 방법을 가르침이니, 만일 이런 줄을 모르고 조그마한 목록만 본 것을 가지고 제법 그 보물의 대강을 아노라 하면 큰 망발일지니라.

독서는 정신적 양식이라 하나니 인체의 건전과 발육이 물질적 영양에서 나옴과 같이 정신의 그것은 오직 독서에 있을지라. 육체를 중히 여기어 육체의 생활 기능의 정체를 슬퍼한다 하면 정신을 육체와 같이 - 아니, 보다 중히 여기는 우리 문명인은 잠시라도 독서를 폐하여 정신적 생활 기능의 정체되기를 지극히 슬퍼하여야 할지라. 이럼으로 어떤 처지에서 어떤 업무에 종사하는 이라도 귀한 시간에서 끼니때를 할애함과 같이 독서때를 할애하여야 족히 사회의 추세와 보조를 같이하여 진정한 문명인의 체면을 유지할지니라.

이 사회는 활사회(活社會)라는 별명이 있음과 같이 실로 분초(分秒)의 간단(間斷)이 없이 추이(推移; 변함)하는 것이니 잠시 낮잠 자는 동안에도 우리가 섞였던 행렬이 가물가물 앞서는 것이라. 우리 신경이 항상 긴장하여 사회에 새로 나는 여러 현상 - 모든 학설과 모든 사조 - 를 탐구한다 하여도 오히려 낙오되기 쉽거늘 어찌 한순간이라도 독서를 폐함이 가하리오.

하물며 문명의 정도가 떨어진 민족으로 남을 따라가려는 이는 남보다 수배의 노력이 있어야 하나니 대개 그는 항상 이동하는 문명의 최고점을 따라가는 동시에 이 떨어진 약간 거리를 추급(追及)할 필요가 있음이라. 그러고 이 노력은 곧 정성 있고 간단 없는 독서니 문명 정도가 어린 민족과 독서의 관계가 더욱 얼마나 크뇨.

또 하물며 교육, 문학, 학술, 종교 등 지적 직업에 종사하는 이야 일러 무엇하리요. 그네는 마땅히 세끼 밥을 먹으면 여섯 끼 독서를 하여야 할지니 대개 농부나 노동자는 체력이 그의 밑천이라 밥을 많이 먹어야 하리로되, 그네는 체력 있음으로 유용함이 아니요. 그네의 존재 가치는 오직 지력(知力)에 있을 뿐이니 만일 그네에게서 지력을 뺀다 하면 문득 아무 소용없는 폐물이 되고 말리니 그네가 어찌 잠시나 독서를 폐할 수 있으리오.

독서는 정신적 영양이니 정신적으로 사는 문명인은 독서로 살아야 할지라. 하물며 문명 정도가 어린 민족은 이것으로 제 지위를 높여야 할 것이며 오는 시대의 주인이 되려는 청년은 독서로 항상 문명의 최고점과 병행하여야 하리로다. 이제는 신지식의 보고가 우리 반도에 향하여 문 열리고 싶어하는도다. 그 귀중한 열쇠는 우리 조선 신청년의 손에 쥔 바 되었도다.

아아! 신조선의 중추되는 청년 제군이어! 이 보고의 보물을 사양 말고 집어내어 우리 사랑하는 반도를 꾸미고 가장 귀한 보물을 이 창고에 쌓아 우리도 이 보고에 대한 발언권을 얻도록 할지어다.[40]

9. 골계

이백사(李白沙)[41]는 어려서부터 해학을 좋아하였더라. 한번은 어느 곳에 중인(衆人)이 모여 무슨 일을 회의할새, 다른 이는 다 모이고 공이 혼자 뒤졌더라. 누가 어찌하여 늦음을 물은대 공이 가로되,

"오다가 길에서 여러 사람이 쌈하는 것을 보노라고 늦었노라."

"어떤 사람의 싸움이었느뇨?"

얼른 대답하되,

"고자는 중의 상투를 꺼두르고 중은 고자의 불알을 움켜쥐고 큰길에서 싸우더라."

하니, 좌중 사람이 다 절도(絶倒)하더라. 대개 시사(時事)의 허위 많음을 규풍(規諷; 따져 풍자함)함이로라.

배인범(裵仁範)[42]은 명종 때의 명무(名武; 유명한 무관)라. 일찍 병사(兵使)[43] 되었을 적에 부하의 감진궤(甘眞几)란 자가 정소(呈訴; 소장을 관청에 올림)하여 걸가(乞暇; 휴가원을 제출)하거늘 병사가 받아보고 웃어 가로되,

"감진궤라니 부시묘(負柿猫; 감을 진 괴)란 말이로다."

하고 인하여 막료를 돌아다보아 가로되,

"여배(汝輩; 너희들) 중에 이 대(對)를 채울 이가 있느냐?"

---

40 이 글의 출처는 『시문독본』 원문에 밝혀져 있지 않다. 『청춘』 4호(1915.1)에 "외배"의 저작으로 「독서를 권함」이 동일한 글이다. "외배"는 이광수의 필명이다.

41 이항복(李恒福; 1556~1618)의 자가 백사이다.

42 다른 사항은 미상이나, 아들 배흥립(裵興立; 1546-1608)이 임진왜란 때 수군절도사, 공조 참판 등을 역임하면서 전공을 세우고 "효숙(孝肅)"의 시호를 받았다.

43 병마절도사의 약칭으로, 조선 시대 각 도의 육군을 총지휘하는 종2품의 무관직이다.

하니, 한 사람이 나와 가로되,

"대(對)는 있사오나 황송하여 사뢰지 못하겠나이다."

하거늘, 병사가 가로되,

"아무렇게나 말하라."

그이가 곧 가로되,

"배인범이 진적(眞的; 딱 맞음)한 대(對)오니, 대리호(戴梨虎; 배를 인 호랑이)란 말이로소이다."

병사가 대소(大笑)하여 상찬하고 듣는 이는 다 배인범의 도량이 크다 여겼다더라.

-홍만종(洪萬宗) 『순오지(旬五志)』[44]-

10. 견인론 (1)

세상에 최후의 승첩이란 말이 있으니 역전고투(力戰苦鬪)하고 기패태사(幾敗殆死; 자주 패하고 거의 죽음)하다가 종국에 승리를 얻는다 함이라. 사람의 일생이 진실로 한 격전장이라.

수비하는 자기는 견벽고루(堅壁固壘; 견고한 성벽과 보루)와 같아야 하고 공격하는 자기는 정병맹사(精兵猛士; 정예, 용맹한 병사)와 같아야 하며 유혹의 침입은 기습과 정공(正攻)이 서로 교차하고 타락의 매복은 은현(隱現)이 파측(叵測; 헤아리기 어려움)이며 일생을 얻을 양으로 아홉 번 사망을 무릅쓰고 한 번 공격을 성공하자면 백 가지 위를 섭렵하며 승패의 번복이 일찍 잠시의 이완을 허락하지 아니하고 허실의 인과가 항상 호말(毫末)의 근면과 태만에서 야기됨이 무엇이 전장에 임함과 다르리오? 전투가 진실로 어려운 일이니 어려

44 『순오지』 상권의 후반부에 실린 골계적 일화들을 취사하여 실은 것이다.

움 부딪히매 가히 준비가 없지 못할지라.

지행(志行)의 견갑이병(堅甲利兵; 견고한 갑옷과 예리한 무기)도 있어야 하며 의기의 강궁경노(强弓勁弩; 굳센 활과 쇠뇌)도 있어야 하며 실력의 군량도 풍족하여야 하며 실행의 사졸도 용감, 정예하여야 하며 지능의 모사가 계산을 진영에서 운영하여야 하며 인격의 주장(主將)이 통제를 군문에서 총괄하여야 할지니라. 연후에 위무가 이에 빛날 것이요, 의용이 이에 떨칠지니라.

그러나 전투는 그 목적이 방비할 자를 방비하고 징벌할 자를 징벌하여 승리를 얻음에 있나니, 다만 힘을 과시하고 기세를 토로하자면 그만이거니와 궁극의 승첩을 거둠에는 오히려 부족이 있으며 가장 주요한 일물(一物)이 흠결하였다 할지니라. 왜인가?

무상(無常)한 승패와 일시의 이둔(利鈍)을 도외시하고 일전, 재전하여 최종의 승리에 다다른 뒤에 그치게 하는 일물이요, 칠전하여도 팔기하고 아홉 번 죽다가 열 번째 살아나고서, 나는 나의 신지(信地; 믿을 바)가 자재하니 어떤 위험이 가로막고 어떤 어려움이 닥쳐올지라도 계속 전진하고 그치지 않아서 죽은 뒤에 그치리라 하는 일물이요, 전패(顚敗; 엎어지고 넘어짐)의 속에도 희망이 쇄신하고 맹폭의 아래에도 의지와 기개가 무변하여 만고 청산과 같은 마음과 만고 유수(流水)와 같은 행동으로 모험할 것을 전부 모험하고 편력할 것을 두루 편력하여 소기(所期)를 달성한 뒤에 그치게 하는 일물이요, 양춘이 왕래함을 확신하여 동빙한설(凍氷寒雪)도 이로써 고난을 삼지 아니하고 선명한 태양이 광림함을 마음으로 기약하여 밤의 암흑과 새벽의 냉기도 이로써 뜻을 쓰지 아니하여 기회가 필경 자기를 방조하고 운수가 필경 자기를 축복한 뒤에 그치게 하는 일물이니, 이 물건이 무엇이오?

가로되, 견인(堅忍)이니라. 견인은 실로 작고 빈약한 이로 많고 강력한 이를 대적하게 하고 잔패한 이로 승고(勝高; 이겨서 높음)한 이를 징벌하게 하며, 선전(善戰)하지 못하는 이로 하여금 마침내 선전하게 하고 선전하는 이로 하여금 더욱 선전하게 하여 싸우면 필승하게 하는 신통력을 가진 것이라. 이른바 최후의 승첩이란 것은 곧 견인의 한 산물이요, 오직 견인이라야 장래 오는 결과이니라.

저 남북 전쟁을 보라. 링컨은 천품의 영걸이요, 그랜트는 희세(稀世)의 장수요, 전사가 100만이요, 전비가 무궁하였으되, 시초에 뿌란[45]에 패하여 예기가 선절(先折; 먼저 꺾임)한 뒤로 항상 패배가 승리보다 많았니라. 타국의 동정까지 적군에게 있어 외세(外勢; 바깥 형편)가 심히 불리하였으며 게티즈버그의 최후 승첩[46]을 얻기까지 심약, 기단(氣短; 기가 짧음)자로 하여금 필패로 판단하게 함이 한둘에 그치지 아니하였니라. 설혹 한 패배에 재기하고 재궐(再蹶; 다시 넘어짐)에 삼분(三奮; 세 번째 솟아남)하였을지라도 능히 견인을 다시 내어 연패에도 연기(連起; 연달아 일어남)함이 아니면 최후의 승패가 분명 지도를 바꿨을지라.

인도적인 의전(義戰)이라고 반드시 승리로 국면을 종결하지 못하였을 것이요, 링컨과 그랜트의 인물로 논하여도, 그들의 영매(英邁)가 전쟁으로 인하여 표출되었다기보다 차라리 난국을 거듭할수록 강의(剛毅)가 꺾이지 않고 위기에 임할수록 견인이 막히지 않음으로 인하여 더욱 창저(彰著; 밝게 드러남)하였다 할 것 아닌가?

---

45 남북 전쟁 초기에 남군의 장군이었던 뷰리가드(P.G.T Beauregard; 1818~1893)를 이르는 것으로 보인다. 그는 남북 전쟁 최초의 주요 전투인 사우스캐롤라이나 주 섬터 요새(Fort Sumter) 전투에서 승리했다.

46 펜실베니아 주 중앙에 위치한 게티즈버그(Gettysburg)에서 1863년 7월 1~3일 사이에 벌어진 게티즈버그 전투를 의미한다. 남북 전쟁에서 가장 중요하고 참혹한 전투로 양쪽의 사상자가 총 5만을 넘었다. 이 전투에서 남부 동맹은 버지니아 주 북쪽의 세력을 모두 잃었고 북부 연방은 승기를 잡았다. 그러나 남부 동맹의 항복은 2년 더 걸렸기에 최후의 승리라 부르기는 적절치 않다.

트라팔가[47]의 넬슨[48]을 보든지, 로마의 가리발디[49]를 보든지 그 우월함은 함선과 휘술(輝術; 빛나는 전술)이 아니라 실로 인인(忍忍)하여 승리를 잡고서 그치는 정신이요. 그 장대함은 인원 수와 기계가 아니라 실로 인인(忍忍)하여 뜻을 다하고 그치는 기백이니, 투철한 견인이 있는데 패배하고 그친 이는 미유(未有)하다 할지니라.

대개 견인은 원기요, 기타는 조직이라. 원기가 강고하면 밖의 숭앙이 절로 왕래하고 안의 강건함이 절로 증식하려니와, 진실로 원기가 한번 허하면 근육의 강인과 피부의 윤활과 관절의 민완을 다 어느 곳에 사용하리요? 소승(小勝)해도 교만하지 아니하고 전승을 기약하며, 시초에 패배하나 좌절하지 아니하고 종국의 승리를 확신하여 노력하여 태만하지 아니하고 진전하여 휴식하지 아니하면 순환하는 천운이 길게 폐색하였다가도 반드시 형통하니라.

하물며 이로운 운수와 길한 기회가 본디부터 유지(有志), 유위(有爲), 능근능인(能勤能忍; 능히 근면하고 참음) 하는 이를 위하여 존재함이라. 링컨이 남군의 강대를 좌절시킴도 이것이요, 넬슨이 나폴레옹의 대군을 격파함도 이것이요, 가리발디가 장화 반도[50] 통일의 위업을 성취함도 이것이니라.

---

47 트라팔가(Trafalgar) 해전을 의미한다. 트라팔가 곶은 스페인 남서쪽에 있으며 1805년 영국 함대가 프랑스-스페인 연합 함대를 이곳에서 격파했다.

48 넬슨(Horatio Nelson; 1758~1805)은 영국의 제독으로 미국 독립 전쟁과 프랑스 혁명 전쟁에 종군해 공을 세웠다. 1803년부터 지중해 함대 사령관으로 대서양으로 진출하려는 프랑스 함대와 대결했다. 1805년 트라팔가 해전에서 나폴레옹의 프랑스 함대를 격멸하였으나 이 해전에서 전사하였다.

49 가리발디(Giuseppe Garibaldi; 1807~1882)는 이탈리아 통일 운동에 헌신한 장군이다. 사르데냐 왕국의 이탈리아 통일에 '붉은 셔츠대'를 조직하여 기여하였다. 이탈리아의 국민적 영웅으로 추앙받는다.

50 이탈리아 반도가 장화처럼 생겼다 하여 이처럼 비유한 것이다.

11. 견인론 (2)

인생 전장의 용사에게 분전 격투의 주력을 묻는다면 또한 견인의 거포요, 지극한 강의(剛毅)의 원동을 찾으면 또한 견인의 석탄이라. 빈천에서 몸을 일으키고 간난에 뜻을 세워서, 혹 척수(隻手; 한 손)로 천일(天日)을 회전하고, 혹 고세(孤勢; 혼자)로 세계를 경륜하며, 혹 천지의 비장을 천명하고, 혹 현묘한 법문과 사해를 수색하며, 혹 세상을 기울일 재부를 쌓고, 혹 억겁의 공훈을 드리우니 그 과정과 역사가 심상하게 한 모양이 아님을 알지라.

고귀한 이상을 실현하려 할새, 인내로 거치는 환난이 얼마요, 원대한 경륜을 실시하려 하매 인내로 받는 조소가 무수하며 종국의 하나를 획득하기 위하여 시초에는 전부의 희생도 인내하고 큰 공공(公共)을 보전하기 위하여 작은 사사(私事)를 배척함도 인내하고 대의를 위해서는 혈육을 저버림도 인내하고 영생을 위해서는 죽음을 취함도 인내하니라. 고난을 밥으로 감식하고 핍박을 즐거움으로 향락하도록 견인, 또 견인한 뒤에 비로소 두상에는 월계관을 이고 수중에는 우승기를 잡은 것이라.

이 인내력과 강의한 기백이 소극적으로는 궁극의 비참을 감내하고, 적극적으로는 천만의 장애를 배제하여 넘어진 이는 부식(扶植)하고 무너진 이는 만회하고, 쇠퇴하였다가도 부흥하게 하고 패배하였다가도 승리하게 함에 불과하니라. 성인의 이로써 성(聖)된 바와 영걸의 이로써 영(英)된 바의 심오한 극점에는 견인이란 수호신 있음이 공통한 사실이니라. 영재라도 인내하지 못하면 인내하는 범재에게 패배당하고 호걸이라도 인내하지 못하면 인내하는 범인에게 쫓겨나며, 차라리 궁극의 영재와 둔재는 견인으로써 비로소 판단되고 준걸과 용렬도 견인으로써 엄정히 결정된다 함이 가하니라.

시험 삼아 역사를 펼치라. 그 가장 영광스러운 책장을 점유한 인물은 실로 그 시대에 있어서 가장 품질이 탁월한 사람이 아니라 차라리 인내가 견강한 사람이며, 재기와 재간, 도량이 동등한 자들이 혹은 승리하고 혹은 패배하며 혹은 수류운공(水流雲空)에 귀일하고 혹은 세월이 다하도록 그 명성이 끝나지 아니함은, 필경 인내할 수 있는가, 인내가 견고한가, 또 인내가 극도에 달했는가의 여부에서 비롯됨을 분명히 볼 것이라. 인생의 성패에 대하여 견인의 귀중함이 어떠한지를 알 것 아닌가?

타인과 동일하기도 쉽지 않은 일이니 그 타인의 그 지위가 본디부터 용이하게 획득한 바가 아님이라 타인을 이김은 진실로 지난한 일이니라. 동등한 지위로부터 초월하고 동등으로부터 우승하자면 그만한 공력이 필요함이 물론이건대, 하물며 타인에게 뒤쳐졌던 것으로 추월하려 하면 타인에 패배하였던 것으로 승부를 가르려 함이랴. 금일의 추세를 논하는 자가 얼마큼 난색을 표하고 얼마큼 심사가 막힘은 결코 무리가 아니라.

만일 견인하는 이가 반드시 이로운 운수를 만난다는 천리가 없을진대, 어떤 사람이던지 심한 우려를 금하지 못할지라. 타인은 백주 대낮인데 나는 칠흑의 밤이요, 타인은 극락인데 나는 화택(火宅)[51]이요, 타인은 양춘(陽春)인데 나는 엄동(嚴冬)이요, 타인은 교목인데 나는 조라(蔦蘿; 겨우살이)니라. 이를 인지하면서 계획이 없는 자는 수치를 부지함이요, 계획을 수립하면서 어려운 줄을 지각하지 못하는 자는 사리에 혼미함이요, 어려운 줄을 지각하고서 얼마큼 심사가 운동하지 아니하는 자는 도리어 신경이 둔감한 사람이라 할지니라.

그러나 장자(長者)가 무엇이오? 소아로부터 신체와 지혜가 장성

51 세속의 번뇌를 불에 비유해 이승을 불난 집으로 이르는 말, 극락과 짝을 맞추고 있다.

한 이요. 부자가 무엇이오? 빈자로부터 재화를 저축한 이요. 문명이 무엇이오? 몽매와 저열이 개발하고 강장된 것 아닌가? 신체와 지혜를 양육하기에 주력하야 장자 되도록 인내하는 소아로 장자 되지 못할 이가 어찌 있겠으며, 산업을 증식하기에 주력하여 부자 되도록 인내하는 이로 부자 되지 못할 이가 어찌 있겠으며, 교화(教化)와 재주, 능력을 발달하기에 주력하여 문명 · 부강한 지경에 이르도록 인내하는 이로 문명 · 부강하지 못할 이가 어찌 있으리오?

아라비아의 조야함으로도 대인아(大忍兒) 마호메트를 얻어서 견인과 큰 인내로써 세계적 대건설을 능히 이루고, 스코틀랜드의 질박함으로도 대인아(大忍兒) 녹스[52]를 얻어서 지극히 거대한 인내로써 세계적 대창설을 능히 이룬 것처럼 진실로 의지가 있고 실천이 있으면서 철저하게 인내로 위주하는 이라면 천하에 성취하지 못할 일이 하나도 없을지니라.

날이 저물고 길이 막혔을지라도 비탄은 무용할지니, 해가 지면 달이 나오지 아니하며 금일이 다하면 명일이 계속되지 아니하는가? 일은 어렵고 계획이 성글다고 낙심하지 말지니 부박을 단련하면 강인을 이루고 한만을 조직하면 치밀을 이루지 아니하는가? 아무리 궁지에 몰린 이와 난국에 처한 이라도 우려할 바는 지경의 궁박함과 국면의 곤란함이 아니라, 실로 낮에서 밤까지 지금에서 내일까지 부박함에서 견강함까지 한만함에서 치밀함까지를 능히 인내하는 여부라. 이야말로 깊이 자성(自省)하고 크게 치성할 바니라.

대개 만사 최후의 성패는 시간으로써 결정되는 것이라. 전에 번영하다가 후에 처량한 자가 많고 일시는 적막하나 만고에 번화(繁華)하는 자도 있으니, 고로 일체 사물의 진가를 논해서 정할 표준은

52 녹스(John Knox; 1514?~1572)는 종교 개혁자로 칼빈파 스코틀랜드 교회 및 청교도주의의 창시자이다.

그 실력의 강약이요, 실력의 강약을 엄정하게 증명하는 것은 감내와 지구력, 곧 견인력이라. 능히 견인의 의의를 인식하고 견인의 결심을 가질진대, 일시의 굴욕과 쇠약이 영구한 지위와 세력에 어찌 있으리오?

타인과 동등하도록 견인할 따름이요, 타인에 우월하도록 견인할 따름이요. 견인으로써 비회(否會; 막힌 때)를 쫓아 버리고 길한 운수를 맞이할 따름이요, 견인으로써 최후의 승첩을 얻을 따름이요, 견인으로써 영원한 승첩을 얻을 따름이니라. 나폴레옹이 가로되, "승첩은 최후의 5분간이라." 하니, 절세 영재로도 오히려 최후까지의 견인을 득의한 전장의 최대 능사(能事)와 성공의 비결로 삼으니 하물며 역경의 범인이 지대한 시험을 당면함이랴.

-『자조론(自助論)』 변언(弁言)[53]-

12. 서구 철인의 명언

- 세계를 움직이려거든 자기부터 움직이라. - 소크라테스
- 너의 흉중에 양심이라는 하늘이 주신 보물 등불을 꺼뜨리지 말라. - 워싱턴
- 곤란이 마음을 강건하게 함이 마치 근로가 몸을 강건하게 함 같으니라. - 세네카
- 세세한 모래가 산악을 만들고 순간이 세월을 만드느니라. - 영
- 정직이 최상의 책략이니라. - 프랭클린

53 이 글은 최남선의 『자조론』(신문관, 1918)에 수록되어 있다. 이 책은 스마일즈(Samuel Smiles)의 "Self Help"(1859)의 일본어 번역서를 중역한 것으로, 원문에 대한 최남선의 해석 내지 논평 성격의 변론을 거의 매장에 삽입하고 있다.

- 고약한 세계를 개량하는 방법은 옳은 세계를 창건함이니라. - 에머슨
- 이 세상에서 선행을 하려 하는 자는 결코 남의 시비나 험담을 일삼지 말지어다. 사람이 마땅히 파괴하는 이보다 건설하기를 힘쓸지니라. - 괴테
- 작은 죄가 항상 큰 죄의 앞장을 서느니라. - 라신
- 적대자 없는 이는 동무도 없느니라. - 테니슨
- 동무가 되어 너를 이롭게 못하는 자는 적이 되어 너를 해롭게 할 때가 있으리라. - 겔러트
- 오래 살려고 하지 말고 좋게 살려고 하라. 생명의 장단을 세월로 정하려 말고 사업으로 정하려고 하라. - 왓킨스
- 한 번 행해진 일은 두 번 행해지리라. - 디즈레일리
- 자기의 비밀을 이야기함은 어리석음이요, 남의 비밀을 이야기함은 죄니라. - 썬손
- 우리의 품성은 천생과 수양이 공산(共産)한 물건이니라. - 가필드
- 너에게 가장 가까이 있는 의무를 다하라. 그리하면 제2의 의무가 저절로 명백하여지리라. - 칼라일
- 둥근 구멍에 들어가려 하면 자기 먼저 공이 되어야 할지니라. - 엘리옷
- 만족은 고통의 탈각으로써 성립하느니 이것이 곧 생존의 적극적 요소니라. - 쇼펜하우어
- 명성은 고귀한 행위의 방향이니라. - 소크라테스
- 목적은 알과 같으니 까서 행위를 만들지 아니하면 곯기 쉬우니라. - 스마일스
- 유쾌함을 기대하는 것이 문득 유쾌함이니라. - 레싱
- 세상에 행복, 불행이 둘 다 없는 것이요, 오직 양자의 비교가

있을 따름이니라. - 뒤마

- 양심이 하느님의 말씀이니라. - 바이론
- 역사가는 뒤로 돌아다보는 예언자. - 슐레겔

13. 알프스 산 넘이 (1)

고별하옵기는 고향의 춘색(春色)이 바야흐로 무르녹아 꽃향기가 융복(戎服)을 적시고 경편한 바람이 정벌의 깃발을 날릴 때옵더니, 어느덧 꽃도 지고 녹음도 이울고 기러기도 남으로 돌아가고 알프스 산 밑에 도착하여서는 이미 눈앞에 충만한 상로(霜露)가 철갑을 냉각하는 철이 되었사외다. 간신히 한 환난을 지내면 다시 한 환난을 만나는 이 행군의 신고(辛苦)를 얼마큼 요량하실 줄 믿삽거니와, 알프스 산 천부의 험요한 횡단은 환난 중의 환난이요, 모험 중의 모험이라. 참담한 지경을 어찌 필설(筆舌)로 다하오리까.

마천(摩天)의 연이은 봉우리가 층층, 첩첩히 이탈리아의 국경 수천 리를 에둘러 마치 우주 간에 한 구별을 그어 놓은 듯하니, 풍운을 타는 선학(仙鶴)은 모르고 운우를 모는 천인(天人)은 모르거니와 나무 끝에 매달려 다니는 잔나비도 오르기를 어려워하고 이골 저골을 단숨에 뛰어다니는 맹수라도 지나기를 근심할 것이외다.

이번 거사가 진실로 공전절후의 모험이거니와 우리 한니발 장군의 이 행군은 부득이함에 나온 결사의 장도(壯圖)외다. 우리에게 만일 지중해를 내 물건같이 횡행하던 전일의 굳센 해상권이 그대로 있고 우리에게 지중해 연안 여러 땅을 위압하던 전일의 큰 해군력이 있기만 하면 로마 성하(城下)의 맹(盟)[54]쯤에 구태여 이 현군(懸

54 성하지맹(城下之盟)을 풀어서 쓴 것으로 적국의 수도에서 항복, 강화 조약

軍)[55] 만리의 원정까지 하오리까?

슬프다! 에그사 섬 주변의 해전[56]에 우리 함대가 거의 전멸하여 버린 후로 해상권이 아주 로마의 장악으로 돌아가고 지중해 해상이 적군의 횡행, 활보하는 장이 된 지 이미 20년[57]이로구려. 금일의 카르타고는 의뢰할 만한 함대가 있지 아니하며 건너갈 수 있는 바다가 있지 아니하오구려. 바다는 건널 수 없고 함대는 믿을 것 없을지라도 로마는 기어이 한번 응징하여야 하겠구려.

우리 한니발 장군의 결사의 장도(壯圖)를 말미암아 바다 없고 배 없는 우리 카르타고가 이제야 연안을 마주한 적국으로 침입할 길을 얻은 것이올시다. 금일의 우리 카르타고는 이 행로밖에 정벌의 진로가 없습니다. 한니발 장군의 이 장도밖에 일거에 로마 본국으로 더불어 자웅을 결할 길이 없습니다.

사세(事勢)가 이미 이러하거늘 무엇을 주저하오리까, 무엇을 준순(逡巡)하오리까? 즐거이 진군의 명을 받은 자들, 전군 9만의 결사의 용사라. 살을 에는 듯한 알프스의 계곡 바람 속으로 정벌의 깃발 당당히 행진하는 의기는 과연 천지를 완전 삼키는 듯 생각되는지라. 산이 만일 심사가 있다면 손뼉을 치면서 이 진귀한 객(客)을 맞았으리라 하노이다.

일보를 오르면 일보가 더 바드럽고 한 단애를 지나면 한 단애가

을 받아내는 일을 의미한다. 로마 공화국의 수도 로마성에서 항복을 받는다는 것이다.

55 본대와 보급과 연결이 없이 적지에 깊이 들어간 군대를 이른다.

56 여기서 카르타고가 로마와 싸워 해군력을 잃었다고 서술한 전쟁은 1차 포에니 전쟁이다. 이 전쟁의 무대는 시칠리아 섬으로 중심지가 시라쿠사였다. "에그사"는 시라쿠사를 의미하는 것으로 보인다. 이 전쟁은 한니발의 아버지인 하밀카르 바르카(Hamilcar Barca; BC 270~228)가 사령관으로 참전하였다.

57 1차 포에니 전쟁은 기원전 264~241년에 벌어졌고, 한니발이 일으킨 2차 포에니 전쟁은 기원전 218~202년 사이에 일어났다.

더 험하여 심술궂은 산이 겹겹하고 전도가 옹색(壅塞)하여 우리 군행을 막는 듯하더이다. 그러나 일군(一軍)의 상하가 다 물에도 풀리지 아니하고 불에도 녹지 아니할 철석의 마음이라. 서로 격려하고 서로 의지하면서 줄곧 오르고 줄곧 나가옵는데 무수한 야만 토민이 양편 고봉에 둔영을 치고서 "우리 영토 안에 이족(異族)의 발자국을 하나도 내지 아니하리라." 하고 분노를 대발하여 궁노(弓弩)를 어지러이 투하하더이다.

싸라기같이 쏟아지는 시석(矢石)에 얼굴을 내어놓을 길 없사와 미상불 잠시 이곳에 정지하려 하기까지 하였더니 신기한 계책이 샘솟듯 하는 장군이라. 문득 한 계교를 내어 야음에 야영을 거두어 가지고 진군하였습니다. 무슨 까닭인가 하니 우습다, 야만 토민들은 주간에만 활동하고 밤에는 각기 저의 집으로 돌아가서 고봉의 방어가 공허한 줄을 탐지하였기 때문이외다.

14. 알프스 산 넘이 (2)

이렇게 일군(一軍)이 암담한 알프스 산 계곡의 심야에 순백의 빙설을 밟고 없는 길을 만들어 가면서 목적한 고봉으로 올라가는데 워낙 완만한 수만 대군이오니 전군이 아직 다 올라가지 못하여 동천(東天)이 이미 훤하였습니다. 야만 토민들이 잠을 깨었소그려, 그네의 활동할 시한이 왔소그려. 야간은 만물이 정지하는 때인 줄로만 짐작하는 그네의 자고 일어난 눈에 언뜻 우리 대군이 고봉을 넘어가는 광경이 들어오매 그 놀라움이 어떠하겠으리까?

그 경악이 금시에 분노로 변하였습니다. 그네가 산상의 대석(大石)을 뚤뚤 내려 굴리니 광광한 음향은 천주(天柱)도 분지를 듯 낙하하는 맹렬한 기세는 지축(地軸)도 부숴 버릴 듯 무시무시하기 이를 길 없습디다. 기막힙니다. 단애 밑의 아군이 연방 천장 계곡으로 쓸려 떨어지고 백장 암석에 부딪혀 깨져 백설의 토지가 문득 진홍의 핏빛 평원으로 변하고 성풍(腥風; 피비린내 바람)으로 낯을 씻기는 중에 돌은 뚤뚤 구르고 사람은 에고, 에고 부르짖으니 참혹한 당시의 광경은 저승이 옮겨온 듯한지라. 일행의 심사를 무슨 말로 그리오리까?

나남 없이 출정 길의 이슬이 되기로 본디부터 작정한 목숨이로되 하잘것없는 야만 토민과 이름 없는 싸움에 죽은 수만 동포의 원혼이야 어디가 귀착할지를 모를지니, 전우의 의를 생각하면 마땅히 야만인을 말살하야 망령을 위안할 것이나 돌이켜 생각하매 목적하는 주적은 로마가 그것이요, 예정한 계획은 주적을 불의에 공습함이라.

일각이라도 완만(緩慢)할 수 없음으로 형제 같은 동배(同輩)의 유택(幽宅)이 된 산악을 향하여 얼마 동안 목례를 하여 하직을 고하고 인하여 전진하니 앞산은 우리들을 맞이하여 갈수록 높고 계곡 길은 우리들을 기다려 갈수록 험하고 야만인들은 우리들을 가로막아 갈수록 완강하오그려.

이러한 험난함을 갖추 겪고 건투하며 분발한 지 8일 만에 간신히 전군이 알프스 절정에 다다라 늠름한 천풍(天風)에 쾌재를 부르기는 실로 제9일이올시다. 만장 준령에 북두성을 어루만지면서 멀리 망망한 이탈리아의 평원을 조감할 적의 유쾌함은 짐작이나 하삽소서. 어떻게 호기가 크게 발양하던지 창검을 두르고 그대로 뛰어내려 보려고까지 하였습니다.

15. 알프스 산 넘이 (3)

전군의 사기가 이에 일신하여 의기가 벌써 이탈리아 전역을 삼키고 심중에는 벌써 로마의 성문에서 성하(城下)의 맹(盟)을 맺기만 기다립니다. 그러나 알프스의 천험은 한껏 로마만 위하여 생긴 탓에 이탈리아로 면한 쪽은 중첩한 산악이 더욱 험준하고 더군다나 엄동의 빙설이 덥혔으며 내려가는 위험은 올라오던 위험보다 더한 모험입디다.

맹호 같은 층암은 풍설을 뒤집어쓰고 포효하며 모진 사자 같은 고봉은 깎아지른 듯해 여기도 여러 장이요, 저기도 여러 장인데 도검 같은 빙설이 처처에 예리하오그려. 일보를 차질하면 만사가 전부 그만이겠구려. 안하(眼下)의 계곡은 천장의 입을 벌리고 나를 삼키려 하는데 잘못하다가 이 비명(非命)을 당한 이도 적지 아니하였습니다.

창검을 지팡이 삼아 일보, 일보 전진할새, 걸음이 절반 미끄러짐이 절반이며 한 번은 내디디면 한 번은 넘어지니 실수, 실족하여 빙설의 귀신이 된 이가 비일비재하였습니다. 험하고 더 험하며 참혹하고 더 참혹해라. 운명을 천(天)에 의탁하고 무릅쓰고 행진할새, 한 곳에 다다라서는 쳐다보니 만장 절벽이요, 내려다보니 천장 단애며 길이 여기 끊어져 다시 앞이 없소그려.

더욱 용기를 고무하여 없는 길을 찾을 양으로 앞장섰던 한 부대의 병사는 부질없이 참혹한 원혼이 되어 다시 돌아오지 못하였습니다. 사람도 이미 그러하니 하물며 허다한 기마대오리까? 도저히 통과할 도리가 없습니다. 그러나 이대로 말기야 하오리까? 결사한 전군이 이에 바위를 부수고 산을 무너뜨려 행로를 굴착하기로 하였습니다. 천험(天險)을 돌파하는 공역(工役)이라 하니, 말로 듣는 후인(後人)은 장쾌히 생각하겠지만 당시 아군의 간난신고는 과연 견줄 데 없었습니다.

고된 정황이 이와 같으오니 여기서 3일을 노숙하는데 한풍(寒風)은 쓰리게 살을 에고 빙설은 날카롭게 뼈를 찌르는 중에 불 한 덩이 쪼일 것 없고 나무 한 기슭 가릴 것 없이 지내는 고통은 이때까지 겪은 고생보다 몇 곱이더이다. 이러구러 간신히 호구(虎口)를 벗어났지마는 고난이 아직도 다하지 아니하여 도처에 아군을 괴롭히오며 천신만고로 산 밑 아오쓰 마을에 도착하기는 그 뒤 3일 만이올시다.

모험 중의 대모험인 알프스의 횡단을 필경 성취하니, 기쁘고 말고, 다시 두말이 왜 있사오리까? 당장에는 꿈인지 생시인지 스스로 정신을 차리지 못하였습니다. 시일을 허비한 것이 딱 반삭(半朔; 보름)이요, 9만 대군 중에 생존한 이가 겨우 2만의 보병과 6천의 기병에 불과하였사오니 이 두 사항만으로도 금번 장거의 참담한 정황을 십분 동촉하시리라 하노이다.

생존하였다는 이는 살이 내리고 뼈까지 여위어 얼른 보면 아귀(餓鬼) 떼와 다름이 없는지라. "아귀야, 아귀야, 네가 로마의 피를 갈구하는 아귀가 아니냐?" 하고 피차 농담하고 지냈습니다. 이 카르타고의 아귀가 돌연히 알프스의 천험을 답파하고 이탈리아의 평원으로 내달으니 적인의 놀라워함은 비길 바 없사오며 티치노 강변[58]과 트레비아 포구의 승전[59]으로부터 나아가서는 트라시메노 호반의 대승[60]에까지 우리 한니발 장군의 장도(壯圖)가 간 곳마다 공적

58 티치노(Ticino) 강은 스위스 남부에서 이탈리아 북부로 흐르는 강이다. 기원전 218년, 이 강변에서 카르타고 군과 로마 군은 이탈리아 영토에서 최초로 교전했고 카르타고 군이 크게 승리하였다.

59 트레비아(Trebbia) 강은 제노바 북동쪽에서 기원하여 포(Po) 강과 합류한다. 기원전 218년, 두 강이 합류하는 연안에서 한니발은 로마의 두 집정관 부대와 교전하여 2만의 로마군을 사살하였다.

60 트라시메노(Trasimeno) 호수는 이탈리아 중부에 있다. 기원전 217년에 카

을 크게 현양하여 천운이 아직도 카르타고를 박대하지 아니하는 줄 알았음에 은근히 기쁜 정을 이길 길 없기에 감동의 눈물로써 붓을 풀어 우선 대략을 적어 올리오이다.[61]

16. 삼림의 공용(功用)

오인(吾人)의 주거하는 가옥이 대개 목조임은 물론이거니와 가옥 중의 여러 구조이며 창호 등속이 또한 나무로 제조하는 것이요, 또 창호 · 벽 등은 나무의 섬유에서 산출하는 지물(紙物)로 도배하는 도다. 객실, 서재, 주방 할 것 없이 백반 집기가 나무로 제조 사용하는 것을 열거하고자 하면 어찌 그 번다함을 이기리오. 섶과 숯이 산림으로서 나옴은 진실로 물론이라 석탄은 고대의 수목이 장구하게 지중(地中)에 매몰하였던 것이로다. 섶, 숯, 석탄이 없으면 오인이 무엇으로써 음식을 조리하고 무엇으로써 동한(冬寒)을 통과하리요? 인생이 삼림에게 힘입은 바가 또한 크다 할지로다.

삼림 있는 처소는 공기가 항상 청정하나니 대개 식물은 동물이 산소를 흡입하여 탄산가스를 배출하는 반대로 탄산가스를 흡수하여 산소를 방산하는 때문이니라. 그뿐 아니라 큰 삼림은 능히 기후를 완화하고 공기 중에 다량의 수증기를 함유하게 하는 효력이 있느니 그러므로 삼림은 인생의 건강상에도 극히 유익한 것이니라.

삼림의 효용이 이렇듯 광대함으로 문명국에서는 이를 보호하여

르타고 군과 로마 군이 큰 전투를 벌였다. 로마 군은 2만 5천의 부대가 거의 전멸하고 집정관도 전사하는 등 대패하였다.

61 이 글에서 서술한 2차 포에니 전쟁은 기원전 218~202년까지 계속되었다. 초기에는 카르타고 군이 유리했으나, 결국 한니발은 이탈리아 내부의 점령지를 모두 잃고 기원전 202년 카르타고 본국의 자마(Zama) 전투에서 패배하고 로마에 항복했다. 이후 카르타고는 지중해 해상 강국의 지위를 잃었다.

수목의 양성에 치력(致力)하느니 대개 수목의 생장은 완만한 것이거늘, 벌목함은 일조(一朝)의 일이라. 함부로 재목을 벌채하고 그 양성의 책을 강구하지 아니하다가는 미구에 수목의 결핍을 탄식하게 되겠음으로 비롯함이니라.

산림 남벌의 지극한 폐해는 또 홍수의 환난을 면하지 못함이니, 비가 삼림의 위로 내리매 목엽이 지체시켜 전하여 점점이 낙하하여 이끼를 습윤하고 땅으로 침투하여 계곡수로 흐르면 대우(大雨)의 때에라도 범람의 우려가 없지만 동탁(童濯; 씻은 듯 깨끗함)한 민둥산에서는 일직선으로 분출하여 계곡을 연하여 하천에 방류됨으로 하류에 임한 촌락은 문득 홍수의 재난을 받느니라.

남벌의 폐(弊)와 독산(禿山)의 해(害)를 증명하는 것은 근래 조선의 산림이니 풍광이 이로 인하여 손상되고 생산이 이로 인하여 감소하고 인생의 수요, 이용이 이로 인하여 결핍됨을 한탄하고 민업의 대강이 이로 인하여 상해를 입으니 그 유형무형의 손실이 어찌 한량이 있으리오.

더욱 근역(槿域)은 풍토와 기후가 임산(林産)을 양성하기에 가장 적절하니 7분의 성의와 3분의 노력이면 고갈한 사토(沙土)라도 변하여 울창한 밀림을 이루기 쉽고 쉬울지라. 장구히 적나라한 산하가 장래의 소년에게 심후한 기망(期望)을 붙이느니, 아아! 어찌 융성한 장식으로써 저를 입히지 아닐까 보냐? 그리하여 아름다운 경관과 수요와 이용을 저에게 취하지 아닐까 보냐?

17. 조선의 비행기 (1)

인류의 역사는 문화 발전의 기록이요, 소위 문화의 발전이란 것은 절반 이상이 자연력과 항쟁한 사실이니라. 사람의 우주 간에 있음이 어찌 해속(海粟)[62]으로만 논할 것이오만, 그렇게 미세한 것의 분수로는 그 지력과 용기로는 도리어 감탄할 것이 있다 할 만하도다.

역사 있은 뒤 5천 년에 우리가 기록과 유적으로 아는 여러 가지 일은 인류에게 필요한 만큼 자연을 정복해야만도 하고 할 줄도 알고 능히 하기도 함을 우리에게 가르치느니, 저 불을 보라! 나무나 돌이 마주 부딪쳐 나는 자연의 불로부터 오늘날 가스, 전기까지 이르는 동안을 볼지라도 사람의 힘도 그리 업수이 여기지 못할 것을 알 만하지 아니한가?

초목의 과실이나 섬유와 조수, 어패류의 지육(脂肉; 기름과 고기)이나 모피가 우리의 먹이가 되고 우리의 옷감이 되기 동안에도 물론 여러 층위가 있고 오랜 연대를 지냈으려니와, 여러 가지 어수선한 것들이 다 오늘날만큼 발전되는 시대는 과연 그 노력과 모험이 막대한 것이니 전기, 증기를 응용하는 신비를 파쇄하고 조화를 이탈하는 여러 가지 일은 다 그리한 결과니라.

수레를 지어 육지를 정복하고 배를 지어 수계(水界)를 정복하여 이 두 경계는 거의 완전하게 사람의 세력권 안에 거둠을 얻었으며 또 거기서는 정복자의 행세를 마음껏 하였으나 공중 한 경계로 말하면 거의 인력 불가항의 구역처럼 아무 무기도 가지지 못하였고 아무 침략도 능하지 못하여 사람이 여간 재주를 부리고 힘을 쓴다는 것이 그저 지면 위에서 앙기작거릴 뿐이요, 구름에 탑승하고 바람을 세어하여 영연(泠然; 시원하게) 능하다 함은 몽상에 그칠 뿐이었거늘, 이에 대한 울분과 원한이 줄곧 사람의 영기를 촉진하여 드디어 일대의 거사를 조출(造出)해내니라.

곧 근래 십 수 년 이래로 천하의 이목을 격동한 비행(飛行) 운동

62 바다에 뜬 좁쌀이라는 뜻으로, 창해일속(滄海一粟)의 줄임말이다. 여기서는 인간의 미미함을 비유한 것이다. 소식(蘇軾)의 「전적벽부(前赤壁賦)」가 출전이다.

의 성공이라. 공중을 활보하기도 가능하고 공간을 충승(衝昇; 치받아 오름)하기도 가능하고 공중 사이에 정류하기도 가능하여 왕래와 동정(動靜)이 오직 뜻에 맞는 대로 하게 되니 이제부터는 오직 하나 남았던 공중의 경계도 이미 인류의 장악한 사물이 되었도다. 이 대성공이로다, 대사업이로다!

이 대사업은 어떠한 역사가 있느뇨? 들짐승이 부러워 수레를 만들고 물고기가 부러워 배를 지은 사람이 나는 새를 부러워하여 무슨 틀을 만들려 하는 생각을 내기는 아득한 옛일이니 여러 가지 전설로 그 몽상이 이제까지 오느니라. 그러나 가히 신빙할 것은 없으며 가히 증거할 만한 역사는 서양에 있어서는 서기 15세기 이후의 일이니 그 비행술 발달사는 대화가 이탈리아인 레오나르도 다빈치(1452~1519)로 위시하느니라.

그는 비행술 상압력(上壓力)[63]의 중심과 중력의 중심의 관계를 가장 먼저 인식한 일인이로되, 또한 실제 비행 운동가는 아니니라. 틀을 만들어서 날기를 시험하기는 1678년에 프랑스인 페 베스니에[64]가 새 날개로서 생각해내어 직각으로 구부린 4개의 공엽(空葉)[65]을 두 막대기 양단에부터 좌우 어깨 위에 평행으로 얹고 높은 곳에서 아래로 안전하게 비행하여 낙하하는 장치를 함으로 위시하니라.

그 뒤 60여 년, 1742년에는 또 박퀘빌(미상)이란 이가 원형의 긴 공엽(空葉) 네 개를 수족에 붙이고 물을 헤듯 공중으로 주유하는 방식을 안출하였으며 그 후 여러 가지로 기계를 안출한 이가 있었으되, 이것저것 할 것 없이 도무지 변변한 것은 하나도 없었으며 아

63 부력(浮力)이 아닌가 추정한다.

64 자물쇠공이었다고 하는데, 미국 워싱턴 디씨의 항공 우주 박물관(Air & Space Museum)에 날개 비슷한 장치를 장대 양쪽에 붙이고 절벽에서 뛰었다는 기록과 도상이 전시되어 있다. 나머지는 미상이다.

65 베스니에의 비행 도상을 보면 넓은 나뭇잎 모양의 판의 가운데가 공기를 주입하여 빈 듯하다. 이와 같은 장치를 "공엽"이라 이른 것으로 보인다.

무 신통한 진보 없이 16, 17, 18의 3세기가 지나고 그대로 19세기가 되었더라.

그러나 이 동안에도 거죽으로는 아무 들어난 것이 없었으나 속으로는 연구가 끊어진 적이 없었으며, 19세기가 된 뒤에는 지혜와 감각이 급작스레 진전하여 단순히 조류의 형태를 모방만 하려 들지 아니하고 비행의 원리부터 연구하여 여러 가지로 애를 쓴 뒤에 날개를 쓰는 비행 이외에 추진기, 가스 발동기 같은 것을 이용하여 비로소 오늘날과 같은 비행기가 출현하게 되니 비교적 이상과 실제가 조화되는 비행기는 실로 19세기 말, 20세기 초[66]의 산물이로라.

동양은 어떠하였는가?

광성자(廣成子)[67]라든지 열어구(列禦寇)[68]라든지 신선이라는 이가 구름을 잡아타고 바람으로 멍에 삼고 공간으로 비상하였다는 말은 또한 모를 일이요. 노나라의 공수자반(公輸子般; 哀公[69] 때 사람)[70]이 나무로 연(鳶)을 지어 송나라 성을 엿보았다든가, "문기둥마다 세 번씩 공격하고 올라탄 뒤에 돌아왔다."[71] 하였다든가 함은 만고 공인의 이름을 듣는 이의 일인즉, 있었던 일인지도 모를 것이라.

『제왕세기(帝王世紀)』[72]에,

---

66 오토 릴리엔탈이 1891년 처음 글라이더로 비행에 성공했으며, 라이트 형제는 1903년 발동기를 부착한 비행기로 비행에 성공했다.

67 중국 전설상의 신선으로 황제(黃帝)가 공동산(空同山)으로 그를 찾아갔다 한다. 『장자(莊子)』「재유(在宥)」가 출전이다.

68 『장자』「소요유(逍遙遊)」 출전으로 바람을 타고 하늘을 날았다 한다.

69 노나라 애공의 즉위 기간은 기원전 494~468년이다.

70 춘추 시대의 전설적 장인이다. 성이 "공수(公輸)"이고 이름이 반(般)이다. 노(魯)나라 사람이라 노반(魯般)이라고도 한다. 장인과 공인들의 신으로 모셔진다. 『묵자(墨子)』, 『맹자(孟子)』, 『한비자(韓非子)』 등에 두루 나오며 하늘을 나는 기구를 만들었다 한다.

71 『태평광기(太平廣記)』「노반(魯般)」에 나무로 연을 만들었다는 구절 다음에 나온다.

72 서진(西晉)시대 황보밀(皇甫謐; 215~282)의 역사서로 삼황(三皇)의 상고

기굉씨가 옥문관(玉門關)[73]을 떠나 4만 리를 가니, 능히 비거(飛車)를 만들어 바람을 따라 멀리 갈 수 있었다. 탕왕의 때에 서풍이 예주(豫州)에 불어 닥쳐, 그 수레를 부수어 백성에게 보일 수 없었는데, 10년에 동풍이 이르러 다시 그 비거를 만들어 바쳤다.[74]

라 하였으니 대체는 황당무계한 말일지나 또한 비행 사상이 어떻게 오래서부터 있어 온 것을 알 만하다.

이 뒤에도 여러 도서에 여기저기 발견되는 차등(此等)의 문자가 적지 아니하였으나 물론 실제적 비행가는 나오지 아니하였으며 근대에 와서는 러시아인이 비거(飛車)를 사용한다는 등 부제국(浮提國)[75]인이 강변의 오른쪽에 왔다가 수일 만에 날아갔다는 등, 타국인간의 소문이 많이 다녔을 뿐이라.

등옥함(鄧玉函; 게르만인으로 명나라 말에 중국에 내왕한 이)[76]의 『기기도설(奇器圖說)』[77]에도 인형의 도상을 게재하여 한때 호사가들의 극찬하는 바가 되었을 뿐이요, 근래에 와서 서구에서 그 기술을 연습하여 귀환한 이야말로 실제적 비행가의 효시라.

시대부터 위나라까지의 역대 제왕에 대한 사적을 정리했다. 참위 사상의 영향이 나타나며, 『사기』나 『한서』에 없는 내용이 있다. 모두 10권이다.

73 간쑤 성 둔황 현 부근의 관문으로 군사와 교역상의 요지였다.

74 인용문의 원문은 "奇股民, 去玉門四萬里, 能爲飛車, 從風遠行, 湯時西風吹至豫州, 破其車, 不以示民, 十年東風至, 復作車賜之"이다. 여기서 "奇股民"의 "民"은 "氏"의 오기로 보인다.

75 염부제(閻浮提)는 수미산의 남쪽에 있다는 상상의 땅이다. 남염부주라고도 한다.

76 슈레크(Johann Schreck; 1576~1630)의 중국 이름이다. 독일 출신의 예수회 선교사로 의사이자 과학자였다. 아시아의 식물학, 동물학을 연구하기 위해 항저우, 베이징에 체류했다. 중국 과학 연구의 선구자이다.

77 등옥함의 저술로 서양의 기계를 사전식 편제로 한자와 중국식 도상으로 해설하였다. 왕징(王徵; 1571~1644)과의 공저이다. 원제는 『원서기기도설록최(遠西奇器圖說錄最)』로 1627년에 출간되었다.

일본에는 별로 이렇다 할 사실이 없더라.

18. 조선의 비행기 (2)

그러면 우리 조선은 비행의 역사상에 어떠한 자리를 가지는가? 이것이야말로 우리가 깊은 흥미로써 한번 고찰할 문제거니와, 이제까지 인지한 사실만으로도 일대 경탄할 만한 것이 있도다.

물론 우리의 신화 중에도 여러 비행한 신이한 인물과 신이한 기사가 전래하지만 그것은 물을 것 아니요, 문헌으로 고증할 수 있는 것만 하여도 3백 년 이전에 이미 실제적 비행가가 있음을 알지니 3백 년은 물론 비행의 역사상에 최초의 연대로다.

신경준(申景濬)[78]은 영조 때 호남 순창군 사람이니 『훈민정음도해(訓民正音圖解)』의 저자요, 박학다식으로 당시의 명사거니와 일찍 거(車)의 제도를 대책으로 올렸도다.[79] 그중에 임진왜란 때, 영남의 고립된 성에서 바야흐로 중첩된 포위를 당하여 패망이 조석에 닥치더니 아무개라 하는 이가 성주(城主)와 더불어 매우 친하고 본디 기이한 술법을 가진지라. 이에 비거(飛車)를 만들어 성중(城中)에 날아 입성하여 그 붕우를 데리고 날아 탈출하여 30리의 지상에 낙하하여 흉기를 피한 사적을 적었으니 아직 신경준의 증거를 조사하지 아니하였으나 물론 신뢰할 문서요. 그 기이한 술법 운운이라 함은 당시인의 짐작하지 못할 일을 제출함으로 경이하여 기이한 술법으

78 신경준(1712~1781)은 조선 후기의 실학자로 자는 순민(舜民)이다. 동부승지, 병조 참지 등을 역임하였다. 지리학에 조예가 깊어, 『동국여지도』를 편찬하고 『산경표(山經表)』를 남겼다. 『수차도설(水車圖說)』, 『훈민정음운해(訓民正音韻解)』 등의 저서도 있다.

79 신경준은 「거제책(車制策)」이라는 이름으로 1754년에 수레의 제도에 대한 대책을 올린 바 있다.

로 돌려보냄일지라.

당시의 정평구(鄭平九)[80]란 이는 기인(奇人)으로 유명하여 시방까지 초부, 목동까지도 그 언행을 전파하거니와, 이 사람이 진주(晉州)에서 비거(飛車)를 지어 타고 꽤 먼 곳까지 왕래하였단 말이 전하느니라. 이것은 아직 문자상의 근거는 얻지 못하였으나 이보다 더한 문명상의 중대 사실이 문자로 전하지 아니하는 우리 조선에서는 문자 유무로 사실을 고거하지 못할 것이요. 또 창망함을 당하여 상하가 경황없는 당시에 우리 버릇으로 시정 필부의 일을 누가 구태여 전하였을까? 전설로라도 그 일을 전하여 온 것은 그 일의 크게 기이함에 말미암음일지며 신경준 씨의 대책 중 인용한 것도 혹 이 사실인지 모를 것이라.

요약하건대 공중이 조선인의 정벌을 당하여 일시 일부라도 정복이 되기는 줄잡아도 3백 년 전 일이며 공상도 아니요, 이론도 아니라. 실행가가 공중 세계를 친히 정벌한 일대 사실이니 서양으로 말하면 다빈치가 비행의 원리를 논증한 뒤 1세기 미만의 사적이요, 아직 비거(飛車)라고 허락할 것은 아니로되 어찌 되었던지 페 베쓰니에와 또 박퀘빌 등의 꿈 같은 계획보다도 1, 2세기씩을 앞섰으며 거(車)라고 허락할 기계가 생긴 때하고는 거의 3세기를 앞서는 도다.

물론, 신경준 씨의 전한 바와 정평구 씨의 제작한 바는 분명히 거(車)인즉 결코 페 베쓰니에처럼 날개를 부치는 것도 아니요, 또 박퀘빌처럼 방패를 가진 것 아님은 물론이거니와 아직 상세한 기록을 접하지 못하여 그 진정한 형상은 알 수 없음이라. 다만 전설

80 생몰연대 미상으로 전북 김제 사람이다. 진주 목사 김시민(金時敏; 1554~1592)의 휘하에서 화약을 다루는 임무를 맡았다. 대나무와 소가죽으로 큰 연을 만들어 일본군 진영을 화약으로 폭격했다 한다. 역시 신경준의 「거제책」에 언급되고 있다.

로써 가상하건대 그 구조가 자못 복잡하고 교묘하여 높이 상승하고 멀리 비행함을 다 능히 견디었음은 의심의 여지가 없을 듯하며 이는 물론 추후의 고거를 기다릴 것이니라.

원래 조선의 문명은 독창적이요, 숙성(夙成)함이 특색이지만 그 다른 측면으로는 일시적 · 고립적인 일대 폐단이 있었느니라. 고구려의 채광(採鑛)[81]에서와 백제의 재장(梓匠)[82]에서와 신라의 직조(織組)[83]에서와 고려의 자기에서 다 이 양대 특점을 볼 것이요, 가장 근세로 말하여도 활자나 장갑선[84] 등이 또한 적절한 사례 아닐 수 없으니, 이는 사회적으로 허다한 원인에 말미암음이라. 설명하기가 창졸간에는 곤란하거니와 비거, 곧 비행기도 또한 능히 운영과 제조가 계속되고 효용이 보편되어 보지 못하고 암중에 탄생하였다가 암중에 매몰된 것은 특별히 원통함을 이기지 못할 바이니라.

그러나 계속적으로 발전되지 못하고 보편적으로 전파되지 못함은 그 원인이 외적 압박이요, 내적 장애가 아니므로 지혜의 근원이 자재하고 영험한 기틀이 생동하는 바에 신이한 발명과 기묘한 창작은 거의 어느 세대에나 인재가 결핍하지 않음이요, 또 우리의 고유한 불기(不器)[85]의 재능과 무애(無礙; 막힘없음)의 재주가 발로되는 바에 한 사실, 한 물건의 발명이라도 다만 한 처소, 한 사람만 하는 것 아니라.

전후에 서로 전파하고 피차에 서로 인지하지 못함으로 동일한

---

81 고구려 영토 내에서 철광과 제련이 발달하였다는 『요사(遼史)』 등의 기록이 있다고 한다.

82 재장(梓匠)은 목수를 의미한다. 백제의 고분을 보면 목공이 뛰어났음을 알 수 있다고 한다.

83 『삼국사기』「신라본기」에 추석의 유래가 길쌈 경쟁에 있다고 한 기록을 근거 삼은 것으로 보인다.

84 이순신의 거북선을 근거로 삼은 것으로 보인다.

85 『논어』「위정」에 "군자불기(君子不器)"라는 말이 있다. 군자는 하나의 도구나 국면에 얽매이지 않고 두루 소통하여 쓰일 수 있다는 뜻이다.

사실이, 혹 두 곳에서 동시에 발생함도 있고, 혹 두 사람이 별도로 제작함도 있었으니, 남은 한 천재와 한 발명도 어렵다 하는 바인데 동시 혹 다른 시기에 동일한 사실에 수다한 천재를 보게 됨은 가히 우리의 탁월한 특질과 미질에 말미암음이라 할 것이로다.

비행기에 있어서도 또한 그러하니 독립적으로 서로 전후하여 창작한 이가 한둘이 아니로다. 이규경(李圭景)[86]이란 이는 정조 사가(四家)의 일인 아정(雅亭) 이덕무(李德懋)[87]의 손자로 우리 백과사전가[엔사이클로페디스트(encyclopedist)]의 거벽(巨擘)이요, 그가 편찬한 『오주연문(五洲衍文)』[88]은 동서고금을 망라한 일종의 특출한 유서(類書; 백과사전류)이니, 고증의 박람하고 정밀함이 희한한 것이라. 그중 「비거변증설(飛車辨證說)」이란 것은 곧 금일 소위 비행기에 관한 고거(考據)이니, 혹 고서에 근거하고 혹 전언(傳言)으로 증명하여 우리와 중국의 여러 가지 사실을 열거한 가운데,

어떤 사람이 말하길, 일찍이 원주 사람이 소장한 한 책에 곧 비거를 가죽으로 만들고 네 사람을 태우는데 고니의 형상으로 만들었다. 고복(鼓腹)[89]을 하여 바람을 일으켜 공중에 떠올라 백 장(丈)을 갈 수 있는데, 우연히 양각풍(羊角風; 회오리바람)을 만나서 전진하지 못하고 떨어졌다. 광풍을 만나서 나아가지 못하나 제도의 상세한 척도는 기록되어 있다. 전주부 사람 김시양(金時

86 이규경(1788~1856)은 조선 후기의 실학자이다. 평생 벼슬을 하지 않고 천문, 음운, 식물, 동물 등을 망라하여 『오주연문장전산고(五洲衍文長箋散稿)』를 남겼다.

87 이덕무(1741~1793)는 조선 후기의 실학자이다. 자는 무관(懋官), 호가 아정(雅亭)이다. 서얼 출신으로 정조에 의해 규장각 검서관으로 발탁되었다. 박제가, 유득공, 이서구와 함께 『건연집(巾衍集)』이라는 시집을 함께 내어 네 사람은 정조 대의 사가(四家)로 문명을 날렸다.

88 『오주연문장전산고』를 의미한다. 이 책은 최남선이 주도한 조선광문회의 발간 예정 목록에 들어 있었으나 발간되지 않았다.

89 배를 두드린다는 의미인데, 풀무질로 추정하기도 한다.

讓)은 말하길, 호서(湖西)의 노성(魯城)에 윤달규(尹達圭)란 이가 있어 명재(明齋) 윤증(尹拯)의 후예인데 교묘한 기구를 잘 만들어 또한 비거의 제도를 기록하여 두었다.[90]

라 한 것이 있으니 이는 다 물론 근거가 있는 말일 것이요. 또 전설에도 또한 이런 일을 전함이 적지 아니하니 비행 사상과 비행 사실이 조선에 있어 어떻게 숙성(夙成)하였음을 알 만하며, 그 발단이 또한 하나뿐 아님을 알지로다. 그러나 이제 와서는 실물이 전하지 아니함은 물론이거니와 그 성명도 알기 어렵고 기재하였더란 문서조차 행방을 알 수 없으니 우리 조선의 일상사라 하겠지만 이 또한 지극히 원통한 일이로다.

19. 조선의 비행기 (3)

그 실물이나 임자의 전하지 못함은 어떤 연고인가?

우리 근대의 사회적 습관으로 점잖은 이가 누가 공예상의 제작을 스스로는 발표하고 남은 칭송하며, 또 이로써 입신양명은 고사하고 잘못하면 요량 못할 곤욕과 예측 밖의 앙화나 부르기 쉬우니라.

누가 이런 일을 입에 오르내리고 글에 적으며 하물며 실물을 끼치거나 끔찍하게 보존하며 또 정평구 같은 난세의 일은 특별하거니와 그렇지 아니한 것들은 여간한 향촌(鄕村)의 한미한 인사가 이론을 실제화하여 기구를 만들어 썼다 할지라도 무슨 주제에 그다지 크고 튼튼하고 어우러진 것이 있으리오? 어디로 보든지 전하지

90 「비거변증설(飛車辨證說)」의 "원주와 노성에 비거의 제작법을 기록한 책이 있다"는 문장에 주석으로 붙은 부분이다. 윤달규는 실존 인물이라고는 하나 다른 사항은 미상이다.

못함이 괴이할 것 없도다.

충무공의 거북선이라든지 사조구(四爪鉤)[91] 같은 것이라도 만일 그러한 거창한 관계가 없었다면 오늘날 그 이름조차도 우리가 얻어 듣지 못하였을는지 모를지니 모르게 생겼다가 모르게 없어진 기이한 기물이 어찌 한정이 있다 하리오?

오늘날 와서 보니 비행기가 과학의 집대성이요, 시대의 총아로 최신 문화의 자랑이지만 그때쯤이야 물론 음험한 기교가 아니면 사특한 술법으로 배척을 당하였을지라. 누가 "나는 이런 노릇하는 이요." 하고 나섰겠으며, 설혹 당시에 혹 이름이 좀 있었기로 누가 그리 대단하게 서책에 드리워 전하여 주었겠으며 어찌하여 파묻힌 한미한 인사의 붓끝에 전하였기로 그 글월이 없어질 때에 그 이름만이 어찌 전하리오?

조선에 있어 그런 종류의 사업한 이의 이름이 전하고 전하지 아니함은 반드시 그 일의 유용, 무용과 대사(大事)거나 소사(小事)임에는 조금도 관계가 없었느니 도무지 기술상 운영을 대단히 알지 아니한 연고라.

누가 신라 만불산(萬佛山)[92]의 작자를 알며, 경주 미륵상(彌勒像)[93]의 작자를 아는가? 고려의 자기가 그리 오래고 대단하건만 명공의 이름이 하나나 전하며 활자가 그리 긴요하고 소중하고 나무로 구리로 쇠로 변천이 많은 것이지만 창의한 이의 이름이 누구인지 전하였는가? 원각사 탑은 엄연히 그 신공이 남아 있고 그 연대 또한

91 이순신이 근접전에서 적선을 끌어당기기 위해 창안한 병기로, 쇠갈퀴 네 개로 이루어졌다고 한다.

92 신라 경덕왕 대에 1길 남짓한 모형 산을 만들어 당나라에 진상했다는 기록이 『삼국유사』 「탑상(塔像)」에 나온다.

93 7세기 전반에 제작된 것으로 추정되는 경주 단석산 신선사 마애불상군을 가리키는 것으로 보인다. 신라 최초의 석굴 사원이라 한다. 국보 제199호로 지정되어 있다.

4백 년 안짝의 것이요, 나라에서 치성하여 한 것이로되 누가 그 장인을 아는가?

『대동여지도(大東輿地圖)』는 그 소중이 어떠하며 필요가 어떠하며 문자에 인연 있고 정치에 관계됨이 어떠한 것이리오만 그 작자가 수십 년 전까지 생존하였으되,[94] 세인(世人)이 그 이름을 일컫는 이 없는 것을 보면, 과거 보고 당론하고 권세를 추종하고 토호질하고 명예를 갈구하고 탐학을 행하기에 아무 효력 없는 비행기 같은 것 만드는 이의 이름이 후세에 전하지 아니함이 또한 진실로 마땅하도다. 크게 유위(有爲)한 천재가 크게 유용할 경륜으로 가장 성과 없고 가장 명성 없을 밖에 없었으니 만고의 유지(有志)한 인사들이 한소리로 통곡할 곳이로다.

무릇 문화는 공간상 전파와 시간상 지속을 가지고 비로소 발전하는 것이니 우뚝이 고립된 천재와 잠깐 발흥된 사업은 그 가치와 영향은 어찌 갔든지, 발달이란 점에 있어서는 아주 하잘것이 없는 것이거늘 불행히 우리의 문화상 공적은 이 폐단에 병든 것이 적지 아니하도다.

근세 문화 촉진의 원동력이 된 활자로든지 근세 해상의 공격, 수비에서 대표자가 된 장갑선이라든지, 다 조선이 세계의 선진임은 이미 널리 세계의 공인을 받은 일이거니와, 그러나 그 세계상의 공훈은 진실로 미미한 것이요, 서구의 발명에 대하여 광채가 크게 손상됨도 사실이요, 금일 세계의 활자와 장갑선이 반드시 우리에게 배운 것 아님도 거의 사실일지라. 선편을 취하여 가지고 후진에게 조아릴 밖에 없이 된 일을 생각하면 감개를 어찌 능히 그치리오.

물론 우리 선인의 발명과 창작도 능히 유전(遺傳)되고 능히 전승

94 『대동여지도』의 작자인 김정호(金正浩)는 생년은 미상이나 1866년에 사망하였다.

되어 능히 공효와 과정을 누적하고 결락을 보수하여 전진하여 그치지 않을 수가 있었더라면 벌써부터 우리 공간에 허다한 용사와 편리한 기계를 떠안고 지냈을 것이라. 우리 공훈과 영예가 얼마나 대단하고 심원하고 장구하고 영광스러웠을 줄 생각하면 새 힘과 새 바람으로 크게 분발하지 않을 수 없도다.

우리가 이 편을 서술함은 우선 비행기라는 시대의 새 총아도 실로 우리에게 있어서는 곰팡내가 난다 싶은 묵은 것임을 말하여 이로써 활자와 한가지, 장갑선과 한가지로 창작자의 공명은 마땅히 우리 것일 것을 발표함이거니와, 또한 이런 때를 모르고 잠자는 이에게 시대에 대한 새 자극을 주자는 깊은 의도도 없지 아니하노라.

–『청춘』[95]–

20. 모내기

한줄기 한줄기 비가 나려와
어느덧 논마다 물이 흥건해
오래 목말라하던 여름 일꾼의
기다림을 하루에 느긋케 하니

한군대 한군대 사람이 나와
어느덧 온 들에 희게 덮이어
고마움과 즐거움 섞인 노래를
높다라니 부르며 손 바삐 놀려

95 이 글은 『청춘』 4호(1915.1)에 「비행기의 창작자는 조선인이라」라는 제목으로 게재되었다.

한 모슴 한 모슴[96] 모를 심으니
어느덧 한 벌이 파라니 깔려
한해 농사 처음일 거침새 없이
물 흐르듯 잠시에 끝나갑니다

새물자리 얻어서 열음 열 동안
편안히 지내게 된 벼줄기들이
생기 있어 바람에 한들거림은
살 곳 얻은 기쁨을 자랑함이오

풍년으로 부지런 삯을 탈 때에
한몫 받을 터전을 마련해 놓고
흥에 겨워 일꾼들 엉덩춤 춤은
먹을 것 얻어놓은 기쁨이외다

21. 칭기즈 칸

근래 동양 민족의 각성이 이목을 우뚝 요동하니, 서구인 중에 황화론(黃禍論)[97]이란 것을 주창하여 "만일 동양인으로 하여금 자유로 그 역량을 신장하게 하면 지나간 13세기의 살육 시대를 재현할까 두렵노라." 하는 자가 있도다.

이른바 살육 시대란 것은 역사가가 공포함을 이기지 못하여 조

96 모슴은 세는 단위로 길고 가느다란 물건의 한 줌 안에 들어오는 정도의 분량을 이른다.

97 19세기 말 20세기 초에 백인의 문명과 사회가 황인종에게 위협받는다는 주장이 구미에서 널리 주장되었다.

출(造出)한 어휘이니 몽고의 영웅 칭기즈 칸이 강병(强兵)을 인솔하고 유럽과 아시아를 석권하며 살육을 자행하던 시대를 지목함이니라. 대저 유사 이래로 패권의 웅대함을 칭하는 자, 알렉산더, 케사르, 칼로로,[98] 나폴레옹 등 무수하지만 규모의 장대하기와 판도의 광활하기로 칭기즈 칸을 초과하는 자가 고래로 전무하도다.

그가 유목민 간의 한 추장의 몸으로써 동아시아 대흥안령(大興安嶺)의 서방 야블로노비 산맥[99]의 일각에서 발기하여 유럽과 아시아 양대륙을 횡단하여 약취(略取)한 나라가 40이요, 정복한 민족이 무릇 720부라.

횡으로 논하면 흑해, 이해(裏海; 카스피 해), 볼가 강변으로부터 흑룡강, 흥안령, 황하 하류에 미치고 종으로 논하면 페르시아 만, 아라비아 해, 인더스 강, 티베트, 황하로부터 우랄 산맥, 오브 강, 예니세이 강, 바이칼 호수 북방과 흥안령에까지 다다랐으며 또 그 자손에 이르러서는 더욱 그 판도를 확대하여 중국, 고려, 중앙아시아 전부, 인도 북부, 러시아의 태반과 인더스 강, 에우프라트 강[100] 사이의 남부 아시아까지도 영유하니라.

칭기즈 칸의 성은 극특(隙特)[101]이요, 이름은 테무진(鐵木眞)이니 서기 1162년(우리 3495년)[102]에 탄생하니라. 13세 때, 생부를 잃고 그 후사를 이었더니 부조(父祖) 이래 예속하였던 여러 부락이 그 유약

98 미상이나, 14세기에 중앙아시아에 대제국을 건설한 티무르가 아닐까 한다. 그의 별칭이 크라겐이기도 하다.

99 현재 러시아 영토로 바이칼 호의 동쪽에 위치한다.

100 브라마푸트라(Brahmaputra) 강으로 보인다. 중국 티베트 고원 남부에서 방글라데시로 흘러가 벵골 만에 이르는 큰 강이다.

101 칭기즈 칸의 부족명이 "보르지긴(博爾濟吉特)"이다. 테무진이라는 이름에 부족 이름을 붙여서 성씨처럼 사용했다고 한다. "극특(隙特)"이 이 보르지긴을 가리키는 것인지 다른 의미가 있는지 미상이다.

102 최남선의 원문 괄호이다. 단기(檀紀)를 "우리"라 표기한 것이 흥미롭다. 한편, 칭기즈 칸의 생년은 1155년, 1162년, 1167년 등 여러 가지 설이 있다.

함을 모멸하여 반란하고 이탈하는 자들이 허다하고 사방의 강적이 겨끔내기로 침략하는지라.

이러므로 테무진이 항상 병마에 총총하였으며 전투가 이롭지 못하여 간신히 위기를 모면한 적도 무수하였더라. 일찍이 적에게 쫓겨 산림 중에 은닉하였더니 마침 가지 위에 인간의 자취가 이르지 않는 산림 중에만 서식하는 조류가 있기 때문으로 적군이 추적하였건만 화를 모면한 사적이 있더라.

테무진이 이렇듯 간난한 중에 처하여 점차로 담력을 배양하고 병술의 기략에 통하여 드디어 원대한 패업을 성취하기에 이르렀더라. 성장하여 칸의 자리에 즉위하니, 그 거느린 바 용맹한 병사가 겨우 1만 3천에 불과하였건만 지략이 초절(超絶)하고 용인의 기술이 탁발하며 자기를 지킴은 심히 엄하고 남을 대우함은 힘써 관용하며 휘하에 임함이 공평하고 공적을 보상함이 돈후함에 명망이 점점 높아져 귀속하는 자가 나날이 많아지고 인근의 강력한 부족들이 또한 다투어 통하여 우호를 맺더라.

테무진이 이에 맹서를 체결하여 환난을 상조하는 조약을 정하고 또 군기를 엄히 하여 정병을 양성하고 정치와 법령을 명백히 하여 민심을 위무하니 이로부터 그 위망이 융성하여 향하는 곳마다 적이 없는지라. 1205년, 44세에 내외의 몽고를 통일하고 익년(翌年)에 추대되어 이 대판도의 군주가 되고 칭기즈 칸이라 칭하니 칭기즈 칸이란 것은 상사를 통일한 대왕의 뜻이니라.

당시 몽고의 인근에 거주하는 종족에 강대한 자가 셋이 있으니 서쪽의 나이만과 남쪽의 메르키트와 북동쪽의 타타르가 그것이라. 칭기즈 칸이 점차로 이들을 정복한 후에 금 제국의 군대를 대파하고 다시 병력을 서부 아시아로 진격하여 인도를 침략하고 러시아를 공격하고 1225년 2월에 국도(國都) 카라코룸[103]으로 개선하니라. 이후에 다시 남하하여 금나라를 정벌하려 하더니 별안간 중병에 걸려서 원래 의지를 대성하지 못하고 육반산(六盤山)[104]의 행궁(行宮)에서 조(殂; 임금의 죽음)하니 재위는 22년이요, 수는 66세라, 태조 성무 황제(聖武皇帝)라고 묘호를 붙이니라.

칭기즈 칸의 성품이 호방, 과단하고 소사(小事)에 구애받지 아니하며 일에 당하여는 안중에 타인이 없어 무고(無辜)를 죽인 것도 무수하니 일찍 중국 정복 후의 조처를 논의할새, 그 인민을 모두 도륙하고 전토를 가지고 일대 목장을 만들리라 하더라. 그러나 일면으로는 사람의 말을 선용하고 사람의 장점을 기약하고 완성시키는 덕이 있었느니라.

서아시아의 호라즘 제국[105]을 공격할새, 이 국가의 황자(皇子) 잘랄 웃딘[106]이 패잔병을 인솔하고 선전하는지라. 인더스 강변의 전투에서 칭기즈 칸이 생금(生擒)하고자 하여 크게 거병하여 사면으로 포격할새, 잘랄 웃딘이 종횡으로 분전하여 적군의 공격을 모면하고 급히 말머리를 전환하여 중첩한 포위를 격파하고 인더스 강으로 달려가 갑주를 벗고서 등에 지고 말을 채찍질하며 단애로부터 비약하여 강의 유수로 들어가 깃대를 휴대하고 앞의 강안으로 수영해 가는지라.

칭기즈 칸이 강안(江岸)에 추격해 이르니 여러 병사가 강에 투신

103 13세기에 약 30년간 몽골 제국의 수도였다. 몽골 제국의 5대 칸이자 원나라 초대 황제인 칭기즈 칸의 손자, 쿠빌라이 칸은 수도를 북경으로 옮겼다. 현재 몽골의 오보칸가이 주에 유적이 남아 있다.

104 중국 닝샤(寧下) 후이쭈 자치구 구위안(固原)에 위치한다. 칭기즈 칸은 금나라 정벌 중에 죽은 것이 아니라 서하(西夏) 정벌 중에 육반산의 군영에서 죽었다.

105 현재 우즈베키스탄 호라즘 주에 있었던 국가로 이란, 아프가니스탄 지역까지 영토를 확장하고 사마르칸트를 중심으로 하는 대국이 되어 동서 무역을 독점하였다. 칭기즈 칸에게 멸망당했다.

106 호라즘 제국의 제8대 술탄이다. 1219년 호라즘 제국이 칭기즈 칸에게 멸망당하자, 그 잔여 세력을 데리고 1231년까지 인도, 이란, 아제르바이잔 등지에서 세력을 이어갔다.

하여 추격해 체포하고자 하거늘, 칸이 만류하고 강안의 머리에 서서 여러 아들을 소집하고 한가지로 조망하니라. 잘랄 웃딘이 얼마 되지 않아 강 중류에 다다르고 추종하는 자들이 4천여 인이라. 칭기즈 칸이 감탄을 금치 못하고 돌아보며 가로되, "이것이 정히 너희들의 모범 삼을 바이라. 이와 같은 자식을 가짐은 아비 된 자의 복이라." 하더라.

송나라의 맹기(孟琪; 미상)가 칭기즈 칸의 풍봉(風丰; 아름다운 용모)을 서술하여 가로되, "대저 달인(韃人)[107]은 신체가 그다지 크지 아니하여 가장 큰 자라도 5척 3,4촌(寸)에 불과하며 또 비대한 자가 없고 모발이 심히 적으며 형상이 자못 추하거늘, 다만 지금의 달인 우두머리 테무진은 그 신체가 괴위(魁偉)하고 광상(廣顙; 넓은 이마)과 장염(長髯; 긴 수염)이 있으며 인물이 웅장하니 다른 달인과 다른 바이니라." 하니 이로써 그 풍채를 상상할지니라.

22. 물이 바위를 만듦

금일 지구의 표면을 보건대 상전(桑田)이 벽해(碧海)되고 벽해가 상전되는 것 같은 극렬한 대변천은 극히 희한하고 약간 변하는 것도 극히 좁은 구역에 그치니 전체로 보면 급격한 변화는 대체 없다 할 만하오. 그러나 자세히 주의하여 보면 서서한 변화는 주야 없이 줄곧 있는 것이요, 가령 비가 오면 금시에 강물이 흐려지나니 물이 흐림은 어느 산이나 들의 진흙, 모래가 많이 씻겨 내려온 결과요, 강하의 입해(入海)하는 곳에는 이러한 진흙, 모래가 점점 퇴적하여

107 원래는 몽고족 중 일부를 지칭하는 말이었으나, 점차 몽고족 전반을 이르는 말이 되었다.

삼각형의 주저(洲渚; 물가)가 생기오.

중국의 황하며 양자강 같으면 비가 오지 아니할 적에라도 늘 흐리오. 이것도 다 대륙의 진흙, 모래를 바다로 나르는 때문이라 하여도 가하오. 그러므로 세계의 허다한 강하가 해마다 육지로부터 해중(海中)으로 가져가는 토사의 분량은 퍽 많을 것이요, 그중에서 굵은 모래알은 강 하구 가까운 곳에서 가라앉고 가는 흙은 먼 해양에까지 흘러 나가서 나중에는 가라앉지요. 그러므로 바다 밑에는 늘 진흙이 쌓여서 새 토층(土層)이 생기오. 이러한 토층은 처음에는 참 부드럽지만 두터이 쌓이면 밑에 있는 놈은 위엣놈의 압력을 말미암아 점점 단단하여지다가 나중에는 견고한 암석이 되어 버리오.

이처럼 생기는 토층은 첨에는 수평이지만, 지각의 상승과 침강을 말미암아 한쪽이 올라오고 한쪽이 내려앉아 비스듬하게 기울고 일부분은 해면에 드러나서 육지가 되면 다른 부분은 그대로 해저에 숨어 버리오. 수상으로 드러난 곳은 또 점점 풍우에 마멸되어 진흙, 모래가 되어 바다로 나가고 그것이 가라앉아 해저에 새 토층을 만드오. 이 차례를 따라 연방 지각에 변화가 생기오.

이런 따위 진흙, 모래의 뭉치어 생긴 암석은 물속에 생긴 것임으로 수성암(水成巖)이라고 이름하오. 수성암은 다 층을 지었소. 그중에 왕왕 생물의 사체가 화석이 되어서 보존되는 것은 물속에 진흙이 모일 때에 그 가운데 떨어져 묻힌 것이요.

수성암은 이 모양으로 격지격지(여러 켜로) 생긴 것임으로 한 층만큼 그 생긴 시대가 틀리오. 또한 층마다 제가끔 해당 토층 고유의 화석이 하나, 혹 둘씩은 반드시 있음으로 원격한 곳에 있는 수성암에서라도 동일한 화석을 포함한 것은 동일한 시대에 생긴 것으로 인정하여 신구의 차례를 판단할 수 있는 것이요. 이 방법으로써 오늘까지 알아낸 수성암을 연구하여 그 전체의 두께를 측량하여 본즉 우리 리(里) 수로 백 리가 넘소.

해저에 진흙, 모래가 점차로 쌓이고 그것이 굳어서 두께 몇 십 리씩 되는 견고한 암석이 생기자면 무릇 얼마만한 세월이 드느냐 하건대 백 년을 일세기라 이름하여 시일의 최장 단위로 쓰는 우리들로는 도저히 상상하여 볼 수 없소.

해저에 새 토층이 생기는 원인은 다만 이뿐이 아니라 이 밖에도 여러 가지가 있소. 한 가지를 말하건대 바다의 표면에나 수중에도 미세한 충류(蟲類)와 조류 등이 수만 억이고 셈할 수 없이 많이 떠 있어 항상 수중으로부터 석탄, 규산을 호흡하여 딱지를 만들고 죽어 버리면 딱지만이 바닥으로 가라앉소. 깊은 바다 바닥에는 늘 위에서 이러한 충류며 조류의 딱지가 비처럼 내려오는 고로 퍽 큰 지층이 생기오. 대서양의 중앙에는 퍽 넓은 구간에 온전히 이런 따위 딱지만으로 바닥이 생긴 곳이 있는데 나중에는 이것이 굳어서 견고한 암석이 되는 것이오.

23. 확립적 청년

청년을 고독(蠱毒)[108]시키는 양대 악풍이 있으니 하나는 경현(輕儇; 빠르나 경망함)이요, 하나는 비겁이라. 전자는 만사를 통괄하여 천박하게 관념함으로 그 폐해가 부화에 이르나니 이런 무리는 세정(世情)의 내년에 투철하지 못하고 그지니라. 후자는 만사를 도무지 험난하게 요량함으로 그 결말이 타락에 이르나니 이런 무리는 인생의 실지를 실천하지 못하고 그치는지라. 그러므로 이 양독(兩毒)에 전염된 자에게는 저절로 세계 전체가 한 허구일 밖에 없으며 자기

108 뱀, 지네, 두꺼비 등에서 나오는 맹독. 중국 남방에서 유래했다고 한다. 이 독으로 사람을 처형하는 일을 이르기도 한다.

자신도 또한 한 환상일 밖에 없거늘, 다시 무슨 진정한 확실을 그에게 기약하며 무슨 박후고명(博厚高明)[109]을 그에게 기대하랴.

진리는 늘 중간에 있는 것일새, 세상사가 또한 쉬움 가운데 도리어 어려움이 있고 험한 중에 도리어 편함이 있어 오인(吾人)의 대하는 태도 여하로서 순탄함과 난삽함, 평탄과 왜곡이 사람마다 다르고 일마다 같을 수 없는 것이라. 궁극의 지난한 일이 어찌 있으리오만 오직 부화한 사람은 주변에서만 배회하고 핵심에 바로 충돌하지 못하므로 그에게는 쉬운 일도 쉽지 않고 어려운 일은 더욱 어려울 따름이요. 또 궁극의 험난한 일이 본디 없을 것이로되, 오직 타락의 사람은 중복된 산수에 길이 없다고 애초에 판단하고 어둔 버들 밝은 꽃 속에 한 촌락을 인하여 탐색하지 못하므로 그에게는 평탄한 길도 평탄하지 않고 험한 길은 배로 험할 따름이니라.

오호라! 세간의 사업이 진실로 부침이 없지 아니하되 일심으로 전력하면 소기를 종국에 달성하고 인생의 행로가 진실로 곡절이 많지만 결의하여 매진하면 신지(信地; 약속된 곳)에 반드시 당도하는 대경대법(大經大法; 지극한 원리와 법칙)을 확실히 인지하지 못하기 때문에 귀중한 인생을 허랑하게 포기하여 일생 사업이 북망산(北邙山)에 한 줌 흙을 첨가함에 그치는 자가 종종 있으니 또한 비참하지 아니하냐?

그러므로 나는 말하되, "인생 일대의 실제상의 발족(發足)점인 청년 시대에 처한 이가 명철하게 수련하고 신칙할 일대사는 근거 없는 명리(名利)의 마음에 사역되어 허공에 부랑하는 일 없고 또 환상, 허망한 목전의 작은 유혹에 견인되어 나락에 침몰되는 일 없이 오직 진실한 심지와 각고의 공부로써 자기의 현재에서부터 일직선

109 널리 두터우며 고상하고 현명함을 이르는 말로, 지성(至誠)을 설명한 『중용』 제26장에 나오는 구절이다.

으로 개통한 인생의 정중앙 대로로 정면 직행하기를 확고히 결심하여 정연한 보행과 의연한 태도로 소극적으로는 선현의 아름다운 행적을 밟아서 성공의 진전(眞詮; 참된 깨달음)을 지각하고 적극적으로는 어떠한 방면으로든지 자기에 적당하도록 선대를 받아들여 후배를 기르는 일신한 새 면모를 개벽함이라." 하노라.

과연 우리의 청년에게 금일만큼 희망이 풍부한 시대가 없도다. 그러나 또 청년들에게 금일만큼 위험이 허다한 시대가 없도다. 이러한 시대, 이러한 경우에 처한 청년이라면 경현(輕儇)의 병과 비겁의 폐에 함락될 계기가 진정 많거니와, 격동하는 풍조에 부침하는 시대의 청년에게는 실로 열 배, 백 배의 위험이 있는지라. 일보(一步)의 득실이 전 인생의 흥망을 결정하리니, 금일의 청년 된 이는 어찌 특별히 계신(戒愼), 공구(恐懼), 경성(警省), 척려(惕勵; 삼가며 면려함)치 아니하랴!

혹은 문명상 혹은 생활 주변, 그리고 만사와 모든 방면에 대응하기 가당한 일과 마땅히 향수할 이익으로 우리의 철완과 날수(辣手; 신속한 수단)를 기다리는 자들이 진실로 허다하니라. 전진하여 취하면 월계의 관도 내 수중의 물건이요, 금척(金尺)의 장(章)[110]도 내 분수 안의 일이로다.

그러나 이 시험장에는 나약자는 참여하지 못할 것이며 부박자가 참여하지 못할 것이라. 오직 자아의 가치를 정히 자각하고 일신의 근저를 확실히 부착하여 행사의 정당한 방도를 따르고 성공의 원리, 원칙에 부합하게 각고의 면려, 열심의 노력으로써 일보 일보 전진, 일층 일층 상승하는 우뚝 선 청년만 빛나게 장식한 무대에 영예를 가지는 화랑이 될지라.

110 대한제국의 최고 훈장이던 대훈위금척대수장(大勳位金尺大綬章)을 의미하는 것으로 보인다. 금척(金尺)은 태조 이성계가 꿈에서 천하 대권의 상징으로 얻은 것이다.

대공(大功)과 명성이 어찌 한 자신도 확립하지 못하고 한 자신도 견지하지 못하는 자의 사물이겠으며 정로(正路)를 탐방하는 감식과 행역(行役)을 감내하는 기력이 없는 자의 사물이랴. 능히 악풍을 배제하고 능히 양능(良能)을 빛나게 연마하여 어려움을 조화하여 쉬움을 행위하고 험함에서 비롯하여 평탄으로 전진하는 확립적(確立的) 청년이야말로 바로 한 남아요, 바로 한 대장부요, 바로 한 시대적 인물이니, 아아! 시대의 조류가 격랑하고 아득하게 무애(無涯)한데, 얼마큼의 청년이 능히 확립할꼬?

24. 급인전(急人錢)

영조 시절에 개성에 최순성(崔舜星)[111]이란 부자가 있어서 세업(世業)이 누거만이러니 부친이 돌아가시고 재산의 권리가 자신에게 돌아오니, 개연히 발심하여 가로되,

“일인의 부유는 만인의 빈곤이라. 어찌 만백성의 공물로써 일신의 사유로 충당함이 옳으리오? 더욱 나의 재산은 나의 노력으로써 얻은 바가 아니거늘, 창고 안에 홀로 저장하고 활용에 인색함은 화천(貨泉)[112]의 본의를 잃음이 심한 것이라.”

하고 가산을 통계 내어 1년 동안 빈객의 의식에 사용할 것을 제하고 그 나머지를 별도로 저축하고 이름을 급인전(急人錢)이라 하여, 가깝게는 친척과 붕우로부터 다른 군의 친지나 부지한 자들에

111 최순성(1719~1789)은 조선의 상인으로 자는 경협(景協)이다. 자선 사업에 기여가 컸으며, 『송도인물지(松都人物志)』에 행적이 소개되었다.

112 중국 신나라의 왕망(王莽)이 발행한 엽전으로 둥근 바탕에 네모 구멍이 뚫리고, 겉면에 “화천(貨泉)”이란 두 글자가 새겨져 있다. 이 “화천”이 돈을 이르는 말로 쓰인다.

게까지, 진실로 곤궁하여 스스로 생활하지 못하는 이라면 혹 전장, 혹 화폐, 혹 식량 · 포백으로 내어서 도우니라.

노쇠 · 불구 · 악질(惡疾)된 자 외에는 반드시 생계를 자립하지 못함이 인생의 치욕임과, 진실로 힘써 행하면 어느 때 어느 곳에서든지 생활의 물자를 얻을 수 있음이 하늘이 정한 원리임을 지성스레 설유하며 가로되,

"지금 나의 작은 시혜가 어찌 족히 그대의 대용(大用)[113]을 구제하리오만 구층의 대(臺)도 누적된 흙으로써 시작하느니라. 이로써 생활의 근기와 산업의 자본을 삼아서 근면히 나태하지 말진대, 백만을 자신에게 지니고서 능히 모았다, 흩었다 함을 어찌 변부(卞富)[114]에 미치지 못 할 줄이 있으랴!"

하여 기어이 독립 · 자활의 사람을 작성한 뒤에 그치며 능히 최순성의 뜻을 체득하지 못할 뿐 아니라 은혜에 버릇 없어져 자주 구하는 자가 있으나, 흔연히 구제해 주고 난색을 보이지 아니하니라. 사람들이 혹 은혜가 과도함으로 지적하면 문득 가로되,

"자기의 신세를 여러 번 남의 수중에 의뢰하려 하니 그 무치(無恥)를 알 만함이요, 적당한 기회를 얻었으되 능히 선용(善用)하여 독립 자존의 상쾌한 맛을 보지 못하니 그 무능함을 알 수 있음이라. 무치는 마음의 병이요, 무능은 몸의 병이니 심신이 모두 병 든 자를 다시 무엇으로 책망하랴? 다만 긍휼히 여길 필요가 있을 뿐이라."

하더라. 사람을 돕되 반드시 가장 요긴한 구석으로부터 베푸니 혼사에는 폐백으로써 하고 장례에는 옷가지와 관곽(棺槨)으로써 함 등이 바로 그것이며 또 "인생의 군색함은 오로지 큰 사용에만 의존할 것 아니라." 하야 일용에 필수의 물건을 무수히 구비하고 공중

113 사전적인 의미로는 큰 작용, 큰 구실이다. 여기서는 문맥상, 관혼상제 같은 대사를 의미하는 것으로 보인다.

114 「허생전」에 나온 변승업을 이르는 것으로 보인다.

의 통용에 제공하니 수레 · 가마 · 우마 같은 것, 원삼(圓衫) · 당의(唐衣) · 심의(深衣) · 단령(團領)[115] 같은 것으로부터 심지어 부정(釜鼎; 가마와 솥), 완간(碗盂; 사발, 소반), 장부(斨斧; 도끼 종류), 초삽(鍬鍤; 가래와 삽) 등속까지 사람이 모아서 쓸 만한 것들이 그 종류가 천백이니라.

기근이 든 해를 만나면 창고를 모두 넉넉히 구휼하며 사람들의 우환과 신고를 보면 까끄라기가 눈에 들어온 듯이 잠시를 인내하지 못하더라. 조소하는 자가 있어 말하되, "심하다, 노옹의 어리석음이여! 구하지도 않았는데 우선 시혜함으로 항상 남의 급한 사정을 구제하되 공덕의 칭송이 도리어 응당하지 못하는도다."하면,

"내가 남의 급함을 구제함은 오직 스스로 능히 그치지 못하는 정(情)으로써 함이니, 어찌 즐겨 시은자(市恩者)[116]가 되랴?"

하고, 더욱 알려지든 알려지지 않든 간에 돕고 베풂에 치력하니 현인이든 불초한 자이든 간에 최순성 옹을 이야기하되 고사(故事)를 이야기하듯 하더라.

넘어지는 자를 부축해 자립하게 하라. 다만 다시 넘어짐이 수치인 줄을 알게 하라는 주의로써 한 평생 선을 즐기고 베풂을 좋아하다가 정조 연간에 병 없이 졸하니 수(壽)가 71세라. 자제가 또한 선인의 유지를 이어서 급인전(急人錢)을 따로 저장하고 흉년을 만나면 조석 식사 때에 높은 처소로 올라가 연화(煙火)를 올려서 빈자를 살피고 금전과 식량을 몰래 시혜하며 자기에게서 나옴을 알지 못하게 하더라.[117]

115 원삼(圓衫), 당의(唐衣)는 부인의 예복이고 심의(深衣)는 선비의 예복, 단령(團領)은 관리의 공복이다.

116 이득을 얻고자 남에게 은혜를 베푸는 이를 이른다.

117 이 글은 『청춘』 12호(1918.3)에 게재되었다.

25. 정경(情景)

서리 낀 하늘에 학성(鶴聲)을 듣고 눈 내린 밤에 계명(鷄鳴)을 들어 건곤(乾坤)의 청절(淸絶)한 기운을 얻고 맑은 천공에 비조(飛鳥)를 보고 활수(活水)에서 노는 물고기를 보고서 우주의 활발한 기틀을 얻노라.

산의 달과 강의 안개에 철적(鐵笛)의 여러 소리가 문득 청신한 완상이 되며 하늘의 바람, 바다의 파도에 일엽편주가 큰 기이한 경치가 되는도다.

반오(半塢; 제방 위)의 백운(白雲)은 경작하여도 다하지 아니하며, 한 연못의 명월은 낚시질하여도 흔적이 없어라.

늙은 수목이 꽃을 피우니 더욱 생기의 울창하게 발발함을 지각하겠고, 가을 새가 혀를 놀리며 도리어 고요한 흥으로 하여금 소슬하게 하는도다.

눈 뒤에 매화를 탐구하고 서리 앞에서 국화를 방문하고 비 사이에 난(蘭)을 보호하고 바람 밖에서 대나무를 들음은 진실로 야인의 한가한 정취요, 또한 문인(文人)의 심오한 취미인져.

문을 닫으니 게가 곧 심산(深山)이요, 서적을 읽으면 간 곳마다 정토(淨土)로다.

간담(肝膽)이 서로 조력하니 천하로 더불어 추월(秋月)을 공동으로 나누려 하고 의기가 서로 허여하니 천하로 더불어 춘풍(春風)에 공동으로 앉은 듯하도다.

먹을 갊에는 병든 아이처럼 붓을 쥠에는 장부처럼.

검소로써 빈궁을 이기면 빈궁을 망각하며 시혜로써 사치를 대신하면 사치가 조화되며 생략으로써 누적을 제거하면 누적이 소멸하며 역(逆)으로써 마음을 단련하면[118] 마음이 안정되느니라.

깨끗한 책상, 밝은 창에 한 축 화첩, 한 주머니 거문고, 한 마리학, 한 사발 차, 한 향로, 한 부 서첩이며, 작은 정원 그윽한 길에 몇 송이 꽃, 몇 마리 새, 몇 평 정자, 몇 개 바위, 얼마간 못 물, 몇 조각 한가한 구름이로다.

심지상에 바람과 파도가 없으니 이르는 곳마다 청산과 녹수를 얻고, 천성 중에 화육(化育)이 있으니 닿는 곳마다 고기가 뛰고 솔개가 낢을 보노라.

들이 트였으니 하늘이 나무보다 낮고, 강이 맑으니 달이 사람에 가깝도다.

봄 산은 아름답게 웃는 듯, 여름 산은 푸름이 듣는 듯, 가을 산은 밝고 맑게 화장한 듯, 겨울 산은 참담하게 자는 듯.

산을 비 갠 뒤에 보니 맑은 기운으로 일신한지라. 청산이 문득 갑절 빼어나며 달을 강 가운데 완상하니 물결의 빛이 천 이랑이라, 명월이 끔찍이 광휘를 더하네.

눈을 그리는 이가 능히 그 맑음을 그리지 못하며, 달을 그리는 이가 능히 그 밝음을 그리지 못하며, 꽃을 그리는 이가 능히 그 향기를 그리지 못하며, 샘을 그리는 이가 능히 그 소리를 그리지 못하며, 사람을 그리는 이가 능히 그 정을 그리지 못하더라.

먼 산은 가을에 마땅하며, 가까운 산은 봄에 마땅하며, 높은 산은 눈에 마땅하며, 평평한 산은 달에 마땅하니라.

봄 구름은 산에 마땅하고, 여름 구름은 나무에 마땅하고, 가을 구름은 물에 마땅하고, 겨울 구름은 들에 마땅하니라.

달은 유의(有意)한 듯 창으로 들어오고, 구름은 무심하게 봉우리에서 나오는도다.

-육소형(陸紹珩) 『취고당검소(醉古堂劍掃)』[119]-

---

118 충언은 귀에 거슬린다[忠言逆於耳]는 격언에서 비롯된 표현으로 보인다. 거슬리는 충언으로 마음을 단련하라는 의미이다.

119 육소형은 명나라 때의 사람으로 1624년경에 나온 『취고당검소(醉古堂劍

26. 운명 (1)

일상에 생겨나는 이 일, 저 일이 내게로 달려들어서 우리의 운명을 좌우하는 것이 그 수가 백인지 천인지 모르는 것이로다. 그러나 우리들이 스스로 짐작하는 것은 다만 겉으로 드러나고 실제에 결과 짓는 절반뿐이로다. 달려들 듯하다가 달려들지 아니하고, 거의 내 몸에 덮칠 뻔하다가 드디어 덮치지 아니하고, 그대로 사라져 버리는 사건이 또한 무수하도다.

만일 우리들이 자기의 운명을 좌우하는 사건을 짐작할 뿐 아니라 아울러 우리들의 운명을 좌우할 뻔하다가 그대로 사라지는 암암리의 사건을 짐작할 수 있을진대, 우리 일평생의 희망과 외겁(畏怯)이 진실로 무한량일지로다. 데이비드의 일로써 증명할지니라.

데이비드의 기왕은 알지도 못하거니와 또 알 것도 없도다. 우리는 마땅히 방년 20세의 시골 소년으로 첨 고향을 떠나 보스턴에 있는 그 숙부의 가게에 심부름꾼이 되러 가는 도중에 있는 그로만 알 것이요. 그 이력은 소학교와 중학교에서 약간 교육을 받은 줄만 알면 그만일지로다. 시골 소년의 길이라 해 뜨자 떠나서 걷는 걸음에 줄곧 걸어 이미 한나절이 겨웠는데, 때는 6월 염천이라. 점점 피로도 하고 더위도 견디기 어려움으로 길 옆의 나무 그늘에서 쉬면서 합승 마차가 지나가거든 타고 갈 생각을 하였더라.

하늘에 닿는 큰 나무는 그늘이 무르녹고 곁에서는 밝은 샘이 솟아 흐르니 아무든지 길 가는 이가 이 뙤약볕에 응달을 만나 한번 다리를 뻗어 보려 하지 아니하리요. 데이비드가 우선 샘물에 타는

掃)』 전 12권의 저자라는 사실 외에는 미상이다. 이 책은 유불도의 서적에서 두루 명구를 채집하여 편집하고 다듬었으며 문체는 소품문(小品文)이다. 『채근담』과 비슷한 성격으로, 특히 일본에서 에도 시대 말기부터 널리 읽혔다.

듯한 목을 축인 뒤에 차차 등에 졌던 봇짐을 끌러 놓고 그 위에 무명 수건을 덮어 이것으로 베개를 삼아 반듯이 드러누웠더라.

울창한 나뭇가지가 막혀 불 같은 볕발도 데이비드의 몸에는 쪼이지 못하며 길은 어저께 큰 비에 축어 티끌 한 점 일지 아니하고 우거진 금잔디는 비단 보료보다 폭신폭신하다. 쫄쫄거리는 샘물은 귓가에서 풍악을 치는 듯, 간들거리는 나뭇가지는 이마 위에 춤을 추는 듯하니 데이비드의 마음이 취한 듯 어린 듯하다가 어느덧 한잠이 깊이 들었더라.

데이비드는 나무 그늘 속에 잠을 자지만 노상에는 깨어 있는 이도 적지 아니하겠다. 혹은 말을 타고 혹은 수레에 앉고 혹은 걸어서, 데이비드의 자는 앞으로 왕래하는 이가 이어져 끊어지지 않느니라. 혹은 앞만 보고 지나감에 그가 여기 있는 줄을 알지 못하는 이도 있고, 혹은 어쩌다가 그가 여기 누웠음을 볼지라도 제 마음의 바쁨에 쫓겨 별로 유심하지 아니하고 지나는 이도 있고, 혹은 그의 시름 놓고 자는 것을 보고 부러워하면서 지나는 이도 있고, 혹은 그의 길옆에서 자는 것을 나쁘게 여겨 눈살을 찡그리고 지나는 이도 있으며, 금주(禁酒) 회원은 마침 이 꼴을 보고 취객이 길옆에 죽은 사람처럼 넘어진 일례를 얻었다 하여 옳다구나 하는 이도 있어, 비웃음, 부러움이 가지가지로 데이비드의 신상에 모였더라. 그러나 데이비드는 하나도 알지 못하더라.

얼마 아니하여 한 쌍의 백마로 멍에한 현란한 경거(輕車) 한 채가 덜거덕거리며 달려오더니 이 나무 숲 앞에 와서는 별안간 딱 서니, 대개 비녀장이 느슨해져 한쪽 바퀴가 어그러진 까닭이라. 수레 위에 앉은 이는 늙고 조촐한 부호 상인 양주(兩主)라. 양주가 종자가 바퀴 바로 잡는 동안 나무 그늘에서 쉬려 하여 가까이 오다가 그 밑에 데이비드가 누운 것을 보고 처음에는 의아하여 2, 3보 뒷걸음을 하여 이리저리 데밀어 보고 간신히 마음을 놓고서야 이 깊이 잠든 소년을 놀래지 아니하도록 발을 가만히 옮겨 디디어 다시 나무 그늘로 나오면서 남편이 아낙더러 나직이 하는 말이,

"저 아무것도 모르고 자는 모양을 보라. 호흡하는 기색이 한없이 순한 것을 보라. 이는 속이 좋고 마음이 편하지 아니한 이가 아니면 저럴 수 없느니라. 만일 나로 하여금 저렇게 숙면함을 얻게 하면 내 수입의 절반을 떼어 준다 하여도 아끼지 아니하리라."

한다. 아낙은 바야흐로 바람에 한 짝 가지가 쓸려 한 줄기 볕이 소년의 낯에 쏘이는 것을 보고 팔을 내밀어 엉킨 가지를 풀어 가려 주면서 남편더러 나직이 하는 말이,

"아마 하늘이 이 훌륭한 아이를 우리에게 주시려 함인가 하노이다. 우리가 조카아이의 소행에 실망한 뒤에 우연히 이곳에 와서 이 소년을 상봉함은 진실로 우연치 아니한 일이외다. 또 자세히 보건대 생김생김까지 헨리와 흡사한 듯하외다. 저 애를 깨워 봄이 어떠하오리까?"

하니, 남편은 고개를 돌리면서 "아니 그리 급히 할 일 아니로다. 저 애의 근본도 알지 못하고 가벼이 할 일 아니라." 하는지라. 아낙이 얼마큼 망설이면서 "그러기는 하여도 저 숭굴숭굴한 생김과 시름없이 자는 꼴을 보시요." 하더라.

27. 운명 (2)

이제 한 개의 막대한 복이 데이비드의 신상에 왕림하였도다. 이 노부부가 독자(獨子) 헨리가 요절하여 누거만 재산을 상속시킬 이가 없음으로 먼 촌수의 조카 하나를 입양하려 하여 급기 찾아본즉, 그 사람은 소행이 불량하여 마음에 맞지 아니하므로 바야흐로 낙심천만하여 보스턴으로 돌아가는 길이로라. 사람이 이런 경우를

당하면 갖가지 상상을 베푸는 것이라. 아낙이 다시 "좀 깨워 보리까?" 한다.

이때에 마침 등 뒤에서 종자의 소리가 나며 "다 고쳤나이다." 하거늘 노부부가 이 소리에 문득 새 정신이 나서 손을 이끌고 수레로 오른다. 데이비드는 오히려 코를 쿨쿨.

노부부를 실은 경거(輕車)가 아직 5리쯤 갔을 둥 말 둥 할 적에 또 딴 사람 둘이 이 나무 그늘로 들어오더라. 둘이 다 목면 수건으로 얼굴을 싸매었음에 자세히 볼 수 없어도 낯빛이 시꺼멓고 의복이 상스러우며 또 여기저기 오점도 많이 묻었다. 이 두 사람은 이 근처로 돌아다니는 산적이러니 이제 그 장물을 나누려 하여 이 나무 그늘로 들어온 것이어라. 뜻밖에 데이비드가 누운 것을 보고 한 놈이 얼른 한 놈더러 소근거리기를

"얘, 너 저 베개 한 봇짐을 보아라."

한 놈, "그러나 선불리 하다가 잠을 깨면?"

한 놈이 얼른 품속으로 비수 자루를 조금 내어 보이면서, "이것이지." 한다.

두 놈이 얼른 데이비드의 곁으로 나오더니 한 놈은 비수를 뽑아 가슴에 대고 한 놈은 머리맡으로 가서 그 베고 자는 봇짐을 가만히 뽑으려 한다.

이때, 두 놈의 얼굴을 데이비드가 눈 뜨고 보았더라면 분명 악마가 온 줄 짐작하였으리다. 이때 마침 센둥이 개 한 마리가 코를 쫑긋거리고 연방 지상의 냄새를 맡으면서 이리로 달음질해 오더라. 한 놈이 어느 틈에 이를 보고 "얘, 가만있거라, 가만있거라. 개가 제 임자를 찾아 이리 오는가 보다." 한다.

한 놈은 비수를 품속에 집어넣고 한 놈은 브랜디 한 병을 주머니 속에서 집어낸다. 일이 될 뻔하다가 되지 못한 것을 스스로 조소하면서 돌려가며 몇 모금씩 마시는 동안에 각각 검은 얼굴에 붉은 기

가 돈다. 뒤에는 데이비드의 일을 잊어버리고 서로 농담을 주거니 받거니 하면서 다른 데로 가더라. 그래도 데이비드는 여전히 코를 쿨쿨.

한 시간 동안의 잠이 데이비드의 피로를 능준히 풀어 놓은지라. 이제야 몸을 좀 뒤튼다. 무어라고 입술을 쭝긋쭝긋 한다. 말소리는 들리지 아니하나 입안으로 반쯤 남은 잠꼬대를 마저 한다. 멀리서 나는 수레바퀴 소리가 은은하다가 굉굉하더니 가까워질수록 요란하여 금시에 덜거덕 소리가 지척 간에 온 것을 보니 한 량의 합승마차니라. 데이비드가 아연히 뛰어 일어난다.

"여기도 탈 사람 있소."

"상층에 빈자리 있습니다."

데이비드가 마차의 상층으로 올라가 앉았다. 가지가지 전도의 희망을 붙여 놓은 그리운 보스턴으로 달려간다. 신세진 그 샘물에는 한번 돌아봄으로 하직도 고하지 아니하고.

한번은 복의 신이 여기 와서 황금의 빛이 그 수면에 조영한 일이 있은 줄도 데이비드는 알지 못하는도다. 또 한번은 죽음의 신이 여기 와서 그 수중(水中)에 피를 들일 뻔한 일이 있는 줄도 데이비드는 알지 못하는도다. 흠, 그가 일평생 이런 줄을 알지 못하였도다.[120]

120 이 글은 호손(Nathaniel Hawthorne)의 「데이비드 스완(David Swan)」의 번역이다. 중간에 소녀가 등장하는 에피소드를 생략하였고 부분적인 생략도 많다. 그러나 다른 번역에 비하면 직역에 가깝다.

28. 이상

고상한 이상(理想)은 일조일석에 성취할 것 아니니, 제군은 모름지기 그 의지를 원대히 하고 간단(間斷) 없이 용맹정진의 노력을 점차 누적하여 대공(大功)을 미래에 기약할 것이요. 일시의 명성을 위하여 경거망동하다가 제군의 이상을 욕되게 하지 말지어다.

만일 급거히 그 이상을 실행하고자 하다가 기회가 불응하고 시세가 불리하면 이로 인하여 실망하며 이로 인하여 스스로 막아 버리고 혹은 마음을 상하며 혹은 세상에 해 끼치지 쉬우니라. 제군은 춘추가 부강하고[121] 전도가 요원하니 서서히 대성을 기약할지어다. 고인(古人)도 "대기(大器)는 만성(晩成)"이라 이르니라.

그러나 극구광음(隙駒光陰)이 인생을 기다리지 아니하여 요원한 듯한 장래가 홀연 제군의 목전에 닥쳐오리니 잠시라도 방심하다가 그 이상은 만분의 일도 성취하지 못하고 어느덧 무안(霧眼)[122]에 꽃이 생기고 상빈(霜鬢; 센 귀밑 털)이 실처럼 보이면 이때에 당하여 비록 후회한들 어찌 미치리오. 고로 큰 이상을 실현하고자 하는 이는 항상 금일이라는 결심이 없지 못하나니 제군이어! 명일이 있다고 말하지 말지어다.

과연이라, 제군은 명일이 있다 말하지 말지니라! 그러나 또한 명일이 있음을 생각하지 아니치 못할지니, 이는 극히 모순되는 경계이니라. 그러나 모순은 그 어휘의 뜻은 거스르지만 그 이치의 형세는 바르니, 저 부처의 소위 "번뇌한즉 보리이며, 평등인즉 차별이라."는 말과 다르지 않느니라. 나는 진실로 우주의 비밀을 설파할

121 나이가 부강(富强)하다는 것은 인생의 남은 세월이 풍부하다는 의미로 보인다.

122 나이 들어 눈이 안개 낀 듯이 희뿌연 상황을 이르는 것으로 보인다. 이어지는 "꽃이 생기고"도 눈의 이상을 말하는 것으로 보인다.

식견이 있는 자가 아니로되, 가만히 사유하건대 "우주는 모순의 소굴"이라. 질서가 없는 것 같으나 그중에 질서가 있으며, 상도(常道)가 없는 것 같으나 그중에 상도가 존재하니 차등의 무수한 모순의 심오한 뜻을 이해하여 그 사이에 처하여 능히 그 마땅함을 얻는 이를 진정한 사람이라 칭하느니라.

고래로 다수의 실패자는 대개 이 모순을 연결하는 '그러나'를 해득하지 못한 자요. 그 소수의 성공자, 즉 성현은 능히 이 '그러나'를 해득한 자이라 칭할지니 이 '그러나'의 한 단어는 진실로 천국과 지옥의 관문이라. 문의 좌측에도 천국이 있고 문의 우측에도 또한 천국이 있느니라. 그러나 그 하나에 편향하는 자는 지옥에 타락하나니 명일이 있다 이르지 아니함도 한 천국이요, 명일이 있다 이름도 한 천국이라. 오호라! 어떻게 함이 옳으리오, 인순고식하여 그 중간에 방황하면 마침내 무주의(無主義), 무정견(無定見)한 범박한 무리를 만들고 마니라.

제군의 이상은 거의 무한히 높고 무한히 크되 제군의 역량과 시간은 유한인지라. 이상의 전체 실현을 목전에 기망하기 어려움은 명료한 사실일새, 부득불 이상의 원만한 성취를 영구히 종신의 사업, 즉 자손에게 유전할 사업을 삼지 아니하지 못할지니라. 그러나 전체는 일부의 집적이요, 무한은 무한히 집적한 유한이니 제군이 만일 유한의 힘을 축적하지 아니하면, 설혹 하늘이 무한의 역량과 무한의 시간으로써 나에게 부여하였을지라도 이상을 성취할 시일이 도래하지 아니할지니라.

제군은 모름지기 잠시라도 방심하지 말고 이상의 실현에 종사하여 금일에는 금일의 전력을 기울이고 명일에는 명일의 전력을 기울여 이상의 실현에 노력할지어다. 대개 이상의 전체적 성취는 무한한 시간과 노력이 필요한 것이로되, 그 어느 정도의 실현은 1일, 1시, 1념(念), 한 찰나 사이에도 이룩하느니 인생은 무상(無常)이라.

명일이 있음을 기필하지 못할지니라.

대저 명일은 미득(未得)의 보물이요, 금일은 기득(既得)의 보물이니 제군은 기득의 보물을 이용하여 나날이 때때로 염염(念念)하고, 찰나 간에도 이상의 다소 성취에 전력을 진함이 옳으니라. 이렇지 않으면 사람은 조석의 화복이 있으니 그때에 당하여 누가 능히 서제(噬臍)[123]의 후회를 분별하리오.

고인이 가로되, "아침에 도를 들으면 저녁에 죽어도 좋으니라."[124] 하니, 아침의 이상을 저녁에 실현하면 죽어도 또한 후회가 없을지라. 대개 명일이 있다 이르는 천국과 명일이 없다 말하는 천국, 양자 가운데 어떤 방향으로 치우치든지 지옥에 타락할 죄인임은 하나이니, 제군은 이 두 천국의 간을 융회(融會; 자세히 이해함)하여 자재(自在)하고 무상하게 왕래하여 잠시라도 한 곳에 머물지 말지니라.

-쓰보우치 쇼요(坪內逍遙)[125]-

29. 지기난(知己難)

붕우로 지기(知己) 아닌 자가 있고 지기로 붕우 아닌 자가 있으며, 또 지기는 적인(敵人)의 속에도 존재할 것이니라. 사마중달(司馬

123 서제막급(噬臍莫及)의 줄임말로 배꼽을 물려 해도 소용없는 만큼, 후회해도 돌이킬 수 없는 상황을 비유한 말이다.

124 『논어』「이인(里仁)」에 나오는 구절이다.

125 쓰보우치 쇼요(1859~1935)는 일본의 소설가, 영문학자이다. 도쿄제국대학 영문과를 졸업하고 와세다대학의 전신인 도쿄전문학교의 교수로 재직하면서, 일본의 근대 소설에 큰 영향을 끼쳤다. 소설 『당세서생기질(當世書生氣質)』, 소설론인 『소설신수(小說神髓)』 등을 남겼다. 이 글의 저본은 미확인이다.

仲達)[126]이 기산(祁山) 위수(渭水)[127]의 빈 군영을 살펴보고 "천하의 기재(奇才)라"고 감탄, 찬미한 것을 보면 제갈공명을 위하여 하나의 좋은 지기가 아니뇨? 공명은 실로 두 사람의 지기를 두었으니 적중에는 중달이요, 자기편에는 현덕(玄德: 유비의 자)이로다.

사람은 그 누구라도 붕우됨을 얻을지니 정과 정이 상접하는 날은 곧 붕우가 출생하는 때라. 닿으면 정이 생기고 가까우면 정이 생기고 오래면 정이 생기고 자주면 정이 생기는 것이로다. 죽마의 벗, 동창의 벗, 동향의 벗, 위치가 같은 벗, 같은 취미의 벗, 붕우의 종류가 또한 많도다. 진실로 천하의 사람에 벗하지 못할 자가 없나니 적이 유심(留心)하게 담화해 보면 잠시 동석하는 기차[128] 중에서라도 허다한 우인(友人)을 얻을 수 있도다.

지기(知己)에 이르러는 그렇지 않으니 천하에 천백의 붕우를 얻기는 쉽되, 한 명의 지기를 얻기는 어렵도다. 지기란 무엇이오? 내가 저를 알고 저는 나를 알되, 남의 부지(不知)하는 때와 장소에서 서로 알며 남의 부지하는 마음과 일을 서로 앎이라.

그대에게만 누구에게라도 보여주지 않을 매화의 색깔과 향기를 알기에 그대만 아니라 누구인지 보여주없는 매화꽃 색깔도 향기도 아는 사람

옥분(玉盆)에 심은 매화 행여 밖에 내지 마라

꽃 좋고 내 좋은들 다시 알 이 뉘 있으리

126 삼국 시대 위나라의 정치가이자 장수인 사마의(司馬懿; 179~251)의 자가 중달(仲達)이다.

127 기산(祁山)은 후난 성 남부에 있는 산이며, 위수(渭水)는 간쑤 성에서 발원하여 산시 성으로 들어가는 황하의 지류이다. 삼국 시대 촉나라의 제갈량이 위수 연안에 군영을 설치하고 사마의와 싸웠다.

128 "잠시…기차": 도쿠토미 소호의 「지기난(知己難)」 원문에는 "도쿄에서 요코하마까지의 기차 안에서라도"로 되어 있다.

으늑히 감추어 두고 님만 뵐까 하노라[129]

하니 이것이 실로 지기에 대한 정이로다. 지기가 과연 어려우니 고로 한 지기를 얻으면 거의 한 생명을 얻은 이보다 기쁘고 한 지기를 잃으면 한 생명을 잃은 이보다 슬픈 것이라. 종자기(鍾子期)가 죽음에 백아(伯牙)가 현(絃)을 끊고[130] 형가(荊軻)가 죽음에 고점리(高漸離)가 다시 축(筑)을 타지 아니하니[131] 그 마음이 진실로 비통하도다.

양거원(楊巨源)[132]의 시에 이르되,

시인의 집, 맑은 경치 새 봄이라

버들의 눈이 아황(蛾黃)[133]인데 빛깔이 고르지 않아

상림(上林)[134]의 비단 같은 꽃을 기다림에

문 나서자 보이는 모두가 꽃 같은 이들이라

---

129 이 시조는 최남선의 자작인 것으로 보인다. 「지기난」 원문에 실린 와카(和歌) "君ならで誰にか見せむ梅の花色をも香をも知る人ぞ知る"를 임의로 바꾼 것이다. 이 와카는 천황의 명령으로 만들어진 최초의 와카집인 『코킨와카슈(古今和歌集)』(10세기 초)에 키노 토모노리(紀友則)의 작으로 수록되었다. 일본어 독음으로 읽으면 5/7/5/7/7의 전형적인 형태를 갖춘 와카이다. 여기서 군(君)은 여성이 아니라 남성으로 지기(知己)를 의미한다.

130 춘추 시대 거문고의 명수 백아는 자기 음악을 알아주던 종자기가 죽자 거문고의 줄을 끊고 다시는 연주하지 않았다 한다. 『열자(列子)』 「탕문편(湯問篇)」에 나온다.

131 형가와 고점리의 우정에 대해서는 『사기』 「자객열전」에 나온다. 『사기』에 따르면 형가가 진시황 암살에 실패하고 죽은 후, 고점리는 축(筑)을 잘 연주하여 진시황의 연회에서 참석할 수 있었다. 그리고 축을 휘둘러 진시황을 암살하려 했으나 실패하고 죽었다.

132 양거원(785~835)의 자는 경산(景山)이고 문인, 관료이다. 시에 뛰어나 백거이(白居易), 원진(元稹) 등과 교유했다.

133 거위 새끼처럼 노란색을 말한다. 한편, 노란색이 나는 아황주를 이르기도 한다.

134 궁궐에 딸린 정원을 이른다.

라 하였느니, 용을 보고 용이라 함은 무슨 어려움이 있으리오만 한 마디의 뱀을 보고서 능히 그 구름을 일으키고 안개를 펼쳐서 망망한 현간(玄間; 끝없는 공간)을 다하며 일월(日月)에 닿을 줄을 알기는 진실로 어려운 일이니라. 지기의 어렵기는 그 아직 발달하지 못하였을 때에 후일의 발달을 점치기의 어려움에 있으며 그 외견(外見)의 희로애락 외에 내재한 흉간의 신비를 해득하기 어려움에 있도다.

사람은 그 반신 이상이 비밀이거늘 지기는 열쇠가 없으되 능히 이 비밀을 아는 것이요, 진실로 남이 나에게 말해 주기를 기다리지 아니하는 것이라. 말해 주기를 기다려 알진대 이 어찌 지기라 하랴? 또 지기의 감응은 형제의 사이에도 있는 것이로다.[135] 소동파(蘇東坡; 蘇軾)가 일찍 옥에 갇혀 중죄를 받게 됨을 듣고서 그 아우 자유(子由)[136]에게 시를 보내니

이 곳 청산에 뼈다귀 묻을 만하니
다른 해에 밤 비 오면 홀로 심신을 상하리
그대와 함께 대대로 형제가 되리니
내생에서도 다하지 않을 인연 다시 맺으리[137]

이라 하니, 그 동포(同胞)의 정이 본디 돈독하거늘, 하물며 이렇듯 지기의 은애(恩愛)로써 그 위에 더함이랴! 사후(死後)에 다시 형제가 되어서 그 "다하지 않을 인연"을 계속하려 한다 하니 세상의 형제

135 "또 지기의 감응은 …것이로다.": 이 문장은 「지기난」 원문에 없다. 대신에 유우석(劉禹錫)이 백거이에게 보낸 시가 실려 있으나 최남선이 생략하였다.
136 소식(蘇軾)의 아우인 소철(蘇轍; 1039~1112)의 자이다. 아버지 소순(蘇洵), 형 소식과 함께 당송 팔대가로 꼽힌다.
137 소식이 옥에서 죽을 것이라 짐작하고 아우에게 영결을 고한 시이다.

된 이로 이만큼 지기의 감응이 있는 이가 고래로 지금까지 능히 얼마나 되리오?

지기는 적인(敵人)에게 존재할 뿐 아니라 생면부지의 타인 중에도 존재하고, 또 고인(古人)에 대해서도 존재하는 것이니 지기의 교감은 시간을 따지지 아니하며 처소를 논하지 아니하는도다. 가생(賈生)[138]이 굴원(屈原)[139]을 사모하고 맹가(孟軻; 맹자의 이름)가 공자를 사모하고 또 공자가 주공(周公)을 사모하여 "내가 꿈에 주공을 보지 못하도다."[140]한 것 같음은 그 말의 농후하고 심절(深切)함이 지극한져. 키케로[141]가 말하기를 "나에게는 스키피오[142]가 오히려 생존할 뿐 아니라 금후에도 항구히 생존하리라."하였도다. 오호라! 우주가 망망하거늘 오직 지기가 존재함으로써 연결됨이 있느니 지기, 곧 없으면 인생이 황야일 따름이며 형극(荊棘)일 따름인져.

사람은 지기를 위하여 그 신고와 환난을 즐겨 받을 뿐 아니라, 극단에는 일신을 던져서 지기의 희생됨을 사양하지 아니하는 이도 있느니 그가 공연히 희생됨 아니라. 실로 지기를 위하여 희생이 됨이니라. 진실로 한 지기를 얻을진대 생명을 버릴지라도 후회하지

---

138 가의(賈誼; BC 200-168)를 말한다. 한나라 문제에게 정치 개혁에 대한 상소를 올렸으나 대신들의 반대로 등용되지 못했다. 「치안책」, 「과진론(過秦論)」 등의 글이 유명하다.

139 굴원(BC 343?~278?)은 전국 시대 초나라의 삼려대부(三閭大夫)이자 시인이다. 이름은 평(平)이고 자가 원(原)이다. 「이소(離騷)」, 「어부사(漁父辭)」를 남겼다.

140 『논어』 「술이(述而)」에 나오는 구절이다.

141 키케로(Marcus Tullius Cicero; BC 106~43)는 로마 시대의 정치가, 웅변가, 작가이다. 고전 라틴어 문학의 집대성자이다. 스키피오 아프리카누스를 숭배하였다.

142 스키피오(Scipio Africanus; BC 235~183)는 로마 공화정의 프린켑스(princeps)를 15년이나 지냈으며 제2차 포에니 전쟁에서 한니발의 카르타고 군을 막아냈다.

아니할지니 하물며 구구한 홍진의 명리이랴! 위징(魏徵)[143]의 "인생에 의기(意氣)를 느꼈다면, 공명(功名)은 뉘 다시 논하리."[144]라 한 구절은 실로 사람의 심오한 정서를 토로한 것이로다.

인생의 가장 청복(淸福)이라 할 것은 지기를 가짐이니 붕우 중에 지기를 가짐은 가장 청복이며 또 그 형제, 자매, 부모의 가운데 지기를 가짐은 가장 큰 청복이라. 무릇 풍우 치는 밤에 형제가 상에 마주하고서 천고(千古)의 심회를 펼친다면 천하에 어찌 이보다 더 한 청복이 있을까 보냐![145]

-도쿠토미 소호(德富蘇峰)[146]-

30. 하세 또 하세

개화의 괭이 앞서 잡고서 행복의 길을 먼저 뚫읍세
문명진보의 대궤도에서 기관차 소임 늘 내가 보세
밝은 우리 눈 다시 밝히세 천지의 신비 모조리 찾세
맑은 우리 속 더욱 밝히세 조화의 묘미 말큼 깨치세
쇠막대처럼 달군 팔로써 원만 진선미 이룩한 뒤에

---

143 위징(魏徵; 580~643)은 당나라의 공신이며 학자이다. 자는 현성(玄成), 시호 문정공(文貞公)으로 태종이 재상으로 중용하였다.

144 위징이 남긴 술회시에 나온다. 당나라 고조 이연(李淵)을 만나 지었다는 장편의 시에 나오는 구절이다.

145 이 글은 조선총독부의 교과서에 수록되었다. 앞서의 각주에 나타나듯이 최남선의 번역은 자의적인 번안에 가깝다.

146 도쿠토미 소호(德富蘇峰; 1863~1957)는 일본의 언론인이자 전범이다. 1887년 민유사(民友社)를 설립해 잡지 『고쿠민노토모(國民之友)』 등을 발행해 언론과 문학에 큰 영향을 주었다. 처음에는 민권주의에 가까운 주장도 폈으나, 점차 군국주의에 적극적으로 가담하였다. 이광수 등에게 큰 영향을 주었다.

꾀꼬리처럼 틔운 목으로 인류의 개가 부르게 하세
두루살피며 깊이 궁리해 큰 애씀으로 큰 것 이루세
하세 또 하세 전에 못한 것 짓고 또 짓세 남의 못 지음
맘을 한 결로 힘을 오로지 팔뚝을 걷고 일터에 나와
다 함께 하세 하세 또 하세 큰 뭉텅이를 만들어 내세
든든한 지고 내 슬기 줌치 미더운 지고 내 손가락은
허구한 기왕 많은 시험에 늘 우등으로 급제하였네
어마어마한 우리 독창력 새 기회로써 재주 부릴 때
우리 '모토'는 세계적이니 세계적 발휘! 있을 뿐일세
고운 목으로 소리를 높여 기쁨의 노래 부를지어다
희망의 배를 닻 감자마자 만족의 언덕 눈앞에 있네[147]

147 이 시는 『청춘』 12호(1918.3)에 게재되었다.

시 문 독 본

권 4

1. 님

최남선

님이 거기 계시다니 뵈오려면 가을건이
님이 거기 안 계셔도 가 보아야 아을 것이
그리는 그 님이시니 아니 가고 어이리[1]

이광수

산 넘어 또 산 넘어 님을 꼭 뵈옵고져
넘은 산이 백이언만 넘을 산이 천(千)가 만(萬)가
두어라 억(億)이요 조(兆)라도 넘어볼까 하노라

실명(失名)

거울에 비춘 얼굴 나 보기에 곱삽거든
하물며 단장하고 님의 앞에 뵐 적이랴
이 단장 님을 못 뵈니 그를 슬허 하노라

2. 아등(我等)의 재산 (1)

고구려와 로마는 건국의 시초와 입국의 근본도 그러하거니와, 더욱 인근의 여러 민족, 나라의 문물을 두루 수렴하고 아울러 배양하여 당시 문화의 집대성적 발현이 되는 점으로 일치하느니라.

비록 병화가 항상 이어지고 황폐해진 지가 오래기에 로마와 같이 전당과 도로의 분명한 유적은 고구려에 없으나 만일 매산리(梅

1 이 시조는 『청춘』 1호(1914.10)에 게재되었다.

山里) 사신총(四神塚),[2] 안성동(安城洞) 쌍영총(雙楹塚),[3] 우현리(遇賢里) 대묘(大墓),[4] 통구(通溝) 삼실총(三室塚)[5] 등, 풍우에 갈리고 갈라진 초탈(超脫)한 지하의 영조(營造)를 발굴하여 열면 오히려 탁발하고 찬란한 당년의 문화를 방불하게 상상해 볼지라.

더욱 그 벽화는 진인(震人)[6] 고유의 영험, 활발한 소질에 인도적 의장과 페르시아적 기교와 남방(漢族의 땅)적 문기(文氣)와 북방적 무풍(武風)을 융회하고 화합하여 주조하여 나온 기이한 물품이니라. 시대가 시대임에 수법이 얼마큼 고졸(古拙)하고 간소함은 부득이한 일이거니와 화의(畫意)의 온화, 고아함과 필력의 웅건함이 과연 일세를 선도하고 천고를 능가할 만하니라.

조선 고미술의 정화요, 동양 최고(最古)의 예술상 실적으로 세계 예술에서 절대적 보물임은 물론이거니와, 겸하여 당시 고구려의 문화가 어떻게 세계적 패자임을 엿볼 것이며 오인(吾人)의 예술적 재능의 바탕이 얼마나 장구하고 예술상의 문벌로 얼마나 영귀(榮貴)한지 증명하는 것이로다.

황룡사(黃龍寺)[7]에 솔거(率居)의 신필은 흔적조차 소멸하고 호류사(法隆寺)[8] 담징(曇徵)[9]의 오묘한 자취는 본디 우리 물건이 아니니라.

---

2 남포특별시 용강군 매산리에 있는 고구려 고분으로 연대는 5세기 이후로 추정된다.

3 남포특별시 용강군 용강읍에 소재한 고구려 고분이다. 연대는 5세기 중후반으로 추정되며, 북한의 국보이다.

4 평안남도 강서군 강서면에 소재한 고구려 고분이다. 강서 대묘라 하며 연대는 6세기 후반에서 7세기 초로 추정된다.

5 중국 지린 성 지안 현에 소재한 고구려의 고분으로 1913년에 발굴되었다. 연대는 5~6세기로 추정된다.

6 상고 시대 우리나라를 가리키는 명칭인 '진역(震域)'에 사는 사람이란 뜻으로, 우리 민족을 가리킨다.

7 경주시 구황동에 있었던 신라 최대의 절로 553~569년 사이에 지어졌다. 1238년 몽고의 침입으로 불탔다.

8 일본의 나라 현에 있는 절로 쇼토쿠(聖德) 태자가 601~607년 사이에 세웠

그러나 패압(浿鴨; 대동강 · 압록강)의 사이에 산재한 여러 고분의 벽화는 화품(畵品)도 각종이요, 도식(圖式)도 각색이요, 또 신종(新種)의 발견이 갈수록 증대하니 비록 제명(題名)과 필자는 지금에 전함이 없을지라도 육리(陸離; 눈부신 아름다움)한 이채가 영구히 양강(兩江)의 사이에 두루 발현하리니 경주의 석굴암, 한성의 원각사탑과 함께 우리 미술적 소유의 가장 중요한 것으로 누구에게라도 과시함을 얻을지라. 이를 가히 재산의 일부로 셈함을 얻을진대 어찌 구구한 황백(黃白; 돈)에게 비기랴!

석가가 성등정각(成等正覺)[10]한 후 45년간의 일체 설법은 곧 8만 4천 법문의 경론소석(經論疏釋)[11]을 후세에 총괄하여 대장경(大藏經)이란 명칭으로써 수합하니 인도의 원본으로 논하여도 불멸 후(佛滅後) 천여 년간에 무릇 4차의 결집을 거쳐 성취한 것이요. 한역 대장경(漢譯大藏經)으로 말하면 한나라 명제(明帝) 영평(永平) 10년(서기 67년)으로부터 원나라 대까지 약 1천 3백 년간에 2백 인의 학자가 천 5백부 6천 권의 역술과 찬집을 마침내 성취한 것이니라.

진실로 전후 3천 년간에 허다한 석학 · 대덕(大德)이 허다한 간난신고로써 지속하여 조성한 인간과 하늘의 절대적 보물이라. 민족과 나라, 언어의 차이를 인하여 장경의 종류가 한둘뿐 아니로되, 경영의 장구와 내용의 박람과 변증의 정확 등 여러 방면으로 세계상 허다한 장경 중에 한자(漢字) 장경이 탁월 특출한 것임은 췌언을 필요치 아니하는 바로다.

다고 하는 현존하는 일본 최고(最古)의 목조 건물이다.

9 담징(曇徵; 579~631)은 고구려의 승려이자 화가이다. 610년에 백제를 거쳐 일본으로 들어가 불법을 강론하고 그림을 그렸다. 호류사의 금당 벽화를 남겼다.

10 혼미함을 버리고 바른 깨달음을 이룬다는 뜻이다.

11 부처의 가르침인 경(經)과 이를 논한 논(論), 주석한 소(疏), 풀이한 석(釋) 등을 아울러 이르는 말이다.

한역 대장경의 각판이 송나라 태조 때에 익주(益州) 성도(成都)에서 판각 완성된 촉본(蜀本)[12]으로 시작하여 이래 거의 천년간에 중국, 조선, 거란, 일본 등지에 약 20차의 조판이 있었지만 채집의 풍부 · 완비와 교감(校勘)의 엄밀함과 전파가 오랫동안 멀리 완전함은 고려 고종 때에 판각하여 완성한 고려본(高麗本)[13]이란 것을 꼽느니라. 이른바 "현재의 장경 본으로는 가장 최선의 장경 본이고 가장 오랜 판각"이란 것이요. 요나라, 송나라, 일본 등에서 소유한 일체의 신역(新譯)과 구역(舊譯) 본을 구비하여 엄밀히 교감하여 한역 대장경의 절대적 표준을 만든 것이라.

한역 대장경이 이미 세계 여러 장경의 표준이거늘, 고려의 판각 장경이 한역된 여러 장경의 표준이라 하면 문득 일체 불설(佛說)의 전칙(典則)이 오로지 고려 대장경에 있다 할지로다. 더욱 고려본의 귀중함은 8만 6천 7백 장[14] 17만여 면의 당시 조판이 7백 년 후 금일까지 완전히 보호된 것이니, 지금 합천 해인사의 두 장경각 중의 5층 경판 서가에 천자차서(千字次序)[15]로 정연히 저장한 것이 이것이라.

이렇듯 귀중한 경서의 거질을 글자마다 교정하고 낱장마다 정서하여 전후 15년간 시종여일하게 판각하여 전하며 소원을 붙이던 당시의 고심과 노력이 마땅히 어떠하였을는지. 그 자체(字體)의 엄정함, 그 필법의 웅건함, 그 판재(板材)의 정미함, 그 제작의 완전함 등 일호(一毫)의 흠결이 없음이 실로 공연한 것 아니라. 불경 연구

12 당나라까지 대장경은 필사본이었으나 송나라에서 목판으로 인쇄되었다. 인쇄된 성도(成都) 지역을 촉(蜀)이라 하기에 촉본이라 한다.

13 고려 대장경을 이른다. 1073~1090년 사이에 완성된 초조 대장경(初雕大藏經)이 몽고의 침입으로 소실되자, 1236~1251년 사이에 다시 대규모 인쇄 사업을 진행하여 완성하였다.

14 현재 해인사의 장경판고에 소장된 경판은 8만 1258판이다.

15 『천자문』의 글자 배열 순서를 따라 문서의 쪽이나 경판을 정리함을 이른다.

상의 가치는 고사하더라도 성령(性靈)의 발휘와 문화의 장식으로 논하여도 세계에 절륜한 귀중한 보물임이 물론이니라.

세계 어느 곳의 박물관, 도서관 중에 이만큼 장려 · 웅위한 오랜 물건, 정제 · 완비한 옛 서적이 있느뇨? 조선 학예의 정화인 동시에 인류 심령의 관건으로 세계 무비(無比)의 절대적 가치를 가진 이 고려판 대장경은 오인이 영원토록 남에게는 자랑하고 스스로는 보고 느낄 진보(珍寶)라. 이를 가히 재산의 일부로 셈함을 얻을진대 이 어찌 소소한 주옥(珠玉)에 비기랴!

3. 아등(我等)의 재산 (2)

중세의 암흑을 타개하고 근세의 문명을 탄생시킨 주력은 물을 것 없이 지식의 보급이요. 지식이 보급되어 신령한 밝음이 깊이 촉발된 주력은 물을 것 없이 활자의 창제에 기인한 인쇄의 편리와 인쇄의 편리에 기인한 서적의 광포(廣布)라. 그런즉 근세 문명에 대한 활자의 공덕이 얼마나 심대한 줄을 알지로다.

이 인류 지식 바다의 보물 뗏목과 세계 문명 밭을 푸르게 살찌운 창의자가 누구인고 하면 독일인 구텐베르크[16]가 그 사람이라 하니라. 서기 1450년경에 마인츠(Mainz)에 인쇄업을 열고 자기의 발명한 목제 활자로써 라틴어 문법서를 인쇄하였다 하여 독일 각지에 동상이 명성을 전하고 마인츠에는 그 공업을 기념한 박물관[17]까지 건설된 것이라. 네덜란드의 코스터[18]도 그 사람이라 하니, 서기 1428

16 구텐베르크(Johannes Gutenberg; 1397~1468)는 인쇄술의 창시자이다.

17 독일 마인츠에 구텐베르크를 기념하여 1900년에 건설되었다.

18 코스터(Laurens J. Coster)는 네덜란드 하를렘 출생으로 1423년에 목제 활자와 금속 활자를 사용했다.

년경에 이미 나무와 납으로 활자를 제조 사용하였다 하는 이이라.

동양에서는 이보다 앞서 약 4백 년 전에 송나라의 경력(慶曆; 1041~1048) 연간에 필승(畢昇)[19]이란 이가 교니(膠泥)[20]로써 활자를 조제 사용하였다 하나, 개인의 사적인 수요로 잠시 사용해 본 것이요, 이후에 특별히 계속적 발달이 있었던 것은 아니며 조선의 활자는 전언(傳言)에 신라조에 시작하였다 하나 아직 미상한 것이라.

줄잡아도 고려 고종 때(1220년경) 이전부터 활자를 실용한 것은 증명이 현존한 것이니, 그 창조의 연대가 신라 대든지, 고려 대든지 발명한 인물이 이씨든, 김씨든 여하간 작더라도 코스터보다 수백 년을 앞서고 필승(畢昇)의 고립적이고 사적인 시험보다도 오히려 오랜 시대가 먼저였음을 넉넉히 요량할지라.

한마디로 단정하면, "활자의 창의 및 실용의 백화(百花)에 선두는 조선과 조선인이라." 한들 누가 감히 이의를 제출할 자가 있느뇨? 고려 공양왕 4년에는 이미 서적원(書籍院)[21]을 설치하여 활자 제작과 서적 인쇄를 담당하게 하니 관서를 별도 설치하도록 사용이 성대함을 추상할 것이요.

본조 태종 3년(1403)에는 주자소(鑄字所)[22]를 신설하고 구리 활자 수십만을 주조하여 이래로 4, 5백 년간에 동, 황동, 청동, 철, 도기, 나무 등 각종 재료로 크거나 작거나 정밀하거나 거친 수백만을 제조하여 공사(公私)의 소용에 쓰니 그 발달의 정밀과 실용의 광대가

---

19 송나라 심괄(沈括)의 『몽계필담(夢溪筆談)』에 활자 인쇄술을 발명했다고 전한다.

20 회나 시멘트에 모래를 섞고 물로 갠 것이다.

21 고려 문종 때에 이미 서적점(書籍店)이 설치되어 출판과 관계된 업무를 관리했다. 이 서적점이 서적원으로 변경되었다.

22 고려 때에도 비슷한 기능을 가진 서적포(書籍鋪)가 있었다고 한다. 주자소는 승정원의 직속 기관이었다. 원래 서울 남부에 있었으나 조선 세종 때 경복궁 안으로 옮겼다.

얼마나 독특하였음을 증거할지로다.

활자의 창조가 세계적으로 큰 공적이요, 민족적으로 큰 영예라 하면 그 영광의 보관과 훈장의 정당한 주인이 진실로 오인(吾人)인 것은 재언(再言)을 필요치 아니하는 바니라. 4, 5백 년 전쯤의 정교한 유물과 선려한 인쇄본은 지금에도 오히려 누누이 전하여 존재하여 오인의 탁월한 독창력을 안전에 제시하는지라. 이를 가히 재산의 일부로 셈함을 얻을진대 이 어찌 있어도 그만, 없어도 그만 무방(無妨)한 산호, 호박에 비기랴!

이집트의 상형 문자와 바빌로니아의 설형 문자와 중국의 전자(篆字)로부터 동서 여러 민족 간에 통행하던 잡다한 그림 글자까지를 합산하면 문자로 이름하는 것이 고금에 한정이 있으리오? 복잡하여 쓰기 어렵고, 비루하여 형상할 수 없고, 난삽하여 불통하고, 착오되어 편하지 않은 등의 문자 중에 이런 조건을 피하려 힘써 모두 벗어난 것이 얼마나 되리오?

표의(表意)의 문자로는 한자가 아직 영향력을 보전하고 표음의 문자로는 로마자가 바야흐로 위세를 가져서, 마치 동서 양 계통의 문자를 대표하는 최후의 승자와 같으나, 표의의 한자가 실용에 편리하지 못함은 진실로 물론이요. 지금 표음 문자로의 최고 영광을 누린다는 로마자도 구조가 반드시 이치에 부합하지 아니하고, 음성이 반드시 사용을 다하지 못하는 불구의 문자로다. 그런즉 체용(體用)이 온전하고 만방에 장애 없는 문자가 도무지 없는가?

가로되, "그렇지 않다." 오인의 마음과 재주로써 제출한 훈민정음이야말로 만일의 흠이 없는 지고한 합리의 문자이니 합리적, 조직적인 체제와 자유자재한 응용력만 하여도 이미 문자의 요건을 구비하였다 할 만하거늘, 그뿐 아니라 풍부한 음운은 세계적인 사명을 스스로 차리며 정제한 형태는 미술적인 정감을 불러일으키며 배우기 쉬움은 교육적 이점을 가진 것이며 사용하기 편함은 실무적 본능을 갖춘 것이니라. 요약하건대 정음 이전에 완전한 문자가 없고 정음 이후에 완전한 문자가 없으며 정음 이상이나 이외에 다시 완전한 문자가 없다 할지니라.

문자의 사상에 대하여 마치 사진의 물상에 대함과 같으니 만 가지 소리를 옮기고 만 가지 뜻을 이루는 긴요한 도구로 만물의 정(情)이 이것이 아니면 그 진실을 전하지 못하며 삼재(三才)의 도가 이것 아니면 그 묘리를 싣지 못하는지라. 그 편리 여부가 학문의 운수에 관계함이 실로 막중 · 막대하건만, 보편을 포괄하여 이르지 못할 곳 없으며 오묘 영험하여 불통하는 뜻이 없는 세계적인 진정한 문자는 고금동서를 통하여 오직 정음이 있을 뿐이니라.

설혹 그 가치가 아직 크게 표창하지 못하고 공용이 아직 널리 보급되지 못하였을지라도 내재한 큰 광채가 세계에 두루 비치는 날에는 여러 다른 것은 고사하고 이 한 항목만으로도 오인의 세계 문화사상의 공적과 그에 상당한 영예가 탁월하게 특출함을 기약할지로다. 이 위대한 문화상의 기이한 보물을 가히 재산의 일부로 셈함을 얻을진대 이 어찌 불에 녹고 물에 가라앉는 마노 · 수정에 비기랴!

4. 아등(我等)의 재산 (3)

관상과 기후 예측은 오인의 최고(最古) 학술이요, 특장인 기예라. 아마도 농예(農藝)의 선진으로써 왕업(王業)을 기원한 단군조로부터 농업상의 필요가 이 기술을 상당히 발달하게 하였음은 용이하게 추리할 바이니라.

이른바 366치조(治條)[23] 중에 주곡(主穀)과 주명(主命)[24]과 함께 중요한 한 과(科)를 이루었을 것이며 이후로 경험과 함께 법리가 진보하여 드디어 오인이 고대 동양에 있어서 가장 진보한 천문 사상을 가지게 되었음은 각종 실적이 증명하는 바이로다. 뒤에 이론적인 추리의 법이 외국으로서 유입하여 고유하고 자족한 기후 예측의 재능과 결합하니 이 술법이 다시 장족의 진보를 이루어 설비와 기술이 한 가지 합리적 상태로 전진하니라.

1,300년 전의 건축으로 동양 최고(最古), 세계에 짝이 드문 천문대인 경주의 첨성대는 그 귀중한 유적의 하나라. 이래 수백, 천 년간에 역대의 군왕이 삼가고 닦아서 쇠하지 아니하니 술업(術業)이 갈수록 정밀하고 기록이 갈수록 상세하니, 이조 이후로 말하여도 태조 때의 석각 천문도(石刻天文圖),[25] 세종 때의 흠경각(欽敬閣) 제의상(諸儀象)[26] 등은 선인이 한 발명과 시대를 초월한 지혜로 영원히 세계가 경탄할 물건일지로다.

상전벽해가 누차 변개하여 온갖 사물이 잔훼(殘毁)한 금일에도 이 기술에 관해서 수다한 세계적 보물이 오인에게 있으니 열성 실록(列聖實錄; 조선왕조실록)과 『승정원일기(承政院日記)』,[27] 『풍운기(風雲記)』[28] 등 서적의 기상에 관한 실기(實記)도 그 하나요, 세종 이래 측

23 단군이 전했다고 하는 경전으로 인간사의 윤리와 방침을 해설한 책이라 한다.

24 『삼국유사』에 의하면, 환웅이 풍백(風伯)과 우사(雨師)를 거느리고 주곡(主穀; 곡식을 주관함)과 주명(主命; 명을 주관함) 등을 행했다고 한다.

25 태조 4년(1395)에 만들어진 "천상열차분야지도각석(天象列次分野之圖刻石)"을 말한다. 흑요석에 새겨 만들었고 고려에 전한 고구려의 천문도를 다시 그렸다고 한다. 중국의 "순우천문도(淳祐天文圖)" 다음으로 오래된 석각 천문도이다.

26 흠경각은 세종 20년(1438)에 장영실에게 명하여 지었으며 천문과 관측에 관한 업무를 하던 곳이다. 이 기관에서 천문과 기상에 대한 여러 모형, 즉 의상(儀象)을 제작하였다.

27 조선 시대 왕명을 관장하던 승정원에서 매일매일 취급한 문서와 사건을 기록한 일기이다. 총 3,243책이다.

28 조선 시대 관상감의 기상 관측 기록으로 1740~1861년간의 기록이 전해지고 있다.

우기도 그 하나라.

실록의 일기 중에는 상하 5백 년간 근역(槿域) 전반의 맑음과 흐림, 가뭄과 장마, 천재지이가 여타의 사료와 함께 해를 따라 혹은 매일마다 상세히 기재되었고 옛 관상감[29]의 일지인 『풍운기』에는 매일 매시의 기상 변동을 세세히 기록하였으니 기상에 관하여 이만큼 오랫동안 멀리 계속된 정제된 기록은 실로 세계에 짝이 없는 바이라.

기우의 측량은 예로부터 조선에 행해졌으나 법으로 정한 계기는 세종 23년(1441)에 창조한 측우기로써 시작하니 중앙과 각 지방에서 동일한 방식, 같은 크기의 철제 원통으로서 빗물을 받아 주척(周尺)으로 계량하여 중앙의 측후소(測候所)에서 수집하고 통계 내기에 편리하게 한 것이라.

서양에서 기계로써 강우량을 측정한 것이 1639년이라 하니, 세종 대의 측우기는 실로 이보다 앞서기 근 2백 년 전의 일이요, 더욱 1639년의 우량계란 것은 당시 이탈리아 한 학자의 사적인 시험으로 우리 세종 대의 국가적 시설과 같이 논하지 못할 것이 명백하니라. 여하간 측우와 측우기의 개창자이며, 겸하여 가장 장구한 강우량 실록의 소유자라는 명예는 당연히 오인에게 돌아갈 것이로다.

지금 예맥의 성학(星學)과 신라의 상의(象儀)[30]와 장영실(蔣英實)의 수단과 윤사웅(尹士雄)[31]의 심결(心訣)[32]은 전혀 그 신묘를 접하지 못하나 이만큼 귀중한 실적 - 『풍운기』 같은 관찰 기록과 측우기 같

29 세종 7년(1425)에 서운관(書雲觀)을 개칭하여 설치하였다. 1894년 관상소(觀象所)로 바뀌었다.

30 성상의도(星象儀度)의 줄임말로 천문과 기상을 관측함을 이른다.

31 조선 전기의 천문학자로 태종 때 관상감 관리를 지냈고 장영실과 함께 흠경각을 만들었다 한다.

32 심결(心訣)은 가르침의 핵심을 남긴 것인데, 여기서는 윤사웅이 이룬 천문학의 요체를 이르는 것으로 보인다.

은 유물이 다행히 남아 존재하니 오인의 학술상 준수함을 세계의 안목에 밝게 비추는 일단이 되니 감사한 이 물건이여! 이 공공의 보물의 진기함을 가히 재산의 일부로 셈함을 얻을진대, 이 어찌 아침에 얻어 저녁에 잃는 은행 통장, 회사 주권에 비기랴!

황금 산의 구름을 모으고 진주 바다가 하늘에 붙음만이 부(富)일까, 황방(黃牓)[33]이 들에 가득함과 자표(紫標)[34]가 길을 메움만이 부일까? 연통과 전신주가 강역 중에 별처럼 펼쳐져 시시각각으로 재물을 생산함만이 부일까? 부성범시(浮城泛市)[35]가 해상에 바둑판처럼 퍼져서 포구와 나루마다 상업의 이익을 긁어 취함만이 부일까? 그 가옥은 진주, 패물이요, 그 의복은 금수(錦繡)요, 그 식사는 진수성찬이요, 그 음용은 옥액경장일진대 이를 부라 할까? 나가면 은행이요, 들어오면 금고요, 품은 것은 증권이요, 쥔 것은 채권일진대 이를 부라 할까? 이는 진실로 부 아님이 아니라, 그 국가가 부국으로 인지되며 그 국민이 부민(富民)이 된다면 내가 무엇을 주저하며 무엇에 인색하리요?

그러나 부(富)가 어찌 다만 이에 그치리오! 완전히 갖춤을 부라 하고, 넉넉히 비옥함을 부라 하고, 많은 저축을 부라 하고, 큰 풍년을 부라 하니, 유형에만 풍부와 비옥이 있으랴, 무형에도 있는 것이요! 공간에만 저축과 풍년이 있으랴, 시간에도 있는 것이라! 고로 풍부한 재물이 홀로 부가 아니며 산해(山海) 같은 보화만이 홀로 부가 아니며 별빛처럼 빛나고 광채가 뻗어나삼이 부의 표상이 아니며 곤명(昆明)의 보석과 합포(合浦)의 주옥이 반드시 부의 목적이 아니니라.

33 황제의 공표나 과거 합격자의 명단을 의미한다. 혹은 어음이나 차용증을 이르기도 하는데, 여기서는 어음이나 차용증의 뜻으로 보인다.

34 어음이나 차용증을 이르는 것으로 보인다.

35 물 위에 떠 있는 성과 도시라는 의미로, 대형의 선단(船團)을 이른다.

도덕의 부가 고유하니 위대한 교육력이 그로써 재산을 삼는 바요, 학예의 부가 고유하니 후박한 발명 재주가 그로써 재산을 삼는 바요, 행위의 부가 고유하니 투철한 실행력이 그로써 재산을 삼는 바요, 재능의 부가 고유하니 민첩한 독창력이 그로써 재산을 삼는 바이니 이런 등속이 실로 무형적 부이라. 시속의 안목이 얼른 인지하지 아니할 법하여도 소유한 일체의 유형적 부가 실상 이 속에서 소종래하는 것이라. 유형의 부는 이미 유한한 것이로되, 무형의 부가 본디 무한한 줄을 누가 인지하는 이인가?

유형의 부와 공간의 부로 질책한다면 아등(我等)이 아직 가난을 면치 못하느니, 가난이 수치라 하면 아등(我等)이 이로써 심히 수치스럽지 아니치 못하노라. 그러나 만일 무궁 무한한 유형의 부를 생성하는 무형의 부와 무진장한 공간의 부를 산출하는 시간의 부 - 재지(才智) 같은 것, 덕성 같은 것, 조화의 신비를 깨고 개화의 창조를 이루는 발명력, 독창력 - 전거한 몇 가지 사례 이외에라도 근세 사상에 광채가 탁발한 이순신의 장갑선, 이장손(李長孫)[36]의 비격포(飛擊砲), 정평구(鄭平九)의 비거(飛車)[37] 등 실제적 방면과 윤백호(尹白湖)의 이본론(利本論),[38] 정약용의 분배법,[39] 박지원의 진적설(塵積說),[40] 이동무(李東武; 이제마)의 사상 의학 등 이론적 방면에 종횡으로

---

36 조선 중기의 과학자로, 생몰 연대 미상이다. 선조 때에 군기시(軍器寺)에 비격진천뢰를 발명하여 전공이 있었다. 『징비록』에 기록이 있다. 뒤의 비격포는 비격진천뢰이다.

37 『시문독본』 권3의 「조선의 비행기 (2)」에 정평구의 비거(飛車)에 대한 기록이 나온다.

38 백호(白湖)는 윤휴(尹鑴; 1617~1680)의 호이다. 『독서기(讀書記)』 등을 통해 주자학에서 벗어난 학문을 폈다. 그의 학문이나 정치를 명분보다 실리를 우선한 것으로 해석할 여지는 있지만, 정확히 어떤 부분을 가지고 이본론(利本論; 실리가 근본이라는 주장)이라 했는지 미상이다.

39 정약용의 『경세유표』에는 토지 개혁과 조세 제도 개혁을 담은 내용이 있어 이를 분배법이라 이른 것으로 보인다.

40 보통 진적위산(塵積爲山; 티끌 모아 태산)의 의미로 쓰이는데, 박지원의 다

발휘된 정신상의 고유 자재한 재산으로 논할진대 아등(我等)이 누구에게 손색이 있으며, 어느 때에 정체함이 있었느뇨?

내가 항상 자신하되 아등(我等)은 이 세상의 갑부라 하노니 돌마다 금은이요, 나무마다 산호이기 때문 아니라, 진실로 한번 발휘하면 돌마다 금은으로 만들고 나무마다 산호로 만드는 정신적 소질 - 절대적 독창력이 있음으로 비롯함이니라. 비유하건대 청어의 대어장이 있기 때문도 아니요, 조기의 대어장을 가졌기 때문도 아니고 고래가 살고 조개가 무수한 무량의 대어장이 있기 때문도 아니지만 이런 여러 보물 창고를 구비하고 병합하여 절대적 생산력이 있는 대해가 아등(我等)에게 있기 때문이러니라. 진실로 잠재되어 숨고 고여서 머물렀을망정 일대 재화이며 일대 부력(富力)에는 무슨 손상이 있었으리요.

이러한 발명의 재주, 이런 독창력을 발휘하라! 이 한마디는 실로 아등(我等)으로 하여금 무형적 부로부터 유형적 부와 시간적 부로부터 공간적 부로 나아가게 하는 하늘의 칙서이니라. 이 가르침을 극히 체화할 따름이요, 이 길로 힘써 전진할 따름이니라. 서구의 풍성한 부를 감탄하며 미의 넉넉한 보급을 칭송하여 꿈결에 부질없이 영국, 프랑스의 금고에 방황하고 심신이 한갓 뉴욕의 은행, 시장에 부유하는 세간 허다한 황금병 든 무리들아!

남이 부(富)하다면 부한 소이와 자기가 가난하다면 가난한 소이를 관찰하며 바로 이해할지어다. 남의 부한 소이인 발명의 재주와 독창력이 나에게 구비되어 존재함을 자각하며 다만 남처럼 부할 만한 운용과 노력이 전무 결핍한 것이 나의 가난하지 아니치 못할 소이임을 성찰할지어다. 오인(吾人)의 가난도 사실이다. 그러나 부(富)함도 사실이다. 다만 아등(我等)의 가난은 유형인데 아등(我等)의

양한 저술과 논설 가운데, 어떤 것을 가지고 이렇게 표현했는지 미상이다.

부는 무형이며, 가난은 공간이요 부는 시간으로니 무형의 부로써 유형의 가난을 구축하고 시간의 부로써 공간의 가난을 배척할 길이 없을까? 가로되, "있다, 크게 있다, 세계 문명의 대조류에서 위와 같은 독창력을 발휘할지어다."[41]

5. 이동무

반룡(盤龍)의 고산[42]을 등지고 서호(西湖)의 평야[43]를 닥쳐서 광활한 일국을 특별히 연 함흥이 지금으로부터 80여 년 전에 한 기인(奇人)을 낳아 기르니 사상 의술(四象醫術)의 발명자인 이제마(李濟馬; 호는 東武)가 그 사람이라.

어린 시절로부터 의기가 비상하여 7세 때 조부에게 『통감절요(通鑑節要)』[44]를 학습할새, 항우가 해하(垓下)에서 패전하고 사면초가를 들으면서 오강(烏江)의 나루에 이르러 강동을 바라보고 면목 없음을 자각하여 찬 검으로 자결하는 구절에 이르러, 문득 권을 덮고 눈물을 흘리며 3일을 먹지 아니하며 가로되, "산을 뽑는 힘과 세상을 덮는 기(氣)와 정예한 부하, 기묘한 병법으로 필경 시운의 완롱물이 되고 마니, 영웅의 말로가 또한 슬프지 아니하냐?" 하더라.

소년 때로부터 책을 읽으매 침잠하고 반복하여 의리가 모두 명백한 뒤에 그치며 가로되, "학문이 어찌 문식을 위함이랴, 이치를 얻을 것이니라." 하더라. 하루는 서루에서 『주역』을 발견하고 오래

41 이 글은 청춘 7호(1917.5)에 게재된 「아등(我等)은 세계의 갑부」의 부분이다.
42 함흥의 북쪽에 반룡산이 있는데, 해발은 318m이다.
43 함흥 서쪽에 성천강이 흐르고 함흥 평야가 있다.
44 사마광의 『자치통감』을 간추려 엮은 책으로, 송나라 휘종 때 강지(江贄)의 작품이다. 흔히 '소미통감'이라 불린다.

기다리던 기이한 물건을 우연히 획득한 것처럼 대희(大喜)하고 마음을 기울여 침식을 잊고 폐하기에 이르러, 어머니가 음식을 때마다 보내되 음식 맛을 분별하지 못하며 인형과 같이 종일 단정히 앉아서 오의(奧義)를 깊게 상고하더라.

이어서 제자백가를 골고루 섭렵하고 장성해서는 더욱 병서를 좋아하여[45] 『육도삼략』을 분명히 밝힘이 많아서 일찍이 말하되, "일인의 세상에 간섭함과 일국의 정치 제도가 도무지 한 병략(兵略)이니 전쟁과 평화가 진실로 사이가 없는 것이라." 하더라.

약관에 아버지의 사업을 계승하여 집안의 재물을 흩어 곤궁한 이들을 구제하고 사방에 주유하여 풍토와 인물을 편력, 유람하다가 의주의 부자 홍초당(洪草堂)의 서루에 들어가 내외의 진서(珍書)를 박람하니 이는 실로 공의 학문상 일대 진취의 기틀을 이룬 것이라. 이로 인하여 만주와 우수리[46] 등지로 전전하야 역외(域外)의 민속을 주시, 관찰하고 개연하여 가로되, "동방의 큰일과 국면이 여기서 열리리라." 하며, 또 가로되, "백년의 소홀한 땅이 도리어 백년의 정토를 이룰 것이요, 필경에 많이 입주하는 자가 그 주인이리라." 하여, 귀환한 뒤에는 힘써 사람들의 이주를 종용하더라.

공의 학문은 격치(格致)로써 주를 삼고 삼교(三敎; 유불선 삼교) 구류(九流)[47]에 두루 미치지 아니한 곳이 없으며 더욱 의술의 이치에 대하여 일가의 독특한 견해를 세우니 세상의 이른바 사상 의술이란 것이 이것이라.

본디 공 자신의 병리를 판명하고자 하여 항상 고금의 의술 서적

45 이제마(1838~1900)는 1888년에 군관이 되고 1892년 진해 현감이 되었다. 1896년에는 함흥에서 발생한 최문환(崔文煥)의 반란 진압에 공을 세우기도 하였다.

46 우수리스크로 블라디보스토크 북쪽에 위치한 지역이다.

47 유가, 도가, 음양가, 법가, 명가(名家), 묵가(墨家), 종횡가(縱橫家), 잡가(雜家), 농가(農家) 등의 아홉 가지 학파를 이른다.

을 탐독하더니 협축소증(脅縮小症)[48]이 홀연 생기거늘, 그 원인을 변증할 양으로 인물 증험을 주야로 사색한 지 무릇 수년에 드디어 장기의 품부가 선천적으로 각각 상이하고 이 기질의 차별이 심리와 생리의 양 방면으로 천차만별인 현상을 일으키는 깊은 원리임을 발견하니라.

이 원리에 근거하여 사람을 태양, 태음, 소양, 소음 4종의 상으로 나누고 4종 인간의 특히 많은 질병, 특히 효험이 있는 약 등을 판단한 것이 곧 사상(四象) 학설이란 것이라. 이는 실로 공의 학업 중 가장 실제상 공익을 기대할 것이요, 또 이후 학계에 대하여 중대한 제안이 될 것이니라.

공이 이 견해를 스스로 증명하여 한 학설을 창립하기까지의 고심은 실로 심상한 것 아니었니라. 먼저 자신으로부터 체험하고 심증하며 다음 주위의 인물에 취하여 일일이 검사, 고찰할새 잠자리와 먹을거리를 제공하여 그 동적인 외면을 보고 정감과 사상을 교환하여 그 정적인 내면을 탐사하며, 혹 언론으로 힐난하고 혹 시와 노래로 짐작하여서 무수한 사실을 귀납하여 한 가설을 얻으니라.

가설을 얻은 후에도 비상한 주의로 실험하고 다시 실험하여 비로소 단안을 내리니 그 학설의 한 구절 한 구절이 모두 그 정신, 기혈의 형상화라 할 것이라. 한 의심을 해명하기에 왕왕 수일 혹 수십 일씩 침식을 폐하고 심사숙고하였더라.

이렇듯 연구한 결과로 혜안이 문득 열려서 사람을 보매 그 심상(心相)을 통찰하고 체질을 밝게 분석하여 감정을 누르고 다스리는 요점과 보건의 대방을 교시하니라. 고로 공의 설을 듣는 자가 다 수양과 위생의 양쪽으로 이익을 받음이 많으며 사상(四象)의 어느

48 축자적으로는 가슴이 축소되는 증상이라는 뜻이다. 이제마는 식도 협착과 신경염 등으로 고생했다고 한다.

것에 속할 것인지 미상한 사람을 만나면 비록 며칠이 걸릴지라도 거처를 제공하면서 진심으로 관찰하여 그 참을 얻은 후에 그치며 가로되, "내가 고인(古人)이 발견하지 못한 법으로써 세상에 세우니 만일 일호라도 착오가 있으면 어찌 만세에 믿음을 받으리오? 더욱 의술은 인명 · 생사의 큰 관절이 되니 설혹 능하기로 어찌 감히 술법을 자랑하랴." 하더라.

공의 학문은 학문함이 목적 아니라 사용함이 목적일새, 항상 남을 깨우치되 "산 학문을 닦고 산 학업을 위하여 산 세상의 산 사람 되기를 기약하라." 하니, 공이 병법과 의술 양도(兩道)를 구명함은 대개 실지 활용에 가장 긴요함으로 비롯함이니라. 역학의 이치에 정밀하여 세운의 추이와 인심의 추향에 대하여 선견의 명찰이 있으며 또 평소 수련의 공이 그로 하여금 비범한 실제적 수완을 가지게 하였더라.

일찍 토비(土匪)가 일어나 함흥을 함락하고 도지사를 살해하니 모든 지경이 창망하여 조처를 알지 못하더니 공이 거상한 몸으로 부로(父老)의 맞이함을 받아서 함흥부에 들어가 계책을 펴느니라. 한편으로는 도적의 수괴를 꾀어 체포하고 이치를 유세하여 도당을 해산하며, 한편으로 정부에 속히 보고하여 처분을 청하니 정부는 토포(討捕)의 수고를 면하고 함흥부 백성은 병화의 참상을 면한 일이 있더라.[49]

49 이 글은 『청춘』 12호(1918.3)에 게재되었다.

6. 격언

• 실심(實心)이 아니면 일을 이루지 못하며, 허심(虛心)이 아니면 일을 알지 못하느니라.

• 일을 논의하는 자는 몸이 일의 밖에 있어야 마땅히 이해(利害)의 사정을 다할 것이요, 일에 임한 자는 일 중에 있어야 마땅히 이해의 우려를 잊을지니라.

• 하늘이 나의 복을 엷게 하시거든 나는 나의 덕을 두텁게 하여 대처할지며, 하늘이 나의 외형을 수고로이 하시거든 나는 나의 마음을 편안히 하여 보조할지며, 하늘이 나의 처우를 위태롭게 하시거든 나는 나의 도(道)로 형통할지니라.

• 사세가 궁벽한 사람이라면 마땅히 그 초심을 찾으며, 공업이 원만한 사람이거든 모름지기 그 말로를 살펴라.

• 말 옮기기 좋아하는 자는 가히 말 섞을 만하지 못하며, 일을 의논하기 좋아하는 자는 가히 일을 도모하지 못하느니라.

• 촌음이라도 아까워하는 이라야 천고(千古)를 능가할 뜻이 있으며, 미세한 재주라도 아까워하는 이라야 호걸에 치력할 마음이 있느니라.

• 재물을 가볍게 여겨 족히 타인을 모을 것이요, 자기를 가다듬어 족히 타인을 경복할 것이요, 도량이 넓으면 족히 타인을 얻을 것이요, 내 몸을 앞세워 족히 타인을 인솔할지니라.

• 차분히 상세함이 일을 처치하는 제일법이요, 겸허가 보신의 제일법이요, 함용이 남을 조처하는 제일법이요, 쇄탈(灑脫: 조촐하고 탁 트임)이 마음 수양의 제일법이니라.

• 흉중의 형극(荊棘)을 제거하여 이로써 남과 나의 왕래에 편케 함이 곧 천하제일의 쾌활 세계니라.

• 업(業)을 세우고 공(功)을 일으킴에는 일마다 실지를 따라서 궁

행함을 필요하느니, 만일 조금이라도 명성을 사모하면 문득 거짓된 결과를 이룰 것이요. 도를 강구하고 덕을 수련함에는 생각마다 처소마다 따라서 바탕을 세움이 필요하느니 만일 적이 공효를 계산하면 문득 세속의 정에 타락할지니라.

• 목전의 영예가 있기는 쉽고 배후의 폄훼가 없기는 어려우며, 잠깐의 사귐이 즐거움이 있기 쉬워도 오래 거처하면서 염증이 없기는 어려우니라.

• 우주 안의 일을 모름지기 아무쪼록 담당하며 또 아무쪼록 파탈(擺脫)할지니, 담당하지 아니하면 경세(經世)의 사업이 없을 것이요, 파탈하지 아니하면 출세(出世)의 깊은 기약이 없을지니라.

• 무사한 때에 유사시와 같이 하면 가히 의외의 변을 마칠 것이요, 유사시에 무사한 때와 같이 하면 가히 당면한 위난이 소멸할지니라.

• 사람이 고금을 통하지 못하면 의복 갖춘 우마요, 선비가 염치를 깨닫지 못하면 의관 갖춘 개돼지니라.

• 오직 검소로 가히 청렴을 도울 것이요, 오직 용서로 가히 덕을 이룰지니라.

• 재인(才人)의 행실이 흔히 방달하니 마땅히 바름으로써 거두고, 정인(正人)의 행실이 흔히 딱딱하니 마땅히 풍취로써 통하라.

• 대호걸은 자기를 버리고 남을 위하며, 소장부는 사람을 따라서 자기를 이롭게 하니라.

• 대장부는 마땅히 웅비할지라, 어찌 즐겨 자복(雌伏; 굴복)하랴.

• 말을 세우는 이는 반드시 천고의 사업을 즉시 이루는 것 아니로되 내가 천고의 마음이 있음을 취하며, 객을 좋아하는 이는 반드시 사해의 사교를 즉시 다하는 것 아니로되 내가 그 사해의 바람이 있음을 취하노라.

- 입신은 일보라도 높이 할지니 그래야 초월하며, 처세는 일보 만치 물러날지니 그래야 안락하니라.
- 뜻은 일시도 잃음이 불가하며, 마음은 일시도 버림이 불가하니라.

-육소형(陸紹珩) 『취고당검소(醉古堂劍掃)』-

7. 대서양상의 비극 (1)

산악 같은 타이타닉 호

1912년 4월 14일 밤에 산악 같은 일대 거선이 캄캄한 속을 헤치고 대서양 위에서 서로 달아나니 이 배는 곧 백성(白星; White Star) 회사가 새로 건조한 기선 타이타닉 호(The Titanic)라. 그 총 톤수가 4만 6천여 톤이 되고 선형의 장대와 설비의 완전으로써 기록을 새로 세워 조선계의 일대 신기원을 그은 것이라 하는 것인데, 이 신기록의 거선이 영국으로부터 미국으로 향하여 처녀 항해를 나섬이라.

신기한 것 좋아하는 인심과 안전한 것 찾는 인심이 합하여 승선한 자가 무척 많았으므로 선실이라는 선실마다 승객이 가득하여 승객이며 승무원 총합이 2,340인[50]이나 되었더라.

대서양의 노도도 타이타닉의 앞에는 명주 구김살만도 못하게 보이는데 20노트의 속력으로써 얼음 지치듯 항해를 계속하여 케입레인[51] 근처까지 오니, 이미 항로의 반을 더 온 셈이라. 미국이 한 발

50 다른 기록에는 2,224인이다.

51 캐나다의 뉴펀들랜드(Newfoundland) 섬의 남동쪽 끝, 등대가 있는 곳으로 케이프 레이스(Cape Race)가 있다. 이 등대에서 빙산에 대한 경고 전문을 여러 번 보냈는데 타이타닉 호는 무시하였다. 케입레인은 이 케이프레이스를 이르는 것으로 보인다.

자취씩 가까워지겠다, 배는 큰 성, 높은 누각 같겠다. 승객들은 마음을 턱 놓고 깊어가는 밤에 단잠이 무르녹더라.

오후 11시 40분! 북극으로부터 흘러내려 오는 유착한(투박하고 큼) 빙산이 수면상의 높이가 100척, 물속에 잠긴 부분은 그 10배나 됨 즉한 거대한 빙산이 불시에 타이타닉으로 달겨든다. 위기가 일발! 에구머니 하는 동안에 마주 때려서 배에 큰 상처가 났다. 침침한 칠흑의 밤! 망망대양! 승객의 편안하던 꿈이 깨지고 부르짖는 소리와 걱정하는 빛과 놀라워하는 생각만 타이타닉의 내부에 충만하였다.

선원이 죽을힘을 다하여 구조에 종사하였으나 그 전부를 구원해 내지 못하고, 15일 오전 2시 20분에 이르러 배가 아주 밑 없는 바다 속으로 가라앉아 버리니 이 동안이 불과 2시간 40분이라.

이 동안에 아무런 고담(古談)보다도 비장, 처참한 비극이 연출되니 숫자만으로 볼지라도 승객 중 구조된 자가 705인[52]에 여인이 400인, 남자가 305인이요. 남자 305인 중 189인[53]은 비도(飛舠)[54]를 조운하는 승무원인즉, 승객은 겨우 116인[55] 뿐이니 여인의 4백[56]에 대하여 남자의 116인은 4분의 1가량이며, 또 이 구조 인원을 승원 총수 중에서 제하고 그 나머지 1,635인[57]은 다 한가지로 대서양의 물고기 뱃속에 장사 지냈더라.

52 다른 기록에는 710인이다.

53 승무원 중 구조 인원은 212인이었다는 다른 기록도 있다.

54 축자적으로 빠른 작은 배라는 뜻인데, 보트의 음역어인 것으로 보인다. 즉 구명 보트이다.

55 남자 승객의 구조 인원은 146인이었다는 기록도 있다.

56 다른 기록에는 여자 구조 인원은 약 350여 인이었다고 되어 있다.

57 다른 기록에는 사망 인원이 1,514인이다.

어버이 모르는 두 아이

구조된 이 속에 사내아이 둘이 있는데 하나는 두 살 반쯤 되고 또 하나는 세 살 반쯤 되었으며 용모는 프랑스 아이같이 보이되, 오직 "Oui"(응)와 "Non"(아니) 밖에는 다른 말을 모르며 부친이나 모친이 같이 탔던지 아니 탔던지 알 수 없는지라. 하는 수 없으므로 먼저 프랑스, 다음 영국으로 그 사진을 보내서 짐작 있는 이를 찾기로 하고 어느 부인에게 두 아이를 맡기기로 하였더니 뒤에 그 사정을 알았더라.

이 아이들의 양친은 금슬이 조화롭지 못하여 부친은 미국에 가서 벌이를 하고 모친은 프랑스 니스에서 두 아이를 데리고 살더니라. 부친이 두 아들의 생각을 이기지 못하여 하는 일이 손에 잘 붙지 아니함으로 멀리 대서양을 건너 니스로 와서 몰래 두 아이를 훔쳐내서 타이타닉을 타고 장래의 성공을 꿈꾸면서 대서양을 항해하는 터이러니, 불행히 이 야단이 나서 아이 둘은 보트에 옮겼지만 그 부친은 여러 다른 사람과 한가지로 물귀신이 된 것이라. 두 아이는 다시 프랑스로 보내어 무사히 모친의 품에 안기게 되었더라.

혼례의 의복이 물거품

선객 중에 결혼 약속한 한 쌍의 청년 남녀가 있었는데 미국 사람이라. 유행의 본원인 파리에서 혼례에 쓸 훌륭한 의복감을 장만할 양으로 일부러 파리로 가서 이것저것 골라 사 가지고 본국으로 돌아가서 대례(大禮)를 지낼 양으로 손목을 맞잡고 배를 탔더라. 이 두 사람은 다행히 구조되어 고토를 밟기는 하였으나 맨몸뚱이뿐이요, 혼인 빔할 옷감은 몰수이 바다의 아가리로 들어갔더라.

이 소문이 한 입 거르고 두 입 걸러 세상에 쫙 퍼지니, 미국의 아낙들이 매우 동정을 표하여 부인 부조회(Women Rescue Society)에서

색시를 위하여 의연금을 모집하여 혼례에 쓸 의복을 갖추어 장만하여 주니라. 그래서 파선된 지 일주일 되던 날, 곧 21일에 뉴욕의 대회당에서 혼례를 행하게 되었는데 크게 남의 이목을 주목시켜 혼례 참여한 이가 퍽 많았다더라.

이 따위는 불행 중에 다행이요, 눈물 속에도 웃을 일이요, 비극 중에도 희극이라고 할 것이니, 얼마큼 안위할 만하거니와 남자에 이르러서는 비장하며 장렬하여 아무런 연극이나 곡조로도 바로 그려낼 수 없는 사실이 무수하더라.

책임에 순사(殉死)한 우편 사무원

승무원 중에 우편 사무원 4인이 있었는데 배의 운명이 아주 결정되었을 즈음에 자기네 일은 조금도 상관치 아니하고 저승 차사가 앞뒤에서 어른거리건만 태연히 허다한 우편물 속에서 등기 우편물의 행낭 2백을 골라내어 꼭 수호하다가 아주 절망된 줄 아니라.

선원더러 "우편물을 잘 수호하여 주오."하고 차근차근 부탁하고 자기네는 태연자약하게 물속으로 들어갔으니 그 용감하고 침착하며 책임의 확실함이 어떻다 하겠느뇨? 어느 사람이 평하기를 "그네들은 용감한 행위와 고귀한 책임으로써 거룩한 유산을 삼았느니 이 유산이 국민의 재화로 회계하게 되지는 아니할망정 진실로 국민 생명의 정수니라." 한 것이 과연 지언(至言)이라 할지로다.

8. 대서양상의 비극 (2)

"영국적으로" 선장의 한마디

선장은 스미스[58]란 이러니 마지막까지 선중에 떨어져 있어 다른 선원을 격려하여 위기의 처치를 취하게 하였는데 이때에 그가 상투로 하는 말은 "영국적으로 하라"(Be British)하는 한마디로라. 이는 더 할 말 없이 영국인의 면목을 훼손할 일을 하지 마라, 사내답게 동작하라 하는 의미라.

당시의 어느 프랑스 신문이 이 말을 번역하기를 "사내답게 몸을 가지라, 영국 사람처럼."이라 하였더라. 또 당시의 신문에는 "영국적으로 하라"한 어구가 트라팔가 해전에서 넬슨의 경어(警語)[59]보다 더욱 간결하고 전율적이라는 평이 있으니라.

가상한 열녀와 개 마누라

아낙네는 대개 구조되었지만 그중에 얼마큼 죽은 이도 있었으니 죽기는 보트에 옮아 타기를 싫다 한 까닭이로라. 이제 그 속에서 한 둘의 사례를 들어 말하겠노라.

부인 승객 중에 오십 좀 넘은 한 사람이 그 남편으로 더불어 같이 탔더니 일이 급하여 그 남편이 마지막 악수를 하고 "나는 여기 떨어질 것이니 그대는 여자의 몸인즉 바삐 보트로 옮아 타서 화를 면할 도리를 하라." 하였으나 그 아낙이 머리를 좌우로 휘두르며 그리하고자 아니하는지라.

선원들도 얼른 이리로 옮기라고 권하여도 굳이 듣지 아니하고 "내가 오늘까지 몇 십 년 동안 감고(甘苦)를 함께 하여 왔거늘, 이 마당을 당하여 혼자 살아나고 영감을 죽이다니 말이 되오리까? 나는 그리할 수 없습니다. 영감 곁을 떠날 수 없습니다. 죽을지라도 영감하고 죽지, 혼자 살기는 바라지 아니합니다."하며 남편의 팔뚝에 매달려 꼼짝하지 아니하더라.

58 스미스(Edward John Smith; 1850~1912)는 대형 여객선의 선장을 역임하였다. 타이타닉 호에서 죽었으며, 고향에 동상이 세워져 있다.

59 축자적 의미로는 경고하고 경계하는 말이라는 뜻인데, 넬슨이 상용하던 어떤 격언을 이르는 것으로 보인다.

이름이 무엇인지 생각나지 않으나 유태인임은 분명하더라. 이런 따위는 열녀적이라 할지, 정부(貞婦)적이라 할지, 하여간 동양적으로 용감 장렬하고 정숙 신실한 점이 크게 사람으로 하여금 느끼게 하는도다.

또 한 아낙네는 개 한 마리를 데리고 있더니 보트로 옮기라고 권하니 "개도 함께 타려오." 하거늘, "그것은 못되지요." 하니, 이 아낙네는 비상한 애견가라. 개를 차마 떼지 못하여 "개를 데리고 가지 못할진대 옮겨 타지 아니하겠소." 하고 개와 함께 잠겨 가는 타이타닉에 떨어져 참혹히 죽어 버렸더라. 은혜가 금수에 미쳤다고 할지는 모르나 반드시 잘한 일이라 할 것은 아닐지니, 이 부인의 심리 작용은 썩 알기 어렵더라.

극기심과 그 보상

소아와 여인은 물론이요, 탈 수 있을 만큼은 다 보트로 옮겨 싣고 그 뒤에 떨어진 사람들은 배가 침몰하도록 갑판에 모여서서 악대로 하여금 풍악을 잡히며 자기네는 "주의 앞이 가까워지네(Nearer my god to thee)"의 찬송가를 합창하면서 참혹한 이승의 마지막 막을 닫았더라.

대개 이처럼 파선을 하는 경우에는 어느 때, 누가 마련한 것인지는 모르되 자연히 시행되는 해상의 법률이 있으니, 대개는 약한 이로부터 구조하는 임협(任俠)적, 인애적, 인도적 정신으로써 마련된 것이라. 이번 타이타닉의 파선 때만 할지라도 남자보다 여인 - 여인과 소아는 거의 전부가 구조되기는 실로 이 법률이 원만히 실행됨이러라.

세상이 갈수록 물질적이 되고 정신적 방면은 나날이 퇴보하는 조짐이 있다 하는 비관적 의견을 가지는 사람조차 있는 20세기에 이러한 남자적 행위 - '살신성인'적인 남자적 행위를 실지에 보니 과연 사람으로 하여금 든든한 생각이 나게 하더라.

동시에 이 행위가 전세계의 동정심을 야기하여 이런 용사의 유족을 부조하기 위하여 의연금을 모집하는 이가 많고 지금 수백 만 원의 거액을 얻었는데 이 운동에는 더욱 아낙네들이 매우 진력하였더라. "남들이 보트로 옮겨 탐을 바라보면서 자기는 침몰선에 떨어져 있어 종용히 죽음을 취한 극기심", 이것은 불문율이요, 꼭 이렇게 하여라 하는 명문(明文)은 없지만 이렇게 하지 아니하면 아니 된다고 명령하는 자가 있으니 다른 것 아니라.

영국인의 두뇌에 들어 있는 인도(人道), 남자도(男子道), 신사도(紳士道)이니라. 천재 시인 브라우닝[60]의 시에

엎드리기는 일어날 양으로,	We fall to rise,
넘어지기는 더 잘 싸울 양으로,	Are baffled to fight Better,
잠들기는 깰 양으로[61]	Sleep to wake.

라 한 것이 있으니 이 한 구절이 극기심의 성질을 묘하게 사출(寫出)하였다 할지니라.

물어보자, 너도 남자냐?

그런데 남자 중에도 비열한 자가 없지 아니하였더라. 어느 자는 몰래 아낙네의 탄 보트 안으로 뛰어들어 잡은 참에 아낙네의 입고 있는 "쁘란케트"[62]를 빼앗아 쓰고 배 바닥에 엎드려 추위와 무서움

60 브라우닝(Robert Browning; 1812~1889)은 영국 빅토리아 시대를 대표하는 시인이다.

61 이 시는 Epilogue라는 작품의 일부이다. Baffle은 '넘어지다' 보다는 '비틀대다, 어정대다'에 더 가깝다.

62 blanket[담요]로 보인다.

으로 벌벌 떨고 암만 불러 일으켜도 꼼짝도 아니하다가 구조선이 오니, 먼저 옮겨 타서 용하게 몸을 숨겼다 하더라. 또 어느 자는 얄미운 꾀를 내어 여자 옷을 입고 보트로 옮겼다 하더라.

그 당시의 신문 기사를 보건대 중국인 서너 명이 타고서 다 용하게 보트로 올라서 몰래 배 바닥에 숨었는데, 배에서는 이런 줄을 모르고 실을 수 있는 대로 사람을 많이 실었음으로 뜻 아닌 일대 사건이 생겼더라.

무엇인가 하니 이튿날 보트를 검사하여 볼 때에 배 바닥에 전차에 친 두꺼비처럼 납작하여진 것을 발견함이라. 죽은 자는 그만둘지라도 이렇듯 하여 살아난 자들에게 대하여는 "너도 남자냐?"고 물어보고 싶도다.

9. 곡예 비행 (1)

이번 봄 도쿄 체재 중, 가장 강렬한 인상을 기억에 남긴 것은 미국인 아트 스미스[63]의 곡예 비행이로다. 근세 과학의 꽃다운 총아로 비행기가 출래하여 공기의 경계가 점차로 인류의 세력권 내에 들어가게 됨은 불과 수십 년 이래의 일이라.

향상에 근면하고 모험에 용감한 서구 열강인의 신진 경쟁하는 결과로 상승의 고도와 항속의 시간과 추진의 속력과 실용의 능률이 날마다 오르고 달마다 길어져 신기록 창조의 전신이 분분히 세

63 아트 스미스(Art Smith; 1890~1926)는 미국의 곡예 비행사로 이름을 날렸다. 비행기의 분사 연기로 공중에 글자를 남기는 스카이라이팅(Skywriting)을 최초로 했으며 1916~1917년 사이에 일본과 한국에서 곡예 비행을 공연해 안창남, 권기옥 등에게 영향을 주었다 한다. 비행 우편 배달업에 종사하다가 비행기 사고로 죽었다.

계의 이목을 경동함은 남과 내가 모두 아는 사실이니라.

최근 수년 간 가장 경이의 초점이 된 자, 이는 소위 곡예적 비행이니 심심한 모양으로 바람을 맞아 공중에 달림은 이미 당연지사로 평범히 보게 되니, 신기하고 탁월한 신경지를 열고 별난 자리에 나가지 않으면 시대의 총애를 유지하지 못하게 된지라. 이에 진보의 원칙이 드디어 이 기묘하고 험한 신기술을 산출하였도다.

곡예 비행도 여러 종이 있으나 그중 보편한 것은 곤두박질 비행, 나선 비행, 상물(象物)[64] 비행 등이요. 물론 다 비행기에 탑승한 채로 공중에서 공연하는 것이니 공연자도 결사적 태도로 곡예함이러니와, 관람자가 도리어 마음과 혼이 놀라고 떨리니라. 이 기예도 기이하고 새로운 것을 좋아하고 받들기에 특별한 미국에서 더욱 융성하고 따라서 능수(能手)도 많다 하더라.

아트 스미스란 이는 약관을 겨우 지난 한 소년이나 담대하고 호용하여 탁월한 재능으로 국내에 절륜할 뿐 아니라 전세계에 명성이 융성한 이라. 그가 이른 곳마다 대담함으로 큰 명성을 구하고 묘기로 무거운 재물을 얻으니 적막한 동양의 항공계를 교란할 차제로 앵후상역(櫻候桑域)[65]까지 멀리 와서 열광적인 환영 속에 도처에서 익숙한 수단을 발휘하니라. 내가 이 땅에 체류하다가 그 실상을 목격하니 또한 한 기이한 인연이라 이를지로다.

그 도쿄에서의 공연은 4월 8일, 9일, 13일간인데, 나는 그 최종일에 관람하였노라. 비행장 된 아오야마(青山)의 들은 다년간 인마(人馬)가 밟고 지나가 황사가 분분한 연병장[66]이요. 유명한 쓰쿠바(筑波; 茨城縣) 계곡의 바람이 무사시노(武藏; 東京都) 평야를 바로 질러서

64 사물의 형상을 본따 비행하는 일을 이르는 것으로 보인다.
65 벚꽃이 자라는 기후와 뽕나무가 자라는 역내라는 뜻으로 일본을 이른다.
66 시부야 구(澁谷區) 아오야마(青山) 근처에 있었던 것으로 보인다. 지금은 요요기(代代木) 공원이 되었다.

도쿄로 침입하는 첫머리라. 평소에도 모래바람이 사방에서 날아와 진해(塵海)라는 이름이 있는 터인데, 이 날에는 밤에 분 강풍이 곧 바로 위협하여 시내의 밀집한 거리에서도 나는 돌이 면상을 때리니 아오야마 일대의 모래 먼지는 필설로 그려낼 바가 아니라.

심상한 인마(人馬)도 오히려 부딪혀 지나기가 어렵거든 하물며 비행이나 곡예이랴. 수일 간 그의 절륜한 기예에 탄복한 도쿄 사람들도 모두 "아무리 담이 말[斗]처럼 크고 기세가 하늘을 삼킬지라도 오늘에야 어찌 재능을 드러낼 수 있으리오, 응당 연기되리라." 고 여겨 제물에 단념하니라.

오후 1시가 지나며 의외로 불꽃 포성이 한 번 서쪽 하늘에 크게 울리니, 이는 곧 비행 거행의 신호라. 포성을 듣고 경탄한 이가 어찌 나 한 사람만이리오, 모든 사람이 그러하였을 것이오, 어찌 사람뿐이리오, 일찍 와서 위협하던 풍백(風伯; 바람신)이 더욱 낙심하였을지로다.

그래서 거리로 달려 나가 바람에 부푼 옷소매를 부여잡고 펄럭이는 옷깃을 단속하면서 간신히 아오야마 근처에 이르니라. 모래구름이 위를 덮고 모래 안개가 밑으로부터 가두어 누르게 닫힌 눈앞의 광경은 태양에 빛이 없고 모래와 자갈이 날리는 등 진부한 자구(字句)로는 그 만분의 일도 형용하지 못하겠으며 순간도 눈과 코를 열 수 없으니라. 비행사의 모험은 차치하고도 관람자도 이미 대모험이라.

그 엄청난 인내는 미증유라 군중에서 그만두고 돌아가는 자가 줄줄이 이어짐도 괴이하지 아니하며, 나의 동행도 또한 관람의 기회를 영영 잃을지라도 바람을 뒤집어쓰는 고난을 우선 면하자고 귀가를 재촉하니라. 내가 견인(堅忍)하며 대기함은 그 비행 결행의 장쾌를 보자는 것보다 실로 결행 여부의 의문을 알고자 하는 마음이 더 많았노라.

풍속이 시간의 진행과 같이 나아가 지상 초속 32미터로 보고되니, 절대 불가능하리라 함이 만인의 일치하는 바이라. 가능한가, 불능한가, 자연이 이기는가, 인공이 패배하는가? 과학상 한 의문스러운 연극의 막이 내려지기를 기대하는 심사로 전신주를 부여잡아 몸을 지탱하고, 목책(木柵)을 앞에 두고 눈물을 닦아내면서 신호의 딱따기가 울리기만 기다렸노라.

딱딱 하는 소리가 공연장의 중앙에서 홀연 울리고 우수수 하는 소리가 이어서 들리거늘, 손바닥으로 가리개를 만들면서 감은 눈을 겨우 열어 보니 양의 뿔 같은 모래 기둥이 상공을 바로 가리키는 곳에 용 비늘 같은 비행기 날개가 그 사이로 물고기처럼 뛰노는구나. 나는 새도 죽지를 거두고 감히 그림자도 내비치지 못할 이 날 이 공중에, 홀로 스미스의 비행기가 용감한 자취를 우뚝 나타냄이로다. 광풍이 바퀴를 돌리는 곳에 만상(萬象)이 모두 엎드리거늘, 홀로 벽안의 한 소년이 감히 항거하니 손이(巽二; 바람 귀신)의 노한 머리털이 응당 관을 찌르리로다.

10. 곡예 비행 (2)

'오! 오!' 하는 소리가 모든 입에서 나온다. 모래 먼지가 들어옴으로 능히 눈을 전부 뜨지는 못하고 눈병 걸린 이들이 보는 모양으로 누른 바람 몽몽한 공중을 우러러보니, 그들의 면상에는 경탄과 위구(危懼)가 혼합된 동일하면서도 다른 모양의 표정이 넘쳐났다. 지면이 오히려 이렇거늘, 공중의 바람 기세야 어떨까? 발 디딘 이가 오히려 이렇거늘, 비행자의 교란이야 어떨까? 필경 결행한 그의 용기가 만인의 간담을 서늘하게 하였으며, 아울러 나로 하여금 '패러독스'적인 실망을 맛보게 하니 대개 불능하리라고 기대하였던 것이 의외에 가능함일세라.

놀랍도다, 용자의 앞에는 불가능이 본디 없다는 산 교훈을 제공한 저 한 소년이여! 결단하여 행하는 너의 용기에 귀신도 또한 피했음을 나는 믿노라. 수만의 군중이 도리어 엄청난 용기와 쾌거에 혼백이 나갔다 들어왔다 하고 경이의 갈채를 초월한 탄미의 침묵을 지키는 중에, 맹렬한 바람의 엄습을 비행기 머리에 받으면서 잠시 모래 구름에 잠겼다가 문득 용감한 자취를 다시 보이며 전력으로 상승하니라.

당사자의 귀에는 들어오지도 아니하는 만세 소리가 비로소 우레 소리처럼 동시다발로 솟구친다. 상승할수록 풍속이 더하자, 마치 맹금에게 구축당하는 작은 제비처럼 맹렬한 바람에 반전, 표류하면서 바람을 충돌하고 남북으로 종횡하여 연병장 위로 4회 회선하는 가운데, 실수하면 기체가 날아가 버릴 터이라. 이를 지지할 양으로 발동기가 전속력의 굉음을 내면서 분투하며, 100마력을 가진 기체이건만 잠시 간신히 공중에 정지한 상태라.

이 사이에 시간이 10분 이상을 경과하니 그 연료통은 30분을 지속할 수 있을 따름이라. 기체가 어떤 운명을 만날지 알 수 없으므로 각 임원이 서로 돌아보면 실색하여 혹은 모자를 휘두르고 혹은 수건을 흔들면서 분분히 하강을 재촉하였으나, 물론 그의 눈에 들어오지 아니하고 더욱 고도를 올려서 800미터에 다다르니라. 관중들이 "비행한 것만도 장하다, 곤두박질은 바라지도 않는다." 하면서, 대사가 닥쳐온 것처럼 창망한 안색으로 표류하는 비행기 자취의 한 점 한 획을 주시하니라.

800미터의 고공을 다한 기체가 점차로 풍향을 따라서 하강하다가, 600미터쯤 되자마자 극도로 기체의 앞을 세우고 완전히 결사의 자세로 섬광처럼 홀연히 곤두박질을 공연한다. 지축을 흔드는 열풍도 이 '세계적 조인(鳥人)'(스미스의 별명)의 묘기를 방해하지 못하는지 연달아 곤두박질을 행한다.

역전하는 족족 기체가 표류하니, 관중이 그대로 입술을 깨물고 주먹을 힘껏 쥔다. 교묘한 역전을 3차 시행하고 문득 기체의 머리를 하향하여 그의 장기인 나선형 도하로써 400미터 지점까지 달려내리고 이 지점에서 다시 기수를 수평으로 뒤집는 듯하니라. 또 거듭 두 차례 곤두박질을 행하고 다시 결사의 강하로 연병장의 남쪽 구석에 착륙할새, 그 기세가 매우 신속함으로 멀리의 관중은 추락하는 것으로 오인하여 성난 물결처럼 운집함도 괴이하지 아니하다.

무릇 15분간 신기(神技)를 보여서 비행의 완전함을 확증한 그에게 만세의 소리가 뇌우처럼 쏟아진다. 내가 목전에 이 근대 문명의 일대 장쾌한 연극을 보고 경이의 극치, 감개의 여지에 다만 마음이 열광해 입으로 보전할 따름이었노라.

겨우 심신을 안정하며 "그렇구나, 그렇구나."의 소리가 입을 찢고서 나옴을 스스로 금하지 못하였느니 안전의 이 광경이 문득 위대한 근대 문명의 핵심을 보인 것이오, 왕성한 서구 열강의 골자를 설파하는 것이오. 동서가 소멸하고 성장한 현재가 결국 마땅하고 남과 나에게 화복의 금일이 당연한 것을 큰소리로 바로 아뢰는 것이라. 만권의 기록보다 더욱 명백히, 백가의 논설보다 더욱 강렬하게 문명 진보의 오묘한 기틀을 돈오하고 직관하게 한 소년 스미스에게 정례(頂禮)[67]로 감사함을 스스로 이길 수 없었노라. 내 소리가 얼마나 컸으리오만 남보다도 심절한 성의를 담은 만세를 세 번 외치지 아니하지 못하였노라.

이 방면의 선배와 전문가들이 다 그의 비행을 만류하고 군중이 다 그의 불능을 공인했던 이 거사는 물론 한번 죽기를 결심한 것이요, 사생과 이욕과 허영, 명예를 초월한 것이요. 오직 긴장이 고조

67 가장 큰 공경을 보이는 뜻으로 이마를 땅에 대고 올리는 절이다.

된 큰 신념과 큰 용기의 신령스런 발로로 수행한 것이니, 과연 감격의 눈물과 경건한 뜻으로써 이 귀중한 교훈을 접하지 아니하지 못하였노라. 사람이 다 열풍을 모험한 최고의 기록이라 하여 칭찬하는 중에 나는 더욱 내 일생의 산 학문, 참 학문으로 영원히 이날의 감명을 보유하려 하였노라.

허공을 정벌한 어린 용사가 열풍을 제어한 본의를 토로한 말에 이르되,

"중인의 만류까지 듣지 아니하고 이 비행을 결행하기는 비행기란 것이 어떠한 기후에라도 비행이 가능하다는 자기의 신념을 증명하기 위함이니라. 만일 금일의 비행을 중지하였더라면 평소의 호언이 모두 망탄한 주장에 돌아갔으리다. 확실히 자신할 만한 기량이 있으면 기후의 여하가 무슨 상관이리요? 금일의 일이 족히 비행기의 절대 안전 시대가 왔음을 입증할까 하노라."

하더라. 신체와 생명을 던져서 자기 신념을 명백히 하고 생사를 무릅쓰고 도리를 증명하니, 고상한 일념과 이를 실지에 현시하는 고상한 행위로서 근세의 대문명이 산출된 것을 생각하라. 저 금일의 모험을 다만 한 대담한 비행가의 모험적 곡예로 볼 것 아니라, 이를 살펴서 후박 · 심광한 근대 문명의 정신적 동력과 내부의 생명을 관조함이 당연하지 아니하냐! 평소 서책과 사색으로 얻은 추상적 이론에 대하여 강대한 사실로써 구체적 증명을 부여하는 것 아니냐?

내가 들으니 그가 비행기의 조종간을 잡고서 문득 일종의 삼매경에 들어가 위기와 곤란을 두려워함이 반점도 없이 하고 공중을 달리기가 도로와 같다 하며 이만한 지경까지 이르는 동안에 그 고심과 노력은 실로 비상한 것이 있느니라. 몇 번이나 생사의 지경을 출입하고 몇 번이나 지극한 위기에 침몰하였으나 매번 불굴의 일념으로써 드디어 실망의 구름을 흩어 버리고 성공의 날을 목도함

이라 하니라.

제1은 용기요, 제2는 강력(剛力; 굳센 힘)이요, 제3은 그 강건함과 용기를 함양한 공부라. 대개 이 세 가지는 스미스 비행상에서 주요한 조건이 될 뿐 아니라, 실로 고금의 문명 개척자가 반드시 구비한 자격이요, 더욱 바로 근대 문명의 산모로다.[68]

11. 영동의 산수 (1)

산수(山水)가 빼어나기로는 마땅히 강원의 영동으로써 제1을 삼을지니라. 고성의 삼일포(三日浦)[69]는 말고 오묘한 중에 농익어 아름답고, 한적한 중에 탁 트여서 숙녀가 단장한 것처럼 사랑할 만하고 공경할 만하니라. 강릉의 경포대는 한나라 고조(高祖)의 기상처럼 활달한 중에 웅혼하고, 요원한 중에 안온하여 가히 형용하지 못할 것이 있느니라. 흡곡(歙谷)의 시중대(侍中臺)[70]는 명랑한 중에 삼엄하고 평이(平易)한 중에 심원하여 명재상의 관부에 처한 것처럼 가히 친할 수는 있으되, 가히 업신여기지 못할지니, 이 세 호수가 호수와 산의 제1경이 되느니라.

다음에 간성의 화담(花潭)[71]은 달이 맑은 물에 떨어진 듯하고 영랑호(永郎湖)는 구슬이 큰 못에 숨은 듯하고 양양의 청초호(靑草湖)[72]는 거울이 그림 경대에서 열린 듯하니, 이 세 호수는 경승이 위의 세 호수에 버금가는 것이라. 우리나라 팔도에 호수가 거의 없되, 오

68 이 글은 『청춘』 11호(1917.11)에 실린 「용기론」의 부분이다.
69 현재 북한의 강원도 고성군에 있는 호수로 관동팔경의 하나로 꼽는다.
70 강원도 통천군 흡곡면에 있는 정자로 관동팔경의 하나로 꼽는다.
71 현재 강원도 고성군 간성읍의 화진포이다.
72 현재 행정 구역으로는 속초시에 들어간다.

직 영동의 여섯 호수는 거의 인세간의 소유가 아닐 듯하니라.

삼일포는 호수의 중심에 사선정(四仙亭)이 있으니 곧 신라의 영랑(永郎), 술랑(述郎), 남석행(南石行), 안상(安詳)의 놀던 곳이라. 4인이 교유를 맺어 사환에 생각을 끊고 산수 간에 주유하였는데 세상에 전하기를 도를 얻어 신선이 되어 떠났다 하니라. 호수의 남쪽, 석벽에 단서(丹書) 있는 것이 곧 사선(四仙)의 제명(題名)이니 천여 년 풍우에 붉은 자취가 오히려 부서지지 아니함은 또한 기이한 일이로라.

읍에서 하는 객사의 동쪽에 또 해선정(海山亭)이 있으니 서쪽으로 돌아보면 금강산이 천첩이요, 동쪽으로 바라보면 창해가 만리요, 남쪽에 임하면 장강이 일대라. 원대하고 웅장하며, 트고 작고 그윽함과 툭 트임이 극치를 겸하니라.

남강(南江)[73]의 상류에 발연사(鉢淵寺)[74]가 있고 근방에 감호(鑑湖)[75]가 있는데 전설에 양사언(楊士彥; 호 蓬萊)이 정자를 호숫가에 짓고 비래정(飛來亭) 세 대자(大字)를 필사하여 벽에 걸었더니 하루는 광풍이 격동하더니 홀연 그중의 "飛" 자를 휘말아 가서 간 곳을 알지 못하였는데 그 일시를 헤아리니 곧 양사언의 작고하던 일시라. 사람들이 이르되, "양(楊)의 일생 정신이 '飛' 자에 있다가 기가 흩어지니 함께 흩어져 감이라" 하니, 사실일진대 기이한 일이라 할지니라.

경포는 한 작은 기슭이 동쪽으로 솟고 대(臺)가 그 언덕 위에 있으며 앞에 호수가 있으니 주위가 이십 리요.[76] 수심이 사람 배에 지나지 못하되 가히 작은 배를 운행할 만하며 동쪽에 강문교(江門橋)

73 고성군의 금강산 지역에 흐르는 하천으로 영동에서는 가장 크다고 한다.
74 신라 혜공왕 대에 진표(眞表)가 창건했다고 한다.
75 고성군 구읍리 남쪽에 있는데, 현재 북한 지역이다.
76 현재는 토사의 퇴적으로 주위가 4km로 축소되었다 한다.

가 있으니 다리 밖으로는 백사(白沙) 제방이 중첩하여 서로 차단하고 제방 밖으로는 푸른 바다가 하늘에 이어지니라.

세상에 전하되, 호수가 본디 부민(富民)의 거처러니 걸승의 쌀 구걸을 똥으로써 응하였더니 거처가 문득 꺼져서 호수가 되고 쌓았던 곡식이 모두 변하여 세세한 조개가 되었다 하니라. 이 조개를 현지인들이 적곡합(積穀蛤; 곡식 조개)라 칭하니 매양 흉년에는 조개가 많이 산출되고 풍년에는 조개가 조금 산출된다 하니라. 그 맛이 감미로워 가히 요기할 만하므로 봄 여름에 사방의 남녀들이 이고 지고 와서 채집함이 도로에 끊이지 않으며, 호수 바닥에 오히려 기와 조각, 그릇붙이가 남아 있어 물놀이 하는 자가 종종 얻더라. 호수의 남으로 몇 리쯤 가면 한송정(寒松亭)이 있어 돌 가마, 돌절구 등속이 있으니 곧 사선(四仙)의 놀던 곳이니라.

시중호(侍中湖)에는 누정이 없으며 모래 연안이 중첩하고 교차하는데 호수가 굴곡지고 물이 돌아가니 청결하고 삼엄하여 경개가 절승한지라. 옛날에 한명회(韓明澮)[77]가 감사로 이곳에서 연회를 베풀어 재상에 임명되는 보답이 맞추어 이르러 받으니 읍의 사람들이 시중호(侍中湖)[78]라 부르니라.

통천(通川)의 총석정(叢石亭)은 금강의 여섯 줄기가 대해로 들어가 도서(島嶼)와 같고 산록 북쪽의 바다 가운데 큰 석주(石柱)[79]가 있어서 산록의 몸통을 따라서 한 행렬로 나란히 서니라. 그 뿌리는 바다 속에 서고 꼭대기는 산록과 높이가 같고 석주와 산록의 거리는 100보를 넘지 않으며 그 높이는 백 길이나 됨직한지라.

무릇 돌 봉우리가 위는 날카롭고 아래는 두텁거늘 이는 상하가

77 한명회(1415~1487)는 조선 초기의 공신이다. 1459년에 황해도, 평안도, 함경도, 강원도 4도의 체찰사를 역임하였다. 1462년에 우의정이 되었다.

78 시중(侍中)은 정승의 다른 이름이다.

79 제주도에서 많이 보이는 주상절리와 유사하게 바다에서 솟은 돌기둥이다.

하나이니, 기둥이며 봉우리가 아니라. 기둥의 몸통이 둥근데 둥근 중에 깎이고 쪼개진 흔적이 있어서 아래로부터 위에까지 목수가 일부러 칼로 새긴 것 같으니라. 기둥의 위에는 혹은 고송(古松)이 점점이 자라 아취를 더하며, 기둥의 아래 바다 물결 중에는 무수한 작은 석주가 혹은 곧게 서고 혹은 거꾸러져 파도로 더불어 서로 침식되는 것이 인공과 매우 흡사하니 진실로 조물주가 형체를 품부한 중에 지극히 기교한 것이라. 이는 천하의 기관이요, 또 그 짝이 없을지니라.

12. 영동의 산수 (2)

삼척의 죽서루(竹西樓)[80]는 오십천(五十川)[81]을 기대어 경승이 되었으며 절벽 밑에 어둔 구멍이 있어서 물이 그 위에 이르면 꺼진 곳처럼 흐르고 남은 물은 누정 앞의 석벽을 따라서 고을 앞을 횡단해 가니라. 옛날에 한 사람이 배 타고 놀다가 잘못하여 구멍 가운데로 빠져서 간 곳을 몰랐다 하더라.

기타, 양양의 낙산사(洛山寺)[82]와 간성의 청간정(淸澗亭)[83]과 울진의 망양정(望洋亭)[84]과 평해(平海)의 월송정(越松亭)[85] 등은 다 바다에 면하여 건축되니라. 바닷물이 절벽에 닥쳐 하늘과 더불어 하나가 되고 앞에 가린 것이 없어서 면하여 일호도 없이 망연할 뿐이라. 해안

80 삼척시 성내동에 있는 조선 시대의 누각이다. 보물로 지정되었다.

81 삼척시 서쪽을 흐르는 하천이다.

82 양양군 오봉산에 있는 통일 신라 시대의 사찰로, 6.25전쟁 때 불에 타 중건하였다.

83 현재 소재지는 고성군 토성면이다. 갑신정변 때 불에 타 중건하였다.

84 경상북도 울진군 근남면에 있으며, 지금의 정자는 2005년에 복원한 것이다.

85 경상북도 울진군 평해읍에 있는 정자로 퇴락한 것을 1980년에 복원하였다.

이 강과 계곡의 경계와 같고 소석(小石)과 기암이 연안 위에 어지러이 서서 푸른 물결 사이에 은은히 비치며 해안이 다 찬연한 설백색 모래요. 밟으면 사박사박 울림이 있어서 주옥의 위를 걷는 듯하며 모래 위에는 곳곳에 해당화가 난만하게 피고 혹은 울창한 송림이 낙낙하게 하늘에 더하여 독특한 경승이 의표를 멀리 벗어난지라.

그 가운데 들면 문득 사람으로 하여금 의상(意想)이 홀연히 변하여 인간세가 무슨 지경인지, 형해(形骸)가 무슨 물건인지를 잊고 황홀히 허공을 밟아가는 뜻을 가지게 하나라. 한번 이 경계를 접하면 인품이 문득 변하여 비록 10년 뒤에라도 눈썹 근처에 오히려 산수의 안개 기상이 서린다 하느니라.

영동 9군[86] 외에 흡곡(歙谷)은 함경도의 안변(安邊)[87]으로 더불어 경계를 접하니 철령(鐵嶺)[88]의 한 줄기가 해상을 향해 동으로 달려서 층층으로 전개한 것이 병풍을 다 편 듯하니라. 좌우의 양 줄기는 바다의 관문으로 돌아 들어가 사람의 두 손 모은 형상과 같으며, 그 뚫리고 빈 곳에는 작은 암벽의 나열한 것이 수많은 아궁이가 들에 펼쳐짐과 같고 무수하게 서로 가려서 바다의 면모를 보지 못하며 그 안은 학포(鶴浦)[89]의 큰 호수니 주위가 30여 리요, 물은 깊되 청허하고 투명하면서 사면이 다 백사장이요, 모래 위에는 해당이 맑게 피어서 곧 아름다운 비단을 화려히 편 듯하니라.

매양 미풍이 불어오면 가는 모래가 흩어져 움직여서 작으면 덩이를 만들고 크면 봉우리를 이루되 아침저녁으로 이주하여 하루간에도 변화를 예측할 수 없음이 꼭 서해의 금모래와 비슷한 종류

86 일제 강점기의 행정 구역을 기준으로 울진, 삼척, 강릉, 양양, 고성, 간성, 통천, 회양, 안변 등을 아울러 이른다.

87 현재 안변군은 강원도에 속해 있다.

88 현재 강원도 고산군과 회양군의 경계에 있는 고개이다.

89 강원도 통천군에 있다.

라. 뒤에는 빼어난 봉우리, 고운 계곡이 요조하고 호탕하여 멀기도 가깝기도 한 듯하고 앞에는 맑고 가는 물결이 출렁거리며 평탄하게 펼쳐져 움직이는 듯, 고요한 듯하니라. 중국인이 절강의 서호(西湖)로써 단장한 미인에게 비겼거니와, 조선의 호수로 아름다움을 서호(西湖)에 비길 것은 오직 이 호수가 있을 따름이니라. 이 점에서는 실로 영동 여섯 호수가 가히 미칠 바가 아니니라.

호수가 본디 흡곡에 속하였던 것을 중간에 안변으로 구획하여 옮겼음으로 흡곡의 사람들이 안변의 사람들과 더불어 오래 관부에서 쟁송(爭訟)하다가 이기지 못하니라. 바다 위 천여 리에 국도(國島)[90]가 있으니 후면에는 석주(石柱)가 버티고 모여서 기립하고 위에 돌 봉우리를 이루었는데 주위가 다 돌이라. 모래와 풀이 옮겨왔으며 섬 가운데에 품질 좋은 대나무 화살이 생산되며 사람이 살지 않으니라.

-이중환(李重煥)[91]『택리지(擇里誌)』[92]-

13. 고문설(苦蚊說)

호남 전주의 모기[蚊]가 국내에서 명성이 있고 연해의 여러 모기들이 또한 전주 모기와 백중을 겨루나, 전주며 연해의 여러 모기들은 다 순천 금오도(金鰲島)[93]의 모기를 추대하여 할아비로 삼나니 그

90 학포의 북쪽 3km 해상에 있는 바위섬이다. 천여 리라 한 것은 착오로 보인다.
91 이중환(1690~1752)은 조선 후기의 학자로 자는 휘조(輝祖)이다. 성호 이익의 문인으로 병조 정랑을 역임했다. 지리학을 깊이 연구했다.
92 『택리지(擇里誌)』는 1751년에 간행된 필사본 1책으로 된 지리학 서적이다. 최남선이 주도한 조선광문회에서 1912년에 인쇄하여 간행하였다. "영동의 산수"는 『택리지』 원문을 축약하고 편집한 것이다.
93 현재는 여수시에 속한다. 다도해 해상 국립 공원의 일부로 면적은 26km²이다.

러므로 금오도의 모기가 국내에서 으뜸이니라.

섬 안에 본디 고라니와 사슴이 많아 금오도가 고라니, 사슴으로써 국내에 명성을 얻으니 먼 다른 고을 사람들이 양식을 싸들고 바다를 건너서 그 피를 구해 마시는데, 온 자들이 반드시 모기에 시달려서 피와 피부를 상하는지라. 이러므로 금오도의 사슴에 사람에게 득될 것 없다 하는 말이 있느니라. 사슴이 득되지 아니함 아니라, 모기의 해됨이 많다 함이로라. 모기의 크기가 파리와 같고 주둥이가 보리 수염과 같아서, 혼자 앵앵거려도 우레와 같고 떼로 날면 하늘을 가리며 낮에도 사람의 피부 위에 모여서 독하게 쏘기를 전갈처럼 하더라.

내가 하루는 밤에 누웠다가 잠이 들지 못하고 일어나 탄식하기를, "모기야, 내가 무슨 죄뇨?" 마침 함안에서 와서 함안이라 불렀던 자가 바야흐로 모깃불을 피우다가 나의 큰 탄식을 듣고서 웃으며 가로되,

"천하에 완전한 복이 없고, 반드시 돌이켜지는 이치가 있음을 나리는 알지 못하십니까? 해가 중천에 이르면 기울고 달이 차면 이지러지며 물이 불을 이기지만 흙은 도리어 물을 이김이 이치의 상도요, 범이 능히 백수를 잡아먹어 천하에 적이 없지만, 털 사이의 벌레에게 뜯기는 바가 되며, 당랑이 매미를 잡아먹되 참새가 그 뒤를 제압하는 등은 보복이 바로 분명함인지라. 또 인간세의 일로 볼지라도 거부[94]면 반드시 그 재물을 깎이는 일이 나오고 조금 여유가 있으면 반드시 그 이익을 나누는 일이 있으니, 그 실은 다 하늘이라. 나리께서 사슴 피를 마신 지 며칠만에 혈기가 왕성하고 피부가 윤택하니 아마 하늘이 모기로 하여금 나리의 이익을 나누게 하심

94 원문 「고문설(苦蚊說)」(DB본)에는 한나라의 오왕 비가 권세와 부유함을 누렸지만 당시의 대신인 조조(鼂錯)에게 영지를 삭탈당한 일과 서진(西晉)의 갑부 석숭(石崇)의 고사를 기록하였지만 『시문독본』에서는 생략하였다.

일지니라."

내가 가로되, "지당하도다. 이익을 마땅히 모기로 더불어 나누어서 천심(天心)을 좇으려니와 저 사슴은 무슨 은혜가 모기에게 있기에 모기가 위하여 복수를 하는고?"

함안이 가로되, "미세한 모기로 바다의 섬 적막한 중에 거처하니 사슴이 아닌들, 사방에 이름을 떨칠 길이 없었을지라. 이 어찌 은혜가 큰 것이 아니리요?"

내가 듣고서 묵묵히 있다가 가로되, "미물도 능히 이름에 죽는가." 하였노라.

-김운양(金雲養)[95] 『운양집(雲養集)』[96]-

14. 천분

한번은 말이 신 앞에 나와 여쭙기를,

"백수의 왕이라는 사자, 산더미가 다니는 듯한 코끼리가 다 굳세기와 크기로는 천하에 견줄 이가 없지오만 용모가 우미하고 거동이 우아하기로 말씀하자면 저희 말만한 놈이 없습니다. 그러므로 동물 중에 저희들만큼 맵시 있는 것이 없는 줄로 세상의 공론이 원래 있고 저희들도 그런 줄로 확신하지오만, 그러나 암만하여도 좀 부족이 생각되는 곳이 있사오니 아무쪼록 그 몇 가지를 좀 더 훌륭하도록 하여 주소서."

95 김윤식(金允植; 1835~1922)의 호가 운양(雲養)이다. 중추원 의장을 역임하고 문장가로 이름이 높았다.

96 16권 8책으로 김윤식의 시문을 모아 만든 문집이다. 1913년에 간행하고 1917년에 다시 15권으로 다시 간행하였다. 『청춘』에 『운양집』의 광고가 종종 실렸다.

한대, 신이 이 말을 들으시고,

"오냐, 할 만한 일이면 그리 못할 것도 없을지니 도무지 부족하게 생각하는 것이 무엇이란 말이냐?"

말이 더 가까이 나오면서,

"네, 첫째는 더 빨리 달려 다닐 수 있도록 다리를 홀쭉하게 하여 주소서. 둘째는 다리와 어울릴 만큼 목을 길게 하여 주소서. 셋째는 힘이 더 늘도록 폐를 더 크게 하여 주소서. 또는 사람을 태우고 다니는 것이 저희들의 직분이온즉 잔등이를 안장처럼 고쳐 주시면 다시는 여한이 없겠습니다."

신께서 "오냐, 그리하마. 네 원대로 하마."하시고 무엇 무엇이라고 주문을 외우니 금시에 그 자리에 낙타 한 마리가 생겨났더라. 말이 그 보기 싫고 능징그러운(징그러운) 꼴을 보고 갈기를 세우고 소름이 끼쳐 하는지라. 신께서 그 꼴을 보시고,

"무엇을 그리 무서워하느냐? 자세히 보라, 다리도 길지, 목도 길지, 폐도 크지 천생으로 안장도 붙었지, 네 바라는 것이 다 갖추었지 아니하느냐? 다시 두 말이 있을 것 없으리니 어떠하냐?

말이 기가 막혀, "제가 과연 잘못하였습니다. 제발 이처럼 꼴사나운 물건이 되지 않도록 용서하소서." 하고, 뉘우치는 빛이 얼굴에 들어나는지라. 신께서 불쌍히 여기셔,

"분수에 당치 아니한 참람한 욕망을 내면 저러하니라. 처음 있는 일이니 이번 한번은 용서하겠노라. 그러나 이 뒤에 또 분수가 아닌 망상을 내서는 아니될 것이니, 네 거울 삼아 이 낙타를 지상에 머물러 두어 번식하게 하리라."

하시더라. 이것이 낙타의 기원이라 하더라.

윗글은 레싱[97]의 우화이니 미상불 이 말처럼 자기의 분수에 넘치

97 레싱(Gotthold Ephraim Lessing; 1729~1781)은 독일의 극작가, 비평가로

는 욕심을 내다가 낭패하는 자가 세상에 적지 아니한지라. 삼가지 아니할까 보냐!

15. 환희기(幻戲記) (1)

아침에 "광피사표(光被四表)"라 한 패루(牌樓)[98]의 아래로 지나노라니 만인이 둘러 모여서 시끄러운 웃음이 땅을 울리는데, 바로 가서 보니 사람이 죽어 길에 늘어졌거늘, 얼굴을 가리고 걸음을 재촉하여 지나가려 하니라. 종자가 뒤미쳐 따라와 소리치되, 괴이한 일이라 볼만한 구경이 있다 하는지라. 내가 멀리서 물어, "무슨 일이뇨?" 하니, 종자가 가로되, "어떤 이가 천상에 가 선계의 복숭아를 훔치다가 지키는 자에게 맞은 바 되어 땅에 떨어졌더이다."

내가 해괴하다 하여 꾸짖고 불고하고 가 버렸노라. 명일에 다시 그곳으로 가니 대개 천하의 기이하고 음란한 기교와 잡극(雜劇)이 천추절(千秋節)[99]을 맞추어 이곳에 대기하여 소명(召命)을 얻으려 할새, 날마다 패루에서 백 가지 노름을 연행하며 겨루는 것이라. 비로소 어제 종자가 본 것이 곧 환술(幻術)의 하나인 줄을 알았노라.

대개 환술은 그 유래가 오래니 하나라 때의 유루(劉累)[100]와 주나라 목왕(穆王; 기원전 977~922) 때의 언사(偃師)[101]와 기타 후세의 좌자

독일 근대 시민 정신의 기수로 꼽힌다. 『현자 나탄』 등이 유명하다.

98 중국에서 경축의 뜻을 표현하거나 도시의 미관을 위해 큰 거리에 세우던 시설물이다. "광피사표(光被四表)"는 빛이 사방으로 드러난다는 의미로 복을 기원하는 것으로 보인다.

99 중국 천자의 생일을 이르는 말이다.

100 왕을 위해 용을 키웠다는 중국 고대의 전설적 인물이다.

101 인형을 만들어 사람처럼 춤추게 했다고 한다.

(左慈), 비장방(費長房)[102]의 무리가 다 이 술법을 끼고서 인간에 유희하던 자들이니라. 세대가 내려올수록 술법이 더욱 번성하고 교묘해져 물건마다 모두 사람으로 하여금 마음과 눈이 놀랍고 두려워 환상임을 잊고 진실로 인식하게 하느니, 아아! 사람의 기교가 실로 헤아리기 어려운 것이로다. 눈으로 본 여러 환술 중의 몇 가지를 기록하여 궁벽한 곳에서 이런 환희(幻戲)를 보지 못한 자에게 보일까 하노라.[103]

환술쟁이가 손을 대야에 씻고 깔끔히 용모를 정돈하고 사방을 돌아보면서 손바닥을 쳐서 이리저리 뒤집어 관중에게 보인 뒤에 왼손의 엄지로 그 식지를 합쳐서 환약을 문지르듯 벼룩과 이를 비벼서 잡듯이 하니라. 문득 미물이 생기는데, 첨에는 좁쌀만 하던 것이 문지르는 대로 점점 커져서 녹두만 하여지고 앵두만 하여지고, 빈랑만 하여지고 계란만 하여지니라.

이제 양 손바닥으로써 빨리 문지르고 굴리니 더욱 둥글고 더욱 커져서 약간 누르고 흰 것이 거위 알만큼 커지고 거위 알 크기를 조금 지나자 그 크기가 점점 커짐이 아니라 금시에 수박만 하여지니라. 환술쟁이가 두 무릎을 꿇고 그 가슴을 더 펴더니 알을 문지름을 더욱 빨리하여 장구를 안은 이처럼 팔뚝이 아픈 뒤에 그치고 탁상에 놓느니라.

그 몸통은 완전 둥글고 그 색은 완전 누르며 그 크기는 동이만하여 다섯 말을 채울 만하며 무거워 들지 못하겠고 견고해 깨뜨리지도 못할지며 돌도 아니요 철도 아니요 나무도 아니요 가죽도 아니요, 또 흙으로 둥글게 만든 것도 아니어서 가히 이름 붙이지 못하

102 좌자(左慈)과 비장방(費長房)은 모두 후한 시대의 도사이다.
103 여기까지가 「환희기 서(序)」이다. 『열하일기』 원문에는 이 구절의 앞에 중국과 우리의 차이를 비교하여 경세의 논설을 폈으나 『시문독본』에서는 생략하였다.

겠으며 냄새도 없고 향기도 없는 혼돈한 한 덩이라.

환술쟁이가 서서히 일어나 손바닥을 두드리고 사방을 돌아보며 다시 이 물건을 만질새, 부드럽게 굴리고 가만히 문지르니 물건은 부드러워지고 손으로 어루만지는지라. 가볍기가 거품과 같아서 한 편으로는 줄어들고 한편으로 사라지면서 손가락 사이, 손바닥으로 들어가면서 다시 양 손가락으로 비비면서 한 번 튀기니 아무것도 없더라.

환술쟁이가 사람으로 하여금 종이 몇 권을 찢게 하고 큰 통에 물을 부어서 종이를 통 안에 넣고 어지러이 휘저으니, 종이가 흙과 같이 녹아 섞여져 물로 들어가니라. 관중을 두루 불러서 통 안을 보게 하니 종이와 물이 진흙처럼 되어서 가히 한심하다 하리라. 이때에 환술쟁이가 손바닥을 치면서 한 번 웃고, 그 두 소매를 걷고서 통에 가서 종이를 건질새, 양손으로 펴서 끌어옴이 누에고치에서 실을 자아내듯이 하니라. 종이가 서로 묶인 것이 처음 찢기 전과 같으며, 누가 붙였다 할지 붙인 흔적조차 전혀 없으며 띠 정도의 넓이로 수십, 수백 장이 땅 위에 구불구불 펼쳐져 바람이 불자 펄럭이며, 다시 통 안을 보니 아주 맑게 찌끼 하나 없음이 처음 부었던 물과 같더라.

환술쟁이가 기둥을 지고 서서 사람으로 하여금 그 팔을 뒤로 돌려 붙이고 양 엄지를 결박하게 하니라. 기둥은 양 팔 사이에 있고 두 엄지가 푸르고 검게 변해 아픔을 가히 이기지 못할지라. 관중이 둘러서 보며 코를 찡긋거리지 아닐 이가 없더라. 이에 환술쟁이가 기둥에서 떨어져 섰는데, 손이 가슴 앞에 모으고 결박한 것은 처음과 같거늘, 아직 풀어지지 아니하였으며 손가락의 피가 몰려들어 색이 더욱 검고 자주색이 되어 고통을 참지 못하니라. 관중이 이에 끈을 풀어 주니 혈기가 점점 통하는데 끈 자국은 오히려 붉더라.

우리 일행의 역부(驛夫)가 주목하여 가만히 보다가 마음속에서 스스로 노여워 안색에 나타나더니 주머니를 열어서 돈을 내고서 환술쟁이를 크게 불러서 돈푼을 먼저 주면서 다시 자세히 보기를 요구하더라. 환술쟁이는 원망하면서, "내가 너를 속이지 아니하였거늘, 네가 나를 믿지 아니하니 너의 임의로 나를 묶어라." 역부는 분을 내어 그 끈을 버리고서 스스로 채찍 가닥을 풀어서 입에 물고서 부드럽게 한 뒤에 환술쟁이를 잡고서 그 기둥을 등에 지고 서게 하고 팔을 돌려 붙여서 결박하기를 저번보다 배는 심하게 하니라.

환술쟁이는 슬프게 울고 고통이 뼈에 스며서 낙루(落淚)가 콩알과 같은지라. 역부는 크게 웃고 관중이 더욱 모여들더니 그 벗어나는 줄을 깨닫지 못할새, 이미 기둥을 벗어났고 결박한 것은 여전하더라. 이렇듯 세 번을 하였으되 어떻게 하지 못하겠더라.

16. 환희기(幻戲記) (2)

환술쟁이가 둥근 수정 구슬 두 개를 탁상에 놓으니 구슬은 계란에 비해 조금 작은 것이라. 한 개를 가지고 입을 벌려 집어넣되, 목구멍은 좁고 구슬은 크기로 삼켜 내릴 길이 없는지라. 그 구슬을 토해 내어 탁상에 다시 두고서 다시 광주리에서 계란 두 개를 내더니 눈을 부릅뜨고 목을 늘이고서 알 하나를 삼키니, 닭이 지렁이를 삼키고 뱀이 두꺼비 알을 삼킨 것처럼 알이 목의 가운데에 막혀서 혹이 붙은 것 같으니라.

다시 한 알을 삼키니 과연 그 목구멍을 막아서 목매고 꺽꺽 하며 구역질하는데 목이 빨개지고 근육이 빳빳해지니라. 환술쟁이가 후회하여 죽을 수밖에 없는 체하면서, 대젓가락으로써 그 인후를 찔러도 젓가락이 부러져 땅에 떨어지고 어찌할 길 없으며, 입을 벌려서 사람들에게 보이는데 목구멍 사이에 조금 흰 것이 드러나며 가슴을 치고 목을 두드리며, 막혀 답답함을 이기지 못하는 체하여 가로되, "작은 재주를 과시하다가 오호라! 죽는구나."[104] 라 하더라.

이어서 환술쟁이가 귓불이 가려운 듯이 한창 묵묵히 듣다가 귀를 기울여 잠깐 긁으며 의심스런 바가 있는 듯하더니, 뾰족한 손가락 끝으로써 귓구멍에 넣게 하여 흰 물건을 빼어 내니, 과연 계란이라. 이때에 환술쟁이는 오른손으로 알을 가지고 관중에게 두루 보인 뒤에 왼 눈으로 집어넣어 오른 귀로 뽑아내고 오른 눈으로 집어넣어서는 왼 귀로서 뽑아내며, 콧구멍으로 집어넣어 머리 뒤로 뽑아내는데 목 주변의 한 알은 여전히 막혀 있더라.

환술쟁이가 흰 흙 한 덩이로써 땅 위에 큰 원을 그리니 관중이 원 밖으로 둘러서 앉았더라. 환술쟁이가 이때에 모자를 벗고 옷을 끄르고 모래로써 검을 갈아서[105] 광채가 뻗어나며 땅 위에 꽂았니라. 다시 대젓가락으로써 목 위를 쑤셔 대며 계란을 깨뜨리려 하되, 깨지 못하고 땅에 버텨서 구토하되 알이 마침내 나오지 아니하는지라. 이에 그 검을 뽑아서 좌로 뻗어 우로 휘두르고, 우로 뻗어 좌로 휘두르다가 공중에 한 번 던져서 손바닥으로 검을 받더니, 다시 한 번 높이 던지고는 입을 벌리고 하늘을 향하니라. 검 끝이 바로 떨어져서 입 속에 꽂히는지라.

관중이 실색하고 모두 일어나 깜짝 놀라 말이 없더라. 환술쟁이가 얼굴을 젖히고서 두 팔을 떨어뜨리고 뻣뻣하게 한참 서서 두 눈을 깜짝이지도 아니하고 청천을 직시하더니, 잠깐 새에 검을 삼키

104 "작은 재주를 과시하다가 오호라! 죽는구나.": 「환희기」(DB본)에는 이 말 뒤에 "환술쟁이는 묵묵히 들었다"라는 구절이 붙어서 주변 사람들이 한 말로 되어 있다. 상식적으로도 목이 막힌 환술쟁이가 말을 했다는 것은 부자연스럽다. 최남선의 오독으로 보인다.

105 "모래로써 검을 갈아서": 「환희기」 원문에는 "以沙礪劒"인데, 한국 고전 종합 DB의 번역을 따르면 "시퍼렇게 간 칼"로 되어 있다.

되 병을 기울여 마시듯 하니라. 목과 배가 상응하여 두꺼비가 성난 것과 같으며 검의 고리가 이빨에 걸려서 넘어가지 아니한 것은 오직 칼자루뿐이라.

환술쟁이가 네 발로 엎디어 자루로써 땅을 다지니 치아와 고리가 서로 걸려서 딱딱 소리가 나니라. 또다시 일어서서 검 손잡이를 치고서 한 손으로 배를 문지르고 한 손으로는 자루를 잡고서 뱃속을 마구 휘저으니, 검이 가죽 사이로 움직임이 붓으로 땅에 그림과 같은지라. 관중이 섬뜩하여 차마 바로 보지 못하며, 아이들은 무서워서 달아나다가 넘어지더라. 이때에 환술쟁이는 손뼉을 치면서 사방을 둘러보면서 의연히 바로 일어나 서서히 검을 뽑아서 양 손으로 받들어 올리고 관중을 향해서 일일이 절을 올리는 데, 칼끝에는 핏방울이 맺히고 더운 기가 무럭무럭 오르더라.

환술쟁이가 작은 주석 병을 가지고 오른손으로 물 한 사발을 떠서 병 속에 부어서 병 주둥이에 넘치게 하고 환술쟁이가 사발을 탁상에 두고서 대 젓가락을 가지고 병 바닥을 찌르니, 물이 병 밑에서 방울져 맺히고 미구에 뚝뚝 흘러서 낙숫물과 같으니라. 환술쟁이가 병 밑을 입으로 부니 흐르던 물이 즉시 그치며, 환술쟁이가 공중을 향하여 엿을 흘기고 입속으로 주문을 외니 물이 여러 척이나 병 주둥이로부터 솟구쳐서 넘치고 땅에 가득하니라. 환술쟁이가 소리 지르며 솟는 물 중간을 움켜잡으니 물 가운데가 끊어져 병 속으로 들어가더라. 환술쟁이가 다시 사발을 가지고 도로 병의 물을 따르니 물의 다소가 처음과 같은데 땅 위에 물이 흐른 자국은 몇 동이를 쏟은 듯하더라.

환술쟁이가 바늘 한 줌을 입에 넣고서 삼켜 버리되, 고통을 느끼지 아니하는 듯 담소가 평상과 같아 밥을 먹고 차를 마시다가 서서히 일어나 배를 문지르고서 붉은 실을 비벼서 귓구멍에 넣고서 고요히 선 지 한참에 재채기를 몇 차례 하니라. 콧물을 튀기고 수건으로 닦아낸 뒤에 손가락을 콧구멍에 넣고서 코털을 뽑는 듯하더니, 잠깐 만에 붉은 실이 콧구멍에서 조금 보이는지라. 환술쟁이가 손톱으로 그 끝을 잡아 뽑으니 실이 한 척 넘게 나오다가 난데없이 한 바늘이 콧구멍으로 누워서 나오다가 실에 꿰어져 질질 끌려 뽑아서 실이 길어지는 대로 백 개, 천 개의 바늘이 다 한 실에 꿰어지고, 혹은 밥알이 침 끝에 붙고 찔린 것도 있더라.

갖가지 기묘한 술법이 나올 때마다 더욱 기이하여 다 기록하지 못하겠으며 이때에 해가 기울어 서쪽에 있어 사람들의 그림자가 흩어지더라.[106] 환술쟁이가 한 큰 동이를 탁상에 두고서 수건으로 닦아내고 붉은 융단으로 덮어서 바야흐로 한 환술을 행하려고 주선하는 참에, 품속에서 한 쟁반이 쨍 하고 땅에 떨어지자 붉은 대추가 흩어지니라. 관중이 일시에 웃고서 환술쟁이 또한 웃으며 집기를 거두어 담고 이로써 놀음을 파하니라. 할 수 없던 것이 아니라, 날이 저물어 끝내려 함에 짐짓 파탄을 만들어 관중들에게 본래 여가의 환술임을 보임이라.

-박연암(朴燕巖) 『열하일기(熱河日記)』-

17. 주시경 선생을 곡함

아름답고 갖은 소리 한 박달을 에둘러서
한대모아 감추시니 환의 뜻을 어이 알리

임의 손에 광이 들매 묻혔던 것 드러나고

106 "갖가지…흩어지더라.": 글의 다른 부분은 모두 완역에 가까운데, 이 문장만 임의로 첨가하였다. 「환희기」 원문에 나온 여러 가지 환술이 생략되었으며, 「후지(後識)」도 빠졌다.

임의 입에 나발 물매 잠잠턴 것 울려났네

우리말의 환한 빛이 해와 같이 번쩍일 때
우리들의 엉긴 힘이 새 거멀[107]을 얻었도다

샘이 되어 솟아남에 큰 목숨이 게 흐르고
이 말의 꽃 열음 됨에 새 밝음이 비롯되다

맡으심이 큼도 클사 지으심도 거룩도다
갸냘프고 어린 무리 힘입으렴 더 많더니

누리 떠나 돌아가심 슬픔이야 끝 있을까
다만 트신 밝은 길로 속 눅이며 힘써 옐까

힘 올리신 이 팔뚝은 지신 집을 더 늘이며
만들으신 기름으로 켜신 홰를 더 밝힐 뿐

아득하나 환한 앞길 가다듬어 나가리다
더 가까이 잡으실 줄 임의 검을 믿노이다[108]

107 거멀은 거멀장의 준말로, 가구나 나무 그릇의 사개를 맞춘 모서리에 걸쳐 벌어지지 않게 하는 쇳조각이다.

108 이 시는 『청춘』 2호(1914.11)에 주시경(周時經; 1876~1914)을 추도하기 위해 게재되었다.

18. 재물의 세 어려움

재물에 세 어려움이 있으니 모으기 어려움이 하나요, 지키기 어려움이 하나요, 쓰기 어려움이 하나라. 원하는 이 천만 인에 얻는 이가 일인이요, 얻는 이 천만 인에 지키는 이가 일인이요, 지키는 이 천만 인에 쓰는 이가 일인이로다. 그러나 이 이상에 다시 최대의 어려움이 있으니 선용(善用)이 이것이라. 쓰는 이 천만 인에 선용하는 이가 일인이라 할지니라.

동서 없이 도학(道學) 선생과 그 교화에 훈도 받은 이는 재화를 천시함이 심하여 동양에서는 이재(財利)의 해를 유흥 · 여색과 같이 논하고 서양에서도 재화를 덕행의 치중(輜重)[109]이라 하였으나 사실은 결코 그렇지 않아, 경제 조직이 다소간 복잡해진 이후에는 인류의 생활상에 지극히 긴요하기가 도리어 공소한 문자나 도덕보다 더함이 있게 되니라. 성인과 현인들이 아무리 노고한다 해도, 백성이 이익을 좇음은 물이 밑으로 흐름과 같으니 도리어 당연하다 할지라. 사마천이 이른바, "부(富)라는 것은 인간의 성정이라 배우지 않아도 욕망으로 갖춰진 것이라."[110]라 함이 이것이라.

재화의 세력은 과연 선악의 양 방향에서 한가지로 위대한 것이니 이로써 몸을 윤택하게 하고 집을 윤택하게 할 뿐 아니라, 능히 바르게 이용하고 능히 크게 이용할진대 그 효용이 족히 시대를 윤택하게 하며 천하를 윤택하게 할지니라. 더욱 경제력이 사회의 주축이 된 현대에 있어서는 사람의 어리고 어짊과 일의 크고 작음에 관계없이 이것의 원조를 입지 않을 수 없게 되니라. 그 위력과 광휘가 갈수록 더욱 더함이 당연하며, 세인(世人)이 추수하고 갈구함

109 수송 내지 병참을 의미한다. 덕행을 나르고 베푸는 보조적 수단이라는 의미이다.

110 『사기』「화식열전(貨殖列傳)」에 나온다.

이 갈수록 더욱 절실함도 당연하며, 인심이 인색하고 몰풍치한 폐가 갈수록 더욱 심함도 당연하다 할지로다.

군자라도 이것이 아니면 구체적으로 덕을 베풀지 못하고 지사라도 이것이 아니면 적극적으로 도를 행하지 못하는 것을 생각하면 현대의 추세를 가히 저주할 만도 하니라. 그러나 이 또한 문명 진보상의 필연적 경로임을 생각하면 군자도 모름지기 근골로부터 노동하고 지사도 모름지기 신체를 부림으로부터 시작하여 먼저 경제상의 군자 · 지사가 되도록 한층 더 분발할 따름이요, 정당한 방법과 강인한 정성으로 선행의 도구를 만들며 입지의 자본을 취할 따름이니라.

그런즉 황금 숭배가 정리(正理)인가? 이재가 인생의 목적이 아니요, 인간 생활의 복리가 결코 황금만의 제출물이 아니니, 황금을 만능으로 봄은 우인(愚人)의 바보스런 마음이니라. 부자의 발호가 당연한가? 사회는 사회의 사회요, 부자의 사유물이 아닐 뿐 아니라 사회 문명의 원동력은 부자에게서보다 부자 아닌 사람에게서 나옴이 오히려 많으니 부자의 광안대처(廣顔大處)는 부자가 강한 연고가 아니라, 실로 사회가 약한 연고니라.

요약하건대, 금전은 인간 생활의 한 방편이요, 문명 운용의 한 기구이니라. 사회로는 물론이거니와 개인으로 논해도 목적이 아니라 수단이며 소위 부자란 것은 자연의 약속 아래에서 인생에 필요한 이 방편의 집행자요, 세운(世運)에 필요한 이 기구의 사용자거늘 세인(世人)이 이 본말을 뒤집어 보고서 주종(主從)을 잘못 인식하니 말류의 폐단이 실로 중대하도다.

의지를 단련함에는 도덕도 귀하며 재지(才智)를 명철하게 함에는 학문도 귀하니 이상을 실현하는 필수물인 금전인들 어찌 또한 귀하다 하지 아니하랴? 다만 금전의 귀함은 금전이기 때문에 귀한 것 아니라, 금전의 발휘하는 효능이 크기 때문에 귀한 것이니 저축으로써 최종 목적을 삼는다면, 비록 어음 · 차용증 등이 첩첩이 쌓여 몇 리나 이어진다 해도 무슨 귀함이 있으리오? 금전을 사랑함은 아무 비루한 것이 아니로되 사랑함으로 인하여 본의를 잃게 되면, 그 사람은 과연 비루한 이요, 그 소유는 과연 추한 물건이니라.

사장(死藏)한 황금은 활용하는 분뇨보다 열등하다 할지라. 왜인가? 분뇨는 능히 토지를 기름지게 하며 채소와 곡식을 윤택하게 하지 아니하는가? 인생이 부호를 만듦도 크게 옳을 수 있으니, 만일 능히 이(利)가 산해를 겸하고 부(富)가 고을과 나라를 기울이면, 이른바 "못이 깊으면 고기가 생기고, 산이 깊으면 짐승이 다니며, 사람이 부(富)하면 인의가 따라 붙느니라."[111] 이라.

천하의 재지(才智)도 독점하려면 독점하고, 시대의 옹색함도 통하려면 통하리니, 이상을 실현하는 힘과 세운(世運)을 회장(恢張; 널리 폄)하는 재능이 어찌 구구하고 궁한 조대(措大)에 비기리오. 다만 열 번을 아사할지라도 결코 수전노가 되지 말지니 아무리 자기는 맨몸 굶은 창자로 저축하여서 마침내 자손은 금의(錦衣)와 옥식(玉食)으로 누리고 산다고 해도, 일찍 일각의 안면(安眠)을 얻지 못하고 죽어서 오히려 일생의 비루한 이름을 씻지 못할지라. 비록 금산(金山; 좋은 집)에 살다가 동혈(銅穴; 훌륭한 무덤)으로 돌아간들 무슨 상쾌함이 있으랴!

재물을 축적함도 상쾌한 일이 아님이 아니요 수성(守成)함도 즐거운 일 아님이 아니로되, 능하게 쓰고 바르게 씀의 크고 큰 쾌락에는 비교해 말할 수 없는 것이거늘, 부자일수록 이를 아는 자가 드물어 인색한 수전노로 시종하니 부자의 가련함은 오히려 빈자보다 몇 등급 이상임을 볼지로다. 빈자일진대 인생의 진미를 맛보고서 인격의 고풍(高風)을 발휘할 기회도 많으며, 어떤 경우의 자극과

111 『사기』「화식열전(貨殖列傳)」에 나온다.

격동은 그로 하여금 의외의 위업과 방명(芳名)을 후세에 전하게 하니라.

그렇지만 부자는 눈도 황금에 멀고 귀도 황금에 멀어 수족은 황금에 죄수로 매이고 심사(心思)는 황금에 고질이 되므로 해와 달 있는 세계에 광명이 있음을 보지 못하며, 계곡과 동굴 있는 천지에 성향(聲響) 있음을 듣지 못하며, 황금 이외에 더 중한 물건과 황금 이상의 더 귀한 생활이 있음을 감감히 성찰하지 못하도록 슬기구멍이 완전히 막히느니라. 모처럼 공명(功名)을 성대히 얻을 만한 보물을 가지고 그릇으로 그릇도 못되고 동시에 사람으로 또한 사람이 못되니, 없어서 쓸 수 없는 사람도 가련하다 하겠지만 있어도 쓰지 못하는 자도 과연 더욱 가련하다 할 것 아닌가?

재물이란 것은 능히 모으는 이도 적으며 능히 지키는 이도 적으며 바르게 쓰는 이는 더욱 적으니, 나는 말하리라. 이 세상에 황금이 좋은 물건인 줄을 바로 이해하고 황금이 주는 참 복락을 온전히 누리는 이가 거의 없고 겨우 조금 있고녀![112]

19. 부자는 복을 키우라

재물 사용에서 신구의 사상을 비교해 보건대 하나는 시간적이라 할 것이요, 하나는 공간적이라 할 것이며, 하나는 가문적이라 할 것이요, 하나는 사회적이라 할지니라.

구시대 부자의 최종 목적은 의식적인지의 여부는 막론하고 모두 한 꿰미 돈이라도 더 자손에게 물려줌이요, 애초에 자손의 현명과 불초, 유산의 이해(利害)에 대하여 호말의 계산을 들이지 아니하였

112 이 글은 『청춘』 8호(1917.6)에 게재된 「재물론」의 부분이다.

었느니라. 현대 문명 세계의 통상 규칙은 재산의 대부분을 들여서 사회 공익을 확장함이요, 대대로 유전하자는 수치스런 사상은 이미 방기되었다 할 만하도다.

대개 어떤 물건이든지 혈통적으로 유전하려 함은 대개 어리석은 일이요, 더욱 재산을 세습하려는 것처럼 천하의 수치스런 일이 없는 것이니 신고(辛苦)와 근로로 축적한 재물을 안일과 사치로 양성한 자제에게 물려줌은 소아에게 예리한 칼을 주는 이상의 위험한 일이라 할지라.

능히 공용을 발휘하지 못할 뿐 아니라, 도리어 환난을 받게 됨이 당연하니라. 고인도 말한 바 있거니와, "심려할 것은 황금으로 자손에게 남겨줌"이니, 독립, 자활, 분발, 노력 등 좋은 자극과 격동의 기회는 심히 적어지고 나태, 안일, 주색(酒色), 도박 등 악한 유혹의 간극이 도리어 많아지니라.

모처럼 좋은 품성을 가진 자질(子姪)까지 우둔한 일생을 보내게 하는 것은 실로 부형의 유산이니라. 이른바 "어리석으면서 재산이 많으면 덕을 해치고, 어질면서 재산이 많으면 그 지혜가 상한다."는 것이라. 부형의 기대와 실지의 결과가 십중팔구는 이렇듯 상반(相反)하는도다.

만일 이전과 같이 가문을 중히 알고 친족과 붕당으로써 사회 중에 한 별도의 사회를 조성하여 지내는 시절 같으면 재산의 세습이 전연 의미 없는 것은 아니지만, 금후의 세계는 대대로 사람마다 오직 자기의 실력으로써 사회상의 입각지와 성패와 영욕을 결정하고 선조의 업적과 그늘이 대단한 보조가 되지 못하게 되느니라. 그럼에 재산의 처치에 대한 사상이 당연히 지금보다 더 유의미한 방면으로 전환될 것이라.

과연 서구의 열국에서는 종으로 자손의 황망과 안일을 조장하는 것보다, 횡으로 자기와 시간을 같이한 시대와 사람을 위하여 좋은 사업을 경영하는 것이 이치에 당연할 뿐 아니라 마음에도 만족한 줄을 심히 자각하여 이른바 공익 사업이란 것이 더욱 성행하니라. 근대 문명 기관 중 가장 공공적 성질을 가진 학교, 도서관, 병원, 양육원, 발명 사업, 탐험 사업 등이 저렇듯 규모가 굉장하고 보무가 신속함은 실로 부호들의 진보적 사상의 표현이라 할지니라.

한번으로 생각해 보면 부호가 공익 사업에 금전을 씀은 다만 보본반시(報本反始)[113]의 선덕을 이룰 뿐 아니라, 또한 자손의 복리를 계획함에 가장 현명하고 견실한 방법이라 할지니라. 어째서인가?

첫째, 공익 사업은 사회를 선화(善化)하느니 사회 일반이 진보, 개량하여 선행의 기틀이 더욱 많아지고 악업의 여지가 더욱 좁아지면 그 영향은 자기 가문 자제의 사상과 행동에도 신속히 전래하는 것이라. 가령 배불리 먹고 따뜻이 입어 편히 기거하며 가르침이 없으면 심지가 그다지 열악하지 아니한 자라도 자연히 불량한 습관과 불결한 행위에 발을 들이기 쉬운 것이라.

도서관, 강연회 등 수양의 기관이라든지 음악회, 운동회 등 오락의 기관이라든지 등으로서 청년의 충일한 원기를 발로하고 열성적인 공명심을 만족시킬 만한 고상하고 건전한 기회를 공급하면, 이런 기관들이 확대되는 대로 세간의 풍기와 함께 자제의 행실과 습관에 무궁히 좋은 영향에 젖어들게 할 것이라. 동양의 풍습, 더욱 조선처럼 가문의 명성과 풍격을 각별히 존중하는 곳일수록 부형된 자가 공익 사업에 진력할 필요가 있다 할 것이요.

둘째, 공익 사업은 고인이 이른바, '복을 키움[植福]'이니라. 부자의 특별한 뜻으로 보통 사람이 기도할 수 없는 문명의 나무를 사회에 파종하면, 파종하는 당시에는 혹 자기와 무관한 일에 금전을 낭비한 듯하지만 얼마 안 가 지식의 잎이 무성하든지, 취미의 꽃이 피

113 근본에 보답하고 처음으로 돌아감. 천지와 선조의 은혜에 보답함을 이른다.

어나든지 하여 경축할 자손과 행복의 열매가 성취되면 그 풍부한 진미를 포식하는 자는 자기와 자기의 일족을 포함한 전체 사회라.

금전을 금전대로 자손에게 바로 주어서 사랑하는 자손으로 하여금 도리어 인생의 병자, 사회의 죄인을 만드는 것과 공익의 형식으로 남겨주어서 자기의 자손도 복덕을 향수하는 동시에 일세(一世)와 백대(百代)가 남은 혜택을 균등히 누리게 하는 것과 이해득실의 피차 간격이 어떠한가? 슬기구멍이 연기 구멍보다 터져 열린 것이라면 명백히 간취(看取)해야 할 것이라 하느니라. 자기의 확대가 사회가 아니뇨? 사회의 일부가 자기가 아니뇨? 공익과 사익이 본디 두 가지가 아닐지니라.

또 내가 축재의 목적을 생각하니 생활의 안전으로 비롯하여 심의(心意)의 만족에 그치자는 것이라. 자손에게 자산을 남김도 필요하건대 자손의 장래에까지 자기의 우려를 쓰지 말자 함이라 하노라. 그러나 축재의 준비와 목적, 곧 축재 그것에는 성공하는 이가 세상에 그런 사람이 없지는 아니하지만 축재의 본 목적, 곧 세상마다 생명마다에게 물질적 우환을 벗어나게 하자는 목적을 이룬 이는 내가 아직 듣지 못하였노라. 이는 대개 애초부터 가히 기약하지 못할 일을 기약하는 것이니, 당연히 실패할 것이라 할지니라.

전(錢)은 셈이니 류(流; 물결)를 형상함이요, 원(圜)[114]이니 전(轉; 구름)을 뜻함이라. 유전하여 쉬지 않는 곳에 화폐의 효용이 발휘되는 것이거늘, 일인 혹은 일족(一族)이 이를 독점 혹은 전단하려는 배리(背理)를 하늘이 어찌 허락하며 사람이 어찌 용납하리오.

경주의 최부자[115]가 아마 희귀한 사례이니라. 그러나 10세대를

114 원(圜)은 "圓"과 같으며 한국, 중국, 일본에서 두루 화폐 단위로 쓰였다.
115 경주 교동에 터를 잡아 400년 동안 9대 진사와 12대 만석꾼을 배출한 집안이다. 본관은 경주로 문파의 시조는 최진립이고 최언경(1743~1804)이 교동에 터를 잡고 정착했다. 공익 사업과 빈민 구제에 자산을 잘 운용한 것으

넘는 동안 그 재산을 수주(守株)하는 동안에 그 주인 되는 자의 인격이 일호도 발현된 적이 없고 무미하게 살다가 무미하게 죽은 것을 보아라. 이 어찌 뼈 있는 남아가 달게 받을 바이며 진보하는 세계에서 용납할 바이랴?

그러나 최부자가 금일이 있음도 실은 가혹한 장부로 긁어내어 사익을 따라 자신을 살찌움에서 비롯한 것이 아니라 세대를 거쳐 전승한 심법(心法)으로써 예스럽게 공익을 회홍(恢弘)한 것에서 비롯됨이라. 그런즉 부자일수록 공익에 복무해야 할 필요가 있다는 산 사례가 된다 할지니라.

만일 세간의 보통 사례로 논하건대 아버지의 사업을 아들이 지키고 조상의 음덕을 후손이 누리는 것도 극히 적고, 가문을 일으킨 자식은 도리어 빈궁한 집안에서 나오니 자손을 복되게 하기 위해 남긴 재산이 대개 자손에게 화가 될 따름이오. 심한 경우는 생전부터 이미 우려와 번뇌로써 부조(父祖)를 괴롭게 하는지라. 재물로써 자손에 남김이 무슨 안심이 되며 무슨 낙사가 된다 하리오?

부자의 가장 안심이 되고 가장 낙사가 될 것은 오직 남과 나를 모두 이롭게 하고 복덕이 영구히 새로운 공익에 있을 뿐이니, 공익사업은 실로 자기의 가문과 자손에 대해서도 가장 확실한 유산이 될 것이라 하노라.

20. 해운대에서

동래 온천에서 2, 3일 더 유숙하고 싶은 것을 김 군이 하도 해운대 자랑을 하기에 끌려오기는 오면서도 해운대가 좋으면 얼마나

로 명성이 있는 가문이다.

좋으랴 하고 자동차 위에서 이내 동래 온천을 돌아보았다. 그처럼 나는 동래 온천에 취하였었다.

마침내 자동차가 해운루(海雲樓)[116] 문앞에 다다랐다. 신 군수(申郡守)[117]의 소개를 하인 시켜 주인에게 전하고 2층 남향방으로 올라갔다. 뒷문으로는 장산(萇山)의 고봉을 우러러보고 앞문으로는 동해의 창랑(滄浪)을 굽어보게 되였다. 일진의 청풍이 창파(滄波)에서 일어나서 청산으로 올라 닫는 길에 우수수 소리를 내며 방으로 지나가는 것이 과연 그럴듯하다.

욕의(浴衣)에 수건 하나를 메고 푸른 풀을 헤치고 백사장을 밟으며 해수욕장에 나갔다. 바람도 그리 없건만 굽실굽실 달려들어 오다가 백사장에 부딪혀 깨어지는 물결에는 그래도 대해(大海)의 면목이 있다. 투명한 파도를 헤치고 텀벙 뛰어들어 두 팔로 창해(滄海)를 끌어당기며 물결을 따라 오르락내리락하는 맛도 그럴 듯하였다.

알맞추 따듯한 고운 모래판에 반만큼 몸을 파묻기도 하고 이리 대굴 저리 대굴 굴러다니는 맛도 그럴듯하며 유년적의 일을 생각하여 모래로 동(둑)을 막아 물결과 싸움을 하는 것도 흥미가 있었다. 해안에 널어 놓은 어망에 올라앉았다가 시꺼먼 어부에게 톡톡히 꾸지람을 들은 것도 지금 생각하면 흥미 있는 일이다.

동행한 세 벗도 턱에 수염 난 것을 잊어버리고 물 싸움도 하며 가댁질(자맥질)도 하며 경주도 하며 어린애들 모양으로 즐겁게 논다. 나는 피곤하기로 혼자 모래 언덕 위에 다리를 뻣고 앉아서 보고만 있었다.

어촌에 밥 짓는 연기가 사양에 빗겨 흐르고 장난감 같은 어선 하

116 해운대 지역에 최초로 지은 근대식 여관이다.

117 1915년 당시의 해운대는 동래군에 소속되었다. "신 군수"는 신씨 성의 동래 군수인 것으로 보인다.

나가 돛에 가득 바람을 맞아 포구로 돌아온다. 모든 것이 과연 그럴듯한 경치다.

귀로에 온천욕장에 들어가서 깨끗이 몸을 씻고 여관에 돌아오니 신선한 도미 회에 저녁상이 들어왔다. 내가 어찌 할 양으로 이렇게 호강을 하는가 하고 혼자 픽 웃었다.

그러나 해운대의 진경은 밤에 있다. 달밤에 있다. 나는 그것을 보았다, 그것을 보았다. "강과 하늘이 한 빛으로 티끌 한 점 없는데, 희고 흰 공중에는 외로운 달이라."[118]는 장약허(張若虛)[119]의 시구 그대로로다. 나는 이렇게 불렀다.

창파(滄波)에는 명월(明月)이요, 청산에는 청풍이라
청풍명월이 고루(高樓)에 가득 차니
홍진에 막혔던 흉금이 활연 열림을

바다도 좋다하고 청산도 좋다거늘
바다와 청산이 한 곳에 뫼단 말가
하물며 청풍명월 있으니 선경(仙境)인가

누우면 산월(山月)이요 앉으면 해월(海月)이라
가만히 눈 감으면 흉중에도 명월 있다
오륙도 스쳐가는 배도 명월 싣고

어이 갈거나, 어이 갈거나

118 장약허의 장시 「춘강화월야(春江花月夜)」의 부분이다.
119 장약허(660~720)는 당나라의 시인이다. 남은 시는 두 수 뿐이나, 「춘강화월야」가 현대 중국에서도 여러 번 악곡으로 불릴 정도로 폭넓게 사랑받고 있다.

이 청풍 이 명월 두고 내 어이 갈거나
잠이야 아무 때 못 자랴, 밤새도록

일엽편주가 벽파(碧波) 위로 소리 없이 지나간다. 내가 그 일엽 배인지, 일엽 배가 나인지 알 수가 없다. 이런 미경(美景)을 대하면 기쁠 듯도 하건만 나는 도리어 심각한 비애를 깨달았다. 견디다 못하여 여관을 나서서 해안을 향하여 뛰어나가서 그 일엽 배를 바라보다가 마침내 눈물이 흘렀다. 고운 모래판으로 미쳐 뛰다가 풍덩실 창랑(滄浪)에 몸을 던져 그 배에 뒤를 따르고 싶다. 장산(萇山) 절정에 자루를 박고 도는 북두성을 바라보고 실 풀리듯이 솔솔 풀려 나오는 골안개를 바라보고 명월을 바라보고 일엽 배를 바라보고 청풍에 옷소매를 날리며 벌레소리에 눈물을 흘리며 나는 실신한 사람 모양으로 혼자 배회하였다. 이 어인 비애인고?

-이광수 「오도답파기(五道踏破記)」[120]-

21. 사전(史前)의 인류

역사 없을 적의 인류나 역사 생긴 뒤의 인류나 인류인 영능으로 말하면 마찬가지였다. 인류는 그 형체를 지상에 드러내던 당초로부터 만물의 영장될 만한 신위(神威)를 가졌었다. 자연의 압력에 대하여 자못 용감히 저항하는 표를 보였다.

세계의 기후와 광경이 현재와 판이하고 지금 이미 멸종된 동물이 아직 지상에 방황할 시절에도 인류는 그적부터 존재하였었다. 그리하여 그 동물이 천지 기후의 학대를 견디다 못하여 형영(形影)

120 이 글은 『매일신보』에 연재한 「오도답파기」(1917)의 29번째 연재분이다.

이 아울러 지상에서 멸절한 이후까지도 인류 혼자는 여전히 존재하였다. 인류학자의 구석기 시대라는 것은 인류가 지금 멸종된 동물과 한가지로 서식하던 시대로부터 비롯된다. 유럽에서는 이 시대의 인류가 매머드, 동굴곰,[121] 고라니, 무소, 야생마, 순록들과[122] 한가지로 살았다.

인류는 지상에 출현하던 당초부터 언어라는 다른 동물이 가지지 못한 가장 유력한 교통 기관을 가졌었다. 언어는 아마 인류의 틈에서 생겨난 최초이자 최대의 발명일 것이다. 이것으로써 공동 생활이 시작되었다.

인류는 구석기 시대에 이미 수족으로 할 일을 기계로 대용할 줄을 알았다. 부서지기 잘하는 부싯돌로써 간단한 기구를 만들었다. 간혹 부싯돌 밖에 동물의 골각, 치아와 기타 물질로써 생활상의 집기와 투쟁용의 병기를 만들었다. 그네가 이 시대로부터 이미 인류는 기계 사용하는 동물임을 스스로 증명하였다.

인류는 이 시대에 벌써 집이라는 것을 가졌었다. 그때 집이란 것은 흙을 파낸 구무나 바위틈의 굴이었다. 이집트의 삼각주 지방에는 이 시대의 인류가 진흙 혹은 갈대로 지은 움에서 살던 자취가 있다.

인류는 지상에 존재하던 당초로부터 동물을 길들여 자기의 사역에 쓰는 법을 마련하였다. 구석기 시대에도 개과 순록이 이미 가축으로 인류의 종노릇을 하였다. 이 모양으로 자연계의 정복은 맨 먼저 동물계로부터 비롯하였다. 인류의 최초의 생활은 수렵과 어로였다. 구석기 시대의 인류는 사냥꾼 아니면 어부였다.

그러나 그네는 생활만 할 양으로 생활하는 단순한 동물이 아니

121 Cave Bear라고 하는데, 빙하기에 유럽 지방에 서식하다가 멸종하였다.

122 원문은 "麋·犀 · 野馬 · 馴鹿"인데 사전에 근거하여 위처럼 옮길 수 있으나, 앞의 매머드, 동굴곰처럼 멸종한 동물의 종을 나타낸 것일 수도 있다.

었다. 이 시대에도 이미 생활 이상의 고상한 취미를 가졌었다. 골각이나 상아에 이미 물형을 조각하였다. 조각한 물체는 대개 동물의 형상이었다. 순록을 새긴 것도 있고 매머드를 새긴 것도 있으니 예술은 태초 시대로부터 있었다.

치달려서 끊이지 아니하는 인류의 진보, 인지의 개발이 구석기 시대의 말엽에 경천동지의 대발명을 생기게 하였다. 이 대발명은 언어의 발생처럼 자연적으로 또 차츰차츰 완성된 것이 아니라 금시에 생겨서 금시에 세계의 광경에 큰 변화가 생기게 한 것이다. 그것이 무엇인고 하니 불 만드는 것의 발견이다. 다른 말로 하면 목수(木燧)[123]의 발견이란 말이다. 이 발견이 생기자 구석기 시대가 가고 신석기 시대가 왔다.

구석기 시대로부터 비롯된 야수를 정복하여 가축 만드는 운동은 갈수록 진보되어 소, 말, 양, 닭이 다 이 시대로부터 야성을 잃고 가축이 되었다. 이 때문에 사냥꾼의 다수가 변하여 목자(牧者)가 되었다. 신석기 시대에도 인류의 다수는 목자이기 때문에 여전히 유목하는 생활로 지내었다. 일족 혹은 한 종족으로 물과 풀을 추구하여 지상으로 배회하는 것이 그네의 생활 상태였다.

이렇게 유목하여 생활하는 동안에도 그네의 진보는 끊이지 아니하였다. 동물계를 정복하여 가축을 변화시키던 수단으로써 다시 식물계를 정복하여 인류에게 예속되게 할 일을 경륜하였다. 그네의 노력으로 말미암아 야생초가 변화하여 밀, 보리, 귀리, 쌀이 되었다. 허다한 채소가 생겼다.

인류가 비로소 토지를 이용하여 생활 때문의 분투로서 약간의 여유를 얻었음으로 개인이란 감각이 생겼다. 또 내생까지도 생각하게 되었다. 이 시대의 사자를 장송(葬送)하는 형식은 밝게 이 사

123 나무와 부시를 사용하여 불을 얻는 장치를 말한다.

정을 설명한다. 여러 가지 제사와 희생물로 사자에게 올려 받친 자취를 보면 그네가 내생의 존재를 신앙한 것이 명백하다.

목수(木燧)의 발견으로 말미암아 인류가 점차로 석기 시대를 면하게 되었다. 구석기 시대에는 볼 수 없던 도기를 신석기 시대에 와서 제출하기는 확실히 불의 힘이다. 불의 힘이 더욱 진보하여 광물계로 침입하여 동(銅)이 인류에게 이용되게 되니, 석기 시대가 옮겨 동기(銅器) 시대가 되었다.[124] 그러나 동은 연한 광물임으로 동으로 만든 것은 평화의 기구거나 무기라고 해도 그 효용이 반드시 석기보다 나을 뿐 아님으로 동기 시대에는 석기도 병용되었다.

토지와 경운(耕耘)이 시작되었다. 유목의 생활에 종사하는 인류의 일부가 집을 짓고 토성을 쌓고 토착 생활하기를 시작하였다. 도기가 이 시대에 처음 나왔다. 방적에 종사하는 이도 생겼다. 석기는 정교하게 연마하여 만들어 쓰게 되었다. 인류의 진보는 하루도 쉬지 아니하였다.

구석기 시대에 사자를 장송하던 형적을 보건대 그 시대 인류가 내생의 존재를 믿은 줄로 추측할 만한 비슷한 형식이 조금도 없다. 그 시대에는 인류가 생활 한 가지로 연방 분투하여 주위에 대해 응접하기에 골몰하여 지낸 고로, 주위하고 자기하고를 분별할 만한 자각이 없으며 그럼으로 개인이란 감각이 생기지 않고 내생 같은 것에 생각이 이를 기회가 없었는가 보다. 그러던 것이 신석기 시대에 와서는 인류가 비로소 사색하고 연구하는 동물이 되었다.

그네의 진보가 하루를 쉬지 않는다. 동(銅) 9분에 주석 1분을 화합하여 청동 만드는 법을 깨쳤다. 청동은 동보다 굳은 것이다. 석기는 이제 와서 무용한 것이 되었다. 석기 시대가 지나가고 청동기

124 금석(金石) 병용 시대라고도 하며, 석기 시대와 청동기 시대의 중간에 해당한다.

시대가 당도하였다. 이를 전후로 하여 비로소 도시가 건설되었다. 도시는 문화의 창고다. 문화는 도시로 하여 함양되었다. 인류의 정치적 생활이 시작하였다. 또 이 동시에 문자가 인류의 사이에 행해졌다.

언어의 발명, 목수(木燧)의 발명, 문자의 발명은 인류의 3대 발견이라 할 것이다. 언어의 소용이 문자의 발명됨에 미쳐 넓어지고 커졌다. 동정의 구역이 이 때문에 극히 넓어지고 동정의 열도가 이 때문에 극히 높아졌다. 정치 사회가 비로소 움쩍하지 아니할 기초를 얻었다.

최초의 문자는 이제 아메리카의 인디안들 쓰는 것 같은 그림 문자였다. 그 다음에 의사(意思)를 그렸다고 말할 수 있는 회의(會意)의 문자로써 상상이나 음성을 그리게 되었다. 다시 진보의 몇 계단을 거쳐 이제와 같은 표음 문자에 도달하였다.

문자를 발명한 뒤에 나가고 나가 그치지 않는 인류의 진보가 드디어 철을 쓰도록 되었다. 동기 시대가 지나가고 철기 시대가 왔다. 서력 기원전 1500년에는 서아시아의 인민이 이미 철을 썼다.

22. 세계의 사성(四聖) (1)

생(生)하여 일대의 종사(宗師)가 되고 사(死)하여 백세의 의표(儀表)가 됨은 성인(聖人)이 아니요, 그 누가 능히 하리요? 마땅하도다, 석가, 공자, 소크라테스, 기독을 칭하여 세계의 사성(四聖)이라 함이어!

석가는 기원전 약 600년경, 인도 가비라(伽毘羅; Kapila)국 왕가에 생(生)하니라. 아버지는 정반왕(淨飯王), 어머니는 마야(摩耶) 부인이요. 그 본명은 싯다르타이니 석가는 가비라 왕가의 종족명이요, 불타는 그 출가, 성도(成道) 이후의 존호(尊號)라.

몸이 일국의 태자에 자리하였으나 일찍이 인생의 문제를 깊이 생각하여 29세에 가족을 버리고 산림에 은거하여 수도한 지 6년에 마침내 인생의 묘도(妙道)[125]를 궁구하여 무상(無上)의 정각(正覺)을 관철하고, 이후 50여 년 북천축(北天竺; 북인도)의 각지를 순석(巡錫)하여 교화를 펴다가 80여 세에 발제하(跋提河) 강가에서 돌아가시니라.

지금의 불교는 곧 석가 일세(一世)의 교훈에 근본한 것이니라. 대개 석가 당시의 인도에 수다한 철학이 있었으나 한갓 사색의 고원함을 숭상하여 인생의 의문을 해결할 정론이 없고 다만 유현(幽玄)한 공리(公理)와 참담한 고행으로 인하여 안심(安心)의 도를 구하니라. 그 지류와 후예들이 기치를 각자 새우고 명목상의 우열을 상호 쟁송할 뿐이요, 일세의 원원(元元; 백성)으로 하여금 귀명(歸命)하는 대도(大道)를 취하게 하지 못하더니 석가가 이 사이에 생하여 그 광대한 자비와 무량한 지혜로써 일세의 목탁이 되어 중생으로 하여금 그 귀의할 바를 알게 하니라.

공자의 이름은 구(丘)요, 공(孔)은 그 성이니 자(子)는 존칭이라. 지금으로부터 2천 4백여 년 전 중국의 노나라에서 생하니라. 어릴 때부터 배움을 좋아하며 예(禮)를 익히더니 장년에 이르러 노나라에서 관리가 되어서 한편으로는 제자를 가르쳐서 영문(令聞)이 일찍 나타나고 학덕이 더욱 나아가니라. 노나라 정공(定公) 때에 대사구(大司寇)의 직에 취임하여 상사(相事)를 섭행(攝行)하니,[126] 치적이 크게 있어서 내외가 그 풍채를 사모하니라.

125 오묘한 도리, 다카야마의 원문에는 "奧義"이다.

126 사구(司寇)는 사법을 처리하는 장관에 해당하니, 상사(相事)는 재상의 일이다. 이 구절은 『목은시고』, 『성호사설』 등에서 두루 나오는 구절로 다카야마의 원문에는 없다.

이때에 제나라 왕이 노나라의 날로 일어남을 두려워하여 여악(女樂)의 계교를 써서[127] 정공으로 하여금 공자를 멀리하게 하는지라. 공자가 시운의 그름을 보고서 56세의 노령[128]으로써 문하의 고제(高弟)를 이끌고 사방을 유세하니라. 당시의 중국은 소위 춘추의 난세라. 주나라 왕실이 미약하여 한갓 허명이 되고 군신의 대의가 탕연(蕩然)히 땅에 버려져 신하로써 임금을 시해하는 자가 있으며, 아들로써 아비를 시해하는 자가 있으며 강자는 약자를 먹고 큰 자는 작은 자를 합쳐서 권력 외에는 도의가 있음을 알지 못하니라. 교화의 쇠락과 풍속의 퇴패가 일찍이 이때와 같음이 없더라.

공자가[129] 이미 뜻을 노나라에서 얻지 못하고 개연히 부모의 나라를 떠나서 대의와 명분을 천하에 제창하여 광란을 기도(旣倒)에 돌리고자[130] 하니 그 뜻이 원대하다 할지로다. 이렇듯 천하를 주유한 지 13년에 시대가 점점 그릇되어 비참하여 큰 도를 사용하지 못하고 또 명교(名敎)에 귀를 기울이는 자가 없느니라. 이에 다시 노나라에 돌아와 탄식하되, "내 도가 다했어라, 나를 알아주지 않노라."[131] 하다가 얼마 안 가 돌아가니 나이가 73이니라.

소크라테스는 그리스의 아테네에 사는 한 조각 장인의 아들이라. 기원전 약 470년 사이에 태어나, 석가, 공자와 차이가 2, 30년에

---

127 제나라가 음악에 능한 기녀들을 보내어 노나라의 정사를 어지럽혔다는 내용이 『논어』 「미자(微子)」에 나온다. 이 구절은 다카야마의 원문에 없다.

128 다카야마의 원문에는 "老軀"이다.

129 다카야마의 원문에는 단락 구분이 되어 있지 않다. 석가, 소크라테스, 기독과 마찬가지로 공자도 한 문단으로 처리하였으나 『시문독본』에는 공자만 두 단락으로 처리했다.

130 기도(旣倒)는 이미 엎어진 상황이다. 광란으로 이미 엎어진 상황을 돌리려 힘썼다는 말로 한유(韓愈)의 「진학해(進學解)」에 나오는 구절이다.

131 『사기』 「공자세가」에 나오는 구절이다. 다카야마의 원문에는 여기에 이어진 자공(子貢)과의 문답과 『춘추』를 편찬하며 남긴 공자의 말 등 「공자세가」를 더 길게 기록하였으나 『시문독본』에서는 생략하였다.

불과하니 동서에 성인이 동시에 출세(出世)함은 또한 기이하다 할지로다. 그리스 당시는 소위 궤변학파가 발호한 시대라. 지식은 명목의 다툼에 불과하고 도덕은 공문(空文) 위에 겨우 남아 그 형세가 석가 당시의 인도처럼 인생과 사회의 실제에 관하여는 그다지 이익 되는 바가 없으니라.

소크라테스가 개연히 시대의 폐해를 구제함을 자임하여 왕성하게 도를 성대하게 강의하고 이치를 논하여 지성스레 게으르지 아니하며 궤변학파를 만나면 그 특별한 논법으로써 변난(辯難)하고 공격하여 일보도 가차가 없었느니라. 간악(侃諤; 곧바른)한 정의가 그 희대의 웅변과 상반하여 일세를 풍미하더니 태강즉절(太剛則折)[132]이라.

마침내 소인배의 혐오하는 바가 되어 국법 위배라는 참소를 당하니 그 소장에 말하되, "소크라테스는 국교를 믿지 아니하고 이단을 창도하여 이로써 인심을 교란하니 마땅히 국법에 의거하여 사형에 처할지다." 하였더라. 소크라테스가 이 참소에 대한 항변은 진실로 절실히 장쾌한 것이라. 개세(慨世)와 우국의 지성으로써 국민에게 호소하였으되 일언일구라도 백세의 진리 되지 아니님이 없느니라. 그러나 법관은 소크라테스로써 오만불손하다 하여 사형을 선고하니라.

소크라테스가 태연자약하여 말하되, "천명이라." 하고, 옥중에 있으되 항상 문도를 모아서 생사, 영혼, 미래의 일을 말하며 혹 탈옥을 권하는 자가 있으면 문득 답하되, "나는 오직 정의에 따를 뿐이라, 죽음이 어떤 것인가 인생의 행복은 영혼의 위에 있음을 알지 못하느뇨?" 하니라. 마침내 종용히 독을 받고서 죽으니 이때 나이

132 너무 강하면 부러진다는 말로 다카야마의 원문에 "교목이 바람에 꺾인다"는 일본의 관용구를 쓴 것을 대신하여 옮긴 것이다.

가 70이니라.

기독(基督)의 본명은 예수요, 기독은 "관고자(灌膏者)[133]"의 뜻이니 교도의 추상(追上)한 존칭이라. 유태의 베들레헴에서 생하니 그 생후 4년으로써 서력 기원 제1년을 표하니라. 아비는 요셉이란 목수장이요, 어미는 마리아이라. 성장하여 30세경에 예언자 요한의 세례를 받고 비로소 전도의 생애에 들어가 이래 3년간 유태의 각지를 유력(遊歷)할새 각종의 박해를 만났으나 조금도 굴복하지 아니하고 그 복음을 세상에 전하니라.

대개 당시는 로마 제국의 영화가 극도에 달한지라, 화란의 맹아가 그중에 배태하여 재이(災異)가 겹쳐 와서 천하에 평안한 나날이 없느니라. 더욱 기독의 본국인 유태는 오래 폭군의 부렴(賦斂)에 피폐하여 타국의 모멸을 받고 민중은 한갓 기괴한 음사(淫祠)를 숭배하며 습속이 점점 방종하게 흘러서 학자는 궤변을 농하여 부질없이 인심을 현혹하게 하니라. 이에 일세의 인심이 이지러져 위인이 출현하여 이 암흑 사회를 광명에 인도함을 갈망하던 터이더라.

기독이 이런 사이에 생하여 스스로 구세의 사명을 띤 상제(上帝)[134]의 아들이라 칭하고 엄연한 그 위대한 신교(新敎)를 전파하니 원근이 풍미(風靡)[135]하여 서로 따르는 자가 많은지라. 승려, 학자, 관리 무리가 심히 기쁘지 않아 구실을 삼아서 예수가 외람하게 신법과 이설(異說)을 주창하여 세상을 미혹하고 백성을 속인다 하고 기독을 잡아서 책형(磔刑)에 처하니라.

기독은 이 일이 있을 줄 예상하여 편안히 흔들리지 아니하고 종

133 기름 부음을 받은 자라는 뜻으로 유대의 전통에서 신의 선택을 받은 자를 의미한다.

134 다카야마의 원문에는 "신(神)"인데, 『시문독본』에서는 상제로 바꾸었다. 이하 상제가 나오는 부분도 마찬가지이다.

135 바람에 휩쓸리듯 영향을 받는 상황을 뜻한다. 다카야마의 원문은 "靡然"이다.

용히 기도하되 "상제시어, 저들을 용서하소서. 저들은 그 하는 바를 알지 못하기 때문이니이다."하니라.[136] 형장에 이르러 33세의 단명으로 십자가 위의 이슬로 화하니라. 기독의 사후에 그 문도 제자들이 비상한 박해에 저항하면서 그 가르침을 천하에 광포하니 기독교가 곧 이것이니라.

이상은 사성(四聖)의 약전이니 그 인격과 사적의 원대, 웅위함은 길이 후인의 경모, 숭배하는 바이라. 사성 중에 석가를 빼고는 다 감가(轗軻),[137] 불우하게 그 생을 마치니라. 공자는 뜻을 사방에서 얻지 못하여 그 경륜을 품고서 부질없는 영탄 속에서 돌아갔으며 소크라테스와 기독은 다 간교한 참소의 수단에 잡혀서 혹은 독을 받고 혹은 도적과 같이 십자가 위에 못 박힌 죽음을 당하였으니 가히 비참하다 이를지로다.

그러나 이 사성의 뜻한 바는 천하의 후세에 있었고 현세의 화복과 일신의 안위는 추호도 그 고려하던 바가 아니라. 그러므로 죽음을 맞되 편안히 돌아가듯 하였도다. 공자는 그 몸의 불행을 근심하지 아니하고 도리어 "오도(吾道)가 행하지 않으면 나는 무엇으로 후세에 보이리오?"[138]하니라. 석가는 중생을 위하여 그 처자와 왕위를 버리고 밥을 노상에서 구걸하며 소크라테스는 사형의 협박을 당하되, "정의를 믿는 이라면 죽음이 무엇이리오, 나로 하여금 일일의 생이 있게 하면 다만 일일이라도 국민의 미망을 깨우지 아니치 못한다." 하니라. 기독은 자기를 죄에 빠뜨린 자들을 위하여 상제께 기도하였으니, 오호라! 어찌 그 자비의 광대무변함이 이렇듯 하느뇨?

136 다카야마의 원문에는 이 다음에 누가복음 23장을 인용하였으나 『시문독본』에서는 생략했다.

137 때를 만나지 못해 괴로움을 이른다.

138 『사기』「공자세가」에 나온다.

23. 세계의 사성(四聖) (2)

사성(四聖)은 그 국가가 상이하고 시대가 같지 않으니 그러므로 그 교리에도 또 차별이 있음은 사리와 형세가 본래 그러함이라. 이제 그 요지를 아래에 서술하노라.[139]

석가의 교리는 그 주지가 번뇌를 끊어 없애고 열반에 돌아감에 있느니라. 대저 인생은 고통에서 시작되어 고통으로 마치나니 생로병사 무엇이 고통 아니리오? 그러므로 우리는 현세를 고해(苦海)로 볼 밖에 없으며, 그런데 그 고통의 원인은 정욕에 있고 정욕의 원인은 '아(我)'의 일념에 집착함에 있느니라. 그러므로 우리는 '아'의 일념을 탈각하고 무아무념의 경지에 다다르지 아니치 못할지니 이것이 인생 궁극의 낙토이라. 열반이 곧 이것이니라.

공자의 가르침은 몸을 닦아서 집안을 추스르고 천하를 다스림에 있느니라. 그리하여 몸을 닦는 근본은 효에 있으니 그러므로 효는 백행(百行)의 근본이라. 부자의 친(親), 군신의 의(義), 부부의 별(別), 장유의 서(序), 붕우의 신(信)이 다 이에 근본하느니라. 사람이 태어나면 미덕을 하늘에서 받으나 후천의 기질로 인하여 능히 그 미덕을 완전히 하는 이가 적으니라. 여기서 교육의 필요가 있느니라. 교육을 받아서 몸을 이미 닦았다면 집안을 추스를지요, 나라가 다스려지면 천하가 스스로 태평함을 얻을지니라. 그러므로 공자의 가르침은 일신의 수양에서 시작되어 치국평천하로 마친다 할지니라.

소크라테스의 가르침은 지덕(知德) 합일의 설이니 말하되,

"진정한 지식은 즉 도덕이라. 그러므로 행함과 앎은 본래 일체이니 알고서 행하지 아니함과 행하고서 알지 못함은 둘이 다 지식, 도덕의 진정한 것이 아니니라. 진리를 확신하여 그 실행으로써 최

139 이 단락은 다카야마의 원문에는 없다.

상의 의무를 삼으면 정의가 스스로 그중에 있느니라. 정의는 영혼의 만족이요, 그 영혼은 육체와 달라서 불후, 불멸하는 것이니 그러므로 사람이 정의를 행할 때에 현세의 이해를 결코 고려할 것 아니니라. 도덕은 부귀를 위하여 있지 아니하나 그러나 부귀는 도덕의 속에 있도다."

하니라. 기독의 가르침은 사랑의 가르침이라 칭하느니 소위 산상의 교훈은 3년 전도의 극의(極意)를 포괄한 것임으로써 그 대략을 아래에 서술하노라. 말하되,

"마음이 가난한 자는 복이니 천국이 그이의 소유될 것임일새니라. 슬픈 자는 복이니 그이는 위로를 받을 것임일새니라. 주리고 목마른 것처럼 의를 사모하는 복이니 그이는 배부름을 얻을 것임일새니라. 긍휼하는 자는 복이니 그이는 긍휼을 얻을 것임일새니라. 마음이 맑은 자는 복이니 그이는 상제를 볼 것임일새니라. 악을 적대하지 말지어다, 남이 만일 너의 오른뺨을 치거든 왼뺨을 돌려대라. 너의 이웃을 사랑하며 너의 적을 사랑하라. 남에게 보이기 위하여 그 앞에서 의를 행하지 말지어다. 오른손이 하는 바를 왼손이 알지 못하게 할지어다. 위선자의 행위를 본받지 말지어다. 은밀하게 보시는 상제는 곧 보답하심일새니라. 사람이 능히 상제와 재물을 양쪽으로 섬기지 못하느니라. 남을 시비하지 말지어다. 남의 안중에 있는 티끌은 보아도 어찌 자기의 안중에 있는 들보는 보지 못하느뇨? 너희들은 구하라 그러면 주리라, 너희들은 찾아라 그러면 만나리라, 두드려라 그러면 열리리라. 좁은 문으로 들어가라, 침몰에 이르는 문은 그 길이 커서 이에 들어가는 자가 많으니라. 오호라! 어찌 생명에 들어가는 문은 좁고 그 길이 좁아서 이를 얻는 자가 적느뇨? 무릇 이 교훈을 들어서 행하는 자는 반석 위에 가옥을 짓는 지혜로운 이 같고, 듣고도 행하지 아니하는 이는 모래 위에 가옥을 짓는 어리석은 이 같으니라."[140]

하니라. 기독교의 정수는 후인이 비록 각종의 색채를 더하였으나 실로 이 산상의 수훈에 근본하니라.[141]

오호라! 사성의 가신 뒤에 이미 몇 천 년인고? 그러나 그 가르침이 지금에도 오히려 늠름히 생기 있음을 보아라. 세계 누대의 몇 억조의 민중은 이 가르침에 의지해 그 도념(道念)을 기르며 그 위안을 구하니 사성과 같은 이는 실로 인류계의 영원한 구제자라 할지니라. 그 도덕의 위대함이어! 무엇으로써 이에 비하리요.[142]

-다카야마 조규(高山樗牛)[143]-

24. 사(死)와 영생(永生)

죽음은 목숨 있는 이 치고 아무든지 면할 수 없는 운명이로다. 면할 수 없는 운명일새, 또한 피할 수 없는 문제로다. 그러나 생을 아끼는 이는 있어도 사(死)를 아끼는 이는 적고 생에 대하여 걱정하는 이는 있어도 사에 대하여 생각하는 이는 드물도다. 모를 일이로다.

어떻게 생(生)할까? 이는 인생의 큰 의문이로다. 그렇지만 어떻게 사(死)할까는 더 큰 의문이 아닐까? 역사를 보건대 큰 종교 생긴 것을 적었거니와, 대저 종교란 것은 전혀 살려 함의 가르침이 아니

140 이 단락은 마태복음에서 발췌된 것이다.

141 이 단락은 다카야마의 원문에 없는 구절이다.

142 이 글은 『청춘』 12호(1918.3)에 게재되었다.

143 다카야마 조규(1871~1902)는 일본의 평론가, 소설가이다. 도쿄제국대학 철학과를 졸업하였다. 동서 고전에 조예가 깊고 당대의 문예와 이론을 주도하여 메이지의 문호로 불렸다. 그의 글은 당대의 미문으로 평가받아 교과서에도 자주 수록되었다. 이 글은 일본의 『고등국어독본』에 수록되어 식민지 조선에서도 교수되었다. 여기서 대조한 저본은 『고등국어독본』 수록본이다.

라 죽으려 함의 깨침이로다.

석가는 인생의 사고(四苦)에 느껴 깨달아 해탈의 도리를 말하였도다. 예수는 동포의 원죄를 대속(代贖)하여 영생의 길을 열었도다. 해탈이어니 영생이어니 사(死)를 제치고 나면 무슨 의의가 있는가? 가장 명달(明達)한 이가 만든 철학의 취지도 또한 이밖에 벗어나지 아니하는도다.

천지, 인생의 이법(理法)을 밝히기는 사람으로 하여금 안심입명할 바를 얻도록 하려 함이니, 안심입명이란 것을 따지면 사를 편안하게 한다는 말이 아닌가? 도덕은 현재만을 위하여 존재하는 것 아니니 명예의 불후일세, 사업의 영원일세 하는 것이 곧 사후의 세계를 이르는 것이로다.

애달프다! 생을 보고 사를 보지 못하는 이는 인생의 근본을 잊어버림이니 사는 모든 것의 종말이자 또 모든 것의 시초일새니라. 그러니 사람마다 사를 생각해 보라. 사를 생각함은 곧 인생의 목적을 생각함이니라. 사멸을 생각함 아니라, 영생을 생각함이니라.[144] 저 생사의 우열을 다투고 인생의 가치를 의심함은 어리석은 일인져! 우리는 생을 알고 아직 사를 모르니 어떻게 우열을 알리요? 인생의 가치는 절대니 이에 견줄 것이 없느니라. 염세일세, 낙천일세 하는 것이 무슨 의미인 줄을 내 모르겠도다. 우리는 다만 인생의 실재인 줄을 알 따름이로다.

우리는 생하여야 할지로다. 영원히 생하여야 할지로다. 사는 만물의 운명이지만 우리는 사를 초월하여 그 영생을 계속하게 하여야 할지로다. 어떻게 하면 사하야 생할 수 있을까? 인생 궁극의 문제가 여기 모였도다.

---

144 이 문장 다음에 "죽음은 인생의 구경(究竟)이라. 그러므로 영생은 인생의 목적이도다."라는 문장이 생략되었다.

하느님께 기도하여 영생을 구하는 이가 있으면 부처님께 귀의하는 이는 인생의 숙홀(倏忽; 갑작스러움)을 탄식하여 열반의 적막을 구하는도다. 그렇지만 형체 밖에 혼백이 없으니 어찌할꼬? 그 분묘를 장대하게 하고 쇠에 새긴다, 돌에 새긴다 하여 이름을 후세에 전하려고 애쓰는 이가 있도다. 그러나 세월은 만물의 파괴자라, 바람이 스치고 비가 씻는 동안에 창상(滄桑)이 몇 번씩 변전하거늘 묘비 혼자 온전할 수 있으랴? 이 어찌 영생의 도일까 보냐?

진정한 영생은 이름으로써 생함이 아니라 일로써 생함이니라. 유교가 있는 바에 공자가 거기 있으며 사원이 있는 바에 석가가 간데 족족 있으며, 예수는 십자가에 못 박혔지만 이제까지 기독교도의 생명이로다. 악비(岳飛)[145]의 사적에 감격하는 이의 가슴에는 악비 그이의 생명이 있으며 증기 기관이 움직이는 곳에 와트의 혈액이 있으며 전선 걸리는 곳은 곧 프랭클린[146]의 영생하는 땅이로다.

진정한 영생은 세월을 따라 갈수록 깊어지며 사람과 한가지로 갈수록 넓어지는도다. 그러므로 일인의 정신이 천만 인의 생명이 되어 강하로서 바다로, 바다로서 육지로 호호탕탕하게 마침내 세계를 움직인 뒤에 그칠지니라. 세계의 문명은 이와 같은 허다한 영생의 결과로다.

소년들아! 그대들이 일찍 사를 생각해 본 일이 있느뇨? 내가 어리다고 이른다 하지 말지어다. 사를 생각하지 아니하고 생함은 부질없이 생함이니라. 그 사로 하여금 유감이 없게 하려 하지 아니하고 다만 그 생이 완전하기를 바람은 곧 목적 없이 길 가는 것이니

145 남송의 명장이자 충신이다. 금나라를 정벌하여 중원을 회복하려 했으나 누명을 쓰고 주살되었다. 다카야마의 원문에는 악비가 아닌 가마쿠라 시대에 막부에 맞서 천왕을 위해 싸우다 죽은 충신인 구스노기 마사시게(楠木正成)가 인용된다. 최남선이 자의적으로 고친 것이다.

146 벤저민 프랭클린은 특히 전기 분야에서 많은 업적을 남겼다.

라. 사를 생각함은 곧 영생을 생각함이니라. 그리하여 가장 잘 이 문제를 해석한 이가 철인걸사(哲人傑士)니라.[147]

-다카야마 조규-

25. 서울의 겨울달

서울의 겨울달은 남산의 동단에서 올라 남산 마루를 지나 남산의 서쪽으로 떨어진다. 백설과 청송으로 묵화(墨畵)와 같은 아롱무늬를 이룬 남산을 떼어 놓고는 서울의 동월(冬月)을 말할 수가 없다. 이 의미로 보아 남산수(南山壽)[148]를 빌기에는 너무 평이하게 생겼다 하더라도 남산은 역시 서울의 자랑이다. 남산과 북악 두 틈에 장구 모양으로 벌려 있는 서울은 북악에서 위압을 받고 남산에서 자애를 받는다.

이 특징은 지금과 같은 동절기에, 그중에 월명(月明)한 밤에 더욱 분명하다. 옥으로 깎아 세운 듯한 경사가 급하고 끝이 뾰족한 북악이 청심한 겨울 하늘의 북두성 자루를 찌르려 하는 모양과, 그 끝이 하늘을 푹 찔러서 하늘에 쌓였던 찬바람을 쏟아 쳐다가 서울에 내려 쏘는 것을 볼 때에 우리는 암만하여도 북악에 대하여서는 일종의 외경과 공포와 위압을 받는다. 그러나 수구문(水口門; 광희문) 근방에서부터 완만히 복잡한 파도 형상을 드리우며 올라가다가 국사당(國祠堂)[149]의 뭉투룩 한 꼭대기를 이루고 다시 완만히 내려간

147 이 글은 앞의 "세계의 사성"에 비해 한문 문체가 많이 남아 있지만, 최남선은 오히려 한글의 비중이 높은 문체로 옮겼다.

148 『시경』에 임금님이 '남산처럼 만수무강하기를' 비는 구절이 나온다.

149 남산 위에 서울의 산신을 모신 사당이었다. 1925년에 인왕산 서쪽으로 옮겼다.

남산의 우미한 곡선은 우리에게 정다움을 준다.

그런지 아닌지 서울은 북악을 등에 지고 남산과 낯을 대하여 울고 웃고 한다. 아마도 웃을 때에 남산을 대하면 같은 미소를 얻고 울 때에 남산을 대하면 부드러운 위안을 얻는 모양이다. 과거 몇 천 년간에, 가깝게 잡고 오백여 년간에 몇 천만의 생령이 남산을 보고 울고 웃고 하였는고? 그러나 한스럽게 과거의 남산은 아직도 큰 웃음과 큰 울음을 당하여 보지 못하였다. 웃을 일도 한두 번은 없지도 아니하였고 울 일도 한두 번은 없지 아니하였으나 서울은 그것을 감각할 줄을 몰랐었다.

음력 11월 중순 달이 바로 남산 마루에 걸려서 서울을 내려다본다. 삼십만의 인구를 가진 큰 서울에는 등불이 반짝거리고 전차 소리와 인마의 왕래하는 소리가 들린다. 한편에는 비록 낡은 쓸어져 가는, 다 썩어진, 더럽고 초라한 왜옥(矮屋)이 있다 하더라도 다른 한편에는 확실히 새로운, 공중에 우뚝 솟은, 번쩍하고 깨끗한 고루(高樓)가 있다. 수로 보아 그 더럽고 낡아 쓸어져가는 집이 많다 하더라도 이 많음은 차차 적어갈, 마침내 슬어져 버릴 운명을 가진 많음이요, 새롭고 번쩍한 집은 수로 보아 적다 하더라도 그 적음은 차차 많아갈, 마침내 온 서울을 덮고야 말 운명을 가진 적음이라.

서울에는 확실히 생명이 있다. 북악의 바람이 아무리 차게 내려쏜다 하더라도 길과 지붕과 마당이 아무리 얼음 같은 눈으로 내려눌렀다 하더라도, 그 밑에는 봄철에 움 돋고 잎새 필 생명이 있는 것과 같이 서울에는 확실히 생명이 있다. 아직 의식이 발동하지 아니하고 감각과 이성의 맹아가 모양을 이루지는 못하였다 하더라도 확실히 서울에는 생명이 있다.

비록 그것이 아직 원시 동물 모양으로 머리도 없고 사지도 없고, 물론 신경계도 없는 단세포에 불과하다 하더라도, 아직 호흡도, 영양도, 운동도 없는 얼른 보기에 무생물 같은 것이라 하더라도 그래도 생명이 있기는 확실히 있다. 오늘밤 달빛에 비춘 서울은 비록 사해(死骸)의 서울이라 하더라도 장래 어느 날 밤에 이 같은 달이 반드시 생명의 서울을 비출 날이 있다. 누가 이것을 의심하랴, 하물며 부정하랴! 아무도 이 생명을 부정하지는 못한다!

아아! 누누한 사해(死骸)! 사대문, 종로, 북악 밑, 남산 밑, 어느 것이 사해가 아니랴. 백 년 묵은 사해, 이백 년 묵은 사해, 간혹 천 년 묵은 사해, 또 간혹 일전에 죽은 사해, 온통 사해다. 지금 이 달빛에 거리로 다니는 것도 사해, 혹 실내에 앉은 것, 누운 것, 떠드는 것, 어느 것이 사해가 아니랴. 소리면 귀신 곡성, 비치면 귀신 불, 무엇이 도약한다 하면 망량의 도약.

그러나 서울에는 생명이 있다.

이 생명은 묵은 사해와 새로운 공기와 광선으로 생장할 것이다. 묵은 사해는 사해 그 물건으로는 무용하다 하더라도 그것을 생명력으로 분해한 화학적 원소는 넉넉히 신생명의 영양이 될 수가 있다. 될 수가 있을 뿐더러 그것을 영양으로 하지 아니하면 아니 된다. 그러고 공기와 광선은 무한하다. 암만이라도 자유로 취할 수가 있다. 지구에 생물이 생식할 수 있는 한에서는 공기의 부족을 탄할 수가 없을 것이요, 태양이 그 열과 빛의 생명을 보존하는 한에서는 광선의 부족을 탄할 리가 없다. 서울의 생명은 생장하지 아니치 못할 운명을 가졌다. 그런데 서울에는 생명이 있다.

서울을 보고 우는 자는 자기의 잘못임을 깨달아야 한다. 서울! 낡은 죽음 위에 새로 설 새 서울! 제군은 북악의 열풍 속에, 남산의 월광 속에 탄생 축하의 기쁜 곡조를 알아들어야 한다.

그것은 모르지, 그 생명이라는 것이 무슨 동 무슨 통 무슨 호에 있는지, 또는 무슨 거리, 무슨 하천에 있는지. 그러나 다만 제군은 가만히 귀를 기울여 보라. 반드시 무슨 소리가 들릴 것이니, 제군이어, 그 소리가 즉 새 생명의 심장의 고동이다. 그 소리가 비록 극히 미미하다 하더라도 그 속에는 무한히 커지려는 '힘'이 사무친 것을 아는 자는 알 것이다. 그 소리가 지금 비록 음표의 한 개에 불과하다 하더라도 그것이 차차 한 소절이 되고, 두 소절이 되고, 세 소절이 되어 마침내 일대 악보를 이루고야 말 것이다.

피아노의 제일 왼쪽의 첫 건반을 울릴 때에 그것은 극히 단조로운 저음에 불과하지만 다음 건반, 다음 건반, 연해서 울려가는 동안에는 점점 고음이 되어 마침내 오른쪽 최종 건반은 천을 찢는 듯한 최고음에 다다르고야 만다. 그러나 한 건반씩, 한 건반씩 누를 때에는 아직도 단조에 불과하지만 양손의 열 손가락이 눈에 보일 새 없이 이리치고 저리치고 할 때에 오인(吾人)이 황홀한 대음악을 얻는 것이다. 그럼으로 제군은 새 생명의 소리가 너무 미미하고 단조로운 것을 한하여서는 아니 된다. 이미 소리가 들렸으면 그것은 피아노의 제일 건반인 줄을 알아야 한다.

-이광수-

26. 고대 동서의 교통

중국과 서방 여러 국가 간의 교통은 한나라 무제(武帝) 때로부터 개시되니 무제가 한나라 누대의 적인 흉노를 측면으로 견제하기 위하여 공수 동맹을 체결할 양으로 유명한 장건(張騫)[150]을 월지(月氏; 중앙아시아 옥수스 강[151] 서쪽에 있던 대국)에 파견함이 역사상에 기록된 최초라. 이후 위진 남북조 시대를 거쳐서 수나라, 당나라의 교체

150 장건(?~BC 114)은 한나라의 외교관, 탐험가이다. BC 139~119년 사이에 대월지, 오손 등지에서 동맹을 맺기 위해 노력하였다.

151 중앙아시아 최대의 강인 파미르 고원의 아무다리야 강의 그리스어 이름이다. 우즈베키스탄, 투르크메니스탄, 아프가니스탄의 경계를 이룬다.

에 이르러서는 육상과 해상의 양방으로 통로가 크게 열려서 통상과 종교로 왕래가 자못 번성하였는데, 불경과 불상을 구하기 위해 서행한 승려들은 대개 행정을 기록하니라.

5세기에 최초로 장안 곧 지금의 섬서성 서안부(西安府)를 출발하여 감숙성을 거쳐서 중국에서 투르키스탄으로 들어가 인도 반도로 내려가 지금의 캘커타 부근에서 배를 이용해 해로로 산동성에 귀환한 동진(東晋), 법현(法顯)[152]의 『불국기(佛國記)』[153]와 7세기 초엽에 또한 장안으로부터 서행하여 17년간 서역 130여 국을 편력하고 다시 육로를 거쳐 귀환한 당나라 현장(玄奘)[154]의 『서역기(西域記)』[155]와 같은 7세기 말엽에 광주(지금 광동성)에서 배로 출발하여 해로로 천축에 도달하여 널리 이 땅 인도의 불교 유적을 순례하고 24년 만에 다시 바다를 거쳐 귀환한 의정(義淨)[156]의 『남해기귀전(南海寄歸傳)』[157] 등은 다 당시의 동서 교통로와 주변의 상황을 고찰함에 중요한 전거가 되는 것이니라.

우리 근역의 사정이 서방에 전파된 것도 이 시기에 있으니 당나라 시대에 동방에 상인으로 온 페르시아인, 아라비아인 등이 그 견문한 바를 고국에 전하여 비로소 서구인의 저술에 이 땅의 국정(國

152 중국의 구법승으로 생몰 연대는 미상이다. 399년 60여 세의 나이로 인도로 들어가 불교를 공부하고 412년경 중국에 귀환했다.

153 『법현전(法顯傳)』이라고도 한다. 1권으로 되었으며 5세기 초 중앙아시아와 인도의 불교 유적과 사정을 기록하였다.

154 현장(602?~664)은 삼장 법사(三藏法師)로 널리 알려져 있다. 627년부터 인도로 여행을 시작해, 645년 많은 경전과 불상을 가지고 당나라에 돌아왔다.

155 『대당서역기(大唐西域記)』라 하며 중앙아시아와 인도의 견문을 전했다. 12권으로 646년에 나왔다.

156 의정(635~713)은 중국의 학승으로, 37세경에 인도로 건너가 불교를 공부하고 수마트라 등의 동남아 지역에도 체류했다. 20여 년 동안 체류한 뒤 400부의 산스크리트 불교 전적을 가지고 중국에 돌아왔다.

157 『남해기귀내법전(南海寄歸內法傳)』으로 인도와 동남아의 불교와 사회 사정을 기록한 책으로 4권이다.

情)이 산견(散見)하게 되었는데 서기 9세기 중엽에 아라비아인 압사이드가 편찬한 『솔레이만 보고』란 문서 중에 중국의 동쪽에 '실라'(Syla)가 있다 하여 약간의 사정을 기록한 것이 그 최초니라.

그 후 조금 뒤에 아라비아의 유명한 지리학자 이븐 코르다드바의 손으로 편찬된 『천하도로군국지(天下道路郡國誌)』[158] 중에 '실라'의 사정을 한층 자세히 기재하고 그중에 "이 나라는 황금의 산출이 많음으로 유명하며 겸하여 풍토가 쾌적하고 물산이 풍요하므로 서방의 상인들이 이 땅에 들어가면 즐거워 돌아오기를 잊는다." 하였느니라.

이후로 이어서 나온 여러 책은 대개 이 문서를 전승하여 동방에 황금국이 있음을 크게 과장하여 궁실의 주석(柱石)과 개, 원숭이의 목테까지 모두 황금으로써 하여 황금이 진흙처럼 흔하다 하였느니라. 여기서 이른바 '실라'는 통일 이후의 신라를 가리키는 것이요, 대개 천백 년이나 천이백 년 이전의 서방인에게 알려진 상황이니라.

※ 또 이탈리아 베네치아인으로 원나라 세조 때에 와서 출사했던 유명한 여행가 마르코 폴로가 서구로 돌아가 퍼뜨린 『동방견문록』에는 이 동방 황금국의 옛 전설을 '지팡구'란 이름으로 부활시켜 당시 항해가, 무역가의 타오르는 욕심을 격발하니라. 드디어 콜롬버스의 신세계 발견의 일대 원인을 만드니 그러므로 '실라'에 관한 아라비아 문서의 기사는 아메리카 대륙의 발견을 간접적 요인으로 세계적 의의가 있게 되었으며 다시 요약하자면 잊힌 신라의 가공적인 이름이 신

158 9세기 경 아라비아의 이븐 코르다드바(Ibn Khurdaziah; 820~912)가 편찬한 『여러 길과 왕국의 안내서』(Kit al-ma ilik wa'l-mam ik)에서 신라를 기록했다 한다.

대륙의 실체를 낳았다 할 것이니라.

근래 발굴되는 중인 고구려 고분 중의 벽화를 보건대 의장(意匠)과 수법이 많이 서역의 유풍을 직접 전하고 있으며, 또 그 광호(壙戶; 광중), 현실(玄室; 널방)의 구조에는 순전 서양의 양식인 것이 있으니 이는 대개 중앙아시아를 교통하는 동안에 대하(大夏: 알렉산더 대왕이 동쪽으로 정벌할 때, 남은 무리가 옥수스 강 근방에 건설하였던 국명)[159]로 유입한 그리스의 건축 양식을 간다라(서기 2, 3세기경에 서쪽으로 지금 페르시아의 동부로부터 중앙아시아, 인도에 이르는 대국이니 당시에 있어 동서 문물의 회합지가 되니라)[160] 지방 같은 데서 수입한 것일지라. 족히 이로써 서역 여러 나라와 교통이 빈번했던 증거의 일단으로 삼을지니라.

당시 서역에 왕래한 여러 사람 중에는 상업을 위한 자도 있을 것이요, 사신으로 갔던 자도 있었겠지만, 그중의 다수는 또한 법을 구한 승려이니 문물을 전래함이 성대함은 이렇듯 지식인의 왕래가 많음에서 비롯됨이라. 그중에서 사적이 유전하는 자는 대개 신라인이 많으니라.

당나라의 현장과 동반하여 천축에 들어가 나란타 사[161]에 갔던 아리야발마[162]와 보리사(菩提寺; 중인도)에 갔던 혜업(惠業)과 서건대

159 박트리아(BC 246~BC 138)의 중국 이름이다.

160 서기 2~3세기경 간다라는 쿠샨 왕조에 속하였다. 이 왕조는 1세기부터 5세기 중엽까지 존속했으며 영토는 북서 인도에서 중앙아시아에 이르고 간다라가 중심지였다. 이 왕조에서 간다라 미술이 발달하였다.

161 인도 비하르 주 파트나 남서쪽, 바르가온에 있던 큰 절로 불교 대학의 역할을 했다. 5세기에 굽타 왕조에서 창건하였고 7세기부터는 외국의 승려들이 불교를 배우려 유학을 많이 왔다.

162 생몰 연대 미상의 신라 승려이다. 70여 세로 나란타 사에서 입적하였다 한다. 이하 기록된 신라의 구법승들은 1215년에 나온 『해동고승전』에서 근거한 것으로 보인다.

각사(西乾大覺寺)에 갔던 현각(玄覺),[163] 현조(玄照)와 건다라산다사(犍陀羅山茶寺)에 머물렀던 혜륜(惠輪)과 중인도에 체류한 대범(大梵)과 동인도에서 입적한 현유(玄遊)[164]와 진흥왕 때에 천축으로 이주하여 흰 나귀로 불경과 불상을 싣고 왔던 속리산 법주사의 의신(義信)[165]과 기타 『구법고승전(求法高僧傳)』[166]에 기재한 현태(玄泰), 구본(求本)과 이름이 실전한 두 승려 등은 다 신라의 고승으로 성스런 자취를 사모하여 혹은 뭍으로 총령(葱嶺)을 넘고 혹은 바다로 나국(裸國)[167]을 건너서 서쪽의 여러 나라를 주유하며 불법을 구하던 이들이라.

신라인 이외에 천축에 들어간 승려로 이름을 찾을 수 있는 이는 오직 백제의 겸익(謙益)[168]이 있을 뿐이니, 성왕 7년에 항해로 중인도에 도달하여 상가나대율사(常伽那大律寺)에서 수년 동안 범어 문서를 배워서 천축의 언어를 통찰하고 율종을 깊게 전공한 뒤에 범어로 된 율부(律部)[169]를 가지고 돌아와 번역해 배포하여 백제 율종의 시조가 되니라.

서행한 우리 여러 승려 중에 그 행록이 유전하여 그 이름이 가장 저명한 이는 후세에 금강지(金剛智; 671~741)[170] 삼장(三藏)[171]의 천

---

163 현각(玄覺)은 당나라의 승려이고, 현조와 같이 인도의 대각사에 갔던 신라의 구법승은 현각(玄恪)이다. 오자로 보인다.

164 전후로 인용된 승려들은 모두 신라 출신이나 현유만 고구려 출신의 승려이다.

165 본문에 나온 의신(義信)에 관한 기록은 『속리산대법주사본말사기』가 출전이다.

166 『대당서역구법고승전(大唐西域求法高僧傳)』이라 하며 의정(義淨)이 지었다. 인도에 유학한 56인의 승려에 대한 기록으로 692년 측천무후에게 바쳐진 책이다. 고구려 승려 1인과 신라 승려 7인을 기록하였다. 『삼국유사』 등에 인용되었다.

167 옷을 안 입고 생활하는 열대 지방을 이르는 것으로 보인다.

168 생몰 연대 미상의 백제의 승려이다. 529년에 인도에서 귀환하여 율종을 개창하였다고 한다.

169 율종과 관계된 불교 전적을 이른다.

170 당나라의 승려로 밀교 경전의 역경자이다. 인도 출신으로 나란타 사에서

복사(薦福寺; 당나라 장안)에서 역경에 종사한 혜초(慧超; 704~787) 삼장(三藏)과 그의 『왕오천축전(往五天竺傳)』[172] 세 권이니라. 혜초 삼장은 신라인으로 어릴 때에 당나라에 가서 16세에 진언종(眞言宗; 밀교) 8대조의 제5제자로 동하(東夏)[173]의 시조[174]가 된 인도 승려 금강지 삼장을 사사하고 얼마 안 가 산동성 근해[175]를 거쳐 수로로 천축에 들어가 오천(五天)[176]을 편력하고 서기 727년(신라 성덕왕 28년)에 당나라로 귀환하니라. 『왕오천축전(往五天竺傳)』 세 권은 곧 이때의 여정과 견문을 기록한 것이라.

이전에 천축으로 들어간 이들인 법현의 『불국기(佛國記)』는 육지로 가서 바다로 돌아온 기록이요, 현장의 『서역기』는 육지로 가서 육지로 돌아온 기록이요, 의정의 『남해기귀전』은 바다로 가서 바다로 돌아온 기록이거늘 혜초 삼장의 이 책은 바다로 가서 육지로 돌아온 점으로 특색이 유별한 것이니라.

오래도록 실전되었다가 서기 1907년(융희 원년)[177]에 베트남 하노이에 있는 프랑스 극동학원[178] 교수 펠리오(Pelliot)[179]가 돈황의 동남

출가하였고 719년경에 중국에 들어가 밀교를 전파해 중국 밀교의 개창자가 되었다.

171 삼장(三藏)은 경, 교, 율 등 불교의 교법에 정통한 승려에게 붙이는 존칭이다. 삼장 법사라고도 한다. 금강지의 시호가 대홍교 삼장(大弘教三藏)이다.

172 727년에 지어진 것으로 보이나, 1908년에야 발견되었다. 혜초의 여행은 723~727년에 걸쳐 이루어졌다.

173 동하(東夏)는 보통 동쪽의 중화라는 의미로 우리나라를 이르는 말이나, 여기서는 문맥상 중국을 가리킨다. 서쪽의 인도와 대비하여 쓴 것이 아닌가 한다.

174 중국 밀교의 시조가 되었다는 의미로 보인다.

175 『왕오천축국전』에 나타난 혜초의 경로를 보면, 그는 산동 성이 아닌 광둥 성 근해에서 출발하였다.

176 천축, 즉 인도는 동부, 서부, 남부, 북부, 중부의 5부로 구분된다. 그러므로 오천축(五天竺)이라 한 것이다.

177 『왕오천축국전』의 발견 연도는 1908년이다. 저자의 착오로 보인다.

178 공식 명칭은 원동박고원(遠東博古院; Ecole Francaise d'Extreme-Orient)

쪽 삼위산(三危山), 동강(東崗), 명사산(鳴沙山) 밑 천불동(千佛洞)[180] 중의 한 벽을 뚫어 부수어 당나라와 오대(五代)의 문헌 전적을 많이 획득하여 동방 문화사상에 중대한 발견을 하였느니라. 그중에 앞뒤 장이 결락한 닥종이 사본인 이 책에 남은 지면을 얻어서 결락이 있으나마 귀중한 이 책이 세상에 다시 나오고, 또 이 책에 기록된 증거로써 동서 교통사상의 중대한 의문점을 해결한 것도 많아서 드디어 전거한 세 여행기와 한가지로 세계 학계에 진품으로 바치게 되느니라.

또 인도 승려로 동쪽에 와서 머물면서 법을 전한 이도 끊이지 않고 나오니 백제의 겸익과 동반하여 와서 율부(律部) 72권을 공역한 중인도의 배달다(倍達多) 삼장도 그런 사람이요, 신라의 지리산에 와서 대화엄사(大華嚴寺; 구례군)를 개창한 연기(烟起) 삼장도 그런 사람이요, 안홍(安弘) 법사를 따라서 황룡사에 거주한 오장국(烏萇國) 비마라진제(毗摩羅眞諦) 삼장, 농가타(農伽陀) 삼장과 마두라국(摩豆羅國)[181] 불타승가(佛陀僧伽) 삼장 등도 그런 사람이라.

이외에 승속(僧俗)을 막론하고 전적에 이름을 남기지 아니한 자들이 또한 무수하니 가락국 김수로왕의 왕후가 아유타국 사람이라는 것도 그 한 예가 되는 것이라. 천여 년 전에는 동서의 교통이 어떻게 빈번하고 우리 민족의 해외에 대한 사상이 얼마나 활발하였음을 상상해 낼지니라.

으로 1898년 사이공에 설립되어 1901년 하노이로 이전하였고 1968년에는 파리로 옮겼다. 세계 각국에 출장소가 있다.

179 펠리오(Paul Pellio; 1878~1945)는 프랑스의 고고학자로 둔황 유적 발굴로 명성을 떨쳤다.

180 막고굴(莫高窟)로 간쑤 성 둔황 시 남동쪽 20km 지점에 있다.

181 마두라는 남인도 타밀 지방이다. 앞의 "오장국"도 인도 지방으로 추정된다. 안홍 법사의 사적은 『삼국사기』에 나온다.

27. 자기 표창과 문명

사람은 이상한 물건이외다. 어디를 가든지 또한 어떠한 일을 하든지 항상 그 주되는 생각과 주되는 동기는 자기를 한번 표창(表彰)하고 자기를 한번 여러 사람 앞에 드러내려 하는 일에 있소이다. 그럼으로 조금이라도 탈만한 틈만 있으면 곧 이 생각이 일어나고 이 동기가 튀어나와서 이것을 적으나 많으나 실현하고야 마는 것이외다.

그러나 이것은 한번 실현되는 것만으로 만족을 하거나 배부른 것 아니외다. 바꾸어 말하면 이것은 그렇게 실현되면 될수록 더욱 자기를 드러내려는 마음이 늘고 더욱 자기를 세상에 광고하려는 마음이 더하여지는 것이외다. 그러기에 간단히 말하자면 사람은 아침부터 저녁까지 또는 어려서부터 늙어 죽기까지 항상 먹고 입고 움직이고 말하고 생각하는 것이 모두 다 그 목표와 이상은 '나'라는 것을 될 수 있는 대로는 영구하게, 또는 될 수 있는 대로는 굉장하게 남의 눈이나 남의 의식에 번쩍 띄게 하여 보자 하는 일에 있다 할 것이외다.

이렇게 말하면 여러분이나 혹은 도학(道學) 선생들 가운데 "응. 그럴 수가 있나, 사람은 의무란 것에서 나서 의무란 것에서 죽는 것이지!"하고 반박하실 이도 계시오리다. 그러나 그런 장식적 말씀 또는 무비판하게 얻은 인습적 습관으로 나오는 말씀은 다 그만두고 우선 그렇게 말씀하시는 당신들 각자의 속 깊이 쌓여 있는 적나라한 마음부터 보십시오. 그러면 어느 구석에서든지 "참 그래."하고 공명되어 나오는 것이 있사오리다.

자 보시요, 우리가 무슨 회석(會席)에나 학교 같은 데를 가도 시치미를 뚝 떼고 무엇에 노하거나 한 것처럼 가슴을 잣바듬하고 앉았는 사람들이 있는 것을 볼 수 있지요. 그러면 이것이 무엇입니까? 다른 것이 아니지요, 곧 그 사람의 뱃속에나 들어갔다 나온 것처럼 말할 수 있는 것은 그 사람들 그때의 심리가 "나는 이러한 사람이니 너희는 보아라." 한다든가 또는 "나는 이렇게 너보다 별다른 것이 있다." 한다든가 하는 자기 표창적 생각에 붙들려 있을 것은 명료한 일이지요.

이렇게 말하면 물론 여러분 가운데는 "응, 그것이야 어떤 종류의 수양 없는 사람들에 한하여 있는 일이지 어찌 모든 사람이 다 그럴 리가 있나!" 하고 시인하지 않으실 이가 계실는지 모르지오만 실상은 이 마음이 천이면 천 사람에게 다 있고 만이면 만 사람에게 다 있는 것이외다. 다시 말하면 자기를 드러내겠다는 마음은 너, 나 할 것 없이 사람치고는 다 가지고 있는 것이외다.

그러기에 사람은 자기의 칭예(稱譽)에 대하여 무한히 기뻐하는 것이외다. 이것이 또한 우스운 말 같지만 껍데기나 옷을 다 벗기고 속에 있는 진심만을 가지고 말한다 하면 사람은 어떠한 종류의 사람이든지 자기를 세상에서 칭찬하고 흠모한다 하면 겉으로는 "천만에!"하면서라도 속으로는 "흐응, 그럴 터이지." 할 것이외다. 아니 그렇게 하는 것이외다.

그런즉 이것은 무슨 까닭이야요? 다른 것이 아니지요, 사람은 원래 자기 표창이라는 생각이 항상 머릿속에 왕래하고 있는 것인데 게다가 과연 세상 사람이 자기의 존재를 인지하여 자기라는 물건에다 비교적 고등한 가격을 매겨 놓은 것이니까 기뻐하지 아니하고는 견딜 수 없을 것이외다. 다시 말하면 자기의 예정 희망에 합하였으니까 만족을 감(感)할 것은 당연한 일이외다. 왜 그러냐 하면 처음부터 그렇게 되기를 희망하지 않았으면 그것이 그렇게 되었다고 특별히 기쁠 것이 있습니까? 조금도 기쁠 것 없을 것이외다.

그러면 더 말할 것 없이 자기 표창이라는 마음이 사람치고는 다 있다는 것은 분명한 사실이 되었소이다. 그러나 이렇게 말하니까 자기 표창이라는 것은 마땅히 가지지 못할 것인데 사람은 그만 병적으로 이것을 다 각각 가지게 되었다 하는 것 같기도 하외다. 그뿐만 아니라 세상 사람들이 지금까지도 이렇게 생각하지 않는 것 아니외다. 다시 말하면 자래로 동양에서는 자기를 드러낸다 하는 것이 무슨 큰 병통만큼 생각하여 왔소이다. 그리하여 될 수 있는 대로는 자기를 죽이려 하고 몰각하려 하였소이다. 그러나 이것은 생각하여 보면 큰 오해였소이다. 말하면 큰 잘못이었소이다. 왜 그러냐 하면 사람은 자기를 드러내고자 하는 마음이 있는지라 비로소 사람의 생활에는 말할 수 없는 무어라고 형용 못할 취미가 있는 것이요. 또한 경천동지할 만한 사업이 사람의 손에 생겨 나오는 것이외다.

이것을 더 한번 다른 말로 발표하자면 사람 생활의 모든 중심과 모든 근저는 다른 것에 있는 것이 아니요. 오직 이 자아를 표현하고 자아를 남에게 알리는 일에 있다 할 수 있는 것이외다. 가만히 생각을 하여 보시오. 우리가 괴로운 일을 참아 하기 어려운 일을 하여 그리 될 수 없는 것을 바라 - 여러 가지로 우리가 우리 자신을 괴롭게 하는 일이 있지 않습니까? 그런즉 그것은 과연 무슨 까닭입니까? 그렇게 아니하면 아니 될 무슨 의무가 있습니까? 또는 그렇게 아니하면 아니 될 무슨 필요가 있습니까?

물론 우리가 하는 일 가운데는 그런 관계로 나오는 일도 없는 것은 아니외다. 왜 그러냐 하면 우리가 법률의 명하는 바에 의하여 할 수 없이 하는 일도 있고 또는 먹기나 입기 위하여 직접 생활상 필요로 하는 일도 적지 않은 까닭이외다. 그러나 우리는 할 수 없어 하는 일 이외에 또는 직접 생활상 필요로 하는 일 이외에 여러 가지로 우리가 하고 싶어서 하는 일 또는 직접 생활에는 별로 필요가 없는 듯한 일을 하는 것이 결단코 적지 아니하외다. 그뿐만 아니라 이렇게 하는 일이 도리어 대부분이외다. 그런즉 이것은 무슨 때문에 그리합니까? 다른 것이 아니지요, 곧 아까부터 말하려던 자기 표창이라는 명예심 때문에 그리하는 것이외다.

가령 잠깐 예를 하나 들어 말한다하면 여기 돈을 많이 모으는 부자가 하나 있다 합시다. 그리하여 그 사람은 이미 수백만금의 재산을 몸소 모으고도 또 다시 더욱더욱 수를 모르리만큼 암만이고 모으려는 욕심 많은 사람이라 합시다.

그러면 그 사람의 심리는 과연 어째서 그럴까요? 먹고 입는 직접 생활상 필요가 있어서 그런다 하면 이미 그 사람에게 수백만금의 돈이 있으니 그것을 가졌으면 그 목적은 이루고도 충족할 것인데 어째서 그 사람은 더 많이 더 많이 하여 거의 저지할 줄을 모르고 애를 쓰며 욕심을 부릴까요?

다른 까닭이 아니외다. 즉 이 위에 말하여 오던 자기 표창이란 명예심 때문이외다. 내가 한번 세계에 으뜸가는 부자가 되여 부자라 하면 벌써 만 사람 억만 사람이 아무개하고 첫손가락에 첫머리에 불려지고자 하는 - 큰 욕망에서 나온 것이외다. 그런즉 이런 의미에 있어서 자기 표창이라는 것은 인류 생활의 중심이요, 근저이외다. 따라서 자기를 몰각하려 하고 '나'라는 것을 죽이려 하는 것은 대단한 잘못이외다. 다시 말하면 자기 표창이란 것은 이런 의미에 있어서 가치가 있고 무게가 있는 것이외다.

대저 문명이란 것은 어떻게 되어 성취가 됩니까? 이제 이것을 잠깐 생각하여 봅시다. 여러분도 다 아시는 바거니와 문명이란 것은 사회적 산물이 아니야요. 그런데 사회라는 것은 개인이 모여서 된 것이 아니야요. 그런즉 문명도 개인적 산물의 집적일 것은 또한 분명치 않습니까? 그런데 개인이 그 문명의 한 부분을 작성하고 산출할 때는 과연 어떠한 동기를 가지고 그것을 지으며 산출할까요?

이것이 지금 생각할 문제의 중심이외다. 물론 문명이라는 것은 납세나 대청소 같은 것과도 다르니, 법률이 무서워 산출한다든지 관령이 엄하여 산출한다든지 할 것도 아니요. 또는 밥이나 옷과도 다르니 아침저녁으로 핍박하는 생활상 부득이한 직접 필요로 문명을 작성한다든지 산출한다든지 할 것도 아니외다. 그런즉 무엇 때문에 개인은 문명의 한 부분을 지으며 또는 만들까요?

이것은 다른 때문에가 아니라 전혀 자기를 드러내고 자기를 남에게 알리겠다는 개인의 자기 표창적 명예심에서 나오는 것이외다. 왜 그러냐 하면 사람은 밤낮으로 어찌하면 자기를 세상에 소개할까, 또는 어찌하면 세상 사람이 자기를 모두 다 우러러보고 탄미하게 할까, 하고 그 방법이나 수단을 찾기에 매우 고심초사할 때에 문명의 한 부분이 우연히, 말하자면 묘하게 그 방법과 수단에 택하여지게 된 것임에 불과한 까닭이외다.

이제 우리가 이것을 예로 들어 봅시다. 가령 17세기에 뉴턴이 인력의 법칙을 발견하여 문명에 공헌하였다 합시다. 그러면 그때에 뉴턴이 그 법칙을 발견하려 할 때에 법률이나 관령에 못 이겨서 그것을 찾으려 하였겠소? 또는 뉴턴이 그것을 찾아 가지고 밥이나 옷을 얻어 입겠다고 - 다시 말하면 시재 먹을 것이 없고 입을 것이 없어서 그것을 찾으면 생명을 보지(保持)하겠다 하여 그것을 찾으려 하였겠소?

조금도 그랬을 것이 아니외다. 그러면 어째서 그것을 발견하기에 애를 썼겠소? 다른 것이 아니지요. 단도직입적으로 꼭 바로 말하자면 뉴턴이 정당한 공업으로 생기는 자기의 이름을 한번 세상 사람에게 널리 또는 영구하게 들려 보자는 뉴턴 일개인의 자기 표창적 명예심에서 그 단서가 시작한 것이외다. 물론 학자들은 이것을 이렇게 말합니다. 사람이 학문을 연구하노라면 자연 그중에서 재미가 나고 흥이 일어나서 무엇을 발견하고 싶어지기도 한다고. 그러나 이것은 꾸며대는 말이요, 참된 말은 아닌가 합니다.

어쨌거나 문명은 거의 다 그 문명을 성취하기에 종생의 노력을 다한 각 개인의 자기를 드러내려고 하는 한 본능적 명예심에서 발단되고 산출된 것은 사실이외다. 그러기에 자기 표창이라는 것과 문명의 관계는 매우 긴절하고 밀접하외다. 이것을 다시 고조하여 말하면 자기 표창이라는 개인의 정서는 사회적 산물인 문명의 원인이요, 원천이라 할 수 있소이다. 따라서 자기를 드러내겠다는 정서가 남보다 강한 개인을 많이 가진 사회는 결국 그 사회의 문명이 그렇지 못한 사회의 그것보다 훨씬 앞설 것이요. 또한 그러한 개인을 많이 가진 시대가 그렇지 못한 시대보다 문명 정도에 있어서 훨씬 높을 것은 논(論)을 기다리지 아니하고도 통실(洞悉)할 일이외다.

그러나 그렇다고 자기 표창이라고 모두 다 유용한 것이요, 모두 다 문명과 교섭이 있다는 것은 아니외다. 왜 그러냐 하면 자기 표창에는 발표하는 방식을 따라 종류도 여러 가지가 있고 또한 그 종류에는 가지고 있는 성질을 따라 가치도 고하(高下)가 있는 까닭이외다.

이제 이것을 일층 구체적으로 말하자면 어린애들이나 비열한 사람은 매양 자기를 드러내려 할 때에 그 발표의 방식을 의복이나 음식 같은 일시적 일인적 또는 비천한 것에 취하나니 이것은 자기 표창 가운데 있어서 가장 몰가치하고 가장 비루한 것이요. 그 다음 어른이나 우수한 사람은 이와 반대로 지식이나 사상 같은 것으로 그 발표의 수단을 삼나니 이것은 자기 표창 가운데 있어서 가장 유용하고 가장 가치 있는 것이외다.

그러기에 전자 즉 의복이나 음식으로 자기를 드러내려 하는 것 같은 것은 문명의 성취에 대하여 아무 관계가 없을 뿐만 아니라 그런 것은 도리어 적지 않은 방해가 되는 것이요. 오직 문명과 교섭이 있고 있어서 크게 필요한 것은 후자 즉 지식이나 사상 같은 것으로 자기 표창의 수단을 삼으려 하는 것 같음이외다.

그런즉 길게 말할 것 없이 이 글을 여기까지 읽어주신 여러분은 아마 내가 말하고자 하는 주지가 어디 있는 것을 벌써 양찰(諒察)하셨을 줄 아노이다. 곧 다시 한 번, 이 위에 진술하여 온 것을 되풀이하여 말하면 자기 표창이란 것은 문화 발전과 큰 관계가 있으니 자기를 될 수 있는 대로 남에게 드러내려 하는 것은 매우 좋은 일이요. 그러나 자기를 드러내되 어린애 모양으로 소소하고 사사롭고 비근한 것으로 자기를 드러내려 하는 것은 문명과 아무 관계가 없을 뿐만 아니라 도리어 크게 배척할 것이라 하는 것이 내 본편에서 역설하는 주지외다.

또 한마디 붙여 적을 것은 자기 표창과 경쟁과의 관계에 대하여서외다. 일국이나 일사회가 진보하고 발전하는 데는 각 사람의 자유 경쟁이 필요하다는 것은 학자 간에 이미 정론이 있거니와 이 자유 경쟁이라는 것은 그 발생의 동기에 있어서 자기 표창이라는 정서와 밀접한 관계가 있는 것이외다.

왜 그러냐 하면 경쟁이라는 것은 개체와 개체 간이나 혹은 단체와 단체 간에 두 편이 다 같이 한 편이 다른 한 편보다 우월하겠다는, 다시 말하면 내가 남보다 빼어나겠다는 자수심(自秀心; 자부심)에서 일어나는 것이니 내가 남보다 빼어나겠다는 마음은 내가 나를 남에게 알려지겠다는 것과 별로 상거(相距)가 격원(隔遠)하지 아니한 마음인 까닭이외다.

다시 이것을 곱잡아 말하면 내가 남보다 빼어나겠다는 마음은 내가 남에게 알려지겠다는 마음의 형식을 바꾸어 놓은 생각이외다. 그러기에 자기를 표창하겠다는 마음이 강렬한 사람은 또는 그러한 사회는 자유 경쟁에 있어서 항상 그 승(勝)을 점령하고 그 이(利)를 취득할 것이외다. 그런즉 자기 표창이 어떻게 문명 발전과 심절한 관계가 있는 것은 다시 더 말하지 않아도 일목요연한 것이 아니오니까!

그러기에 우리들도 자기 표창의 마음을 많이 가져야 합니다. 가져도 사람사람이 다 가져야 합니다. 여자도 가지고 남자도 가지며 실업가도 가지고 학자도 가져야 합니다. 적어도 우리 사회가 남의 사회와 같이 되고 우리의 살림이 남의 살림과 같이 되려면 사람사람이 모두 다 개인으로 하여 내가 남에게 알려지려 하고 사회로 하여 내 사회가 남의 사회보다 드러나게 되어야 하겠다는 마음을 가지지 않아서는 아니될 것이외다.

지금 세계에 있어서 동서 사방으로 횡행, 활보하는 사람들은 모두 다 자기를 드러내려는 마음이 남보다 강렬한 사람들이요. 또한 자기를 드러내되 가장 고묘(高妙)한 수단으로 가장 유리한 방식으로 자기를 드러내는 사람들이외다. 이것을 다시 구체적으로 말하자면 독일 사람이 자기를 잘 드러내는 사람들이외다. 영국 사람이 자기를 잘 드러내는 사람들이외다. 미국 사람이, 프랑스 사람이 자기를 잘 드러내는 사람이외다.

그뿐만 아니라 우리가 역사에서 항상 감탄하고 칭찬하는 위인 또는 나라는 모두 다 자기를 잘 드러낸 사람 또는 나라들이외다. 가령 말하면 알렉산더, 케사르, 나폴레옹, 공자, 석가, 예수, 또는 그리스, 로마, 중국이 그것이외다. 그럼으로 예나 이제나 동이나 서나 위대한 사업을 한 사람일수록 자기 표창을 잘한 사람, 잘하는 사람이요. 우승한 지위에 있는 사회일수록 그 사회에 속한 사람은 자기 표창을 잘한, 또는 잘하는 사람들이외다.

그러기에 나는 이런 의미에 있어서 우리들이 다 각각 자기를 표창하려는 사람들이 되기를 간절히 바랍니다. 또는 자기를 표창하되 비루하고 열등한 수단으로 하지 아니하고 될 수 있는 대로 가장 고대(高大)하게 될 수 있는 대로 가장 영구하게 하기를 더욱 바랍니다.

-현상윤(玄相允)[182]-

182 이 글은 현상윤(1893~?)이 『학지광』 14호(1917.11.)에 게재한 글이다.

28. 우리의 세 가지 자랑

우리는 사람임을 자랑한다, 말할 수 있음을 자랑한다, 글씨 쓸 수 있음을 자랑한다. 심령적인 깨달음 있음을 자랑한다, 정신적으로 일 함을 자랑한다, 구복(口腹) 이외의 취미적 생활 있음을 자랑한다. 생존 경쟁 이외의 도의적 교제 있음을 자랑한다. 자기에게 필요한 대로 조금, 조금씩 자연력을 정복하여 감을 자랑한다. 오관 이외의 감각과 칠정(七情) 이외의 심지(心志)로 시간 · 공간을 아울러 초월하여 6척의 작은 몸과 백년의 짧은 목숨으로 고금으로 왕래한 궁극의 천지에서 영원하고 무진한 경계를 자유자재로 소요, 배회할 수 있음을 자랑한다.

우리는 황인종임을 자랑한다. 당초부터 가장 넓고 기름지고 살기 좋은 땅을 차지하여 일찍부터 물심(物心) 양계에서 문화가 균등히 발달하고 보편으로 보급되었음을 자랑한다. 오천 년 이상 깨지지 아니한 역사적 국가와 계통적 문명 있음을 자랑한다. Ex Oriente Lux("광명이 동방으로서 왔다"라 하는 서양인의 옛 속담)의 임자임을 자랑한다. 4세기의 흉노처럼, 13, 14세기의 몽고인 터키인처럼 나아가 남을 몹시 건드려 본 일은 있으되 앉아서 남에게 큰 침략을 당해 보지 아니하였음을 자랑한다. 서양 사람에게 절대한 공포가 되던 아틸라[183] 장군처럼 세계 역사에 최대한 파란을 일으킨 칭기즈 칸처럼 진정한 의미로 세계적 영웅 남성적 활동 있음을 자랑한다. 지남거(指南車)처럼 양잠법처럼 제지술처럼 인쇄술처럼 대포 · 화약처럼 인류 생활과 문명 진보에 중대한 관계있는 것이 대개 우리네 손에서 창조되었음을 자랑한다. 초월한 종교적 경지며 고상

183 아틸라(Attila; 406?~453)는 훈족의 왕으로 유럽에 침략하여 게르만족의 이동을 일으켰다.

한 윤리적 교훈이며 심오한 철학이며 치밀한 법률이며 미묘한 문학이며 정려한 예술을 남 먼저 만들어 가졌음을 자랑한다. 남 먼저 활동하고 남 먼저 휴식하다가, 백인이 만드는 문명이 바야흐로 궁극에 달아 폐색되려는 오늘날에 위대한 사명을 띠고 새 정신 새 기력으로 새 개척과 새 건설할 우리임을 자랑한다.

우리는 또 한 가지 자랑이 있다. 같은 황인종 가운데서 가장 오랜 역사와 가장 오랜 문명 있음을 자랑한다. 당초부터 세계[184]를 구제할 양으로 생겨난 민중이라는 전설을 자랑한다. 남 먼저 하늘 - 지고무상한 유일한 절대를 섬길 줄 알았음을 자랑한다. 미(美)와 이(利)를 한가지로 가진 땅덩이를 자랑한다. 문(文)으로 해석하면 대인(大仁)이 되고 무(武)로 해석하면 대궁(大弓)이 되는 이인(夷人)[185]임

184 『고기(古記)』에 단군이 하늘로부터 '홍익인간'할 목적으로 세상에 내려옴을 전하니라. 『삼국유사(三國遺事)』에서 자세히 볼 수 있느니라(원저자의 주).

185 "夷"는 고대의 지나인이 우리 인종을 칭하던 글자이니, 지나 최고의 자원(字源) 사전인 한나라 허신(許愼)의 『설문해자(說文解字)』에 "夷"를 해석하여, "동방의 사람이다. '대(大)'에서 비롯하고 '궁(弓)'에서 비롯하니"라 하여 궁(弓)을 쓰는 대인(大人) 또는 대궁(大弓)을 쓰는 사람임으로 이름이라 하였느니라. 대개 숙신씨의 싸리나무 화살, 돌 쇠뇌와 부여의 대궁(大弓)과 예(濊)의 박달나무 활과 소수맥의 맥궁(貊弓) 등 따위처럼 활과 화살은 우리의 특산이요, 또 장기임으로 글자가 대궁(大弓)에서 비롯하여 그 위풍을 보인 것일지라. 또 같은 책의 강(羌) 글자 해석에 "夷" 글자에 대한 일설을 다시 기재하여 가로되, "남방의 만민(蠻閩)은 충(虫)에서 비롯하고, 북방의 적(狄)은 견(犬)에서 비롯하고, 동방의 맥(貉)은 치(豸)에서 비롯하고, 서방의 강(羌)은 양(羊)에서 비롯하니, 이 여섯 종이…오직 동이(東夷)는 '大'에서 비롯하여 대인(大人)이다. 동이의 풍속이 인(仁)하니 어진 이가 수를 누리며 군자가 죽지 않는 나라이다. 공자 가로되, '도가 행하지 않으니 구이(九夷)에 가고자 하노라, 뗏목을 띄워 바다로 가고자 하노라'하시니 이유가 있도다."라 하니라. 또 "夷"와 "𡰥"이 아울러 𡰥나 𡰥으로 쓰고 소리와 뜻을 한가지로 통용하였으니 이로써 보건대 "夷"가 곧 대인(大人) 또는, 인인(仁人)을 의미함을 알 것이라. 이런 저런 것으로 상고 이래 지나인의 우리 인종에 대한 관념을 볼 것이니라. 우리 인종이 이(夷)를 오랑캐로 새길 줄만 알고 원의(原義)가 이렇듯 아름답고 장대함을 해석하지 못하나 "夷" 글자는 실로 자신을 높이고 타인을 모멸하는 고질이 있는 지나인이 다른 민족에 대

을 자랑한다. 문화는 요순 임금을 앞서고 무력은 수나라와 당나라를 눌렀음을 자랑한다. 수천 년 전부터 지나(支那)[186] 및 서역을 교통하여 손바닥만한 곳에 동서 문명의 정화를 말큼 모아다가 완전한 융화의 표본을 보였음을 자랑한다. 고구려의 회화를 자랑한다, 백제의 건축을 자랑한다, 신라의 조각을 자랑한다. 깨끗한 피를 자랑한다. 갖은 소리와 아름다운 말을 자랑한다. 동서고금을 통틀어 짝이 없이 완전한 훈민정음을 자랑한다. 활자의 창조자임을 자랑한다. 비거(飛車)의 발명자[187]임을 자랑한다. 잠수정, 기관총, 거포(巨砲), 탱크의 창의자임을 자랑한다. 이렇듯 보편하고 위대한 창조력이야말로 우리가 가장 먼저 또 가장 크게 자랑하는 것이다.

오래 눌렸던 이 힘이 새 봄을 만나 갖은 꽃을 피게 할 때에 세계 문명의 동산이 아름다움과 꽃다움을 한없이 더하게 될 것을 자랑한다. 내 집안에서 성공하였던 수완을 인제는 세계적으로 나타내게 됨을 자랑한다. 그래본 일임으로 자랑하며 그리하려는 일임으로 자랑하며 그리될 일임으로 자랑한다. 가장 오래 잠자던 문명인으로 가장 늦게 깨어나서 과거 일체의 터전과 타인 일체의 거리로써 마지막 큰 결과를 지을 사람임을 자랑한다. 세 가지 자랑 가운데 제일 큰 자랑이 이 자랑이다. 우리의 영능(靈能)과 덕성을 환하게 발휘시킬 것이 이 자랑이다.[188]

하여 존경의 뜻을 표한 유일한 미칭(美稱)이니라(원저자의 주).

186 중국을 칭하는 이 말은 이 책이 엮어진 당시에는 통상적으로 사용되는 말이었으나 지금은 기휘하는 표현이다. 이 책의 다른 편에는 모두 '중국'으로 바꾸었으나, 황인종과 지나인을 구분한 이 글의 원의를 살리기 위해 이 글에서는 그대로 살려서 쓴다.

187 이 책 권 3의 "조선의 비행기" 참조할 것.

188 이 글은『청춘』12호(1918.3.)에 게재되었다.

29. 육당 자경(六堂自警)

1. 아름다우라, 굳세어라 우뚝하라.
2. 태양처럼 뜨겁게 - 냇물처럼 꾸준히 - 종달새처럼 즐겁게.
3. 해보라, 하라, 내가 하라, 나로부터 비롯하라.
4. 부지런히, 부지런히, 부지런히 - 게으름으로써 일생 최대의 적을 삼으라.
5. 조금씩, 조금씩, 조금씩 - 일 잡을 때마다 급작스럽게 되는 것 없음을 생각하라.
6. 늘 - 더 - 줄곧.
7. 세월에 대하여는 한껏 꼼바리 노릇하라, 건강에 대하여는 한껏 욕심 사나우라, 경우에 대하여는 한껏 심술궂어라.
8. 지난 일을 뉘우치지 말라, 앞의 일을 믿으라.
9. 문제의 중심으로 향하여 뛰어들라 - 배돌지 말라, 버정거리지 말라.
10. 핑계하지 말라 - 핑계할 말을 생각하지 말며 핑계할 거리를 장만하지 말라.
11. 여유 있게 계획하라, 여지없이 실행하라.
12. 철학적인 이상을 상업적으로 실행하라.
13. 눈은 대국(大局)에 두라, 발은 중심에 세우라, 손은 세부에 대라.
14. 어두운 속에서 밝음을 찾아내라, 작은 끝에서 큼을 부여잡으라, 좁은 바닥에서 넓음을 생기게 하라.
15. 온갖 것을 나로 싸며 온갖 것에 내가 싸이라.
16. 현재를 편안하게 할 양으로 언제든지 만족해 하라, 장래를 거룩하게 할 양으로 무엇으로든지 불평해 하라.
17. 정성껏 한 일에 스스로 감사장을 올리라, 재주껏 한 일에 스

스로 송덕표(頌德表) 바치라.

18. 아득한 천지에 좁게 마음먹지 말며 커다란 세계에 옹송그려 몸 가지지 말라.
19. 제가 작은 줄을 알라, 나 하나 없어도 대우주에는 아무 결함이 없나니 활개를 칠까 보냐? 그러나 제가 큰 줄을 아울러 알라, 작은 나도 세계의 진운(進運)에 없지 못할 사람 노릇을 할지니 어깨를 으쓱하지 못할까 보냐?
20. 눈을 뜨라 보아 느끼라, 귀를 트라 들어 느끼라, 마음을 훨쩍 열고 미묘와 성령과 위대와 장엄을 가득이 담아 내 호흡이 우주에 통하고 내 생명이 우주에 닿음을 깨치라.

30. 고금 시조선

시조는 우리 문학 중 가장 보통의 형식이요, 또 가장 유래가 장구한 것이니라. 최근에 와서는 다른 모든 문물과 한가지로 잠시 쇠미한 상태에 있으나 수세기 전까지도 문인 학사는 진실로 물론이요, 명공과 현신에서 산림의 은사까지 이 고유한 국풍(國風)에다 상당한 조예가 있었으며 특별히 선별하여 채집하고 남긴 거사가 없었으되, 금일까지 유전되는 것도 자못 작지 않느니라.

금일에 상고할 것은 대개 삼국 시대의 중엽 이후의 것이니, 한문과 이두를 병용하여 전하는 소위 '신라 향가'를 제외하고 시조의 원문으로는 백제의 성충(成忠; ?~656)과 고구려의 을파소(乙巴素; ?~203)의 작품이 각 1수씩 전하니 이것이 아마 현재한 시조의 가장 오랜 것이고 또 겨우 남은 것일지니라.

최고(最古)의 것과 최근의 것이 그 거리가 천여 년이니 조격과 어구에 자못 차이가 있으되, 대체의 형식은 그다지 변함이 없으며 다만 유학이 행하고 한문을 숭상한 뒤로 순수한 나랏말과 풍속으로 영탄한 것은 부지중 산일하고 한문적 풍미를 띤 것만 전래함은 심히 섭섭한 일이니라.

역대 시조의 본새될 만한 것을 아래 기록하노라.[189]

백제 성충(成忠)[190]

묻노라 멱라수[191]야 굴원이 어이 죽다더니
참소에 더럽힌 몸 죽어 묻힐 따이 없어
창파(滄波)에 골육을 씻어 어복(魚腹)에 장(葬)하니라[192]

고구려 을파소(乙巴素)[193]

월상국(越相國) 범소백(范少伯)이 명수공성(名遂功成) 못한 전에[194]
오호연월(五湖烟月)[195]이 좋은 줄 알건마는
서시(西施)[196]를 싫노라 하여 느저 돌아가니라

189 이 기사는 『청춘』 12호(1918.3)에 게재되었다.

190 백제 의자왕 때의 충신으로 벼슬은 좌평(佐平)에 이르렀다.

191 멱라수(汨羅水)는 굴원(屈源)이 빠져 죽었다는 강이다.

192 이 시조는 조선 시대 여러 가곡집에 성충(成忠; ?~656)이 의자왕에게 간하다가 투옥되어 단식하여 절명하면서 남긴 시라고 전하고 있다.

193 을파소(?~203)는 고구려 고국천왕 때부터 산상왕 대까지 재상을 역임했다.

194 "춘추 시대 월나라 재상이던 범려(范蠡; 자 少伯)가 이름과 공적을 이루지 못했을 적에" 정도의 의미이다.

195 오호(五湖)는 동정호, 파양호 등의 중국의 큰 담수호이다. 범려가 월왕 구천(句踐)을 도와서 오나라를 멸망시키고 나서는 바로 배를 이 오호에 띄우고 떠났다 한다. 연월(烟月)은 은은한 달빛이다.

196 월나라의 전설적 미녀로 범려가 데려다가 오나라 왕 부차(夫差)에게 바쳤다.

고려 우탁(禹倬)[197]

한 손에 막대 잡고 또 한 손에 가시 쥐고
늙는 길 가시로 막고 오는 백발 막대로 치려더니
백발이 제 먼저 알고 지름길로 오더라

고려 최충(崔冲)[198]

백일(白日)은 서산에 지고 황하(黃河)는 동해로 든다
고래(古來) 영웅은 북망(北邙)으로 드단말가
두어라 물유성쇠(物有盛衰)니 한(恨)할 줄이 있으랴

고려 이조년(李兆年)[199]

이화(梨花)에 월백(月白)하고 은한(銀漢)이 삼경(三更)인제
일지춘심(一枝春心)을 자규(子規)야 알랴마는
다정도 병인 양하야 잠 못 들어 하노라

고려 이존오(李存吾)[200]

구름이 무심탄 말이 아마도 허랑하다
중천에 떠 있어 임의로 다니면서
구태여 광명한 날빛을 덮어 무슴하리요

197 우탁(1262~1342)은 시호는 문희(文僖)로, 성균좨주(成均祭酒)를 지냈으며 성리학 서적을 교수했다.

198 최충(984~1068)은 관직으로도 현달하고 학술에도 큰 공헌이 있었다.

199 이조년(1269~1343)은 외교와 행정에 업적이 있고 시문에도 뛰어났다.

200 이존오(1341~1371)는 신돈의 횡포를 탄핵하다가 관직에서 쫓겨났다. 문집으로 『석탄집(石灘集)』이 있다.

고려 원천석(元天錫)[201]

흥망이 유수(有數)하니 만월대(滿月臺)도 추초(秋草)로다
오백년 왕업이 목적(牧笛)에 부쳤으니
석양에 지나는 객이 눈물겨워 하노라

고려 이색(李穡)[202]

백설이 잦아진 골에 구름이 머흐레라
반가운 매화는 어느 곳에 피었는고
석양에 홀로 서서 갈 곳 몰라 하노라

고려 정몽주 모씨(母氏)

까마귀 싸우는 골에 백로야 가지마라
성난 까마귀 흰 빛을 새오나니
창파(滄波)에 좋게 씻은 몸을 더럽힐까 하노라

고려 정몽주

이 몸이 죽어 죽어 일백 번 고쳐 죽어
백골이 진토(塵土) 되어 넋이라도 있고 없고
임 향한 일편단심이야 가실 줄이 있으랴

201 원천석(1330~?)은 고려 말에 은둔하였으며, 조선 개국 후에 태종 이방원이 초빙하였으나 응하지 않았다 한다. 저서로 『운곡시사(耘谷詩史)』가 있다.
202 이색(1328~1396)은 고려 말의 대표적 정치가이자 학자이다. 저서로 『목은문고(牧隱文藁)』와 『목은시고(牧隱詩藁)』 등이 있다.

고려 길재(吉再)[203]

오백년 도읍지를 필마로 돌아드니
산천은 의구(依舊)하되 인걸은 간 데 없네
어즈버 태평연월(太平烟月)이 꿈인가 하노라

고려 곽여(郭輿)[204]

오장원(五丈原) 추야월(秋夜月)에 어여뻘손 제갈무후(諸葛武侯)[205]
갈충보국(竭忠報國)다가 장성(將星)[206]이 떨어지니
지금에 양표충언(兩表忠言)[207]을 못내 슬허 하노라.

고려 최영(崔瑩)

녹이상제(綠駬霜蹄)[208]살지게 먹여 시냇물에 씻겨 타고
용천설악(龍泉雪鍔)[209]을 들게 갈아 둘러매고
장부의 위국충절(爲國忠節)을 세워볼까 하노라

---

203 길재(1353~1419)는 조선 개국 이후 은둔하여 벼슬을 거부했다. 저서로 『야은집(冶隱集)』 등이 있다. 시호는 충절(忠節)이다.

204 곽여(1058~1130)는 고려 중기 인물로 도교, 불교, 의학까지 두루 학식이 뛰어났다고 한다.

205 오장원은 제갈량이 병사한 곳으로 산시 성 웨이수이 강(渭水) 남쪽에 있는 구릉이다. 제갈량의 시호가 충무후(忠武侯)라 줄여서 무후(武侯)라 한다.

206 사람에게 각각 대응하는 별을 이른다. 제갈량이 병사하자 별이 졌다는 전설이 있다.

207 제갈량이 지은 「전출사표(前出師表)」와 「후출사표(後出師表)」를 이른다.

208 중국 고대의 전설적인 명마이다.

209 용천(龍泉)과 설악(雪鍔)은 중국 고대의 전설적인 명검이다.

조선 이지란(李之蘭)[210]

초산(楚山)에 우는 범과 패택(沛澤)에 잠긴 용이[211]
토운생풍(吐雲生風)하니 기세도 장할시고
진(秦)나라 외로운 사슴은 갈 곳 몰라하더라

조선 태종 대왕

이런들 어떠하리 저러한들 어떠하리
만수산(萬壽山) 드렁 칡이 얽어진들 그 어떠하리
우리도 이 같이 얽어져서 백년까지 하리라[212]

조선 변계량(卞季良)[213]

내게 좋다 하고 남 싫은 일 하지 말고
남이 한다 하고 의(義) 아니든 좇지 마라
우리는 천성을 지키어 생긴 대로 하리라

조선 김종서(金宗瑞)

삭풍은 나무 끝에 불고 명월은 눈 속에 찬데
만리변성(萬里邊城)에 일장검(一長劍) 집고서서
긴파람 큰 한 소리에 거칠 것이 없어라

---

210 이지란(1331~1402)은 여진족으로 태조 이성계와 의형제를 맺고 무공을 세워 개국 공신이 되었다.

211 초나라 산에서 우는 범은 초나라 출신인 항우를 의미하고, 패이(沛) 땅의 못에 잠긴 용은 장쑤 성 패이(沛) 출신인 한 고조 유방을 의미한다.

212 이 시조는 일명 "하여가(何如歌)"라 하며, 정몽주를 회유하기 위해 태종 이방원이 불렀다고 한다. 정몽주는 이 시조에 대해 앞에 나온 일명 "단심가(丹心歌)로 대답하였다는 전설이 있다.

213 변계량(1369~1430)은 조선 초기 문신으로 예문관 제학, 성균관 대사성, 의정부 참찬 등을 역임하고, 특히 20년 가까이 대제학을 맡아 문필에 업적이 컸다. 저서로 『춘정집(春亭集)』이 있다.

조선 성삼문(成三問)

이 몸이 죽어가서 무엇이 될꼬 하니
봉래산(蓬萊山) 제일봉에 낙락장송 되었다가
백설이 만건곤(滿乾坤)할 제 독야청청(獨也青青)하리라

조선 박팽년(朴彭年)

까마귀 눈비 맞아 희는 듯 검노매라
야광명월(夜光明月)이야 밤인들 어두우랴
임 향한 일편담심이야 변할 줄이 있으랴

조선 이개(李塏)

창 안에 혓는 촉(燭)불 눌과 이별하였건데
겉으로 눈물 지고 속 타는 줄 모르는고
저 촉불 날과 같아여 속 타는 줄 모르더라.[214]

조선 성종 대왕

이시렴 부디 갈다 아니 간들 못할쏘냐[215]
무단히 네 싫더냐 남의 말을 들었느냐
저 님아 하 애닯고야 가는 뜻을 일러라

214 성삼문, 박팽년, 이개는 모두 사육신으로 이 세 편의 시조는 그들의 단종에 대한 충성심에서 나왔다고 전해진다.
215 "있으렴, 부디 가겠는가? 아니 가지는 못할쏘냐?"라는 뜻이다.

조선 이현보(李賢輔)[216]

장안(長安)을 돌아보니 북궐(北闕)이 천리로다
어주(魚舟)에 누웠은들 잊을 적이 있을쏘냐
두어라 내 시름 아니라 제세현인(濟世賢人) 없으랴

-「어부가(漁父歌)」 중 한 수-

조선 이언적(李彦迪)[217]

천복지재(天覆地載)하니 만물의 부모로다
부생모육(父生母育)하니 이내 천지(天地)로다
이 천지 저 천지 즈음에 늙을 뉘를 모르리라

조선 이이(李珥)

이곡(二曲)은 어드메요 화암(花巖)에 춘만(春晩)커나
벽파(碧波)에 꽃을 띄워 야외로 보내노라
사람이 승지(勝地)를 모르니 알게 한들 어떠리

-「고산구곡담가(高山九曲潭歌)」[218] 셋째 수-

조선 이황(李滉)

당시에 예든 길을 몇 해를 버려두고
어디가 다니다가 이제야 돌아온고

216 이현보(1467~1555)는 조선 중기 문신으로 참판, 경상도 관찰사 등을 역임했다. 「어부가」 등을 지어서 시조 작가로 유명하고 저서로 『농암문집(聾巖文集)』이 있다.

217 이언적(1491~1553)은 조선 중기 문신으로 이조 판서, 좌찬성을 역임했다. 성리학, 예학과 관계된 저술을 남겼다. 문집으로 『회재집(晦齋集)』이 있다.

218 "고산구곡가"라고도 하며, 주자의 「무이구곡(武夷九曲)」의 영향으로 지었다. 이이가 43세에 은거한 황해도 해주 석담(石潭)의 고산을 소재로 하였으며 화암도 인근의 지명이다.

이제야 돌아오나 더딘 마음 말하리

조선 서경덕(徐敬德)

마음이 어린 후이니 하는 일이 다 어리다
만중운산(萬重雲山)에 어느 님 오리마는
지는 잎 부는 바람에 행여 옌가 하노라

조선 조식(曺植)

두류산 양단수(兩端水)를 예 듣고 이제 보니
도화(桃花) 뜬 맑은 물에 산영(山影)조차 잠겼어라
아이야 무릉(武陵)이 어드메뇨 나는 옌가 하노라

조선 성혼(成渾)[219]

말 없는 청산(靑山)이오 태(態) 없는 유수(流水)로다
값없는 청풍(淸風)이오 임자 없는 명월(明月)이라
이 중에 병 없는 이 몸이 분별 없이 늙으리라

조선 송순(宋純)[220]

풍상(風霜)이 섞어친 날에 갓 피운 황국화(黃菊花)를
금분(金盆)에 가득 담아 옥당(玉堂)에 놓았으니
도리(桃李)야 꽃인 체마라 임의 뜻을 알지라

219 성혼(1535~1598)은 조선 중기 문신으로 대사헌, 이조 판서를 역임했고 이이와 함께 학문으로 이름이 높았다. 저서로 『우계집(牛溪集)』이 있다.

220 송순(1493~1582)은 조선 중기 문신으로 대사간, 우참찬 등을 역임했고 문필로 이름이 높았다. 가사 「면앙정가」 등을 지었다. 문집으로 『면앙집(俛仰集)』이 있다.

조선 홍섬(洪暹)[221]

옥을 돌이라 하니 그려도 애닯고야
박물군자(博物君子)는 아는 법 있건마는
알고도 모르는 체 하니 그를 슬허 하노라

조선 정철(鄭澈)

내 마음 헐어내어 저 달을 만들고져
구만리 장천(長天)에 번듯이 걸려 있어
고운 님 계신 곳에 비추여나 볼까 하노라

조선 이양원(李陽元)[222]

높으나 높은 남게[223] 날 권하여 올려두고
이보오 벗님네야 흔들지 말으소서
나려져 죽기는 섧지 아니하여도 임 못 볼까 하노라

조선 이원익(李元翼)[224]

녹양(綠楊)이 천만사(千萬絲)인들 가는 춘풍(春風) 매여두며
탐화봉접(探花蜂蝶)인들 지는 꽃 어이 하리
아무리 사랑이 중한들 가는 님을 어이 하리

221 홍섬(1504~1585)은 조선 중기 문신으로 김안로, 남곤을 탄핵하다 유배를 당한 바 있다. 문장과 학술에도 능했다. 저서로 『인재집(忍齋集)』 등이 있다.

222 이양원(1526~1592)은 명종 대에 중국에 사신으로 가 외교에 공이 있었고 임진왜란이 일어나자 전공을 세우고 영의정이 되었다.

223 '남게'는 '나무에'라고 풀이된다.

224 이원익(1547~1634)은 선조, 광해군, 인조 대를 걸쳐 영의정을 5번이나 지냈던 조선 중기의 대표적인 명신이다. 저서로 『오리집(梧里集)』 등이 있다.

조선 이항복(李恒福)

철령(鐵嶺)[225] 높은 봉에 쉬어 넘는 저 구름아
고신원루(孤臣怨淚)를 비삼아 띄어다가
님 계신 구중심처(九重深處)에 뿌려 볼까 하노라[226]

조선 이덕형(李德馨)

달이 뚜렷하여 벽공(碧空)에 걸렸으니
만고풍상(萬古風霜)에 떨어짐즉 하다마는
지금에 취객을 위하여 장조금준(長照金樽)하놋다

조선 임제(林悌)[227]

북천(北天)이 맑다커늘 우장(雨裝) 없이 길을 나니
산에는 눈이 오고 들에는 찬비로다
오늘은 찬 비 맞으니 얼어 잘까 하노라

조선 조헌(趙憲)[228]

지당(池塘)에 비 뿌리고 양류(楊柳)에 내 끼인 제
사공은 어디가고 빈 배만 매였는고
석양에 무심한 갈매기는 오락가락 하더라

---

225 함남 안변군과 강원 회양군의 사이에 있는 고개로 여기를 경계로 관북과 관동을 나눈다.

226 이 시조는 이항복이 영창 대군 폐위 사건에 반대하다가 유배를 받아 함경도로 가면서 읊었다고 전한다.

227 임제(1549~1587)는 문장으로 이름이 높았고 『수성지(愁城誌)』, 『화사(花史)』 등을 지었다. 저서로 『백호집(白湖集)』이 있다.

228 조헌(1544~1592)은 중국에 사행을 갔다 오고 정여립, 이산해를 탄핵하였다. 임진왜란이 일어나자 의병을 이끌고 금산에서 싸우다 전사했다. 저서로 『중봉집(重峯集)』이 있다.

조선 이순신(李舜臣)

한산섬[229] 달 밝은 밤에 수루(戍樓)에 혼자 앉아
큰칼 옆에 차고 긴파람 하는 차에
어디서 일성호가(一聲胡笳)는 남의 애를 끊는고

조선 김장생(金長生)[230]

대 심어 울을 삼고 솔 심어 정자로다
백운(白雲) 덮인 곳에 날 있는 줄 제 뉘 알리
정반(庭畔)에 학 배회하니 긔 벗인가 하노라

조선 신흠(申欽)[231]

냇가에 해오라비 무슨 일 서 있는다
무심한 저 고기를 여어 무슴 하려는다
아마도 한 물에 있거니 잊어신들 어떠리

조선 한호(韓濩)

짚방석 내지 마라 낙엽엔들 못 앉으랴
솔불 켜지 마라 어제 진 달도 다 온다
아이야 박주(薄酒) 산채(山菜)일망정 없다 말고 내어라

229 경남 통영시에 있다. 임진왜란 때 한산도 대첩이 벌어진 곳이고 충무공이 수군 통제영을 설치한 곳이다.

230 김장생(1548~1631)은 시호는 문원(文元)이고, 이이에게 배웠다. 예학에 조예가 깊었다. 송시열, 송준길, 장유, 최명길 등 문인 중에서 많은 명사가 배출되었다. 저서로 『사계선생전서(沙溪先生全書)』가 있다.

231 신흠(1566~1628)은 외교, 학술 등 여러 방면에 업적을 남겼다. 문장으로 명성을 떨쳐 이정구, 장유, 이식과 조선 전기 4대가로 꼽힌다. 저서로 『상촌집(象村集)』이 있다.

조선 장만(張晩)[232]

풍파에 놀란 사공 배 팔아 말을 사니
구절양장(九折羊腸)이 물도곤 어려워라
이 후란 배도 말고 말도 말고 밭 갈기만 하리라

조선 이명한(李明漢)[233]

샛별 지자 종다리 떴다 호미 메고 사립 나니
긴 수풀 찬 이슬에 잠방이 다 젖것다
아이야 시절이 좋을 세면 옷이 젖다 관계하랴

조선 효종 대왕

청강(淸江)에 비 듣는 소리 긔 무엇이 우습관대
만산홍록(滿山紅綠)이 휘들어져 웃는고야
두어라 춘풍이 몇 날이리 웃을 데로 웃어라

조선 이완(李浣)[234]

군산(君山)[235]을 삭평(削平)턴들 동정호(洞庭湖)가 넓어지며
계수(桂樹)[236]를 버히던들 달이 더욱 밝을 것을
뜻 두고 이루지 못하니 늙기 설워 하노라.

232 장만(1566~1629)은 병조 판서, 형조 판서를 역임했다. 저서로 『낙서집(洛西集)』이 있다.
233 이명한(1595~1645)은 이정구의 아들로 청나라에 사행하여 소현 세자와 함께 돌아왔다. 저서로 『백주집(白州集)』이 있다.
234 이완(1602~1674)은 효종 때 어영대장, 훈련대장을 역임면서 북벌의 중심 인물이었다.
235 군산은 후난 성에 있는 동정호에 있는 산이다.
236 달 속에 계수나무가 자란다는 전설이 있다.

조선 송시열(宋時烈)

임이 헤오시매 나는 전혀 믿었더니
날 사랑하던 정을 뉘 손에 옮기신고
처음에 뮈시던 것이면 이대도록 설우랴

조선 남구만(南九萬)[237]

동창(東窓)이 밝았느냐 노고지리 우지진다
소치는 아이는 상기 아니 일었느냐
재 넘어 사래 긴 밭을 언제 갈려 하나니

조선 박태보(朴泰輔)[238]

흉중에 불이 나니 오장(五臟)이 다 타 간다
신농씨(神農氏)[239] 꿈에 뵈어 불 끌 약 물어보니
충절과 강개로 나니 끌 약 없다 하더라

조선 이택(李澤)[240]

감장 새 작다 하고 대붕아 웃지 마라
구만리 장천(長天)에 너도 날고 나도 난다

---

237 남구만(1629~1711)은 국정 전반에 업적이 있고 문필과 학술에도 뛰어났다. 송준길에게 배웠으나 뒤에 소론의 영수가 되었다. 저서로 『약천집(藥川集)』 등이 있다.

238 박태보(1654~1689)는 암행어사, 파주 목사를 역임했다. 인현 왕후 폐위에 상소를 올렸다가 투옥되고 유배 도중 죽었다. 저서로 『정재집(定齋集)』 등이 있다.

239 신농씨는 고대 중국의 전설적 제왕으로 농업과 의약의 신으로 모신다.

240 이 시조의 저자는 각종 가곡가집에 따라 기록이 다르다. 어떤 책에는 영의정을 지낸 이탁(李鐸; 1509~1576)으로 되어 있고 다른 책에는 병사(兵使)를 지낸 이택(李澤; 1651~1719)으로 되어 있다. 『시문독본』에서는 후자를 따른 것이다.

두어라 일반비조(一般飛鳥)이니 저고 나고 다르랴

조선 김창업(金昌業)[241]

자 남은 보라매를 엊그제 갓 손 떼어
빼깃에 방울 달아 석양에 받고 나니
산아 이 시원한 일은 이 뿐인가 하노라

조선 윤두서(尹斗緖)[242]

옥에 흙이 묻어 길가에 버렸으니
오는 이 가는 이가 다 흙만 여겼도다
두어라 흙이라 한들 흙일 줄이 있으랴

조선 실명(失名)

까마귀 칠하여 검으며 해오리 늙어 희랴
천생(天生) 흑백은 예부터 있건마는
어떻다 날 본 님은 검다 희다 하나니

전원에 봄이 드니 나 할 일이 전혀 많이
꽃남근 뉘 옮기며 약(藥) 밭은 언제 갈리
아이야 대 베어 오너라 사립 먼저 겨르리라

겨울날 따스한 볕을 님에게 비추고져

241 김창업(1658~1721)은 자는 대유(大有), 호는 노가재(老稼齋)이며 김수항의 아들이다. 평생 벼슬에 나가지 않았으나, 문장으로 이름을 떨쳤다. 저서로 『노가재전집』 등이 있다.

242 윤두서(尹斗緖; 1668~1715)는 자는 효언(孝彦), 호는 공재(恭齋)로 윤선도의 증손이다. 평생 벼슬에 나가지 않았으며 문인화로 명성을 얻었다. 저서로 『기졸(記拙)』 등이 있다.

봄 미나리 살진 맛을 님에게 드리고져
님께야 무엇이 없으랴마는 내 못 잊어 하노라

북소리 들리는 들 머다 한들 얼마 멀리
청산지상(靑山之上)이요 백운지하(白雲之下)건마는
그 곳에 안개 잦으니 아무 댄 줄 몰라라

나비야 청산 가자 범나비 너도 가자
가다가 저물거든 꽃에 들어 자고 가자
꽃에서 푸대접하거든 잎에서나 자고 가자

말은 가려 울고 님은 잡고 아니 놓네
석양은 재를 넘고 갈 길은 천리로다
저 님아 가는 날 잡지 말고 지는 해를 잡아라

대붕(大鵬)을 손으로 잡아 번갯불에 구워먹고
곤륜산 옆에 끼고 북해를 건너뛰니
태산이 발끝에 차이어 왜각대각 하더라

청산도 절로 절로 녹수(綠水)라도 절로 절로
산 절로 수(水) 절로 한데 산수(山水) 간에 나도 절로
그중에 절로 자란 몸이니 늙기도 절로 하리라

사랑이 그 어떻터냐 둥그더냐 모나더냐
길더냐 짜르더냐 밟고 남아 자힐러냐
하 그리 긴 줄은 모르되 끝 간데를 몰라라

부 록

본회가 세상에 요구하는 일*

-천하지사의 특별 분발을 바람

본회가 가능한 것을 다하고 불가능한 것에도 굳세게 나아가 과연 공익을 도모하고 거시적 이익을 계획함은 여러분들도 인정하실지로다. 그러나 특별한 기회로써 한 가지 간절히 바라는 것이 있으니, 다름 아니라 본회의 이 거사를 타인의 일로 데면데면히 보지 마시고 바다와 하늘 같은 동정을 부쳐 주시는 일이라. 시대의 요구에 응하는 이 거사이기에 하늘의 도움과 사람의 보탬이 반드시 있을 줄을 스스로 헤아리지만, 세상에는 혹 협찬할 성의가 있고도 어떤 방법으로 심사(心思)를 보여야 가능한지 알 수 없을 수도 있기에, 가장 용이하고 가장 유효한 찬조의 방법을 아래에 몇 가지 개진하리라.

제일, 먼저 당신이 진심으로 회원이 되고 기한 내에 꼭꼭 회비를 납입하고 나태한 마음을 먹지 않고 처음의 마음으로 끝까지 가서 이 계획을 마친 후에 그칠 일이오.

제이, 본회의 간행물은 실로 천하의 공기(公器)요, 한 사람 한 집안만의 사사로운 것이 아니라. 그러므로 먼저 알아서 얻은 이는 아직 모르고 얻지 못한 이들을 인도하여 이 천재일우의 좋은 기회를 잃지 말고 집안에 전하는 지극한 보물을 공유하고 같이 관리할 의무가 있다. 아직 이 계획을 알지 못하는 인사에게 힘써 본회의 성질과 본회 간행물의 실익 등을 때맞춰 설득하고 권하여, 친지로부

* 여기 부록으로 실린 글은 고려대학교 아세아문제연구소에서 간행한 『육당최남선전집』(1973)에 누락된 원고로 『시문독본』과 공유하는 바가 많기에 같이 수록하였다. 이 글에 대한 자세한 사항은 옮긴이의 논문을 참조하기 바란다(임상석, 「고전의 근대적 재생산과 최남선의 구한문체 글쓰기」, 『민족문화연구』 44, 민족문학사학회, 2010).

터 타인에게 이르고 가까운 곳으로부터 먼 곳까지 닿아야 하니, 이로써 보급을 도모할 일이오.

제삼, 소중히 간직한 고도서(古圖書)를 본회에 소개할 일이니, 본회는 물론 타방면으로도 고도서를 입수할 기회와 편익이 또한 적지 않지만, 사방에 은밀히 숨겨진 문자를 망라하고자 하니 부득불 천하로 채집하는 범위를 삼아서 광대, 보편, 주밀(周密)을 기도함이 당연한지라. 그런즉 여러분이 만일 자신의 소장한 것이라면 물론 본회로 보내주시려니와 가능한 대로 빌린 것을 다시 빌려 주기라도 하여 본회로 보내주시면 우송 경비는 물론 본회가 담당할 것이오, 매도하기를 원한다면 매입하고 혹 매입을 원하지 않으면 정밀하게 등사한 후에 고스란히 돌려줄 것이라. 과거로 말하자면 세상 여론과 당쟁의 화가 두려워 여간한 기록이 있어도 사람들에게 보여주지 못하였지만, 오늘에는 무엇이 두려워 조심할 것이며 무엇을 삼가고 꺼릴 것인가.

다른 곳이라면 암만해도 훼손과 결락할 염려가 있어서 대여를 혐기하겠지만, 본회라면 무엇을 의심하고 무엇을 혐오하시리오. 만일 자신에게는 없고 또한 타인에게 빌려 오기도 불가능하다면 수고롭겠지만, 어느 곳 어느 사람에게 어떤 책과 어떤 도판이 있다는 사정이라도 본회로 통지해 주어도 고마움이 다대할 뿐 아니라 또한 조상의 공렬(功烈)을 표창하고 아울러 사람의 아름다움을 이루는 데 작지 않은 편리와 이익이 될 터이라. 특별히 힘을 써서 한 문장, 한 폭이라도 암중(暗中)에 산실하지 않도록 함이니, 원컨대 여러분들이여 특별히 유념하시압.

광문회 발기자의 일인이 된 나의 충정

-이로서 천하의 동지들에게 감히 고함

나의 가계는 의약을 업으로 삼고 한묵(翰墨)의 인연은 자못 적은 지라. 그러므로 열 살 전후에 문리를 거칠게 깨치기는 했지만, 본초나 방약[1]에 관한 것을 제외하면 읽으려 해도 책이 없고 스승을 삼으려 해도 사람이 없었는데, 엄군(嚴君; 엄한 어버이)의 지도와 나 자신의 취미는 날로 다른 길로 접어들어 경전과 역사를 찾아 연구하거나 제자서(諸子書)와 시문집들을 몸소 배우길 원하게 되었다.

그래서 다른 사람의 집에 드나들거나 책들을 빌려 얻어서 섭렵에 애를 쓰는데, 국내외의 출판을 따지지 않고 도서로 구실하는 종류가 모두 중국의 저술이고 우리의 문자는 새벽별처럼 드물었지만, 당시에는 괴이하지도 부끄럽지도 않아 원래 그런 줄 생각하고 현실적 시세로 알았다.

그리고 나이와 지식이 점점 자람에 산하의 형세를 대하면 그 손익을 생각하고 사회의 상황을 보면 그 연혁을 핵실(覈實; 실상을 조사함)하면서, 한 산에 오르고 한 물에 놀러 가서는 의례히 도판과 문서가 있고, 옛 전적을 찾고 옛일을 들으면 응당 그 기록이 있을 것이라 생각하였다. 이미 발달한 정조(情操)[2]와 단련한 사상이 있으니 겸하여 풍부한 언어와 정묘한 문자가 있으며, 교묘하고 정밀한 핵심적 판각과 견고하고 누터운 지묵이 있기에 상당한 도서가 응당 있으리라 생각하고서 더욱 유심하게 견문이 미치는 바를 탐구했다.

그러나 약국을 장식한 책들은 나를 자극하는 사물이 되기에는 너무 완고하거나 미욱하든지 너무 실제적이고 질박하며, 시장의

1 본초(本草)는 약재에 관한 일이고, 방약(方藥)은 약재의 조합과 처방을 이른다.
2 복잡하고 고상한 정신의 활동을 이른다.

오가는 손님들은 나를 영도해 주기에는 너무 몽매하거나 고루하기에 만 되의 홍진이 오고 가며 그저 쌓일 뿐이었다. 다만, 무한한 한을 매일 신문에 투고하여[3] 다소간 위무하고, 애타는 욕구를 태서(泰西)의 새로운 역사책으로 약간 만족시키다가 13세 남짓한 즈음에 선대 위인의 문집을 약간 구해 보고서, 또 가승하는 선대의 아름다운 행적에 관해 두셋의 방명(芳名)을 전해 들었다.

지금 생각하면 일소(一笑)에도 부치기 모자란 것들이나 어찌할까, 어찌할까 하면서도 신경 쓰고 속을 태워서 한두 권의 책으로도 피가 솟구치고 근육이 뛰놀았으니 미인을 상사했어도 얼굴 한 쪽이나 보았을까, 그 님을 품고 있어도 계신 곳조차 알 수 없기에 인연의 길이 이미 끊어지고 만날 기약 또한 없어서 심대한 비애가 협소한 흉곽에 가득 막혔을 뿐이었다.

세상에는 나보다 더 향학의 정성이 간절하고도 나보다 더 책을 구하는 길이 좁았던 사람이 어찌 없으리오. 희라! 어떻게 하면 그 문로를 넓히며 그 기회를 늘려서 얼마라도 그 고통과 비한(悲恨)을 가볍게 해서 큰 복리를 같이 누릴 수 있으리오. 이로써 광문회의 맹아가 출발하였노라.

몇 년 뒤에 잠시 일본에 있을 때 최초에 머물기는 도쿄라, 학교에 들어갔지만 또한 깊은 흥미를 느끼지 못하고 붕우를 찾았으나 또한 우정을 맺지 못했으니, 자연히 소일(消日)의 방법을 다른 방면으로 구할 수밖에 없었다. 마음에 진실로 구하는 것이 본래 자재한 터이라, 간다(神田)와 혼고(本鄕)[4]를 중심으로 해서 매일 여러 차례 책방을 순행함으로 일과를 삼으니, 열 집에 책방이 하나 있고

3 「『소년』의 기왕 및 장래」(『소년』 3-6, 1910.6.)를 보면, 당시의 신문을 애독하고 10대 초반에 모 신문에 투고하여 자신의 기사가 실렸다고 자술하고 있다.

4 도쿄의 지명으로 모두 책방이 밀집한 지역이다.

한 책방에는 만권 서적을 갖춰 황권청편(黃券靑編)[5]이 한우충동하고 송염반향(宋艶班香)[6]이 벽에 가득차서 서가를 압박하니 책을 밝히는 습벽을 가지고 책이 부족한 집에 태어난 자로서 그 부럽고 사모하는 정이 마땅히 더할 수 없었다.

이때를 만나 군침을 만 길이나 흘려대며 망연자실하니, 스스로가 가련하고 불쌍함을 금치 못하였다. 시대의 진운을 말하고 문화의 추이를 보여주는 허다한 새로운 저술과 번역은 내 차마 바로 볼 수도 없었지만, 명산에 비밀히 숨긴 장서들과 복각한 선대 위인들의 남긴 편찬들을 보건대 비록 옛 글의 단간영묵(斷簡零墨)[7]이라도 펼쳐 보면, 남은 훈향이 길이 향기롭고 남은 혜택이 항상 새로웠다. 혹은 정기가 숙숙(肅肅; 엄숙)하여 가히 범하지 못할 것들도 있고, 혹은 온화한 모습이 애애(靄靄; 기운이 넘침)하여 감정의 묘미가 맺혀진 것도 있으며, 혹은 방대한 사상을 담은 것도 있으며, 혹은 풍부하고 위대한 공렬(功烈)을 전하는 것도 있었다.

큰 저술과 작은 편찬이 어지러이 모여서 함께 나아가는데, 이는 모두 후손에게 신령한 능력을 충실히 전해주려는 선인의 지극한 뜻과 선조의 공적을 빛내려는 후손의 참된 정성이 아교같이 이어지고 빗장같이 맞물려서 영원무궁하게 길게 뻗친 것으로 한 나라 한 민족의 지식 활동의 시간적 연쇄를 과시하지 않음이 없었다.

샅샅이 살피건대, 나열된 도판과 뭇 서적이 모두 감정을 가지고 제목이 때때로 변하는 듯하니 혹자는 교만 떠는 듯, 혹자는 조롱하는 듯도 하며, 혹자는 슬퍼하는 듯, 혹자는 꾸짖는 듯도 하기에 가

5 누른 종이와 푸른 책갑이라는 뜻으로 장정을 잘 갖춘 장서를 뜻하는 말이다.
6 송옥(宋玉)의 아름다움과 반고(班固)의 향기로움을 이르는데, 두 사람은 모두 사부(辭賦)에 뛰어나 그 문체가 풍부하고 화려했다.
7 글을 적기 위해 썼던 죽간과 약간의 먹 글씨라는 뜻으로, 조각난 글월을 이르는 말이다.

지가지가 모두 나의 몸을 치고 나의 마음을 찌르는 것이로되 스스로 돌아보니 하소연할 곳이 없었다. 이로써 광문회의 이상을 실현하고자 하였노라!

그 도서관에 들어가니 본처에서 끊어진 것들이 있으며 그 장서가를 찾아가니 한 서가의 아첨(牙籤)[8]이 모두 누런 표지와 붉은 실[9]인데, 그중에 우리에 관한 강연과 저술을 견문하니 보지 못한 책을 참조할 수 있고 모르던 일들을 찾아 낼 수 있어서 놀랄 만한 것들이 있었다.

근세의 저작으로 말하자면 가나자와 문고(金澤文庫)[10]에는 작은 글자판으로 『동국통감(東國通鑑)』을 소장하였으며 또 그 복각한 판본이 한두 종류만 있는 것이 아니니, 희라! 흩어져 없어지도록 놓아둔 자들은 누구인데, 이 역사를 수집하는 자들은 어떤 이들이며, 멸절에 다다른 자들은 누구인데, 이 책들을 중간하는 자들은 또 어떤 이들인가.

내 처음에는 교토판 『동국통감』 한 부를 구입하니 홍정하는 즈음에 부끄러운 땀이 등을 적시는 것을 스스로 깨닫지 못하더니 그 뒤에 『삼국유사』, 『고려사』 등의 중간본을 대함에는 그만 양심이 이미 둔감해지며 스스로 헤아리길, "책장수는 이익을 보아서 이 사서들을 복각하고 나는 값을 내어서 이 책들을 구입하니 무슨 부끄러움이 있으리오." 하게 되었다. 아아! 가장 두렵고 가장 부끄러운 이 악

8 책장 사이에 끼워서 표지하는 데 쓰는 상아로 만든 조각을 뜻하는데, 장서를 뜻하기도 한다.

9 누런 표지와 붉은 실은 선장본(線裝本) 책의 호화로운 장정을 의미한다.

10 가마쿠라 막부 시대에 가네자와 사네토키(金澤實時; 1224~1276)가 현재의 요코하마 시 가나자와 구에 무장들의 교육을 위해 설립한 문고이다. 가마쿠라 막부 시대에는 교육의 중심지가 되었으나 가마쿠라 막부가 소멸하면서 쇠퇴하다가 메이지 시대에 이르러 부흥 운동이 일어나 1930년 복원되었다. 고서 2만 권과 고문서 7천 건이 소장되어 있다.

마의 괴이한 화염이여! 나의 양심이 거의 소진되다가 다행히 반성의 길을 찾아서 더 한층 비분과 수치를 감각하였다. 이로써 광문회의 경륜을 기어이 실행하고자 하였노라!

내 일찍이 대동강 위에 편주를 띄우고 물결을 따라 내려오는데, 깨진 성곽과 무너진 누각, 버려진 폐허와 남은 주춧돌이며 높은 벽, 얕은 물결과 깊은 굴, 뾰족한 돌이 모두 반만년 풍상의 자취가 아님이 없고 수백 대의 영고(榮枯)를 반복함이라. 대성산(大聖山)[11]을 쳐다보니 저 기장만 더부룩하고[12] 만경대를 문안하니 깨진 항아리가 쓸쓸한데, 아사달[13]의 석양은 창연하게 머리를 드리우고 장성 한 쪽에 용솟음치는 물은 은근히 할 말이 있는 듯하여라. 생각을 모으고 신기를 몰아서 무궁한 시간을 자유로 오르내리니 고막에는 천연의 소리가 닥쳐오고 안중에는 신령한 세상의 아름다운 현상이 그럴 듯이 영사되는데, 줄을 퉁겨서 노래하니라.

크지 못한 패수(浿水)야
길지 못한 패류(浿流)야
너의 약질(弱質)이 어찌 그리 장구하고 번다한 역사를 짊어졌던가
아아 네가 세상에 나온 지는 어찌 그리 이르며
너의 공적이야 어찌 그리 많으며
너의 명예야 어찌 그리 크던지
아아 너의 기록이야 어찌 그리 적막하며
너의 문헌이야 어찌 그리 영성히 흩어졌느뇨
물어도 답이 없고 불러도 응하지 아니하더라.

---

11 평양의 북부에 있는 산으로 고구려 유적이 많이 남아 있다.
12 "저 기장만 더부룩하고"의 원문은 "彼黍가 離離ᄒᆞ고"인데 서리지탄(黍離之歎)을 풀어 쓴 것이다.
13 『삼국유사』에 단군이 아사달에 도읍을 정했으며 그곳이 평양성이라고 나온다.

이로써 광문회를 발기하고자 하노라!

내 일찍이 칠불(七佛) 나루[14]에 임하니 백상(百祥; 온갖 상서로움)의 높은 누각은 뼈대만 겨우 남았고 자갈 쌓인 긴 강변에 안개만 깊고 깊어서, 수나라 병사 백만을 한입에 집어삼키던 넓고 넓은 살수(薩水)도 지금은 진흙과 모래로 옹색하고 흐르는 물결도 무력하더라. 다시 느린 걸음으로 용당(龍堂) 고개에 올라서 옛 영웅이 군대를 지휘하던 광경을 마음속에 재현하자니 홀연히 한 끊어진 비석과 한 조각 바위가 안중에 들어온다.

괴이하여 자세히 보니 비석은 거의 다 깎여 나가고 부서져 찾아 읽을 수 없고 바위는 반이나 꺾였지만 갑주를 갖춘 장군의 하반신이 완연히 남아 있어 비늘 갑옷인데 유다른 기운이 감싸오기에, 토인(土人)에게 물어보니, 조각은 을지문덕 공을 새긴 것이고 비석은 그 공적을 기록한 것으로 귀중히 여겨 왔으나, 근래 어리석은 백성이 밭을 그 밑에 개간하고 사람들의 왕래를 싫어하여 이와 같이 파괴하였다.[15] 지사(志士)의 옛 모습을 회복하기 위해 진력하는 이들이 있었지만 하반부[16]가 언덕 밑 용소에 던져진 지 이미 오래라 천척 깊은 물에 끌어낼 수 없었다. 자연히 나는 새가 쉴 참으로 삼고 달리는 개가 화살같이 논다고 한다.

오호 슬퍼라! 우리 을지 공은 어떤 분인가? 한(韓)의 하늘과 한(韓)의 땅이 그의 손으로 완전해지고 한(韓)의 백성과 한(韓)의 소생들이 그의 힘으로 다시 만들어지니 그 공훈과 그 공적이 하늘에 닿고 땅에 가득하였다. 무릇 모든 그 후손들이 어떻게 제사를 지내야

14 칠불 나루는 평안남도 안주읍에 있는 고구려의 절 칠불사 부근으로 추정된다. 수나라 병사를 유인해 살수를 건너게 만들어 살수 대첩을 이끌어 낸 일곱 명의 승려를 기리기 위해 칠렬사 또는 칠불사를 지었다.

15 평안남도 안주읍의 용당 고개에서 을지문덕의 석상과 비석을 발견하였다는 기사가 『매천야록(梅泉野錄)』 216조에도 나오고 있다.

16 문맥상으로 볼 때, 상반부를 잘못 쓴 것이 아닌가 한다.

하며 어떻게 숭배하여야 성심의 한 조각이나마 가히 나타낼 수 있겠는가? 그러나 석다산(石多山)[17] 밑 공의 묏자리는 여우와 너구리에 짓밟힌 바 되고 청천강 가의 능[18]에 남은 공의 유적은 어리석은 자들에게 타파되었을 뿐 아니라, 우리 역사서에는 그 상세한 전적을 빠지고 후손이 그 영령(英靈)에 제사드리지 아니하여 만세의 위업이 어둠 속에 자취가 사라졌으니 오호라! 후손이여, 차마 이럴 수 있단 말인가!

만일 을지 공이 다른 곳에 태어나셨다면, 그 영예가 과연 어떠하였을까. 이름을 새긴 높고 큰 장엄한 누각이 만세에 만인이 우러러 보는 표적이 되고 그 전기 · 문서 · 그림들이 넉넉히 일대 전문 도서관을 이루었겠지만, 불행히 이 한미한 곳에 태어나신지라, 성격의 일단을 나타나내는 약간의 문서가 외국의 잔존한 사서에 기록되었을 뿐이고 한 조각 석상과 작은 비문도 그 천수를 누리지 못하였도다. 따라서 이수산은 「안릉회고시(安陵懷古詩)」[19]를 길게 읊어 불편한 마음을 나타내었다.

을지문덕이 수나라를 깨트렸어라,
만국의 중화와 이적들, 간담이 서늘했네.
허허로운 청천강에 뜬 달이라,
오늘 외로운 길손이 누각에 기대어 볼 뿐이네.[20]

---

17 『해동명장전』에 을지문덕이 평양의 석다산에서 태어났다는 기록이 있다.

18 본문에 서술한 용당 고개의 을지문덕 조각상과 비석이 청천강변의 안주에 있다.

19 수산은 이종휘(李種徽; 1731~1797)의 호이고 이 시는 『수산집(修山集)』 권1 시부(詩部)에 포함되어 있다.

20 원문은 다음과 같다. "乙支文德破隋還 萬國華夷盡膽寒 空有淸川江上月 秪今孤客倚樓看" 그런데 마지막 행의 "孤客"이 지금의 문집 총간본에는 "行客"으로 되어 있다.

물결은 그 사이에 오열하고 어룡(魚龍)들이 또한 약동하더라. 이로써 광문회를 발기하고자 하였노라!

내 일찍이 통군정(統軍亭)[21] 위에 오르니 도도한 큰 강은 천리를 흘러 바다로 가고 질펀한 광야는 일망무제(一望無際)한데, 요동의 숲과 계주(薊州)[22]의 구름은 하늘 끝에 어렴풋하고 여산(驪山)[23]과 패수(浿水)가 눈 아래 높고 유장한지라. 천제의 아들이 남쪽으로 나아감에 거북이가 떠올라 강을 건너게 해주었고,[24] 성왕(聖王)이 하늘로 돌아감에 황룡(黃龍)[25]이 와서 호위하였다. 이제 그 땅을 만나서 멀리 그 자취를 따라 천고를 굽어보니 감개가 무량하다. 그러나 그 기록은 어떻게 탈락되었는지, 그 상세함을 풀어내지 못할 것이다. 이로써 광문회를 발기하고자 하였노라!

내 일찍이 에도 박물관에 광개토왕의 사적을 기록한 비석의 탁본을 보고 뒤에 청나라 학자 양수경(楊守敬)[26]의 쌍구(雙鉤) 간본[27]을

---

21 평안북도 의주군 의주읍성에 있는 고려 시대의 정자이다. 의주성에서 제일 높은 봉우리에 자리잡고 압록강 일대가 내려다 보여 군사 지휘에 유리한 위치이다.

22 계주(薊州)는 지금의 베이징 서남쪽이며, 춘추 전국 시대 연나라의 수도였다.

23 여산(驪山)은 중국 시안에 있는 산으로 화청지(華淸池)를 비롯하여 역대 왕조의 유적지가 모인 곳을 지칭하나 여기서는 지안 현에 있는 여산(如山)을 이르는 것으로 추정된다.

24 주몽이 "나는 천제의 아들이며 하백의 외손인데…추격이 이르니 어찌할까?"라 하자 물고기와 자라들이 떠올라 다리를 만들어 건너게 해 주었다고 한다(『삼국사기』 고구려본기).

25 관련된 기사가 「동명왕편」에 있다. "재위한 지 19년 만에 하늘에 오르시니 내려오시지 않았다 - 가을 구월에 왕이 하늘로 올라 내려오시지 않으니 그 때 나이 사십이었다. 태자는 주운 옥채찍을 가지고 용산에 장사지냈다 한다."(『동국이상국집』 동명왕편 권3)

26 양수경(1839~1915)의 자는 성오(惺吾), 호는 인소노인(隣蘇老人)이다. 허베이 성 출생으로 『역대지리지도(歷代地理地圖)』, 『수경주소(水經注疏)』 등 역사 지리 관계 서적을 발행하였다. 1880년 청나라 주일 공사 하여장(何如璋)의 초청으로 일본으로 가서 일본의 중국 고서를 수집하며, 일본인들에게 서법(書法)을 전수하였다.

읽어보니 "은택이 황천(皇天)에 넘치고, 위무(威武)가 사해를 뒤덮었던" 일대 영명한 군주의 그 풍부한 공적과 위무와 선열을 장중한 글로 서술하고 예스럽고 전아한 글자로 새겼으니 크고 빛나는 지극한 공덕이 천년이 지나도 새로워 그 위엄과 장중이 마치 그 시절이 다시 온 듯하였다. 그러나 그 비석은 외진 곳 황량한 언덕의 무성한 잡초 속에 매몰되어 무지한 야인이 쪼고 갈아서 손상되고 그 문장과 글자는 옛것 좋아하는 버릇으로 보물을 수집할 여유가 있는 이방인의 책상머리 완상물이 되었을 뿐이다.

이를 세간에 널리 알리는 자들이 누구냐, 곧 외국인이며 이를 판독해서 취합한 자들은 누구냐, 곧 외국인이며 이를 판각해 퍼뜨리고 사서 보는 자들은 누구냐, 곧 외국인이다. 그러면 이른바 그 후예들은 무엇을 하고 있었는가? 처음에는 심상하게 버려 두었다가 뒤에는 냉대하였으니, 그 매몰되었던 때에는 탐색을 도모하지 않았고 이미 발견된 뒤에는 간직하여 연구할 생각도 않았던 것이다. 이것이 우리가 그 비석에 대해 저지른 행위의 전부로다. 그 자획을 쓰다듬고 문장의 뜻을 염송하면 눈물과 흐느낌이 같이 떨어져 오장이 찢어져 나간다. 이로써 광문회를 발기하고자 하였노라!

내 금강(錦江)의 본류와 지류를 횡단함이 전후로 십여 차례나 된다. 몸을 "한 가닥 웅진 강물 새파랗게 땅을 두르는" 위에 두며 눈을 "일천 겹의 계룡산 파랗게 하늘에 뜬"[28] 바깥에 놓고, 사비(泗沘) 왕업의 성쇠를 헤아리고 탄식을 금할 수 없었으니, 희라! 백제는 또한 근역(槿域)의 한 웅대한 나라라, 그 피는 부여의 정통을 받고

27 쌍구는 탁본을 베껴내는 방법의 한나로 구륵(鉤勒)이라고도 한다. 양수경이 1909년에 광개토대왕비의 탁본을 이 방법으로 간행하였다.

28 남수문(南秀文, 1408~1442)의 칠언절구 「공주제영(公州題詠」의 첫째 구절과 둘째 구절로 그의 문집 『경재선생유고(敬齋先生遺稿)』 권1에 실려 있고, 『신증동국여지승람』 17권 '공주목(公州牧)'에도 나온다.

그 나라는 백마강과 섬진강의[29] 옥토에 터를 잡아서 영토 천리에 인물은 빼어나고 물자가 넉넉하였다.

십만의 대갑(帶甲: 무장 병력)이 삼한을 위압하고 천년의 문명은 혜택이 이방에 미쳤다. 양산(陽山)의 흠운(歆運)[30]은 의로운 명성이 산악을 울렸고, 황산(黃山)의 계백은 그 충절이 일월과 빛을 다투니 문화가 찬란하고 무위가 혁혁해 곧 일세의 영웅이었다. 호천(昊天)이 돕지 않아 문서가 특히 화를 입었는데, 당나라 무인들의 혹독한 학대와 매서운 신라 병사의 사나운 공격이 계속되어서 영광스런 전통과 빛나는 사업이 태반이나 연기로 사라지고, 긴요치 않은 수십 장이 겨우 남은 목숨이나마 『삼국사기』로 보전하니 멀리 융성했던 때를 생각하면 또한, 서럽지 아니한가.

반월성[31] 머리에 무딘 돌은 어렷하니 알지 못하고, 낙화암 밑에 흐르는 물은 말이 없다고 해도, 오히려 산과 강은 예와 같고 백성과 사물은 지금도 남아 있다. 석실의 은밀한 문서를 찾고 고가의 숨겨진 책들을 캐내면 어찌 조각난 문서와 숨겨진 기록에서 거두고 모아서 엮어낼 것들이 없으리오. 이로써 광문회를 발기하고자 하였노라!

내 일찍이 김해부(金海府)에 노닐었는데, 구지봉(龜旨峯) 평평한 언덕에 하늘에서 내려온 알이라는 바위가 아직도 남았고, 납릉(納陵)[32]의 영험한 사당에는 벽몽(闢濛)의 그림[33]이 더욱 선명한데, 칠점

---

29 "백마강과 섬진강의": 원문은 "馬蟾"으로, 금강의 별칭인 백마강과 섬진강을 뭉뚱그려 지칭한 것으로 번역해 보았다.

30 흠운(?~655)의 성은 김으로 신라의 화랑이다. 낭당대감(郎幢大監)으로 백제와의 전쟁에 출전해 전공을 세웠으나 백제 땅인 양산(陽山)에서 전사하였다. 본문에서 계백과 병칭된 것은 착오로 추정된다.

31 신라 역대의 궁성이 있던 터로 반월형으로 건축되었으며, 지금 경주에 있다.

32 김수로왕의 능으로 현재 김해시 중심부에 있다.

33 홍몽(鴻濛)과 같은 뜻으로 하늘과 땅이 나뉘기 전의 상태나 천지의 원기를 이르는 말이다. 납릉의 정문에는 두 마리 물고기가 그려진 "신어상(神漁像)"

산(七點山)[34] 밑과 호계(虎溪)[35] 물가에는 이어진 담장과 즐비한 집들은 반이나 허씨나 김씨들이었다. 그렇지만, 파사 석탑[36]은 무식한 농가의 똥 더미 아래 매장되어 탑머리만 겨우 나와 있고, 허 왕후의 상은 칠한 위에 덧칠하고 선의 밖에 선을 덧그려서 간악한 승려들이 우민을 현혹하는 자료로 받드니 신성한 자취와 옛 자태를 찾아서 볼 수 없었다.

제비가 누각의 달을 빗겨 초현대(招賢臺)[37]의 선인 자취를 점지하고, 망산도(望山島)[38] 구름에서 아유타국의 국기를 상상하니 일대의 풍운은 태고를 이루고 천년의 기록은 이제는 흩어졌어라. 홍몽(鴻濛)을 열어 산과 바다를 드러냈던 그 사적이야 위대하지만, 천고의 빼어난 도서가 어째서 나오지 않았을까. 이로써 광문회를 발기하고자 하였노라!

(이하 생략)[39]

나로 더불어 때와 장소를 같이하여 태어난 이들이 수천만이라 같은 산과 강, 풀과 나무를 대하고 같은 바람과 꽃, 달과 이슬을 읊으니 이들이 노래하는 바는 나도 노래하는 바이고, 내가 곡하는 바

이 있는데 이 그림은 그것을 가리키는 듯하다.

34 현재 부산 강서구에 위치한 산으로 가야의 거등왕(居登王)이 선인(仙人)을 초빙하여 놀았다는 전설이 전한다.

35 김해읍성 근처를 흘러가는 내이다.

36 김해 호계사에 있는 석탑으로 김수로왕의 비 허황옥이 인도 아유타국에서 싣고 왔다고 전한다.

37 김해의 동쪽에 있었던 누각으로, 여기서 가야의 거등왕이 선인을 초빙하였다고 전한다.

38 진해시 용원동 앞바다에 있으며, 허 왕후가 아유타국에서 배를 타고 와서 김수로를 만났다고 전한다.

39 원문에 "(以下省略)"으로 표기되어 있다. 원래 내용이 더 있었는지에 대해서 조사가 필요할 것이다.

는 이들도 곡하는 터이다. 이제 해가 서산에 가까워 남은 햇살도 또 한 사라지려 하니, 오호라! 엄자(崦嵫)[40]의 석양을 보고서 궁극의 통한을 느끼는 이가 어찌 나 혼자뿐이리오? 이로써 바람을 맞으며 길게 소리쳐 향응(響應)을 감히 구하는 까닭이로다. 오호라! 제군이여!

40 해가 들어가는 곳으로 생각했던 산의 이름으로 주로 노년을 비유한다.

해제

1. 근대 초기의 대표적 독본인 『시문독본』

1916년에 초판이 간행되고 1918년에 정정합편이란 이름으로 개정판이 간행된 『시문독본』은 신문관으로 대표되는 신문화 운동과 광문회로 대표되는 고전 운동이 합류한 출판물이다. 1책 4권의 체제로 한 쪽에 17줄이 들어가며, 선장 형태의 연활자 인쇄로 1, 2권은 50쪽 가량이고 3권은 70여 쪽, 4권은 100여 쪽이다. 초판은 1, 2권만 묶인 형태이기에 개정판을 정본으로 하는 것이 적당하다. 당시까지 나온 최남선의 출판 활동을 집약한 결과물인 이 책이 전달하는 지식의 체제는 한문 고전과 근대 분과 학문 그리고 자국 전통의 세 가지가 혼재된 것으로 당대로서는 내용과 문체에서 획기적인 독본이었다.

1910년대 일제는 조선총독부에서 공립 교육을 실시하고, 재야에서는 『신문계(新文界)』와 『반도시론(半島時論)』 등의 어용적인 잡지를 출판하고 조선고서간행회와 조선연구회 등의 재조선 일본인 단체들은 한국의 고전을 정리하고 간행하는 등, 민관의 합동으로 교육과 언론을 통제하려 하였다. 『시문독본』은 이런 일제의 교육 언론 정책에 맞서 상당한 파급력을 보여주었다. 『시문독본』은 7판을 거듭하여, 당시의 독본 종류 가운데 가장 많은 출판 실적을 올렸으며 후대의 주요 작가들인 현진건과 이태준도 주요한 교양의 원천으로 회고한 바 있다. 또한, 이 책은 한국에서 국학과 국역의 남상이기도 하다는 점에서 여러모로 최남선 최고의 영광을 같이 한 출판물인 셈이다.

2. 국문의 형성과 『시문독본』, 그리고 일제

주권에 대한 위협이 일반인의 생활에 큰 영향을 끼치지 않는 한국의 현재에서 '국문'이란 이름은 그저 일상적인 차원의 것이 되었지만, 근대 초기의 한국에서 이 명칭은 매우 이념적이며 참여적인 것이었다. 문화적으로 한문으로 대변되는 전근대적인 어문 질서에 대항하는 함의를 가지는 동시에, 정치적으로는 일본, 중국 등의 외세에 맞서 독립을 지키려는 의지도 드러나는 것이다. 후자에 민족주의 내지 국가주의라는 비교적 명징한 구획을 정할 수 있는 반면, 전자가 지향하는 영역은 진단하기가 그리 쉽지는 않다. 근본적으로 당대의 국문은 사전과 문전이 없는 상태로 그 구체적 실상을 규정하기가 매우 힘든 양상의 서기(書記) 체제였던 것이다.

갑오경장에서 국한문을 관용의 문체로 규정한 이래 1910년대까지 가장 널리 퍼진 형태가 국한문체라 할 수 있는데, 이 국한문체 역시 그 실상이 하나로 규정될 수 없는 형태였다. 근대 초기의 국한문체는 『서유견문(西遊見聞)』으로 대표될 수 있는 한문 단어체, 「독사신론(讀史新論)」 등에서 사용된 한문 구절체, 「왕양명실기(王陽明實記)」, 「일부벽파(一斧劈破)」 등에서 사용된 한문 문장체 등으로 크게 나누어 볼 수 있다. 결국 당시의 국한문체는 한문의 사용 양상에 따라 분류하는 것이 자연스러울 만큼, 일부의 조사와 어미를 제외하고는 거의 모든 어간이 한자로 표기된 것이 대부분이었다. 『독립신문』으로 시작된 순한글 문체도 꾸준히 출판물에 사용되었지만, 대체로 여성이나 아동 또는 기독교 신자 등 제한된 독자를 대상으로 한 경우가 많아 아무래도 당대의 국문은 국한문체를 중심으로 논하는 것이 더 자연스럽다.

한문 단어체, 한문 구절체, 한문 문장체의 세 가지 양상은 『황성신문』, 『대한매일신보』 등 대표적 신문과 『대한자강회월보』, 『서우(西友)』, 『태극학보』, 『야뢰(夜雷)』 등의 대표적 잡지에 뒤섞여 나타났으며 때로는 한편의 기사에서도 혼재된 경우가 적지 않았다. 표기의 일관성이 지켜지지 못한 과도기적 상황이 근대 초기 국문의 상황이었던 것이다. 그러므로 글의 내용에서는 한문으로 대변되는 구학(舊學)과 구교육을 폐지하고 국문 위주의 신학, 신교육을 달성하자면서도 그 표기는 과거의 한문 전통에서 벗어나지 못한 이율배반의 양상들이 「일부벽파(一斧劈破)」 같은 당대의 대표적 정론에 자주 반복되었다. 당대의 국문은 문화적으로는 고전적이고 전근대적인 한문의 질서에서 벗어나 통속(通俗) 내지 시속(時俗)의 영역에 나아가야 하는 동시에, 정치적으로 자강(自强) · 식산(殖産) · 교육을 내세워 위태로운 주권을 보호해야 했던 것이다.

계몽기 언론의 문체에서 최남선은 특히, 이 통속과 시속의 글쓰기에 큰 업적을 남겼다. 그가 편집과 저술을 도맡아 발간한 『소년』에서 한문 위주의 국한문체가 혁신된 것이다. 한글로 어간을 표기한 문체로 정론, 학술 그리고 문예를 펼치기 시작하였으며, 띄어쓰기와 단락 구분 및 문장 부호 등의 문장 규범을 일관되게 적용한 점은 당시의 언론 매체 중 단연 독보적이었다. 그런데, 『소년』의 이 문체 혁신은 당대로서는 통속에서 벗어난 것으로 『소년』을 비롯한 신문관의 출판물들은 계몽기에는 큰 영향력이 없었다. 『소년』을 이은 『청춘』은 문체에서도 한문의 비중을 좀 더 높이고, 한문 고전의 비중이 더 늘었으며 『소년』의 문장 규범을 적용하지 않았다. 그리고 『소년』의 문장 규범을 적용하지 않은 1910년대의 『청춘』과 『시문독본』이 『소년』보다 훨씬 큰 상업적 성공을 거둔 것이다.

『시문독본』의 경우, 계몽기 국한문체, 순한글 문체가 다양하게 배치되었으며 가시적으로 『소년』과 구별되는 부분은 역시 문장 규범을 적용하지 않은 점이다. 특히 1916년 초판에는 "예언(例言)"에 일관된 철자법을 위한 노력으로서 용어의 기준을 3가지 항에 걸쳐 제시하고, 본문의 두주(頭註) 부분에 철자의 정오를 표기한 부분이 있었으나, 정본이라 할 1918년 개정판에서는 이 체제가 모두 삭제되었다. 이런 『시문독본』의 편제를 보면, 20세기 초반의 한국은 현재 한국어의 어문 규정 즉, 현재의 통속과는 다른 언어의 통속과 시속이 존재했던 것을 보여준다.

통속이라는 어휘 자체가 지금과는 다른 함의를 지닌다. 통속성, 통속 예술, 통속물 등의 사례에서 나타나듯 지금의 통속은 대중적인 것, 또는 저급한 것을 지칭하는 용례가 많다. 그러나 근대 초기의 통속이나 시속은 축자적 의미대로 '보통' 내지 '일반'의 함의가 강하다. 한문이라는 고전적이고 전근대적인 서기 체계를 벗어나 근대적이고 자본주의적인 체제에 적합한 보통의 어문을 지향한다는 점에서 '통속'과 '시속'은 당대의 글쓰기에 부과된 시대적 과제였던 것이다. 그리고 『시문독본』은 이 과제에 가장 적극적으로 응답한 결과물이다. 그 문체의 실례를 아래에 제시해 본다.

> 아름다운 내 소리, 넉넉한 내 말, 한껏 잘된 내 글씨, 이 올과 날로 내가 된 내 글월, 이리도 굳센 나로다.
>
> 버린 것을 주우라, 잃은 것을 찾으라, 가렸거든 헤치라, 막혔거든 트라, 심

어라 북돋우라 거름 하라, 말로 글로도나.[1]

이 문장은 권두언의 성격으로 최남선이 표지 바로 뒤에 적은 것이다. 산문과 운문의 중간적인 형태라 하겠는데 개인적 감상으로는 「해에게서 소년에게」 등의 『소년』 게재 초기 시가보다 훨씬 자연스러운 한국어 문장이라고 생각한다. 최남선은 『청춘』에 수록된 자신의 일기를 통해 국한문체 작문의 어려움을 피력하는 한편, 한글의 통사 구조에 맞춘 작문 수련 과정을 보여 주고 있다. 전술했듯이 『시문독본』의 다른 수록문은 그 성격에 따라 한문의 비중이 많은 것도 적지 않다. 그러나 위와 같은 순한글 문체 작문을 통해 『시문독본』은 시속과 통속이라는 과제에 맞추어 국한문체 역시 혁신할 수 있었던 것이다. 특히 한문 고전을 한글의 비중이 높은 국한문체로 번역한 것은 당대로는 획기적인 일이다.

"시문(時文)"이라는 용어 자체가 시속의 글쓰기라는 의미이니, 제목 자체에서 이미 시대적 과제를 인지한 셈이다. 그러나 여기서 간과할 수 없는 점은 일제 식민지 치하가 아니었다면 시문은 국문에 자리를 내주고 부제로 내려갔을 확률도 크다는 점이다. 공식적으로 1910년대 한국의 국어와 국문은 일본어문이다. 『소년』의 「해상대한사」 같은 기사에 나타나는 민족주의적이고 국수주의적인 논설을 감안한다면 최남선이 추구한 시문은 궁극적으로 국문이어야 할 것이다. 그러나 현실적인 권력인 일제를 피할 수는 없고 국문의 자리는 시문이 대신할 수밖에 없었다. 『시문독본』의 전체적 내용에서 민족주의도 적지 않게 드러난다. 그러나 이 민족주의는 근대 자본주의 체제의 내부에 설정된 것이고 누누이 강조하는 자기 수양과 자기 현시는 결과적으로 일제 체제에 대한 순응으로 기능한 면

1 현대어로 윤문하고, 문장 부호를 수정하였다.

도 있다. 최남선의 출판 운동이 가진 한계는 결국 일제라는 체제로 규정된다.

『시문독본』은 앞서 언급했듯이 근대적 분과 학문, 전근대적인 한문 고전과 자국의 전통이 합류한 매우 다채로운 지식 체제를 갖추었으며, 이 지식 체제를 당시로서는 한글의 비중을 월등하게 향상시킨 혁신적 문체로 전달했다는 점에서 국학과 국역의 남상이라 할 수 있다. 그러나 이 책은 어디까지나 일제라는 체제의 내부에 위치한 것이라는 점을 지나쳐서는 안 된다.

3. 출판 운동, 고전 운동과 『시문독본』의 국학과 국역

『시문독본』이 구성한 지식 체제는 계몽기의 독본 종류 서적이나 1913년에 최초로 발간된 조선총독부의 교과서보다 여러모로 그 내용이 다양하고 문체 또한 훨씬 현재의 한국어에 가깝다. 내용과 문체에서 진전된 결과물로서 통속이라는 한국어의 시대적 과제에 나름 소명을 다한 셈이다. 더 의미심장한 것은 『시문독본』에 수록된 문장들이 최남선이 주도한 근대적 출판 운동과 고전 운동의 결과물이라는 점이다. 불특정의 대중을 상대로 한 출판 활동인 신문관의 간행물들과 자국 고전을 자본주의 체제에 맞춰 정리하고 간행한 광문회의 성과가 『시문독본』에 어우러진 것이다. 즉 근대 자본주의 체제에 적극적으로 부응한 결과물이라는 점에서 계몽기의 독본, 교과서나 조선총독부의 교과서와 차별성이 있고 이 책이 거둔 상업적 성공은 여기서 비롯된 바가 적지 않을 터이다.

『시문독본』은 권마다 30과로 구성되어 총 120과로 편성되었다. 이 중 『청춘』, 『붉은저고리』 등 신문관의 잡지에 게재된 수록문들은 21개로 수량도 적지 않으며, 그 내용면에서도 『시문독본』의 전체 편성에서 매우 중요한 위치를 차지한다. 또한, 신문관에서 출간된 단행본들에서 가져온 수록문이 5개에 달한다. 이렇듯 『시문독본』은 신문관의 다양한 출판 활동의 결과물을 선별하여 편성하였다. 다음으로 조선광문회의 활동에 따른 결과물들은 번역 과정을 통해 수록되었기에 의미가 크다.

한문 전적을 번역 내지 번안한 수록문은 40과에 가깝다. 그리고 명나라 소품문인 『취고당검소(醉古堂劍掃)』에서 번역한 2과를 제외하고 모두 한국의 한문 전적들에서 가져온 것이다. 또한, 「조선의 비행기(3권 17-19)」, 「아등(我等)의 재산(4권 2-4)」, 「고대 동서의 교통(4권 26)」 등 중요한 기사들에서 한국의 전적들을 다양하게 참조하여 한국 고전에 대한 학술 작업을 진행한 것이다. 조선광문회에서 간행한 것이 확인되는 책은 『열하일기(熱河日記)』와 『택리지(擇里志)』 두 종이지만 전자에서 번역된 수록문이 6과나 편성되어 『시문독본』에서 적지 않은 비중을 차지한다. 광문회와의 직접적 연관이 실증되지는 않지만 이외에도 『어우야담(於于野談)』, 『순오지(旬五志)』 등 현재 한국학의 중추를 이루는 전적이 번안 과정을 통해 수록되었다. 또한, 노극청, 김홍도, 김유신 등의 일화는 출처가 제시되어 있지는 않지만 대체로 한국 한문 전적에 대한 조사 작업을 통해 이루어진 결과로 보인다. 이런 다양한 전적들이 소개된 것은 광문회의 고전 정리 작업과 분리해서 생각하기는 어려울 것이다.

계몽기의 독본들과 조선총독부 '조선어급한문' 교과서에서 동아시아 한자 문화권이 공유한 경사자집에서 많은 문장들을 가져온 것에 비하면 한국의 한문 고전으로만 편성된 『시문독본』의 체제는 획기적인 것이다. 물론 그 성격이 위인전과 기행문에 집중되어 있기에 체제를 갖추어 본격적인 국학을 형성했다고 보기는 어렵다. 그러나 어떠한 정론도 거의 허용하지 않았던 1910년대 일제의 엄혹한 검열 상황을 감안하면 자국적인 문화 전통의 명맥을 유지한 것으로 당대적 의미는 크다. 특히 「아등의 재산」 등에서 자국의 전적을 이용하여 학술적 글쓰기를 시도한 것 역시 국학의 단초를 보여주는 것으로 평가할 만하다.

『시문독본』의 한문 전적 번역은 지금의 관점으로는 적당하다고 하기는 힘들다. 직역이나 완역을 거의 찾기 힘들고 의역, 발췌역, 번안의 성격이 대부분이다. 또한 오역 사례도 종종 찾을 수 있다. 그럼에도 당대로서는 이만큼 다양한 한국 한문 전적을 번역 과정을 통해 편성한 경우는 찾기 힘들다. 더욱, 「만물초」(1권 16), 「박연」(1권 24) 등은 우수한 번역 사례로 제시할 수 있는 것으로 한글의 비중을 높인 국한문체로 한국 한문 전적을 옮겼다는 점에서 국역의 남상이라 할 만한 것이다.

『시문독본』은 계몽기부터 다년간 진행해온 최남선의 출판 운동과 고전 운동을 집성한 성격으로 그 체제와 범위에서 일정한 한계가 있지만, 당대로서는 국학과 국역의 남상으로 평가할 수 있는 것이다. 흥미로운 점은 이런 『시문독본』의 성과를 조선총독부에서 수용했다는 점이다. 조선총독부 교과서는 두 차례의 큰 개정 과정을 거치는데, 그중 1932년의 '조선어급한문독본' 개정판에서 『시문독본』의 수록문을 12과나 편성하였다. 또한 「정몽주」(1권 27)처럼 『시문독본』과 제목이 같지만 내용은 다른 단원도 있어서 편집의 차원에서도 참조를 했음도 간접적으로 드러난다. 주지하듯이 한국어 글쓰기의 변혁은 다른 언어권에 비해 매우 급하다. 1910년대, 1920년대, 1930년대의 문체가 각각 상당히 다르다. 한국의 1930년대에 통용되던 문체와는 연결되기 힘든 1910년대의 『시문독본』이 왜 조선총독부의 1930년대 교과서에 다시 등장하게 되었는지에 대해서는 명백히 해명하기는 어려운 일이다. 그러나 최남선의 출판 운동과 고전 운동이 조선총독부에서까지 영향을 끼치고 있었다는 점은 확실하다.

1910년대 가혹한 일제 체제 하에서 국학과 국역의 남상을 한글의 비중을 높인 혁신적 문체로 제시했다는 점은 『시문독본』의 큰 성과이다. 그러나 최남선, 이광수, 현상윤 등의 글에서 주로 나타나는 이 『시문독본』의 이념적 지향은 대체로 자본주의 내지 제국주의라는 당대의 체제적 규정 속에 머물고 있다는 한계를 지적하지 않을 수 없다.[2]

2 이 책과 관계된 여러 가지 다른 문제에 대해서는 필자의 다른 논문들을 참조하기 바란다. 임상석, 「국역과 국학의 남상 그리고, 고전질서의 해체」, 『동아시아, 근대를 번역하다』, 점필재, 2013; 임상석, 「시문독본의 편찬과정과 1910년대 최남선의 출판활동」, 『최남선 다시읽기』, 현실문화연구, 2009.

최남선 한국학 총서를 내기까지

현대 한국학의 기틀을 마련한 육당 최남선의 방대한 저술은 우리의 소중한 자산이다. 그러나 세월이 상당히 흐른 지금은 최남선의 글을 찾아보는 것도 읽어내는 것도 어려워졌다. 난해한 국한문 혼용체로 쓰여진 그의 글을 현대문으로 다듬어 널리 읽히게 한다면 묻혀 있던 근대 한국학의 콘텐츠를 되살려 현대 한국학의 발전에 기여할 것이었다.

이러한 취지에 공감하는 연구자들이 2011년 5월부터 총서 출간을 기획했고, 7월에는 출간 자료 선별을 위한 기초 작업을 하고 해당 분야 전공자들로 폭넓게 작업자를 구성했다. 본 총서에 실린 저작물은 최남선 학문과 사상에서의 의의와 그 영향을 기준으로 선별되었고 그의 전체 저작물 중 5분의 1 정도로 추산된다.

2011년 9월부터 윤문 작업을 시작했고, 각 작업자의 윤문 샘플을 모아 여러 차례 회의를 통해 윤문 수위를 조율했다. 본격적인 작업이 시작된 지 1년 후인 2012년 9월부터 윤문 초고들이 들어오기 시작했고 이를 모아 다시 조율 과정을 거쳤다. 2013년 9월에 2년여에 걸친 총 23책의 윤문을 마무리했다.

처음부터 쉽지 않은 작업이리라 예상했지만 실제로 많은 고충을 겪어야 했다. 무엇보다 동서고금을 넘나드는 그의 박학함을 따라가는 것이 쉽지 않았다. 현대 학문 분과에 익숙한 우리는 모든 인문학을 망라한 그 지식의 방대함과 깊이, 특히 수도 없이 쏟아지는 인용 사료들에 숨이 턱턱 막히곤 했다.

최남선의 글을 현대문으로 바꾸는 것도 쉽지 않았다. 국한문 혼용체 특유의 만연체는 단문에 익숙한 오늘날 독자들에게는 익숙하지 않았다. 그렇다고 문장을 인위적으로 끊게 되면 저자 본래의 논지를 흐릴 가능성이 있었다. 원문을 충분히 숙지하고 기술상 난해한 부분에 대해서는 수차의 토의를 거쳐 저자의 논지를 쉽게 풀어내기 위해 고심했다.

많은 난관에 부딪쳤고 한계도 절감했지만, 그래도 몇 가지 점에서는 이 총서의 의의를 자신할 수 있다. 무엇보다 전문 연구자의 손을 거쳐 전문성을 확보했다는 것이다. 특히 최남선의 논설들을 현대 학문의 주제로 분류 구성한 것은 그의 학문을 재조명하는 데 도움이 될 것으로 본다. 또한 이 총서는 개별 단행본으로 구성되었다는 것이다. 총서 형태의 시리즈물이어도 단행본으로서의 독립성을 유지하여 보급이 용이하도록 했다. 우리들의 노력이 결실을 맺어 이 총서가 널리 읽히고 새로운 독자층을 형성하게 된다면 더 바랄 나위가 없겠다.

2013년 10월

옮긴이 일동

임상석

고려대학교 국문과 졸업
고려대학교 대학원 국문과 졸업(문학박사)
현 부산대 점필재연구소 HK교수

• 주요 논저
『20세기 국한문체의 형성과정』(2008)
『동아시아, 근대를 번역하다』(공저, 2013)
『한국 고전번역학의 구성과 모색』(공저, 2013)
『근대어의 탄생과 한문』(공역, 2010)
「조선총독부 중등교육용 조선어급한문독본의 조선어 인식」(2011)

최남선 한국학 총서 11
시문독본

초판 인쇄 : 2013년 10월 25일
초판 발행 : 2013년 10월 30일

지은이 : 최남선
옮긴이 : 임상석
펴낸이 : 한정희
펴낸곳 : 경인문화사
주　소 : 서울특별시 마포구 마포동 324-3
전　화 : 02-718-4831~2
팩　스 : 02-703-9711
이메일 : kyunginp@chol.com
홈페이지 : http://kyungin.mkstudy.com

값 21,000원
ISBN 978-89-499-0978-3 93810
© 2013, Kyung-in Publishing Co, Printed in Korea
이 책의 저작권은 최학주에게 있습니다.